Das Buch

Seit der Luxemburger Koch Xavier Kieffer mit Frankreichs berühmtester Gastrokritikerin liiert ist, wird er zu den exklusivsten Events eingeladen. Doch das edle Dinner beim Pariser Bürgermeister endet bereits nach der Vorspeise: Ryuunosuke Mifune, Europas berühmtester Sushi-Koch, kippt plötzlich tot um. Die Diagnose lautet: Fischvergiftung. Doch Kieffer ist skeptisch und deckt schnell Widersprüche auf. Er taucht ein in die Welt der Sushiküche und muss erkennen, dass es Fische gibt, die teurer sind als Gold – und wertvoller als ein Menschenleben.

Der Autor

Tom Hillenbrand, geboren 1972, studierte Europapolitik, volontierte an der Holtzbrinck-Journalistenschule und war Ressortleiter bei Spiegel Online. Er ist Autor der erfolgreichen kulinarischen Kriminalromane »Teufelsfrucht« (KiWi 1204), »Rotes Gold« (KiWi 1262) und »Letzte Ernte« (KiWi 1325). Seine beiden Sachbücher »Schräge Schilder« (KiWi 1128) und »Ich bin ein Kunde, holt mich hier raus« – unter dem Namen Tom König – (KiWi 1293) standen ebenfalls auf den Taschen- und Hörbuchbestsellerlisten.
www.tomhillenbrand.de

»Einen Stadtschreiber hat Luxemburg nicht, aber wenn die Stadt einen hätte, dann hieße er vielleicht Tom Hillenbrand, denn ein Koch mit detektivischer Spürnase passt gut zum Lebensgefühl Luxemburgs.« *Der Tagesspiegel*

»Tom Hillenbrand gelingt in löblicher Weise die Verbindung von packender Kriminalliteratur und einem nicht minder spannenden, vor allem aber sehr realitätsnah anmutenden Einblick in die Abgründe der Spitzengastronomie.« *Weserkurier*

KiWi
PAPERBACK
1262

Tom
Hillenbrand

Rotes
Gold

Ein
kulinarischer
Krimi

Xavier Kieffers
zweiter Fall

Kiepenheuer
& Witsch

MIX
Papier aus verantwortungsvollen Quellen
FSC® C083411

Verlag Kiepenheuer & Witsch, FSC® N001512

5. Auflage 2013

Umschlaggestaltung: Barbara Thoben, Köln
Umschlagmotiv: © plainpicture/Lonely_Planet
Gesetzt aus der Apollo
Satz: Buch-Werkstatt GmbH, Bad Aibling
Druck und Bindearbeiten: CPI – Clausen & Bosse, Leck
ISBN 978-3-462-04412-6

Für meinen Vater

1

Es war ein Fehler gewesen, diese neuen Schuhe anzuziehen. Er war zu Fuß gelaufen, den ganzen Weg von der Opéra Garnier hinunter zur Seine, vorbei an der Place Vendôme, dann den Quai des Tuileries entlang. Am Samstagabend um diese Zeit ein Taxi zu bekommen, war nämlich unmöglich. Die stickige Métro wäre eine Option gewesen – aber nur, wenn man in einem aus allen Nähten dampfenden Smoking zu seinem Dinner erscheinen wollte, mit klammem Hemd und Schweißperlen auf der Stirn. Xavier Kieffer sah an sich herab und strich mit der Linken über den dunklen Stoff seines neuen Anzugs. »Für dich muss ich mindestens eine Woche arbeiten«, brummte er und begann, in der Jacketttasche nach seinen Ducal zu kramen.

Nachdem er sich eine Zigarette angesteckt hatte, lief Kieffer schmerzenden Fußes bis zur Mitte der Passerelle Senghor, umfasste mit seinen Händen das metallene Geländer und schaute den Fluss hinauf, Richtung Eiffelturm. Er stippte die Asche über die Brüstung und sah zu, wie die grauen Flocken vom Wind fortgeweht wurden. Er rümpfte die Nase. Paris im Frühling war seiner

Meinung nach nicht halb so wunderbar, wie die meisten Menschen glaubten. Vor allem, wenn das Wetter so feucht und heiß war wie seit einer Woche. Dann duftete die Stadt der Lichter nicht nach Blumen und Liebe, sondern nach Autoabgasen und Müll.

Xavier Kieffer seufzte. In Grund, seinem Wohnviertel in der Luxemburger Unterstadt, war die Luft im April stets klar und frisch. Und anders als die Seine war die Alzette sauber. Dort könnte er nun sitzen, in seiner Laube am Fluss, mit einem schönen Glas Wein und etwas Rieslingspaschtéit … Kieffer zündete sich an der verglimmenden Ducal eine weitere an und inhalierte tief. Warum so miesepetrig, dachte er bei sich. Eigentlich hast du doch keinen Grund, so übellaunig zu sein, wahrhaftig nicht.

Schließlich war er in Paris, einer Stadt, die er eigentlich mochte. Und er war zu einem schicken Abendessen eingeladen. Nicht zu irgendeinem, sondern zu dem exklusivsten Dinner, das an diesem Abend in der Metropole stattfand. Ryuunosuke Mifune würde kochen, der größte Sushimeister Frankreichs, vielleicht sogar ganz Europas. Geladen hatte François Allégret, der Bürgermeister von Paris. Mehrere Staatsminister würden anwesend sein, diverse Chefredakteure, Wirtschaftsbosse und allerlei andere gut betuchte Freunde Allégrets.

Trotzdem war Kieffer unwohl. Es lag nicht nur an den rahmengenähten Budapestern, die seine Plattfüße malträtierten. Dies war die Art von Veranstaltung, bei der ein kleiner Luxemburger Koch wie er in etwa so viel verloren hatte wie eine Maus in einer Sterneküche. Warum also war er hier? Der Bürgermeister und seine High-Society-Freunde interessierten Kieffer herzlich wenig. Einmal persönlich von einem japanischen Großmeister wie Mifune bekocht zu werden, war schon eher etwas, wofür er bereit war, sich in einen viel zu teuren, viel zu schmal geschnittenen Boss-Anzug zu zwängen.

Aber der eigentliche Grund war natürlich Valérie.

Ohne sie wäre er nicht von Luxemburg nach Paris gefahren, um kalten Fisch mit Seetang zu essen, so meisterhaft dieser auch zubereitet sein mochte. Und ohne die Hilfe der Chefredakteurin und Eigentümerin des legendären Restaurantführers Guide Gabin hätte er sicher nie jene Einladung aus schwerem, goldumrandetem Büttenpapier erhalten, die ein Bote vor zwei Wochen in seinem Restaurant abgeliefert hatte:

»François Allégret erlaubt sich, Sie zu einer soirée privée zu Ehren von Monsieur Ryuunosuke Mifune einzuladen. 17. April, 21 Uhr, Le Musée d'Orsay. Abendgarderobe. R. S. V. P.«

Kieffer hatte sofort gewusst, dass Valérie hinter der Einladung steckte. Nicht nur, weil die Gabin-Chefin gut mit dem Pariser Bürgermeister befreundet war, sondern auch, weil sie ihm zuvor kein Wort gesagt hatte. Das war typisch für sie; kein Hinweis, keine Ankündigung, geschweige denn eine behutsam formulierte Frage, ob er überhaupt Lust habe, endlich einmal wieder einen Abend mit ihr zu verbringen. Stattdessen diese Einladung nach Paris, aus heiterem Himmel, über Bande gespielt. Und nicht zu einem Tête-à-tête in einem romantischen kleinen Restaurant in Saint-Germain, was eher nach Kieffers Geschmack gewesen wäre, sondern zu einem Society-Event, bei dem er sich schon unwohl fühlte, bevor die Veranstaltung überhaupt begonnen hatte.

Wütend war er gewesen, als er die Karte gelesen hatte.

Doch noch am selben Abend hatte er ein Zugticket gekauft.

Der Eiffelturm riss Kieffer aus seinen Gedanken. Er hatte plötzlich zu funkeln und zu blitzen begonnen, leuchtete nun im Schein Tausender Lichter. Dieses Touristenspektakel wiederholte sich allabendlich nach Einbruch der Dunkelheit zu jeder vollen Stunde. Es musste folglich bereits 21 Uhr sein. Der Luxemburger warf seine Zigarette über die Brüstung und lief los. Am Ende der Brücke bog er nach rechts ab und ging raschen Schrittes den Quai Anatole hinunter, bis zum hell erleuchteten Musée d'Orsay.

Kieffer betrat die riesige Haupthalle des ehemaligen Bahnhofs. Ein Wachmann überprüfte seine Einladung.

»Am Ende der Allée Centrale befindet sich ein Fahrstuhl, über den Monsieur in den dritten Stock gelangt, zur Salle des Fêtes.« Er nickte und lief die Stufen zum etwas tiefer gelegenen Hauptgang hinunter. Im Mittelteil der Haupthalle standen Dutzende griechischer und klassizistischer Statuen. An den Wänden zu beiden Seiten waren Gemälde aufgehängt. Der Luxemburger passierte diverse Götter und Helden und blieb dann vor einem großen Ölschinken namens »Les Romains de la décadence« stehen. Kieffer betrachtete das Ensemble aus Weinkrügen, Speisen und nackten Leibern. Ihm wurde bewusst, dass er anscheinend der einzige Mensch in der wohl 30 Meter hohen, mehr als 100 Meter durchmessenden Haupthalle des Orsay war. Er lief weiter. Am Ende des Saals, unter einem riesigen Jugendstilrelief mit verzückt tanzenden Feen, erblickte er Valérie, die versunken auf ihren Blackberry starrte. Er betrachtete sie einen Moment, ohne etwas zu sagen. Die Gabin-Erbin trug ein hinreißendes, goldfarbenes Knitterkleid aus Crêpe de Chine – und darüber eine ausgewaschene blaue Jeansjacke, die erstaunlicherweise gut dazu passte.

Als Valérie Kieffer erblickte, lief sie auf ihn zu und warf sich in seine Arme. Er hatte sich vorab einige Sätze zurechtgelegt, hatte etwas zu der seltsamen Art und Weise der Einladung sagen wollen, aber er kam nicht dazu. Denn Valérie küsste ihn sofort leidenschaftlich auf den Mund und schlang ihre Arme um seine Hüften. »Du bist hier«, murmelte sie. Sie schaute ihn aus ihren großen grünen Augen an, fuhr mit dem Finger über seine Nasenspitze. »Und wir haben das ganze Wochenende für uns, wenn du willst.«

Kieffer beschloss, die Diskussion über Valéries kritikables Kommunikationsverhalten auf einen deutlich späteren Zeitpunkt zu vertagen und lächelte sie stattdessen an. »Das wäre schön. Wobei ich den Eindruck habe, dass wir heute Abend nicht eine Minute allein sein werden.« Er deutete in Richtung des Eingangs. Dort war ein Pulk von Menschen aufgetaucht, der sich gerade vom Seitenflügel her in die Haupthalle schob. Vorneweg lief ein enorm gut aussehender, schlanker Mittvierziger, der von zwei jüngeren Männern mit Aktentaschen flankiert wurde.

»Ist er das? Unser Gastgeber?«, fragte Kieffer.

»Ja, das ist François, wie er leibt und lebt.«

Der Pariser Bürgermeister nahm lockeren, aber forschen Schrittes die Stufen hinunter zum Hauptgang. Er wich gekonnt einem marmornen Faun aus, drehte sich mehrfach um und winkte den Gästen zu, die hinter ihm durch die Türen drängten. Gleichzeitig parlierte er auf dem Handy mit einem Unbekannten und gab einem seiner jugendlichen Adlaten Handzeichen. Allégret trug einen perfekt maßgeschneiderten dunkelblauen Anzug und ein weißes Hemd ohne Krawatte. Seine von ersten grauen Strähnen durchzogenen kastanienfarbenen Haare umrahmten ein braun gebranntes Gesicht, das in einen Modekatalog gepasst hätte: Charakterkinn, hohe Wangenknochen, leicht gebogene Nase.

»Euer Bürgermeister wäre auch auf dem Laufsteg gut aufgehoben.«

»Ja, er ist wirklich ein Schnittchen«, pflichtete Valérie Gabin ihm bei. Sie hakte sich bei Kieffer unter. »Aber ich kann dir versichern, dass wir beide völlig chancenlos sind.«

»Wir beide? Wie meinst du das?«

»Ich bin eine Frau. Und du bist zu alt.«

Kieffer verstand. »Deshalb die beiden … Assistenten?«

Sie nickte. »Aber jetzt Schluss mit dem Getratsche, hier kommt er.«

Sobald François Allégret die Gabin-Chefin erblickt hatte, reichte er das Mobiltelefon an einen seiner Gehilfen weiter und eilte auf sie zu. Er verneigte sich leicht, ergriff Valéries ausgestreckte Hand und hauchte einen Kuss darauf. »Wie zauberhaft Sie wieder aussehen, liebe Freundin.« Er warf einen bewundernden Blick auf ihr Kleid. »Sie sind wie geschaffen für Dior.«

Dann ging er auf Kieffer zu und griff mit beiden Händen beherzt nach dem rechten Arm des Kochs. »Monsieur Kieffer, ich freue mich, dass wir uns endlich kennenlernen. Valérie erzählt so viel von Ihnen. Ich will alles über Ihre Küche wissen, ich bin so schrecklich neugierig.« Während er redete, strahlte Allégret den Luxemburger mit weit aufgerissenen Augen an und umschloss dessen Hand und Unterarm noch fester.

»Sie sind sehr freundlich, Herr Bürgermeister«, entgegnete er. »Aber mit Paris können wir in Luxemburg kulinarisch wohl kaum mithalten.«

Allégret schüttelte tadelnd den Kopf, während er Kieffers Rechte weiter fest umklammert hielt. »Aber nein, aber nein! Für Sie bin ich François! Und Paris hat 111 Sterne, Luxemburg hat 14. Ist aber nicht einmal so groß wie der Marais! Pro Kopf gerechnet liegen Sie vorne!«

Dann ließ er Kieffers Hand ohne ein weiteres Wort abrupt los und rotierte auf seinen Absätzen um 180 Grad. Den durch die Allée Centrale auf sie zuschlendernden Gästen zugewandt klatschte Allégret in die Hände. »Kinder, lasst doch jetzt bitte Cézanne und Degas, die sind immer hier. Aber unseren lieben Ryuunosuke Mifune, den haben wir nur heute Abend. Lasst uns nach oben gehen. Es ist ja auch später noch Zeit für eine Tour. Wir haben das Orsay die ganze Nacht für uns.«

Mit dem Lift fuhren sie zusammen mit einigen weiteren Gästen als Erste ins Obergeschoss und durchquerten einen langen Gang, der, wenn Kieffer richtig aufgepasst hatte, in den Westflügel führte. Seine Freundin schien den Weg zu kennen, er und die anderen Gäste folgten ihr. »Was genau ist eigentlich der Anlass dieser Party?«, fragte er Valérie.

»Mifune bekommt einen Orden. Er wird nächste Woche zum Kommandeur der Ehrenlegion ernannt.«

Kieffer pfiff anerkennend durch die Zähne. »Das ist noch nicht vielen Köchen gelungen.«

»Nein, außer Bocuse fällt mir keiner ein«, antwortete sie. »Aber Mifune ist schließlich auch nicht irgendjemand. Er ist einer der besten Sushiköche der Welt. Und er ist außerdem der Mann, der diese Küche in den Achtzigern überhaupt erst nach Europa gebracht hat. François ist ein großer Fan von ihm. Und da hat er die Gelegenheit genutzt, einen Event zu organisieren, auf dem Mifune für ihn kocht.«

»Aber der Mann hat doch ein Restaurant in Paris. Da kann der Bürgermeister Mifunes Sushi so oft essen, wie er will.«

Sie nickte. »Im ›Ue no Tai‹, das stimmt«, sagte Valérie. »Aber da bekommt François bestimmt kein Omakase wie dieses. Du weißt, was das ist?«

Kieffer schnaufte ärgerlich. »Natürlich. Ich war vier Jahre Souschef im ›La Houle‹, falls dir das etwas sagt.«

»Das vielleicht beste Fischrestaurant in Paris, allerdings vor gut 15 Jahren. Oder ist es noch länger her?«

»Danke, dass du mich an mein fortgeschrittenes Alter erinnerst.« Omakase war der japanische Begriff für ein Menü, bei dem der Gast sich dem Koch völlig auslieferte. Wer sich in eine Sushibar setzte und »Omakase« rief, der überließ es dem Koch, was serviert wurde. Auch bei ihrem heutigen Dinner würde es keine Auswahl geben, keine Wahlmöglichkeiten bei den Gängen. Niemand hatte Mifune für die Speisenfolge irgendwelche Vorgaben gemacht – alle würden essen, was der Sushimeister ihnen vorsetzte.

»Aber der Sinn des ganzen Manövers erschließt sich mir dennoch nicht«, sagte Kieffer.

»Der Bürgermeister isst dauernd in Drei-Sterne-Tempeln wie dem ›Tour d'Or‹. Er ist es gewohnt, stets das Beste vom Besten vorgesetzt zu bekommen. Trotzdem oder gerade deswegen, das beichtet er mir regelmäßig, ist François schrecklich gelangweilt. Er sucht stets nach etwas Neuem, Ausgefallenerem. Darum hat er sich diese kleine Party ausgedacht.«

Kieffer ahnte, was seine Freundin meinte. Valérie hatte ihm bereits erzählt, dass François Allégret sie regelmäßig um Restauranttipps anging und ein fanatischer Gourmet war. Aus eigener Erfahrung wusste er jedoch, dass einem das Schlemmen auf höchstem Niveau nach einiger Zeit sehr fad werden konnte. Bei Kieffer selbst war es so, dass ihm die komplexe, aufwendige französische Sterneküche nach einigen Jahren keinerlei Gaumenkitzel mehr beschert hatte. Das war einmal anders gewesen, aber inzwischen würde er eine Scheibe frisches Landbrot mit Käse oder eine luxemburgische Bouneschlupp mat Mettwurscht jederzeit kulinarischen Monstrositäten wie pigeon en feuilleté au chou nouveau et au foie gras vorziehen. François Allégret hingegen, der ganz augenscheinlich ein extravaganterer Charakter als Kieffer war, hatte die Freude an der haute cuisine offenbar noch nicht verloren, war aber, wie viele Gourmets, stets auf der Suche nach einem noch größeren kulinarischen Kick.

»Wie genau wird diese Party dem Mann beim Ausleben seiner kulinarischen Fantasien helfen?«, fragte Kieffer.

»Er setzt Mifune unter Druck, ist das nicht offensichtlich? Daran, dass der Japaner in die Ehrenlegion aufgenommen wird, ist François nicht ganz unschuldig. Er hat den Präsidenten auf die Pionierleistung dieses Kochs aufmerksam gemacht. Und dann dieser pompöse Event – der japanische Botschafter kommt, der Vorstandschef eines amerikanischen Internetkonzerns ...«

»… sogar die Chefin des berühmtesten Restaurantführers der Welt gibt sich die Ehre«, fügte Kieffer hinzu. »Wie praktisch, wo dem armen Mifune-san noch sein dritter Stern fehlt, wenn ich richtig informiert bin.« Kieffer erlaubte sich ein Grinsen und kassierte von Valérie dafür umgehend einen Ellbogenknuffer.

»Du bist unmöglich.«

»Ich habe aber recht.«

»Ja, hast du. Ich gehöre wohl tatsächlich zur Tischdekoration. Und dann diese absurde Location. Ist dir bewusst, dass er das ganze Musée d'Orsay hat sperren lassen?«

»Ist es nicht abends ohnehin geschlossen?«, fragte Kieffer.

»Es war auch schon den gesamten Nachmittag zu, wegen einer Privatführung für François' ausländische Dinner-Gäste.«

»Und dieses ganze Brimborium wirkt sich positiv auf unser Abendessen aus? Da wäre ich ja skeptisch.«

Valérie zerrte an seinem Arm. »Hier müssen wir rechts.« Sie zog ihn näher zu sich heran. Kieffers Nase erhaschte einen Hauch von Chanel. »Ich weiß genau, wie mein hübscher Bürgermeister funktioniert. Wenn er von jemandem etwas will, dann überhäuft er ihn mit Aufmerksamkeit und Zuneigung. Von beidem hat er Mifune mit diesem Dinner derart viel zuteilwerden lassen, dass der Mann ihm aus lauter japanischem Ehrgefühl das beste Sushimenü auftischen muss, das je auf diesem Kontinent serviert worden ist.« Sie legte ihren Arm um ihn. »So zumindest stellt sich Monsieur Allégret den Verlauf des Abends vor.«

Kieffer wollte gerade eine Bemerkung über die französischen Politikern angeborene Großmannssucht machen, als der Gang nach links abbog und den Blick auf eine geöffnete Flügeltür freigab, vor der zwei Japanerinnen im Kimono standen. Dahinter lag ein Saal von der Größe eines Tennisplatzes, dessen hohe Wände und Decke überreich mit Gold und Stuck verziert waren. Durch die Fensterfront an der Nordseite eröffnete sich dem Betrachter ein fantastischer Blick auf Sacré-Cœur. Auf Staffeleien standen zahlreiche impressionistische Gemälde, die allesamt asiatische Motive zeigten. Kieffer erkannte einen Gauguin, der Rest sagte ihm nichts.

»Er hat die halbe Japonismus-Abteilung des Orsay hierher bringen lassen, der Wahnsinnige«, murmelte Valérie.

Der große Tisch in der Mitte des Raumes bildete einen deutlichen Kontrast zur absolutistischen Grandezza des Saals. Es handelte sich um eine Tafel aus unlackiertem Zedernholz, die mit schlichter japanischer Keramik eingedeckt war. Außer kleinen Schüsseln, Menükärtchen, Servietten und Essstäbchen lag nichts auf dem Tisch, weder Blumengestecke noch andere Dekorationen.

Hinter der Tafel, am anderen Ende des Saals, hatte man mehrere japanische Paravents aufgestellt, hinter denen sich offenbar ein Teil der improvisierten Küche verbarg. Vor den Reispapier-Wänden befand sich eine wuchtige Arbeitsplatte, an der ein Japaner mit pockennarbigem Gesicht stand. Das musste Mifune sein. Jedes Mal, wenn ein weiteres Grüppchen von Gästen eintrat, verneigte er sich tief.

Hinter dem Paravent tauchten nun weitere Frauen im Kimono auf und begannen, den Gästen Willkommensdrinks zu servieren. Insgesamt mussten es inklusive

Valérie und Kieffer knapp 25 sein. Er erkannte einen deutschen Minister und einen französischen Fernsehmoderator; die anderen Leute waren ihm unbekannt.

»Wer sind diese Menschen? Kennst du die alle?«

»Fast«, erwiderte Valérie. Während Kieffer an geeistem Pflaumenwein nippte, flüsterte sie ihm die Namen der ihr bekannten Gäste zu. Allégrets Dinnerdekoration umfasste neben drei Ministern aus Deutschland und Frankreich den japanischen Botschafter, den Chef eines französischen Lebensmittelkonzerns, mehrere Medienmogule sowie einen amerikanischen Milliardär. Valérie studierte eine kleine Karte, auf der die Sitzordnung für den Abend verzeichnet war.

»Du sitzt übrigens neben ihm, Xavier.«

»Ich hatte gehofft, neben dir zu sitzen und den ganzen Abend alle anderen Gäste ignorieren zu können.«

Sie verzog das Gesicht zu einem spöttischen Lächeln. »Warst du eigentlich schon immer so ein misanthropischer Griesgram? Oder musstest du lange daran arbeiten?«

»Die Frage ist mir zu rhetorisch.«

»Wir sitzen natürlich nebeneinander, Xavier. Aber zu deiner Rechten, da sitzt der Milliardär. Er heißt Cesar Lee Willinon.«

»Womit«, fragte Kieffer, »ist er denn so reich geworden? Mit Öl?«

»Nein, irgendwas mit Software, glaube ich.«

Kieffer wollte sich gerade nach einem Aschenbecher umsehen, als François Allégret begann, mit einem Löffel gegen sein Champagnerglas zu klopfen. »Liebe Freunde, ich begrüße euch alle herzlich zu diesem besonderen Abend.« Er übergab einem seiner Assistenten das Glas und breitete die Arme aus. »Willkommen. Oder besser: Irasshaimashita! Dieser Abend steht ganz im Zeichen der wunderbaren japanischen Küche. Viele von euch lieben Sushi, das weiß ich«, der Bürgermeister zeigte auf einen Gast im hinteren Teil des Saals. »Lee hat sogar sein eigenes Restaurant, wenn ich richtig informiert bin.«

Allégret wandte sich nun Mifune zu, der immer noch hinter seiner Arbeitsplatte verharrte. Sein Gesicht verriet keinerlei Regung. »Ryuunosuke Mifune ist nicht nur einer der besten Köche der Welt, er ist auch derjenige, dem wir es zu verdanken haben, dass Sushi in Europa derart populär geworden ist. Als Mifune-sama in Nizza sein erstes Restaurant eröffnete, hielten die meisten von uns Thunfisch noch für etwas, das aus der Dose kommt und kalten Fisch für etwas, das nur Holländer freiwillig essen.« Das Publikum lachte. »Das war 1985. Heute ist Sushi überall.«

François Allégret machte eine kurze Pause, dann zeigte er auf Mifune. »Aber das beste Sushi Europas macht immer noch unser Ehrengast, der deswegen am Mittwoch vom Staatspräsidenten verdientermaßen ausgezeichnet wird, mit dem höchsten Orden, den unsere Republik zu vergeben hat. Und uns wird heute Abend die Ehre zuteil, ein ganz besonderes Omakase-Menü von Ryuunosuke Mifune zubereitet zu bekommen.«

Er verneigte sich leicht in Richtung des Koches. »Arigatoo goozaimasu, Monsieur.« Mifune sagte nichts, sondern verneigte sich tief und steif.

Die ersten Gäste begannen sich zu setzen. Kieffer rückte Valérie den Stuhl zurecht und nahm dann ebenfalls Platz. Zu seiner Rechten saß bereits ein sportlich aussehender Endvierziger mit kahlgeschorenem Kopf und kurz getrimmtem Vollbart, der ihm augenblicklich die Hand entgegenstreckte. »Hi, ich bin Lee!«, donnerte er in dem unverständlichsten Französisch, das Kieffer je vernommen hatte. »Wirklich fantastisch, Sie kennenzulernen.«

»Xavier Kieffer, ganz meinerseits. Wir können auch Englisch …«

»Super, großartig. Leichter für mich. Ich versuche es zu lernen, Französisch, aber, na ja, Sie wissen schon.« Der Amerikaner trug einen hellgrauen Anzug und ein enges schwarzes T-Shirt, das sich über seine muskulöse Brust spannte.

»Paris ist fantastisch«, erklärte Willinon. »Ich liebe es. Was ist das für eine Kirche, die man dort hinten auf dem Hügel sieht? Großartige Architektur, ich liebe sie!«

»Das ist Sacré-Cœur«, erwiderte Kieffer und versuchte, das Thema zu wechseln. »Der Bürgermeister erwähnte, Sie besäßen selbst ein Sushi-Restaurant?«

Willinon, der mit seinen Essstäbchen gerade gekonnt eine gesalzene Pflaume aus einer Schüssel fischte, nickte energisch. »Korrekt. Ich habe in Rio del Mar eine eigene Sushibar, zusammen mit Robert. Robert De Niro. Direkt am Wasser.« Er warf Kieffer einen Verschwörerblick zu und senkte die Stimme. »Sie läuft nur so mittel, aber es ist halt ein Hobby von mir.«

»Sushi?«

»Alles was mit Japan zu tun hat«, sagte Willinon und winkte eine Kellnerin herüber. »Osake o kudasai! Wollen Sie auch einen Sake, Xavier?«

»Gute Idee, warum nicht«, sagte Kieffer. Ohne Alkohol würde er dieses kalifornische Energiebündel kaum den ganzen Abend ertragen können.

»Futatsu. Zwei!«, brüllte Willinon der Kellnerin hinterher. »Japanisches Essen – es ist das Beste. Ich liebe es! Ich bin extra wegen dieses Omakase rübergeflogen. Mich interessiert, was dieser Mifune auf dem Kasten hat. Guckt ein bisschen verkniffen, oder? Kennen Sie sich mit Sushi aus, Xavier?«

»Ein wenig. Ich bin selbst Koch.« Kieffer hatte nichts gegen japanisches Essen, im Gegenteil. Als er in den Neunzigern Souschef im angesagten Fischrestaurant »La Houle« gewesen war, hatte der Sushiboom Paris bereits voll erfasst. Viele seiner Stammkunden waren desertiert, weil sie statt Hummer oder Austern plötzlich lieber Sashimi und Thun-Nigiri essen wollten. Irgendwann hatte der Geschäftsführer des »La Houle« deshalb eine eigene Sushibar einrichten lassen und einen japanischen Shokunin eingestellt, einen speziell ausgebildeten Koch. Insofern wusste Kieffer einigermaßen Bescheid.

»Ich höre, Mifune ist sehr gut«, sagte er vorsichtig. »Er soll ein Traditionalist sein. Also vermutlich eher keine California Rolls mit Mayonnaise heute Abend.«

»Ich verstehe.« Cesar Lee Willinon nickte und strich sich durch seinen Bart. Dann brach es aus ihm heraus.

»Tradition ist cool, aber Frische ist das Wichtigste, wissen Sie? Ganz frische Seeigel zum Beispiel, ich liebe sie! Wir bekommen in meinem Restaurant alles direkt vom Tsukiji, dem Tokioter Fischmarkt. Fliegen es selbst ein«, sagte der Kalifornier und nippte an seinem Sake. »Sie sollten mal bei uns reinschauen, Xavier.«

»Mache ich, wenn ich das nächste Mal an der Westküste bin«, erwiderte Kieffer.

»Großartig! Die Meinung eines französischen Kochs zu unseren Produkten, das würde mich wirklich interessieren.«

»Nein, also verzeihen Sie, ich hatte mich nicht richtig vorgestellt«, sagte Kieffer. »Ich bin kein Franzose, sondern Luxemburger.«

»Wirklich? Faszinierend. Das hätte ich gar nicht gedacht. Ihr Französisch ist so makellos. Sie haben ja überhaupt keinen Akzent, obwohl Sie Deutscher sind.«

Zu Kieffers Erleichterung kam in diesem Moment der erste Gang. Es gab Sashimi aus hauchdünn aufgeschnittenem Wildlachs, den Mifune kurz vor dem Servieren mit siedendem Sesamöl beträufelt hatte, sodass die Oberseite der Fischstücke leicht angegart war.

»Was denken Sie, Xavier?«, fragte Willinon eine Spur zu laut, womit er die Blicke der umliegenden Gäste auf sich zog.

»Makellos«, erwiderte Kieffer, nachdem er gekostet hatte. Es war in diesem Fall nicht nur die geboten höfliche Antwort, sondern gleichzeitig auch die Wahrheit. Er ließ sich ein weiteres Stück Lachs auf der Zunge zergehen. Die Vorspeise war sehr simpel, aber auch sehr gut. Perfekte Zutaten, perfekte Zubereitung – vielleicht hatte Valérie recht und dies war ein Menü, wie man es höchstens alle paar Jahre serviert bekam.

Kieffer beobachtete Ryuunosuke Mifune bei der Arbeit. Der Sushimeister stand hinter seiner quer vor dem Kopfende der Zederntafel aufgestellten Arbeitsplatte, gut zehn Meter von ihm entfernt. Er war gerade dabei, eine Wasabiknolle über ein mit rauer Haifischhaut bespanntes Holzbrett zu raspeln. In den meisten modernen Küchen wurde dafür heutzutage eine Edelstahlreibe verwendet, aber Mifune arbeitete nach der althergebrachten japanischen Methode. Dann füllte der Koch den geriebenen Rettich in mehrere Schälchen und bedeutete seinem Assistenten, ihm einige vorgekochte Oktopusstücke zu reichen. Mifune betrachtete nun prüfend die Tentakel. Einen Moment lang schien er zu stutzen, bevor er begann, den Tintenfisch in kleine Sushihäppchen zu schneiden.

Kieffer fiel auf, dass Mifune sich wie ein Roboter bewegte. Er stand mit durchgedrücktem Kreuz an seiner Arbeitsplatte und hackte mehr, als dass er schnitt. Japaner mochten nach landläufiger Meinung besonders steife und formelle Gesellen sein. Tatsächlich traf das auf die guten Sushiköche, die Kieffer bisher erlebt hatte, nicht zu. Ruhig und kontrolliert verrichteten sie ihre Arbeit, bewegten sich dabei aber so geschmeidig wie chinesische Schattenboxer.

Mifune hingegen stakste durch seine Küche wie ein aufgezogener Blechkamerad. Kieffer legte seine Hand auf den Unterarm von Valérie, die gerade mit dem zu ihrer Linken sitzenden deutschen Umweltminister plauderte.

»Was ist?«

»Achte mal auf Mifune«, flüsterte er ihr zu, »irgendwas stimmt mit dem nicht.«

Valérie wollte etwas erwidern, doch als ihr Blick auf den Sushimeister fiel, verstummte sie. Mifune stand immer noch hinter seiner Arbeitsplatte, das schmale Yanagi-Filetiermesser in der Rechten. Doch er hatte aufgehört, Fisch zu schneiden. Stattdessen stand er kerzengerade vor seiner Mise en place, den Kopf leicht gesenkt, den starren Blick auf die vor ihm liegenden Oktopusarme gerichtet.

Die anderen Gäste waren ins Gespräch vertieft oder genossen ihr Sashimi. Sie schienen von Mifunes merkwürdigem Verhalten bisher nichts bemerkt zu haben.

»Du hast recht, Xavier«, flüsterte sie nervös. »Was passiert denn da? Was ist mit ihm?«

Bevor Kieffer antworten konnte, ertönte die donnernde Stimme Willinons. »Das ist ein Zen-Ritual, Ma'am. Unser Koch macht das auch.«

Valérie schaute den Amerikaner prüfend an. »Zen.«

Kieffer kannte diesen Blick und fragte sich, ob er den arglosen Kalifornier besser warnen sollte. Willinon fuhr unterdessen unbeirrt fort. »Es ist eine japanische Tradition, glaube ich. Eine innere meditative Versenkung, mit der sich der Koch einige Sekunden vor dem Fisch verneigt, bevor er ihn schneidet.«

Kieffer wollte einwenden, dass Ryuunosuke Mifunes Versenkung schon deutlich länger währte als einige Sekunden. Doch er kam nicht mehr dazu. Denn im gleichen Moment begann der stocksteife Koch zu wanken. Sein Teint wechselte ins Bläuliche. Andere Gäste sahen nun ebenfalls, dass etwas nicht stimmte. Unruhe machte sich breit.

Dann kippte Mifune nach hinten. Kieffer erhaschte noch einen letzten Blick auf das völlig versteinerte Gesicht des Japaners, bevor dieser mit lautem Krachen auf den hölzernen Dielen des Saals aufschlug.

2

Sie saßen in Valéries Büro an der Avenue de Breteuil und blickten aus dem Fenster. Über den Dächern der Stadt würde gleich die Sonne aufgehen. Kieffer sog an seiner Ducal. Dann sagte er: »Ich glaube, unser gemeinsames Wochenende ist hinüber. Vielleicht sollten wir das nächste Mal besser aufs Land fahren.«

Sie sprang vom Sofa auf und sah ihn zornig an. »Mein Gott, ist das alles, woran du jetzt denken kannst? Mifune ist tot!« Valérie Gabin lief durch ihr ebenso großes wie unaufgeräumtes Chefredakteursbüro und blieb vor einem überdimensionalen Fotoposter stehen, das einen Surfer auf einer gigantischen Welle zeigte. »Dein Zynismus ist manchmal unglaublich.«

»Schieb' es auf mein Alter«, erwiderte er. »Es war übrigens als Scherz gemeint.«

Bevor Valérie etwas sagen konnte, klingelte ihr Handy. Während sie das Gespräch annahm, betrachtete Kieffer die Flasche Calvados, die vor ihnen auf dem Tisch stand und überlegte, ob er sich noch einmal nachschenken sollte. Er entschied sich dagegen. Es musste fast 5 Uhr sein, und er hatte die ganze Nacht nicht geschlafen.

Nachdem Mifune während des Omakase umgefallen war, hatte es ein ziemliches Chaos gegeben. Der blau angelaufene Sushimeister war in ein Krankenhaus gebracht worden, mit dem Verdacht auf eine schwere Vergiftung. Er war dort zwar noch lebend angekommen, aber kaum eine Stunde später gestorben.

Die Pariser Polizei hatte die Gäste zunächst im Orsay festgesetzt, um sie gleich vor Ort zu verhören. Viele der Anwesenden waren Ausländer, und die Beamten befürchteten offenbar, ihrer zu einem späteren Zeitpunkt nicht mehr habhaft werden zu können. Auf Druck des Bürgermeisters hatte man sie dann relativ rasch gehen lassen. Valérie und Kieffer waren daraufhin zu Fuß zum Hauptquartier des Guide Gabin gelaufen, das sich unweit des Museums befand. Inzwischen waren mehrere Stunden vergangen, aber Valérie telefonierte immer noch, um weitere Details herauszufinden. Sie musste bereits ein halbes Dutzend Menschen aufgeweckt haben.

Seit einigen Minuten hörte sie nun schon einem Kieffer unbekannten Gesprächspartner zu, ohne Fragen zu stellen. Dann sagte sie: »Es tut mir sehr leid, François. Wenn ich irgendetwas für dich tun kann, ruf' mich an, ja?« Danach legte sie auf.

Kieffer beugte sich vor, um seine Zigarette abzuaschen. »Was sagt der Bürgermeister?«

»Mifune ist definitiv an einer Vergiftung gestorben. Ein starkes Nervengift, das Lähmungserscheinungen hervorruft.« Er sah, dass sie schlucken musste. »Es führt im schlimmsten Fall zum Atemstillstand.«

»Er wurde vergiftet, sagt Allégret? Also ermordet?«

»Nein, das wohl nicht. Die Polizei geht vielmehr davon aus, dass es sich um einen tragischen Unfall handelt.«

»Einen Unfall mit Nervengift?«

»Ja, so seltsam das klingt. Man hat in Mifunes Körper eine tödliche Dosis Tetrodotoxin gefunden. Das ist das Gift, das in diesem japanischen Kugelfisch vorkommt.«

Kieffer pfiff leise durch die Zähne und blies dabei Rauch aus. Dann sagte er: »Fugu heißt er. In Japan eine Delikatesse. Wobei ich mich nicht erinnern kann, dass Kugelfisch auf der Menükarte stand.«

Sie schüttelte den Kopf und suchte in ihrer Schachtel vergeblich nach einer weiteren Zigarette. Kieffer hielt ihr seine Ducal hin.

»Nein, danke. Die rauche ich erst, wenn Gauloises pleitegeht. Ich habe irgendwo noch welche.« Nachdem sie in einer Schublade eine neue Schachtel gefunden hatte, sagte sie: »Offenbar gibt es auch noch andere Meerestiere, die dieses Gift absondern, sagt die Police Judiciaire. Kraken zum Beispiel.«

»Ja, das könnte hinkommen. Oktopus hätte es«, Kieffer zog die kleine Menükarte aus der Tasche, die er im Orsay eingesteckt hatte, »als dritten Gang gegeben.«

»Und theoretisch ist es wohl möglich, dass man davon als Koch etwas abbekommt. Sagen die Forensiker.«

»Habe ich noch nie gehört, aber gut. Und daran stirbt man?«

»François sucht, wie ich dir bereits erzählt habe, ständig nach kulinarischen Herausforderungen, und deshalb hat er selbst schon einmal Fugu gegessen, in Tokio. Er hat mir erklärt, dass sich die meisten dieser Tetrodotoxin-Vergiftungen dort ereignen und meist glimpflich ausgehen. Denn die japanischen Ärzte kennen die Symptome, und wenn man dem Opfer rasch hilft, hat es gute Überlebenschancen. Hier waren sie im Krankenhaus zunächst völlig ratlos und haben wertvolle Minuten verloren. Mifune selbst muss sich schon eine ganze Zeit lang unwohl gefühlt haben. Hätte er früher einen Arzt gerufen, wäre die Sache vielleicht noch glimpflich ausgegangen. Stattdessen hat er aber anscheinend die Zähne zusammengebissen und weitergearbeitet.«

»Dann hat ihn seine eiserne Disziplin umgebracht, gewissermaßen.«

Sie schaute ihn missbilligend an. »Da ist er ja wieder, dein unnachahmlicher Zynismus. François glaubt nun, dass er schuld ist, weil er Mifune derart unter Druck gesetzt hat. Er fühlt sich schrecklich, glaube ich.«

Kieffer konnte das verstehen. Auch er hatte mitangesehen, wie Mifune erstickt war. Das Bild des steif nach hinten umkippenden Japaners mit den vor Entsetzen aufgerissenen Augen ging ihm nicht mehr aus dem Kopf. Er goss sich nun doch einen weiteren Calvados ein, hob das Glas und betrachtete die goldene Flüssigkeit. Dann stellte er es weg.

»Wir sollten uns ein bisschen hinlegen, Val. Das war alles sehr aufreibend.« Er stand auf, ging auf sie zu und nahm sie in den Arm. Sie ließ es geschehen. Nach einigen Sekunden löste sie sich jedoch aus seiner Umarmung und sagte: »Du kannst gerne in meine Wohnung fahren und dort etwas schlafen. Ich … ich kann jetzt nicht. Vielleicht lenkt mich etwas Arbeit ab. Oder eine Runde Schwimmen.« Sie drückte ihm ihren Hausschlüssel in die Hand.

»Ich verstehe«, sagte er. Dann ging er durch die leere Redaktion zum Fahrstuhl. Valéries Schlüssel legte er in ihrem Vorzimmer auf den Schreibtisch.

3

Wenn es einen Zeitpunkt gab, zu dem Paris stillstand, dann wohl gegen kurz vor fünf am Sonntagmorgen. Kieffer schaute die Avenue de Breteuil hinunter, eine breite Haussmann'sche Allee mit üppigem Grünstreifen. Sie war menschenleer. Er lief die verlassene Prachtstraße ein Stück hinauf, Richtung Seine-Ufer.

Sein Magen knurrte. Seit den drei Scheibchen Sashimi am Vorabend hatte er nichts mehr gegessen, und nun regte sich in ihm ein mächtiger Hunger. Kieffer überlegte, zum Pied de Cochon zu laufen, einem der wenigen Lokale in der Innenstadt, das um diese Zeit geöffnet hatte.

Dabei musste er jedoch augenblicklich an Valérie denken. Im Cochon hatten sie sich kennengelernt, als er mit ihr über einen Tester des Guide Gabin gesprochen hatte, der in Kieffers Luxemburger Restaurant unter mysteriösen Umständen zu Tode gekommen war.

Damals hatte ihn die junge Frau auf Anhieb beeindruckt, weil sie ganz anders war, als er sich die Erbin und Chefin des berühmtesten Gastronomie-Imperiums der Welt vorgestellt hatte. Im Kataster seiner Vorurteile trugen Frauen wie Valérie Perlenketten, fuhren stets in einer dunklen Limousine vor und waren es gewohnt, dass ihnen tout le monde Reverenz erwies.

Valérie jedoch wirkte in ihren Jeans und Turnschuhen wie ein ganz normaler Mensch, wie jemand, den weder obszöner Reichtum noch Privatschule hatten verbiegen können. Ihre Offenheit und ihre Zugänglichkeit hatten ihn seinerzeit umgehauen.

Kieffer setzte sich unweit der Invalidenbrücke auf eine Bank und rauchte eine Zigarette. Es dämmerte inzwischen. Es war dumm, wohlhabende Frauen allesamt als blasierte Perlhühner abzustempeln. Er seufzte. Und die millionenschwere Erbin eines Pariser Medienimperiums wegen ihrer abgewetzten Turnschuhe und ihrer Surferklamotten für das unkomplizierteste Mädchen der Welt zu halten, war ebenfalls einfältig.

Das Cochon kam also auf keinen Fall infrage, nicht jetzt, nicht nach dieser Nacht. Plötzlich fiel Kieffer ein, wo man um diese Zeit ein erstklassiges Frühstück bekam. Und er wusste auch, mit wem er sich dort zu dieser absurd frühen Stunde verabreden konnte. Der Koch nahm sein Handy aus der Tasche und wählte die Nummer, die er immer noch auswendig kannte.

Nach dem zweiten Klingeln bellte eine raue Stimme: »Hashimoto Kaneda. Moshi moshi!« Im Hintergrund hörte Kieffer einen ohrenbetäubenden Krach.

»Hier ist Xavier. Xavier Kieffer. Erinnerst du dich noch an mich, Toro?«

»Xavier-kun! Natürlich Mann, das ist eine Überraschung. Bist du in Paris?« Der zweite Satz ging beinahe in lautem Scheppern unter.

»Ja«, sagte Kieffer, »und du bist auf dem Rungis, das hört man.«

»Hai!«

»Hast du Zeit für ein kleines Frühstück, Toro?«

»Ja. Kannst du um sechs im ›La Marée‹ sein? Du weißt schon, das Fischrestaurant hier am Großmarkt.«

Spiegeleier mit Speck wären Kieffer um diese Uhrzeit deutlich lieber gewesen als Austern – egal, wie frisch diese sein mochten. Doch er beschloss, jetzt nicht schwierig zu werden. »Ich fahre gleich los. Bis später, Toro.«

Der Rungis befand sich im Süden, ein gutes Stück außerhalb des Pariser Innenstadtrings. Früher, da hatte der Großmarkt mitten in der Stadt gelegen, in Les Halles, unweit der Börse. Den »Bauch von Paris« hatte Émile Zola den riesigen Markt genannt, weil man dort alles kaufen konnte, was auch nur im Entferntesten essbar war. Irgendwann waren Les Halles jedoch aus allen Nähten geplatzt, und so hatte man den Markt in den Sechzigern verlegt, auf einen Acker vor der Stadt. Dort, wo sich früher die schläfrigen Dörfer Rungis und Chevilly-Larue befunden hatten, erstreckte sich nun über eine Fläche von mehr als 230 Hektar der Marché international de Rungis, der größte Lebensmittelgroßmarkt des Planeten. Was früher einmal der Bauch von Paris gewesen sein mochte, war jetzt eher der Wanst der Welt. Zahllose Hallen gab es hier, für Fleisch, für Fisch, für Innereien, dazu allein neun Gebäude für Gemüse. Dazu kamen Restaurants, Filialen aller wichtigen Banken, eine Polizeistation und sogar eine Bibliothek, in der man sich über die Feinheiten der angebotenen Nahrungsmittel informieren konnte. Der Rungis besaß auch einen eigenen Bahnhof, in den täglich Kühlzüge einfuhren, beladen mit frischen Austern, Hummern, Rinderhälften oder

Hasenfilets. Noch weitaus größere Essensberge kamen per Lkw und über den neben dem Großmarktareal gelegenen Flughafen Orly. Wo auch immer auf der Erde ein Nahrungsmittel geerntet, gefangen oder geschlachtet wurde – 24 bis 48 Stunden später landete zumindest ein Teil davon in den Hallen des Rungis, um von dort seinen Weg in die Küchen von Restaurants in Frankreich, Deutschland oder Luxemburg zu finden.

Während Paris noch döste, herrschte auf dem Rungis bereits Hochbetrieb. Wer etwas mit Gastronomie oder Lebensmittelhandel, mit den métiers de la bouche zu tun hatte, der kam frühmorgens hierher, um sich frische Ware zu besorgen. Kieffer ließ sich von seinem Taxifahrer vor dem Pavillon de la Marée absetzen. Ihm fiel auf, dass man die Fischhalle deutlich vergrößert hatte. Dann lief er über den Parkplatz, vorbei an unrasierten Männern, die auf Sackkarren und mit kleinen Gabelstaplern Kisten voller geeister Meerestiere zu ihren Lastwagen brachten. Zwei Chinesen bugsierten einen ganzen Hai an ihm vorbei, den sie mit Schnüren notdürftig auf einem Fahrrad befestigt hatten. Kieffer wich den Männern aus und hielt auf die blaue Leuchtschrift des Restaurants »A la Marée« zu. Angeblich bekam man nirgendwo frischere Meerestiere serviert als hier, direkt neben der Fischhalle. Früher hatte man im »Marée« mit etwas Glück Staatspräsident François Mitterrand getroffen, der zu früher Stunde gerne zwei Dutzend Frühstücksaustern verzehrte.

Als Kieffer das Restaurant betrat, sah er Kaneda Hashimoto sofort. Er stand bereits mit einem Espresso an der Bar und plauderte mit einem der Köche. Alle seine Freunde nannten den Japaner Toro, was als ironische

Anspielung auf sein Äußeres gemeint war. Toro hieß im Sushijargon das besonders fette Bauchfleisch des Thunfischs. Und wenn es etwas gab, das Hashimoto garantiert nicht besaß, dann war es Fettgewebe. Er war hochgeschossen, an die 1,80 Meter, also ziemlich groß für einen Japaner. Dabei wog er bestenfalls sechzig Kilo.

Hashimoto sah genauso aus wie früher, als er die Sushibar im »La Houle« betreut hatte. Er bestand immer noch ausschließlich aus flächendeckend tätowierter Haut und Knochen. Seine schwarze Jeans und sein Dead-Kennedys-T-Shirt schlackerten um den dürren Leib. Der Japaner hatte einen kurzen Kinnbart und einen kahlrasierten Schädel, der ihm etwas Mönchhaftes verlieh.

Als er Kieffer sah, grinste er breit. »Shibaraku desu ne! Sehr lange ist es her!« Hashimoto streckte ihm die erhobene Hand hin. Der Luxemburger klatschte brav ab. Nachdem sie sich gesetzt und Kaffee bestellt hatten, fragte Kieffer: »Und Toro, wie läuft das Geschäft?«

»Ganz okay. Ich habe meine eigene kleine Sushibar, in Saint-Germain. Und du hast doch ein Geschäft in Luxemburg, wie hieß es noch mal?«

»Les Deux Eglises. Läuft ebenfalls passabel.«

Der Kellner brachte zwölf Austern für den Japaner sowie zwei frisch aufgebrochene Seeigel. Kieffer war immer noch etwas schwummrig vom Calvados, deshalb versuchte er es mit Bückling und Bratkartoffeln.

Hashimoto beträufelte seine Austern mit Tabasco und begann, ihre Schalen zügig und unter lautem Schlürfen zu leeren. »Was treibt dich her?«

»Ich war gestern Abend bei einem Dinner im Musée d'Orsay, mit deinem Landsmann Ryuunosuke Mifune.«

Der Japaner lachte. Es klang wie das Meckern einer

asthmatischen Ziege. »Vornehm, Alter. Aber ein bisschen steif, komm lieber heute Abend zu mir, dann zeig' ich dir, dass Sushi auch Rock'n'Roll sein kann. Wie hat dir Mifunes Zeug geschmeckt?«

»Kann ich nicht sagen. Er ist während des Dinners mit Vergiftungserscheinungen ins Krankenhaus eingeliefert worden. Und jetzt ist er tot.«

Hashimoto legte seine Auster aus der Hand. »Scheiße. Das ist ja Wahnsinn. Vergiss was ich gesagt habe. Mifune war ein ganz Großer. Womit soll er sich denn vergiftet haben?«

»Tetrodotoxin, das Zeug aus dem Kugelfisch. Die Polizei sagt, es komme auch in anderen Fischen vor, und er sei bei der Zubereitung seines Omakase damit in Berührung gekommen, was ich allerdings nicht ganz verstanden habe.«

Hashimoto winkte einem der Kellner. »Meine Flasche und zwei Schälchen, bitte.« Dann wandte er sich wieder Kieffer zu.

»Der Anstand gebietet, dass wir gleich einen Osake auf diesen außergewöhnlichen Shokunin trinken, möge er in Frieden ruhen.« Der Japaner runzelte die Stirn. »Wie war das mit dem Gift?«

»Ich dachte eigentlich, du könntest mir das erklären.«

»Tetrodotoxin ist ein schweres Nervengift. Die meisten Leute kennen es aus dem Fugu, dem Kugelfisch. Aber es kommt auch in vielen anderen Meerestieren vor. Krebse, Schnecken, Seesterne, Oktopussys ...«

»Die produzieren alle das gleiche Gift?«

»Ja. Nein. Das Zeug wird nicht von den Tieren selbst produziert, sondern von irgendwelchen Bakterien, die eine Symbiose mit ihnen eingehen. Glaube ich. Ich bin kein Biologe, Mann! Aber jeder japanische Koch weiß, dass man mit bestimmten Meerestieren ein bisschen vorsichtig sein muss.«

Der Kellner brachte eine Sake-Flasche und zwei kleine Schalen. Hashimoto füllte sie und schob Kieffer eine hinüber. »Auf einen großen Koch. Kanpai!«

»Kanpai. Kannst du dir mal dieses Menü ansehen, Toro?«

»Ist das von gestern Abend?«

»Korrekt.«

Hashimoto studierte kurz die Speisenfolge auf der Tischkarte und lachte erneut sein Asthmaziegen-Lachen. »Muzukashii yo!«

»Wie bitte?«

»Schwierig! Ein sehr schwieriges Menü«, sagte der Sushikoch. »Sehr schlicht, aber gleichzeitig sehr kompliziert.«

»In welchen der dort aufgeführten Zutaten könnte das Gift gewesen sein?«

Hashimoto schaute ihn an. »In keiner.«

Kieffer war irritiert. »Sieh mal hier, der dritte Gang. Tako mit Abalone. Tako ist doch Oktopus, oder? Und du hast gesagt, dass Kraken dieses Nervengift enthalten können.«

»Können. Aber nicht bei Mifune.«

»Toro, jetzt lass' dir nicht jedes Wort einzeln aus der Nase ziehen!«

»Ist ja gut. Es läuft folgendermaßen: Das Tetrodotoxin injiziert ein Tako seinem Opfer, wenn er zubeißt. Es konzentriert sich also nahe seines Mauls. Da den Krakenkopf niemand isst, ist die Gefahr, was davon abzukriegen, sehr gering.«

Hashimoto schüttete Chilisoße in eine Austernschale. Die Auster war unter dem Tabasco kaum noch zu erkennen. »Mitunter kann sich das Gift jedoch auch in den Spitzen der Tentakel ansammeln. Aber nur da.«

»Passiert das häufig?«

»Verdammt selten. So selten, dass sich die meisten Sushiköche gar nicht drum scheren und das Problem einfach ignorieren. Nur ein paar Traditionalisten aus der Spitzengastronomie, die halten sich noch an die überlieferten Regeln. Die servieren nie Tentakelspitzen, sie fassen die nicht einmal ohne Handschuhe an. Mifune war einer von ihnen.«

»Vielleicht hat er einfach einen Fehler gemacht«, wandte Kieffer ein.

Hashimoto schüttelte energisch den Kopf. »Mifune ist eine Legende, Mann. Mit 13 Jahren hat er in Shibuya seine Lehre begonnen, er hat über 40 Jahre Erfahrung. Und Tako war eine seiner Spezialitäten. Kraken sind das Schwierigste. Ein kleiner Fehler bei der Zubereitung und der schmeckt wie Autoreifen. Ein großer Fehler und du hast einen Gast, der nach Luft schnappt und ins Krankenhaus muss.«

Der Japaner gab Kieffer das Menukärtchen zurück und schaute ihm in die Augen. »Ich sage dir: Wenn es in dieser Stadt, ach, auf diesem Kontinent einen Typen gab, der sich bestimmt nicht selber mit Tako vergiftet hätte, dann war es Ryuunosuke Mifune.«

4

Hashimoto nahm Kieffer in seinem alten Mazda Cosmo mit zurück in die Stadt und setzte ihn vor der Gare de l'Est ab. »Willst du nicht doch noch mit in mein Restaurant kommen?«, fragte der Japaner. »Die Jungs würden sich freuen, dich kennenzulernen.«

»Danke, Toro. Vielleicht ein andermal. Ich sollte jetzt wirklich zurück nach Luxemburg, heute Abend muss ich wieder in meiner Küche stehen und ich habe die ganze Nacht nicht geschlafen.«

Hashimoto nickte verständnisvoll. »Wir werden alt. Früher hätten wir einfach was eingeworfen und wären dann den ganzen Abend wie aufgezogen durch die Küche geflitzt.«

»Früher hatten wir kein eigenes Restaurant und mussten uns nur um uns selbst kümmern.«

»Stimmt wohl. War aber auch ganz geil.«

Sie gaben einander die Hand und Kieffer sah zu, wie Hashimoto in seinem roten Oldtimer davonfuhr. Er wusste nicht recht, was er als Nächstes tun sollte. Sein Zeitplan war völlig durcheinander. Er war völlig durcheinander. Valérie wollte er nicht anrufen, sie hatte ihm ziemlich deutlich gemacht, dass sie ihn an diesem Wochenende nicht mehr sehen wollte. Andererseits würde Toros Einschätzung, Mifune könne sich kaum selbst vergiftet haben, die Gabin-Chefin brennend interessieren.

Kieffer kaufte sich in einem amerikanischen Coffeeshop einen Espresso, den ihm der Barista zu seinem großen Missfallen in einem fingerhutgroßen Pappbecher überreichte. Dann tippte er eine SMS an Valérie. Seit er mit der Pariserin liiert war, hatte er einiges über moderne Kommunikationstechnologien gelernt. Zum Beispiel, dass man sich in den Tiefphasen einer Beziehung, wenn man weder miteinander schlafen noch sprechen wollte, immer noch Textnachrichten schicken konnte. Und dass diese nonverbale Verständigung mitunter die Chance erhöhte, auf Fragen überhaupt eine Antwort zu bekommen.

Zwischen Schlucken lauwarmen Kaffees komponierte Kieffer seine Nachricht, schrieb sie mehrfach um, löschte dann alles wieder und begann von vorne. Zum Schluss stand im Display: »Fahre heim. Ruf mich an, wenn du magst. Habe neue Details zu RM.« Er schickte die SMS ab und begab sich zum Bahnsteig. Er hatte Glück, der nächste Schnellzug nach Luxemburg fuhr bereits wenige Minuten später.

Im Zug machte er sich zunächst über mehrere französische Zeitungen her, die er am Bahnhofskiosk erstanden hatte. Keine einzige erwähnte den Tod des Sushimeisters. Vermutlich war das Ganze zu spät passiert, um noch in die Sonntagsausgaben zu gelangen. Doch am nächsten Tag, da war sich Kieffer sicher, würden die Blätter voll mit der Geschichte sein. Nach einer halben Stunde merkte er, wie seine Lider schwer wurden. Er war nun seit über 24 Stunden auf den Beinen, und kein Espresso der Welt würde ihn noch länger wach halten. Er kippte den Sitz zurück und schlief sofort ein.

Als er wieder aufwachte, war der TGV schon in Luxemburg. Sie fuhren gerade in die Stadt ein. Es war ein herrlich sonniger Morgen. Schweres Gepäck hatte Kieffer keines, und so beschloss er, zu Fuß zu seiner Wohnung in der Luxemburger Unterstadt zu laufen.

Er verließ den Bahnhof und spazierte die Avenue de la Gare hinauf. Dann querte er das Viadukt, das die unter ihm liegende Pétrusse-Schlucht überspannte. Im Tal konnte er Sonntagsspaziergänger beobachten, die durch die Auen flanierten. Hinter der Brücke bog er nach rechts ab, lief über das Plateau du St. Esprit und gelangte am Ende des Platzes an einen Aufzug, der in die Felswand eingepasst war. Zusammen mit einigen japanischen Touristen betrat er den Lift und glitt von der Luxemburger Ober- in die etwa 70 Meter tiefer gelegene Unterstadt.

Dort angekommen beschleunigte Kieffer seine Schritte und ließ die asiatischen Ausflügler rasch hinter sich. Wenige Minuten später stand er vor seiner Haustür in der Tilleschgass. Es war nicht einmal Mittag, und so hatte er noch etwas Zeit, bis er sich zu seinem Restaurant begeben musste. Kieffers Spezialitätenlokal »Les Deux Eglises« lag im Stadtteil Clausen, nicht allzu weit entfernt von seinem Wohnhaus in Grund. Nichts lag wirklich weit auseinander in Luxemburg-Stadt.

Kieffer warf seine Vibiemme an, ein fauchendes Monster von einer Kaffeemaschine, und brühte sich einen Café au Lait mit drei Espressoportionen. Dann ging er in den Garten, der hinter dem alten Backsteinhaus an den Fluss

Alzette angrenzte und setzte sich ein wenig in die Sonne. Gerade als er von der Wärme wieder schläfrig wurde, klingelte sein Telefon. Er sah ihre Nummer im Display.

»Hallo, Valérie.«

»Bist du schon zurück in Luxemburg, Xavier?«

»Ja, ich sitze bereits im Garten. Paris ohne dich interessiert mich nicht sonderlich.«

Sie schwieg zunächst einige Sekunden, dann sagte sie: »Xavier, es tut mir leid, ich … ich wollte dich nicht … ach, Mist.«

Was hatte sie nicht gewollt? Ihn nach Paris einladen, ohne irgendeine Erklärung? Ihn gleich wieder vor die Tür setzen, ebenfalls ohne Erklärung? Das hätte Kieffer jetzt eigentlich gerne gewusst. Stattdessen sagte er: »Es ist schon okay, Val.«

»Ich werde es wiedergutmachen. Übernächstes Wochenende, nur wir beide«, versprach sie.

»Das wäre schön. Aber vielleicht nicht wieder Paris.«

»Du, ich weiß«, rief sie. Das Traurige, Bedrückte war aus ihrer Stimme gewichen, sie klang nun wie ein aufgekratztes junges Mädchen. »Wir fahren in diese, wie heißen die gleich? In die Luxemburger Alpen, von denen du erzählt hast.«

Er musste lachen. »Die Luxemburgische Schweiz? Das ist eine gute Idee. Versprich dir davon aber nicht zuviel, der höchste Hügel hat zweihundert Meter. Trotzdem ist es sehr schön dort. Sehr romantisch«, fügte er hinzu.

»Abgemacht. Ich komme am Freitag, und dann erklimmen wir euer Bergmassiv. Und noch etwas anderes: Was hast du über Mifune herausgefunden?«

Er zündete sich eine Ducal an, ließ etwas des dichten Rauchs durch den Mund entweichen, um ihn gleich darauf wieder einzusaugen. »Eigentlich nichts Handfestes. Aber ich habe mich mit einem alten Freund getroffen, Toro Hashimoto. Er hat damals mit mir zusammen im ›La Houle‹ gearbeitet, und betreibt jetzt im Sechsten eine Sushibar.«

»Und der sagt was?«

»Er sagt«, fuhr Kieffer fort, »dass ein Sushi-Großmeister wie Mifune sich nicht mit Tetrodotoxin aus einem Kraken vergiftet.«

»Warum nicht? So etwas kann doch theoretisch jedem passieren, der mit giftigen Meerestieren hantiert.«

»Toro sagt, Mifune habe die Tentakelspitzen des Oktopus grundsätzlich nie für seine Küche verwendet – wegen der Eins-zu-eintausend-Chance, dass sich in ihnen dieses Nervengift anreichert. Dieser Spleen war in der Branche wohlbekannt, weil eine derart, sagen wir, übertriebene Pingeligkeit eher ungewöhnlich ist.«

Valérie ächzte. »Dann muss ja jemand …«

»Genau«, erwiderte Kieffer. »Jemand muss ihm das Tetrodotoxin irgendwie verabreicht haben.«

»Darf ich das an meinen Bürgermeister weitergeben, Xavier? Das wird François sicher brennend interessieren.«

»Klar, Val. Aber eine Bitte.«

»Was denn, Xavier?« Er meinte eine gespielte Ahnungslosigkeit in ihrer Stimme zu bemerken, die ihm nicht behagte.

»Halt mich da raus. Die einzigen Fische, mit denen ich mich beschäftigen möchte, sind der Stackfësch am Schäffchen und die Frell am Riesling, die ich gerade auf der Karte habe.«

»Habe ich verstanden. Du, ich muss jetzt Schluss machen. Ich drücke dich!« Dann legte sie auf.

Kieffer blieb noch etwas in der Sonne sitzen und schaute auf die Alzette. Seine Laune hatte sich merklich gebessert, sein Zorn auf Valérie war fast verflogen. Die Aussicht auf ein gemeinsames Wochenende fernab allen Trubels besänftigte ihn. Vermutlich brauchten sie einfach etwas Zeit und Ruhe, und ein abgeschiedener Gasthof im ländlichen Teil Luxemburgs war dafür genau das Richtige.

Kieffer ging in sein Wohnzimmer. Vergnügt blätterte er eine halbe Stunde in einigen Luxemburg-Reiseführern. Er suchte ein nettes Hotel sowie mehrere passable Restaurants in der Nähe von Echternach heraus.

5

Wie immer, wenn das Wetter es zuließ, lief Kieffer auch an diesem Montagmorgen den Weg von seiner Wohnung bis zum »Deux Eglises« zu Fuß. Autofahren war in der Luxemburger Unterstadt eine mühselige Angelegenheit, weil man ständig die großen Kalkfelsen umrunden musste, auf und zwischen denen die Stadt erbaut worden war. Per pedes brauchte er bis zu seinem kleinen Lokal kaum mehr als zwanzig Minuten. Außerdem half ihm der kurze Spaziergang stets, den Kopf freizubekommen.

Kieffers Schleichweg lief an der Abbaye de Neumünster vorbei und führte dann über einen schmalen Pfad am Fluss entlang, bis nach Clausen. Schon immer hatte er während dieses kleinen Spaziergangs gerne auf die gemächlich vorbeifließende Alzette geschaut, seit einigen Monaten blickte er jedoch besonders konzentriert auf den Fluss zu seiner Rechten. Denn so vermied er es, der neuen Gebäude ansichtig zu werden, die unlängst linker Hand seines Schleichwegs aus dem Boden gestampft worden waren.

Irgendein Stadtentwickler hatte hier mehrere Fertigbauten in die ville basse gesetzt, große rötliche Quader mit verspiegelten Scheiben. Diese Bürowürfel sahen aus, als ob sie ein Riese achtlos dort hingeworfen hätte. Die Glaskästen passten in etwa so gut in die Luxemburger Unterstadt wie Big Macs in ein Menü von Paul Bocuse. In den Gebäuden saßen, das wusste er aus der Zeitung, mehrere amerikanische Hightechfirmen und ein großer Anbieter von Internettelefonie. Kieffer war nicht ganz klar, warum jemand mithilfe des Internets telefonieren wollte; hatte heutzutage nicht jeder ein Handy? Aber er verstand, warum sich diese Firmen hier angesiedelt hatten. Ihre jungen hippen Angestellten wollten nicht auf dem seelenlosen Kirchberg außerhalb der Stadt sitzen. Dort hockten in zahllosen Hochhäusern Beamte verschiedener EU-Institutionen sowie die Mitarbeiter Hunderter Banken und Investmentfonds – Schlips- und Bedenkenträger also, Erbsenzähler und Paragrafenreiter.

Die Chefs der Internetfirmen erachteten dieses Umfeld offenbar als zu unkreativ für ihre Leute. Sie hatten sich stattdessen für das kleinteilige Clausen entschieden, mit seinem bröckeligen Charme, den Kleinkünstlern und der schick renovierten alten Mousel-Brauerei. Kieffer konnte das durchaus nachvollziehen, er lebte und arbeitete schließlich auch gerne hier. Doch neuerdings beschlich ihn die Angst, dass ihm die Internetfuzzis sein Viertel wegnehmen, es mit amerikanischen Coffeeshops zupflastern und in eine Miniatur des Marais oder Prenzlauer Bergs verwandeln würden. Typen wie Cesar Lee Willinon, die mit ihren Waschkörben voller Dollars kamen, sich über das zauberhafte Lokalkolorit und die kreative Atmosphäre freuten – und dann umgehend die Immobilienpreise und alles Übrige ruinierten.

Kieffer war froh, als er die Webwürfel hinter sich gelassen hatte und die Rives de Clausen passierte, die umgebaute Brauerei. Er lief die Rue Jules Wilhelm hinauf, an deren steilem Hang jenes alte französische Wachhäuschen klebte, das sein »Deux Eglises« beherbergte. Auf der Terrasse des Restaurants saßen einige Ausflügler und genossen die Nachmittagssonne. Er stieg die verwitterte, von Flechten überwucherte Steintreppe empor, nickte zwei einheimischen Stammgästen zu und ließ sich von seinem Kellner Jacques eine Schürze reichen. Er war schon im Begriff, die Tür zum Schankraum zu öffnen, als ihm einer der Gäste etwas auf Englisch zurief. »Sorry, kurze Frage.«

Kieffer drehte sich um. An einem Außentisch rechts von ihm saßen drei junge Männer. Wegen ihrer bunten T-Shirts und der Baseballkappen hatte er sie zunächst für Touristen gehalten, doch nun sah er, dass dies kaum zutreffen konnte. Auf ihrem Tisch standen mehrere Laptops, daneben lag mindestens ein halbes Dutzend weiterer elektronischer Geräte. Zwei der Männer tippten eifrig. Jener, der Kieffer angesprochen hatte, musste Mitte dreißig sein. Er trug einen Magnum-Schnauzbart und blickte ihn durch eine wuchtige schwarze Hornbrille an. Auf seinem T-Shirt stand: »I'm huge on Twitter.«

Nun wurde dem Luxemburger alles klar. Einer der roten Würfel hatte diese Typen ausgespien, und nun waren sie dabei, sein Restaurant in eine verdammte Weltraumstation zu verwandeln. Die Hornbrille lächelte Kieffer freundlich zu und sagte: »Sind Sie hier der Chef?«

»Bin ich.«

»Ich wollte fragen«, sagte er und zeigte auf die Laptops hinter sich, »ob wir uns vielleicht kurz bei Ihnen einklinken können.« Das Englisch des Mannes klang, als habe er eine heiße Kartoffel im Mund. Kieffer konnte den seltsamen Akzent nicht ganz verorten, möglicherweise war er Skandinavier.

Der Koch blinzelte ratlos. »Einklinken? In die Steckdose? Ich verstehe nicht ganz ...«

»In Ihr Wifi.« Als der Mann sah, dass Kieffer immer noch keine Reaktion zeigte, sagte er betont langsam: »Besitzt Ihr Restaurant eine drahtlose Internetverbindung? Wir müssten da mal rein, denn der Felsen«, er deutete auf den hinter ihnen aufragenden Kirchberg, »und meine WCDMA-Karte vertragen sich nicht. Ich kriege nur GPRS, brauche aber mehr Bandbreite.«

Bevor Kieffer etwas antworten konnte, mischte sich eine weitere Stimme ein: »Unohda. Sillä internet on suuri mysteeri!« Sie gehörte, das erkannte der Koch sofort, keinem anderen als seinem Freund Pekka Vatanen. Der finnische EU-Beamte machte bei solch gutem Wetter abends gerne ein Stündchen früher Schluss, um im »Deux Eglises« eine Flasche seines Lieblingsrivaners zu trinken.

Der Hipster mit der Hornbrille schnaubte vergnügt. Vatanen sagte einen weiteren Satz auf Finnisch, der die am Tisch versammelten Internetexperten kollektiv zum Kichern brachte. Dann legte er Kieffer eine Hand auf die Schulter. »Ich habe das für dich geklärt, Xavier. Zum Dank könntest du mir einen Pinot Blanc besorgen. Ich hatte heute zwei staubtrockene Normierungssitzungen des landwirtschaftlichen Beirats, die machen mich immer wahnsinnig durstig.«

Sie betraten die Gaststätte. Vatanen ließ sich sofort auf seinem Stammplatz an der Bar nieder. Kieffer trat hinter die Theke und entkorkte eine Flasche 2010er Coteaux de

Remich für seinen Freund. Dann zündete er sich eine Ducal an. »Was hast du denen erzählt? Sind das Finnen?«

Vatanen nahm die Flasche entgegen und schenkte sich großzügig ein. Nachdem er probiert und den Pinot für gut befunden hatte, sagte er: »Ja, die arbeiten für einen Ableger dieses finnischen Handykonzerns. Irgendein Start-up, das in diesem neuen Bürokomplex da unten sitzt. Ich habe ihnen gesagt, dass du das Internet für ein großes Wunder hältst und dich gerade erst damit angefreundet hast, dass es irgendwie aus der Telefonleitung rauskommt. Und dass sie dich nicht mit dem Gedanken verunsichern sollen«, der Finne imitierte nun mit den Armen Flügelschläge, »dass es jetzt da draußen frei herumfliegt. Aber im Ernst: Wenn du diese Jungs als Kunden behalten willst, solltest du vielleicht mal über so einen Hotspot nachdenken. Der ist denen vermutlich wichtiger als eine funktionierende Toilette.«

Kieffer blies verächtlich Rauch in Richtung der steinernen Decke. »Wer nicht wegen des Essens kommt, der kann mir gestohlen bleiben. Der einzige Hotspot, den wir hier brauchen, ist mein Induktionsherd.«

Er schenkte sich auch etwas von dem Pinot ein. »Aber vergessen wir mal kurz diese Internetfuzzis. Ich muss mit dir über etwas anderes reden.«

Vatanen hob spöttisch die rechte Augenbraue. »Lass mich raten: Beziehungsprobleme? Madämmchen außer Rand und Band?«

Der Koch schüttelte energisch den Kopf. »Nein. Eher Probleme mit einem toten Koch.«

»Schon wieder? Vielleicht solltest du doch mal an deiner Speisekarte ...«

Kieffer seufzte. Ihm war klar gewesen, dass Vatanen

sich diesen Witz nicht würde verkneifen können. Im vergangenen Jahr war ein Kritiker des renommierten Guide Gabin unter mysteriösen Umständen in seinem Restaurant ums Leben gekommen. Der Fall war zum Glück aufgeklärt worden und der Ruf des »Deux Eglises« hatte keinen bleibenden Schaden genommen. Trotzdem liebte es der Finne, die Geschichte immer wieder für den einen oder anderen blöden Spruch heranzuziehen. Kieffer fand das Ganze nur begrenzt komisch, aber was konnte man schon machen? Feinfühligkeit gehörte eben nicht gerade zu Vatanens ausgeprägtesten Charaktereigenschaften.

»Nicht hier, Pekka. In Paris. Der Tote heißt Ryuunosuke Mifune und war ein bekannter Sushikoch. Ich habe gesehen, wie er starb.«

»Aha. Und wieso warst du während seines Hinschieds zugegen?«

»Valérie hat mich hingeschleppt. Es war ein Dinner auf Einladung des Pariser Bürgermeisters. Der ist einer ihrer Bekannten oder Freunde, was weiß ich.«

Vatanen pfiff anerkennend durch die Zähne. »Also Xavier, durch diese Liaison kommst du ja neuerdings mit gesellschaftlichen Kreisen in Berührung, Donnerwetter.«

Kieffer überging diese Spitze und erzählte seinem Freund, was im Musée d'Orsay und am darauffolgenden Tag passiert war. Als er geendet hatte, sagte Vatanen: »Und dieser Sushikoch, der war eine richtig große Nummer?«

»Kann man so sagen. Wenn du es ganz genau wissen willst, müsste ich nochmals Valérie fragen. Aber die landläufige Meinung wäre wohl, dass Mifune zusammen mit Jiro Ono und Nobu Matsuhisa gewissermaßen die Heilige Dreifaltigkeit der Sushiküche bildet. Bildete.«

»Soso. Ist es schlimm, dass ich von keinem dieser drei Samurai jemals gehört habe?«

»Selbst du kannst nicht alles wissen, Pekka.«

»Das stimmt wohl.« Der Finne schaute, als denke er eingehend über dieses Problem nach und schenkte sich erneut ein. Die Weinflasche neigte sich allmählich dem Ende zu.

»Wenn der Japs so ein Genie war, und dazu ein Freund des Bürgermeisters, dann wird sich die Pariser Polizei sicherlich ganz energisch um den Fall kümmern. Du, lieber Xavier, musst also diesmal nichts machen.«

Er wusste, dass Vatanen wieder auf die Geschichte mit dem toten Restauranttester anspielte. Weil es um den Ruf seines Restaurants gegangen und weil seine Meinung von der Luxemburger Kriminalpolizei nicht allzu hoch war, hatte er auf eigene Faust ermittelt. Aber diesmal lagen die Dinge anders. Der Mord war in Frankreich geschehen, weit weg vom »Deux Eglises«. Kieffer würde sich schön aus der Sache heraushalten. Vatanen legte den Kopf schief und lächelte ihn verschmitzt an.

»Aber es juckt dich schon, hmmm?«

»Überhaupt nicht, Pekka.«

»Lügner. Du hast sogar schon selbst rausgefunden, dass die Hypothese der Pariser Polizei, die mit dem Arbeitsunfall, nicht haltbar ist. Und zwar ohne, dass dich jemand dazu getrieben hätte.« Er grinste schelmisch. »Irgendwo in meinem phlegmatischen Leibkoch, da schlummert ein Terrier, ein Spürhund, ein Küchenmeisterdetektiv.«

»Quatsch. Gib mir lieber dein Glas, der Rest ist für dich.«

»Danke. Na ja, wenn Neugier als intrinsische Motivation nicht ausreichen sollte, dann gibt es bestimmt etwas anderes, das dich nochmals zum kommissarischen Koch machen könnte.«

»Und was bitte soll das sein?«

»Sex. Leidenschaftlicher Sex mit einer braun gebrannten, jungen Französin. Also dafür würde ich sogar einen Mord begehen, du hingegen müsstest ja nur einen aufklären. Sie wäre dir bestimmt so dankbar, dass …«

Bevor sich der bereits unerfreulich angetrunkene Vatanen in drastischen Beschreibungen ergehen konnte, klingelte glücklicherweise das Bartelefon.

»Les ›Deux Eglises‹, bonsoir.«

Als er hörte, was der Anrufer wollte, stockte Kieffer kurz der Atem.

»Am Mittwoch? Ja, das ist möglich. Selbstverständlich werde ich kommen. Bis dann.«

Kieffer legte den Hörer auf und griff nach seiner Ducal-Schachtel. Dabei murmelte er: »Das ist in der Tat eine Bitte, die sich kaum ausschlagen lässt.«

Vatanen grinste vergnügt. »Hat Valérie Gabin ganz lieb um deine Hilfe gebeten?«

»Nein. Aber François Allégret, der Pariser Bürgermeister. Er möchte mich in seiner Jagdhütte treffen, in der Nähe von Paris.«

»Was will er denn von dir?«, fragte Vatanen.

»Das hat sein Assistent nicht gesagt. Aber es kann eigentlich nur um den Mord an Mifune gehen.«

Der Finne schaute ihn prüfend an. »Und wieso kannst du diese Bitte nicht ablehnen?«

»Na, Pekka, erinnere dich doch mal genau an die Geschichte mit dem toten Gastrokritiker und der Teufelsfrucht. Weißt du noch, wie dieser Lebensmittelkonzern mich gekidnappt hat? Damals wäre ich fast draufgegangen, wenn mich die französische Polizei nicht im letzten Moment gerettet hätte.«

»Ja und? Ich dachte, Valérie Gabin hat damals die Polizei verständigt.«

»Ja, das stimmt«, sagte Kieffer und schenkte sich nochmals Wein nach. »Aber die kam nur deshalb so schnell angesaust, weil Valéries Busenfreund Allégret den Beamten ordentlich Druck gemacht hat.« Er blickte in sein Glas. »Ohne das beherzte Eingreifen des Pariser Bürgermeisters wäre ich jetzt vermutlich tot.«

»Du stehst also in seiner Schuld.«

»Das könnte man so sehen. Und François Allégret ist, glaube ich, jemand, der stets ganz genau weiß, wer ihm noch einen Gefallen schuldet.«

6

Allégrets Jagdhütte befand sich in der Nähe von Melun. Rund um das Städtchen südöstlich von Paris erstreckten sich zahlreiche Waldgebiete, wie der Forêt de Fontainebleau oder der Bois de Valence, in denen die wohlhabenden Pariser ihrer Jagdleidenschaft nachzugehen pflegten. Am frühen Mittwochmorgen war Kieffer von einer schwarzen Peugeot-Limousine vor seinem Haus in Grund abgeholt und hinüber nach Frankreich gefahren worden.

Nach rund zwei Stunden erreichten sie den Bois de Livry. Der Chauffeur bog von der Route Nationale auf einen Feldweg ab. Es nieselte leicht. Über ihnen erhob sich ein dichtes Dach aus Eichen- und Buchenblättern. Es war derart düster, dass der Fahrer das Licht einschalten musste. Nach weiteren zehn Minuten Fahrt erreichten sie ein kleines Waldschloss, das von einem hohen schmiedeeisernen Zaun umgeben war. Vor dem Eingangstor standen mehrere Polizisten mit Maschinenpistolen. Nachdem man sie durchgelassen hatte, parkte der Fahrer vor einer Freitreppe, die direkt zum Haupteingang führte. Ein livrierter Bediensteter öffnete dem

Koch die Tür. »Guten Morgen, Monsieur Kieffer«, sagte er. »Monsieur le Maire ist heute Morgen auf Wildschweinjagd gegangen und soeben zurückgekehrt. Er macht sich gerade frisch.«

Kieffer schaute sich um. Die Bezeichnung Jagdhütte, die Allégrets Assistent verwendet hatte, war eine ziemliche Untertreibung gewesen. Es handelte sich vielmehr um ein kleineres Lustschloss, mit mehreren Türmchen, einem Haupthaus, Stallungen und allerlei anderen Nebengebäuden. Links von ihnen befand sich ein größerer Parkplatz. Der Luxemburger konnte mehrere Männer in Wachsjacken und Gummistiefeln dabei beobachten, wie sie den blutverschmierten Kadaver einer riesigen Bache aus der Blutwanne im Fond eines Jeeps auf einen Rollkarren hievten. Allégrets morgendliche Jagd war offenbar erfolgreich gewesen.

Kieffer folgte dem Butler durch die Haupthalle in den Speisesaal. Das Schloss musste im 18. oder 19. Jahrhundert erbaut worden sein und sah aus wie ein Museum. In dem Zimmer, in das der Mann ihn führte, war kaum ein Zentimeter Tapete zu erspähen. Sämtliche Flächen waren bedeckt mit überdimensionalen Spiegeln sowie Ölgemälden mit Jagdszenen. Hinzu kamen auf Holztellern angebrachte Geweihe und Tierköpfe in kaum zu ermessender Zahl. Auch die riesige Eichentafel in der Mitte des Saals war völlig überladen. Der Tisch ächzte förmlich unter dem Gewicht all des alten Baccarats, Meißners und Silberbestecks, mit dem er eingedeckt war.

»Wie viele Personen werden wir denn?«, fragte er den Angestellten.

»Nur Sie und Monsieur le Maire«, erwiderte dieser. Dann schenkte er Kieffer wortlos ein Glas Wein ein, deutete auf eine Auswahl Zeitungen, die auf einem Beistelltisch aufgefächert lagen, und verließ mit einer Verbeugung den Raum.

Kieffer blätterte ein wenig in »Le Monde«. Die Montagsausgabe enthielt einen großen Bericht über den Tod Mifunes. Interessanter jedoch erschien ihm ein Leitartikel auf der Titelseite, in dem sich der Chefredakteur über die »Ungeheuerlichkeit des ganzen Vorgangs« ereiferte. Es war allerdings nicht der tote Japaner, über den sich der Journalist aufregte:

»Das Orsay ist nach dem Louvre Frankreichs größter Schatz. Manch einer würde sogar behaupten, dass Ersteres noch bedeutender ist als Letzteres, weil seine einzigartige Sammlung impressionistischer und expressionistischer Werke die wahre Seele der Nation verkörpert. Hier nun offenbart sich ein Skandal von noch nicht zu ermessender Tragweite. François Allégret ist schon in der Vergangenheit des Öfteren dadurch aufgefallen, dass er die Tresore und die nationalen Heiligtümer jener Stadt, die er seit nunmehr 14 Jahren regiert, als seine persönlichen Verfügungsobjekte, ja seine Pfründe erachtet. Man erinnere sich des Falls jener städtischen Immobilie im 8. Arrondissement, die Allégret einem Studienfreund (der zufällig auch Leiter der Pariser Museumsverwaltung ist) zu einem Spottpreis als Residenz überließ. Nun hat der Bürgermeister in bester Cäsarenmanier das ganze Musée d'Orsay leer räumen lassen wie eine zweitklassige Brasserie, um dort eine kleine private Feier zu veranstalten. Er verfügte, dass Kunstwerke unschätzbaren Wertes, darunter Gauguins ›Père Tanguy‹ und Monets ›La Japonaise‹, umgehängt und zur Dekoration seines Abendessens degradiert werden. Mit wem er dort dinierte, dies wollen wir nun wissen. Wer das alles bezahlt hat, das interessiert uns. Doch die Mairie, sie schweigt.«

Kieffer brach die Lektüre des seiner Ansicht nach arg gestelzten Artikels ab, da er aus dem Vorzimmer ein Knarren des Dielenbodens vernommen hatte. Just als er sich erhob, öffneten sich die Flügeltüren und François Allégret schwebte herein. Der Bürgermeister trug ein waldgrünes Hahnentritt-Sakko und braune Cordhosen von tadellosem Schnitt. Strahlend lächelnd schritt er auf den Koch zu und ergriff energisch dessen rechte Hand. Wie schon bei ihrer letzten Begegnung umfasste er dabei gleichzeitig mit der Linken Kieffers Unterarm und zog ihn zu sich heran, wie ein Fischer, der seinen Fang einholt. Der Luxemburger konnte Allégrets frisch aufgetragenes Eau de Toilette riechen.

»Xavier, schön Sie zu sehen. Ich hoffe, Sie haben Hunger mitgebracht?« Ohne eine Antwort abzuwarten, fuhr der Bürgermeister fort. »Ich nämlich sterbe vor Hunger. Ich bin seit halb fünf da draußen, diese Muttersau hat uns zu schaffen gemacht, ein riesiges Biest. Und Sie wissen ja: Die frische Luft macht Appetit.« Er deutete auf einen der Stühle und fügte in beiläufigem Tonfall hinzu: »Und das Töten auch.«

Sie saßen kaum, als der Kellner auch schon den ersten Gang brachte: ganz frische Austern, Fines de Claire aus Marennes, wie Allégret ihm erklärte. »Die besten, die man kriegen kann, ein Fahrer hat sie für uns vorhin direkt vom Rungis geholt.« Der Bürgermeister schloss die Augen und schlürfte eine Auster. Dann sagte er unvermittelt: »Sie glauben nicht, dass Mifune einen Unfall hatte.«

»Nach dem, was mein Freund Toro Hashimoto, ein Pariser Sushikoch, mir erzählt hat, mutet die offizielle Version etwas unwahrscheinlich an, ja.«

Allégret nickte. »Jemand muss die Wahrheit herausfinden.« Er lächelte, zeigte seine makellosen Porzellanzähne. Doch das Lächeln spielte sich nur um seine Mundwinkel herum ab. Die Augen des Bürgermeisters blieben unbeteiligt, und als er Kieffer anschaute, war sein Blick kühl. »Jemand wie Sie.«

Kieffer wartete, bis der Kellner die Austern abgeräumt und den zweiten Gang serviert hatte. Es gab Foie gras von der Gans, dazu knusprig geröstete Brioches und einen fast likörartigen Sauternes. Der Koch probierte von der Stopfleber. Sie war von perfekter, buttrig-sahniger Konsistenz. »Das ist vielleicht die beste Foie gras, die ich je gegessen habe.«

Der Bürgermeister nahm das Kompliment mit einem freundlichen Nicken entgegen. »Ich freue mich, dass sie Ihnen mundet. Sie ist von Duperier, sieben Goldmedaillen in Folge. Schrecklich teuer, aber ich könnte keine andere mehr essen. Da gibt es kein Zurück.«

Der Koch nippte an dem süßen Wein. »Ich freue mich über das Vertrauen, das Sie in mich setzen, Monsieur Allégret, aber …«

»François. Nie Allégret.« Erneut lächelte er dieses Lächeln, das sich nur in der unteren Hälfte seines Gesichts abzuspielen schien. »Nie Herr Bürgermeister. Niemals.«

»François. Aber ich denke, dass die französische Kriminalpolizei angesichts der Tragweite des Falls doch sicherlich bald etwas zutage fördern wird.«

Allégret strich Gänsestopfleber auf eine Scheibe Brioche und kleckste etwas gebuttertes Apfelkompott darauf. »Natürlich werden sie etwas zutage fördern. Die

Frage ist aber: Was? Und wann? Die Police Judiciaire wird alles durchleuchten, und sie wird es sehr gründlich tun. Man ist dort an dem Fall sehr interessiert, ganz außerordentlich sogar.« Er blickte auf. Etwas war mit Allégrets Augen, etwas, das Kieffer schon bei ihrem letzten Treffen irritiert hatte, ohne dass er hätte sagen können, was es war. Nun fiel ihm auf, dass der Bürgermeister verschiedenfarbige Augen hatte. Eines war wasserblau, das andere tiefbraun. »Mögen Sie Kapaun, Xavier?«

Die abrupten Themenwechsel begannen Kieffer etwas zu verwirren. Doch er beschloss, weiter mitzuspielen. »Ich habe schon länger keinen mehr gegessen. Wenn er gut zubereitet ist, sicher.« Kieffer war, was sein Essen anging, zwar sehr wählerisch, aber nicht unbedingt zimperlich. Er aß Schnecken und Stopfleber ebenso wie Tête de veau oder Schafshirn, also all die Dinge, die viele Menschen heutzutage ablehnten. Kapaun gehörte ebenfalls zu den Speisen, die einigen degoutant erschienen, sobald sie verstanden, dass es sich hierbei um einen Hahn handelte, der durch Kastration zum Eunuchen gemacht worden war und sich deshalb aufblähte, Fett ansetzte und daher besonders viel saftiges weißes Fleisch lieferte. Seltsamerweise waren das meistens die gleichen Leute, die ohne Zögern Billigbroiler und Chicken McNuggets aßen.

»Dann bin ich beruhigt, es gibt einige dieser vermeintlichen Tierliebhaber, vor allem in Deutschland, die halten Kapaun für eine Barbarei.« François Allégret lachte. »Diese Barbaren!«

Kieffer hätte sich jetzt gerne eine Ducal angezündet, sah aber nirgendwo einen Aschenbecher. Stattdessen fragte er: »Aber wenn die PJ mit Hochdruck daran arbeitet, den Mörder zu finden, wozu benötigen Sie überhaupt meine Hilfe?«

»Weil ich den Mörder schnell finden muss. Und die PJ wird mir diesen Gefallen kaum tun. Kennen Sie sich mit Pariser Lokalpolitik aus?«

»Vermutlich so gut wie Sie sich mit Luxemburger Lokalpolitik. Oder nationaler Politik. Das ist bei uns dasselbe.«

»Bei uns auch, Xavier, bei uns auch. Der Chef der Pariser Kriminalpolizei heißt Serge Dupont. Und der mit dem Fall betraute Oberstaatsanwalt ist niemand anders als Léon Vernier.«

»Beide Herren sagen mir überhaupt nichts, fürchte ich.«

»Beide sind zufällig Mitglieder der Sozialistischen Partei, der PS. Ich gehöre, wie Sie vielleicht wissen, zum konservativen Lager. Und Vernier möchte gerne Bürgermeister anstelle des Bürgermeisters werden, bei den Wahlen im nächsten Jahr.«

Nun verstand Kieffer. Die Pariser Ermittler würden die Sache auf Geheiß ihres Chefs so lange wie möglich hinauszögern – und die einzigartige Gelegenheit nutzen, im Rahmen ihrer Ermittlungen nach verfänglichem Material über den schillernden Allégret zu suchen.

»Man will Sie fertigmachen?«

»Exakt. Meine Gegner werden überall herumschnüffeln, mindestens bis zur Wahl. Kein Stein wird auf dem anderen bleiben.«

Der Kellner brachte den dampfenden Kapaun, einen monströs fetten Vogel, der mit Kartoffeln und Trüffeln gefüllt war. Allégret beugte sich über die Platte und sog den Duft ein.

»Ich bin mir nicht einmal sicher, ob ich alle Ermittlungsergebnisse bekommen werde. Vermutlich bekommt sie die Presse lange vor mir, und die PS sowieso. Man will mich unter Kartätschenfeuer nehmen, monatelang. Deshalb müssen Sie mir helfen, Xavier. Sie sind der ideale Mann für diesen Job.«

Kieffer lächelte spöttisch. »Also, wenn Ihre beste Hoffnung ein übergewichtiger Koch ist, dann haben Sie vielleicht ein größeres Problem, als Sie denken. Ich bin wahrlich keine gute Spürnase.«

Allégret schüttelte tadelnd den Kopf, während er bedächtig kaute. »Sie haben das mit dem Gift en passant herausgefunden; schneller als alle anderen. Und außerdem«, er tupfte sich mit einer Serviette den vom Kapaunfett öligen Mund ab, »gibt es ja eine Spur nach Luxemburg.«

»Nach Luxemburg? Wie kann das sein?«

»Das weiß ich leider nicht so genau, denn alle Informationen, die mich in dieser Sache derzeit erreichen, erhalte ich über gewisse informelle Kanäle, von Menschen«, er lächelte Kieffer an, »die mir noch einen Gefallen schulden.«

Als der noch weitgehend intakte Kapaun abgetragen wurde, steckte sich Kieffer nun doch eine Zigarette an. Ein solch glühender Verfechter französischer Kultur wie der Pariser Bürgermeister konnte kaum etwas dagegen haben, dass jemand beim Essen rauchte. »Und wie genau sieht diese Spur aus?«

»Einer der Fischhändler, mit denen Mifune zusammengearbeitet haben soll, ist offenbar Luxemburger. Er heißt José Trebarca Silva.«

»Ich habe den Namen schon einmal irgendwo gehört.

Ich glaube, er besitzt einen Großhandel in Esch-sur-Alzette.«

»Warum handelt ein Luxemburger mit Fisch?«, fragte Allégret. »Da gibt es ja nicht einmal einen Hafen.«

»Dem Namen nach zu urteilen ist er ein Lusobourges – ein Luxemburger portugiesischer Abstammung. Die sind bei uns so zahlreich wie in Deutschland die Türken oder bei Ihnen die Maghrebiner, eher noch zahlreicher. Ich vermute, dass der Mann gute Kontakte nach Portugal hat. Und wenn jemand etwas von Fisch versteht, dann sind es ja wohl die Portugiesen.«

»Sehen Sie jetzt, warum ich Ihre Hilfe brauche? Finden Sie heraus, warum Mifune sterben musste, so schnell es geht. Und falls Sie Auslagen haben, dann machen Sie sich deswegen keine Sorgen. Das regele ich. Betrachten Sie Ihr Spesenkonto als unbegrenzt. Wirklich unbegrenzt.«

Allégret ließ sich nun einen Rotwein einschenken. »Bordeaux passt am besten zu unserem Finale.« Er blickte Kieffer durchdringend an. »Da habe ich nämlich etwas Besonderes für Sie vorbereitet, mein lieber Xavier. Haben Sie schon einmal einen Ortolan gegessen?«

»Nein. Noch nie.«

Kieffer merkte, wie ihm etwas flau im Magen wurde. Valérie Gabin hatte ihn vorgewarnt, dass François Allégret jene, die er zu bezirzen, die er zu benutzen suchte, stets mit ausgefallenen Annehmlichkeiten und Gesten der Wertschätzung überhäufte. Und wenn ein ausgewiesener Gourmet wie der Bürgermeister einem Koch etwas Besonderes bieten wollte, dann hätte er wohl kaum etwas Exklusiveres finden können als Ortolan.

Erst jetzt verstand Kieffer, wie minutiös sein Gesprächspartner dies alles geplant hatte. Foie gras, getrüffelter Kapaun, frische Austern – das war alles nur Vorgeplänkel gewesen für den höchsten Genuss, den die französische Küche zu bieten hatte. Oder für die widerlichste Barbarei, die Menschen im Namen guten Essens begingen, je nach Standpunkt.

Der Ortolan war ein Singvogel, in Größe und Aussehen einem Spatzen nicht unähnlich. Die Franzosen im Südwesten fingen diese kleinen Geschöpfe in Netzen, wenn sie im Frühjahr aus Afrika zurückkehrten. Dann sperrte man die Vögelchen mit einer Unmenge Hirsefutter in eine dunkle Kammer. Dort fraßen die Tiere ununterbrochen. Wenn man sie zwei Wochen später aus ihrem Gefängnis herausholte, glichen sie gefiederten Fettklumpen. Nun wurden die Ortolane getötet, indem man sie ertränkte – jedoch nicht in Wasser oder Wein, sondern in feinstem Armagnac. Danach wurden sie gerupft und im Ofen für einige Minuten goldbraun gebacken.

»Ich hatte immer gedacht, der Fang von Ortolanen sei seit über einem Jahrzehnt verboten, weil es kaum noch welche gibt«, wandte Kieffer ein.

»Sie sind hier in Frankreich, mein Freund. Wir sind, wie Sie wissen sollten, hier alle Dialektiker, vielleicht sogar Pharisäer. Ja, es ist illegal, Ortolane zu verkaufen. Aber wenn man irgendwo welche finden sollte und sie dann unter Freunden verzehrt, wie wir es gleich tun werden, dann ist das völlig legal.«

Der Kellner stellte nun eine kleine Cassouletform vor Kieffer. Darin befand sich eine große, ungeschälte Kartoffel, deren Oberteil sich abnehmen ließ. Kieffer entfernte es. Darunter lag, wie in einem Sarkophag, der Ortolan. Er war in etwa so groß wie eine Kinderfaust. Seine getrimmten Flügel und die Beinstümpfe hatte das Tier von sich gestreckt, die Äuglein schienen geschlossen. Das Köpfchen hing schlaff zur Seite, die Haut des Singvogels schimmerte ölig-golden.

»Sie müssen ihn ganz in den Mund schieben«, erklärte Allégret. »Das Hinterteil zuerst. Den Kopf können Sie dann abbeißen, aber kauen Sie nicht auf dem Ortolan herum, sondern zerdrücken Sie ihn ganz langsam am Gaumen. Und«, er zeigte auf eine große bestickte Serviette, die ein Kellner rechts von Kieffer platziert hatte, »benutzen Sie das hier. Dann geht nichts von dem köstlichen Parfum des Ortolans verloren.«

Kieffer hatte von der Sache mit dem Tuch gehört. Man legte es sich über den Kopf, wie ein Erkälteter, der Kamillendampf inhalieren wollte. Dass man den Singvogel unter einer Serviette verspeiste, um die flüchtigen Aromen zu bewahren, war freilich nur eine Erklärung für das Ritual. Die andere lautete, dass der ganze Akt so barbarisch war, dass er selbst Gott missfiel. Deshalb versteckte sich der schuldbewusste Gourmet unter einem Leinentuch, damit niemand seines schrecklichen Mahls ansichtig wurde.

Allégret war bereits unter seinem Tuch verschwunden. Kieffer konnte hören wie der Bürgermeister ächzte und schnaufte. Er nahm sein Messer und trennte den kleinen Kopf des Vogels von dessen aufgedunsenem Leib. Er betrachtete ihn eine Weile. Dann stülpte er sich das Tuch über und schob den Ortolan in seinen Mund. Als er mit der Zunge dagegen drückte, verbrannte er sich fast den Gaumen. Nur durch heftiges Ein- und Ausatmen gelang es ihm, den Vogel, der seine Mundhöhle fast völlig ausfüllte, etwas abzukühlen.

Kieffer fühlte, wie sich sein Mund mit dem Geschmack von Fett und den Säften aus dem Inneren des Vogels füllte. Er wusste, dass der Koch den Ortolan nicht ausgenommen hatte. Wie jene kleinen Fische, die man in seinem Heimatland für Fëschfriture vun der Musel verwendete, war das Tier intakt, mit all seinen Organen und Knochen, die freilich so winzig waren wie die Gräten einer Sardine.

Als er mit der Zunge etwas mehr Druck auf den weichen warmen Fleischbrocken ausübte, spürte er, wie sich ein starker Armagnacgeschmack in seinem Mund breitmachte. Der Druck hatte dazu geführt, dass die winzigen Organe des Ortolans, die sich während seines Todeskampfs mit dem Weinbrand vollgesogen hatten, nun barsten – sein Magen, seine Lunge, sein kleines Herz. Der Vogel glitt leicht nach hinten, in Richtung Rachen. Kieffer musste einen Würgreflex unterdrücken.

Er atmete noch einmal tief durch, soweit das überhaupt möglich war. Dann schluckte er. Als er das Tuch vom Kopf nahm, schaute er in das strahlende, ekstatisch verzerrte Gesicht Allégrets. »Ortolan ist für mich die Seele der französischen Küche. Wir Franzosen essen Dinge nicht nur, wie es andere Völker tun. Wir verschlingen sie ganz, ihr Wesen, ihre Seele, ihre wahre Natur. Und nirgendwo ist dieses Erlebnis vollkommener als bei einem Ortolan.«

Der Bürgermeister lehnte sich zurück. Er atmete schwer. »Lieber Xavier, Sie sehen etwas fahl aus. Aber glauben Sie mir, es war nötig, Sie zu prüfen. Nun weiß ich, dass Sie in kulinarischen Dingen ein Franzose sind, kein Deutscher oder Belgier. Nun erkenne ich, was für ein Mensch Sie sind.«

Kieffer sagte nichts und nahm stattdessen einen großen Schluck Bordeaux, um den Geschmack des Ortolans aus seinem Mund zu vertreiben.

»Nun weiß ich, dass Sie es herausfinden werden. Sie haben vorhin gesagt, Sie seien keine Spürnase. Aber das stimmt nicht, Xavier. Sie gehen den Dingen auf den Grund. Sie haben die Befähigung, die tiefe Wahrheit zu ergründen.«

»Ich verstehe nicht ganz.«

Allégret war nun aufgestanden und gab einem der Kellner ein Zeichen. »Thomas von Aquin sagt uns, Wahrheit sei die Übernahme der Dinge mit dem Verstand. Aber der große Dominikaner hat unrecht. Eine Vorstellung von Dingen gewinnt man nur durch Anschauung, Erfahrung und Inbesitznahme. Letztlich kann man ein Ding nur verstehen, indem man es liebt, es tötet oder es isst.«

Er spuckte etwas in seine Handfläche und legte es auf den Teller. Es war der winzige Schnabel des Ortolans. »Wie dieser Vogel. Ich erkenne ihn jetzt, ich erkenne seine Wahrheit.«

Die Tür öffnete sich. »Und Sie kennen sie auch. Und deshalb werden Sie die Wahrheit über Mifune herausfinden. Wenn nicht mit Ihrem Kopf, dann mit Ihrem Bauch, Ihren Händen oder Ihrem Schwanz. Auf Wiedersehen.« Ohne ein weiteres Wort verschwand er.

Kieffer ließ sich zu der schwarzen Limousine bringen, die draußen auf ihn wartete. Nachdem sie einige Minuten gefahren waren, bat er den Chauffeur, anzuhalten. Dann stieg er aus und erbrach sich, immer wieder, bis sein Magen völlig leer war.

7

Wenn der Fahrer über sein Verhalten verärgert oder erstaunt war, ließ er sich zumindest nichts anmerken. Möglicherweise kennt er das schon, dachte Kieffer. Sybaritische Gourmands aus Allégrets Freundeskreis, die sich an Foie gras überfressen, zuviel zuckrigen Gewürztraminer saufen und ihm dann die ganze Limousine vollspeien.

»Fahren Sie mich jetzt wieder zurück nach Luxemburg-Stadt?«, fragte Kieffer.

»Ich fahre Sie, wohin immer Sie wollen, Monsieur. Dieser Wagen der städtischen Fahrbereitschaft wurde den ganzen Tag für Sie reserviert«, antwortete der Chauffeur.

Er dachte kurz nach. Es gab aus seiner Sicht nur zwei Spuren, die zu verfolgen es sich lohnte. Die eine war das Restaurant Ryuunosuke Mifunes, die andere der Luxemburger Fischhändler. Wenn dieser, wie Allégret angedeutet hatte, auf Sushibars spezialisiert war, würde er in Paris vielleicht sogar mehr über den Mann in Erfahrung bringen können als in Luxemburg.

»Dann fahren Sie bitte nach Paris, zum Restaurant von Ryuunosuke Mifune. Es heißt ›Ue no tai‹, glaube ich.«

»Gerne, Monsieur Kieffer.«

Sie fuhren von Süden über die Autoroute du Soleil in die Metropole und blieben auf dem Innenstadtring prompt im Stau stecken. In dem geheizten Fondsitz der schallgedämpften Limousine nickte Kieffer irgendwann ein und erwachte erst wieder, als der Chauffeur vor Mifunes Restaurant hielt. Genauer gesagt hielt der Fahrer vor einer Fassade mit großen quadratischen Fenstern, die komplett zugewachsen zu sein schien. Allerdings nicht mit Efeu – vielmehr sah es aus, als habe jemand Grassoden auf die Außenwände geklebt. Waagerecht standen grüne Büschel von dem Gebäude ab, vereinzelt sah er dazwischen Gänseblümchen herausragen, die mit der Schwerkraft kämpften. Kieffer entsann sich dunkel, das Haus schon einmal gesehen zu haben. »Da drin ist das Restaurant? Was ist das für ein Gebäude?«

Er merkte, wie der Fahrer ihn durch den Rückspiegel etwas irritiert musterte. »Das ist das Musée du Quai Branly, Monsicur.«

Nun erinnerte er sich an das extravagante Bauwerk. »Und da ist es drin? Na gut.«

Kieffer bat den Fahrer, ihn in einer Stunde hier wieder aufzulesen und stieg aus. Das Grasgebäude beherbergte nur einen kleinen Teil des Branly. Das Haupthaus war ein wuchtiger Bau, der aus zahlreichen rostroten Quadern bestand. Dieses Ensemble hatte der Architekt auf riesige Betonpfeiler gestellt, sodass man unter dem Museum hindurchgehen konnte. Das Gebäude war von einem kleinen, natürlich gestalteten Park umgeben, der ihn entfernt an einen dieser japanischen Zen-Gärten erinnerte. Mifune hatte den Ort für seine Sushibar offenbar mit Bedacht gewählt. Der Luxemburger lief zum Hauptgebäude und ging dort direkt zum Empfang. »Bonjour Madame. Ich möchte zum ›Ue no tai‹.«

Die junge Frau hinter dem Counter sagte: »Da müssen Sie ins Obergeschoss, es befindet sich auf dem Dach.«

Kieffer nahm den Lift und fand sich kurz darauf in einem Vorraum wieder, der ganz augenscheinlich bereits Teil des Restaurants war. Ihm gegenüber hing ein dunkelblauer, dreigeteilter Vorhang, der mit japanischen Schriftzeichen bedruckt war. Der Türrahmen aus rotlackiertem Holz war dem Eingang eines japanischen Schinto-Schreins nachempfunden, mit zwei zur Decke hin aufeinander zulaufenden Säulen und zwei Querbalken darüber. An der Wand links von ihm hingen alte Drucke. Sie zeigten japanische Fischer, die auf einem mondbeschienenen Meer ihrer Arbeit nachgingen. Rechter Hand hatte man auf einem kleinen Podest ein großes Schwarz-Weiß-Porträt von Ryuunosuke Mifune aufgestellt. Davor lagen Blumen und kleine Zettel.

Er schob den Vorhang beiseite und betrat das Restaurant. Es handelte sich offenbar um einen Aufbau, den man auf das Dach des Branly gesetzt hatte. Das Ganze ähnelte einem Gewächshaus. Es gab keine richtige Decke, sondern eine Art Glaskuppel, die aus Hunderten, durch kleine Stahlstreben verbundenen fünfeckigen Glasscheiben bestand. Statt solider Wände gab es versetzt aufgestellte Glasplatten, die den Wind abhielten. Die Einrichtung war spartanisch, so wie es sich für eine traditionelle Sushibar gehörte; Punktstrahler beleuchteten einige Bilder sowie ein paar japanische Musikinstrumente, die an Drähten von der Decke hingen. Das ›Ue no tai‹ war mit denselben schlichten Tischen und jener handgefertigten Keramik ausgestattet, die er bereits von Mifunes Omakase im Orsay kannte. Die Aussicht war phänomenal. Der Quai Branly befand sich in der Nähe der Marsfelder, der Eiffelturm, das Seineufer und zahlreiche andere Sehenswürdigkeiten waren von hier oben gut zu erkennen.

»Irasshaimashita.«

Kieffer drehte sich in die Richtung, aus der die Stimme gekommen war. Ihm gegenüber stand eine Frau in einem traditionellen japanischen Kimono. Möglicherweise war es eine jener Damen, die auch im Orsay bedient hatten. Er war sich nicht sicher. »Guten Morgen. Mein Name ist Xavier Kieffer. Ich würde gerne den Maître Ihres Hauses sprechen, wenn das möglich ist.«

»Natürlich, Monsieur. In welcher Angelegenheit?«

Da er keine Möglichkeit sah, sein Anliegen besonders pietätvoll vorzubringen, sagte Kieffer: »Ich ermittle im Fall Mifune.«

Er meinte einen Ausdruck des Schmerzes in ihrem Gesicht wahrzunehmen. Oder war es Erstaunen? Sie drehte sich zu schnell weg, als dass er es genau hätte ausmachen können. Die Bedienung verschwand hinter der Bar und griff dort nach einem Telefon. Zwei Minuten später kam ein Herr in einem schwarzen Anzug aus dem hinteren Teil des Restaurants auf ihn zu. Er war ebenfalls Japaner, soweit Kieffer das beurteilen konnte. Der Mann war höchstens 1,65 Meter groß, machte aber, was ihm in der Länge fehlte, in der Breite mehr als wett. Sein Schädel war kahlgeschoren, wodurch sein verfettetes Gesicht etwas Buddhahaftes bekam – wenn man von der Tatsache absah, dass Buddhas meist feinmilde lächelten. Der Maître lächelte nicht. Er verneigte sich vor Kieffer.

»Ohayoo goozaimasu. Ich bin Toshiro Honda, der Maître. Wie kann ich Ihnen helfen?«

»Guten Tag, Monsieur Honda. Mein Name ist Xavier Kieffer. Mein Beileid zu Ihrem schweren Verlust.«

Der Buddha sagte nichts.

»Ich bin in der Sache als privater Ermittler tätig.«

»Für wen?«

»Ich bedaure, aber das darf ich Ihnen nicht sagen.« Kieffer überlegte, wie er fortfahren sollte. Er hielt es nicht für klug, Allégret direkt zu erwähnen, also musste er sich etwas ausdenken. »Bei dem Omakase, das Monsieur Mifune für den Bürgermeister ausgerichtet hat, waren, wie Sie vielleicht wissen, sehr viele bekannte Persönlichkeiten zugegen.«

Der Maître nickte. »Die Gästeliste ist mir bekannt.«

»Einige von ihnen sind vom Tod des Meisterkochs dermaßen geschockt, dass sie beschlossen haben, selbst aktiv zu werden. Nicht aus Zweifeln an der Tüchtigkeit der Polizei, sondern weil sie der Meinung sind, dass sie als Zeugen dieses schrecklichen Ereignisses dazu gewissermaßen verpflichtet sind.«

»Wakarimasu. Ich verstehe«, sagte Honda. »Kommen Sie doch bitte mit.« Der Maître geleitete ihn zu einem Tisch auf der dem Eiffelturm zugewandten Seite. Sie hatten das gesamte Restaurant für sich.

Die Kellnerin brachte ihnen zwei Becher mit grünem Tee. Honda musterte ihn prüfend, immer noch ohne jeden Anflug von Freundlichkeit. »Was wissen Sie bereits über den Tod meines Onkels?«

»Er war Ihr Onkel? Das wusste ich nicht. Mein aufrichtiges Beileid.« Er schaute Honda an. »Ich war dabei, als es passierte.«

»Dann wissen Sie doch wahrscheinlich mehr als ich, Monsieur Kieffer.«

»Über den Ablauf – sicherlich. Aber für mich bleiben da einige Fragen offen.« Kieffer beschloss, in die Offensive zu gehen: »Ein solch herausragender Sushimeister wie Ihr Onkel es war, der vergiftet sich nicht selber an der Spitze eines Oktopustentakels.«

Der Koch sah, wie sich Hondas teigiges Gesicht merklich rötete. Sogar seine Glatze begann purpurfarben zu schimmern. Es war seine erste erkennbare Gemütsregung. »Das haben wir der französischen Polizei auch gesagt. Oojiki – mein ehrenwerter Onkel – war ein Meister des Namagiri.«

»Was bedeutet das?«

»Namagiri heißt Wellenschnitt. Tako, also Oktopus, zuzubereiten gilt als eine der größten Herausforderungen für einen Sushikoch. Die Tiere haben ein sehr festes Muskelgewebe, enthalten viel Collagen, man muss ihr Fleisch sehr dünn schneiden. Sonst wird es zäh. Die Tentakel in einer speziellen Wellenform zu filetieren, erfordert jahrelange Übung, ebenso wie das Präparieren der Tiere. Der Tintenfisch muss vor dem Kochen zudem eine Stunde lang von Hand massiert werden, damit sich seine Muskeln lockern und der Schleim austritt. Mifune-sama hat all das stets selbst gemacht.«

»Verwendete er denn die Tentakelspitzen? Ich habe gehört, einige Köche lehnen das ab.«

»Nie. Er hat in den Siebzigerjahren in Shibuya gelernt, bei Shinichi Akutagawa, einem der größten Sushimeister. Auch der hat nie Tentakelspitzen verwendet.«

Kieffer nippte an seinem Tee. Er schmeckte verbrannt. Musste japanischer Tee so schmecken? »Woher kam denn der Fisch für das Omakase? Und wer hat ihn zubereitet?«

»Der Fisch kam wie immer frühmorgens von unserem Lieferanten. Dann haben wir ihn hier vorbereitet, bis in den frühen Samstagnachmittag. Oojiki war die ganze Zeit dabei. Gegen 15 Uhr ist er ins Orsay gefahren, zusammen mit seiner Truppe, um dort alles vorzubereiten. Die Neta haben wir erst kurz vor Beginn des Omakase im Kühlfahrzeug eines Dienstleisters rüberbringen lassen.«

Neta, das wusste Kieffer von früher, waren gut 20 Zentimeter lange und 10 Zentimeter breite Fischstücke. In weniger guten Sushirestaurants kamen Thun oder Makrele vorgeschnitten in Plastikpackungen vom Lieferanten. Top-Etablissements wie das »Ue no tai« filetierten ihren Fisch hingegen selbst, schnitten ihn aber erst dann in kleine Sushihäppchen, wenn er auf die Reisbällchen gelegt werden sollte. Das Vorprodukt waren diese Neta, präparierte Fischfilets, die der Koch griffbereit vor sich liegen hatte. Bei Bedarf schnitt er ein Stück ab.

»War unter den Fischstücken auch Tako?«, fragte Kieffer.

»Natürlich, der war ja Teil des Omakase-Menüs«, entgegnete Honda.

»Tentakelspitzen?«

»Nein. Ich habe alles noch einmal kontrolliert, bevor wir es haben rüberschaffen lassen.«

»Entschuldigen Sie diese sehr indiskrete Frage, aber …«

Honda setzte erstmals ein Grinsen auf. Es war säuerlich und wirkte äußerst unbuddhahaft. »Das hat die PJ mich natürlich ebenfalls gefragt. Das Restaurant war an jenem Abend geöffnet. Ich war also die ganze Zeit hier, wofür es an die hundert Zeugen gibt.«

»Danke für die Information, aber tatsächlich meinte

ich etwas anderes, Monsieur Honda. Ich hätte gerne gewusst, von wem Sie Ihren Fisch beziehen und ob es da vielleicht irgendwelche Auffälligkeiten gab.«

»Rauchen Sie, Kieffer-san?«

»Mit großer Hingabe.«

»Dann lassen Sie uns auf die Terrasse gehen.« Honda führte ihn in den Außenbereich des Restaurants. Offenbar wollte er nicht, dass die anderen Bediensteten etwas von dem weiteren Gespräch mitbekamen. Er bot Kieffer eine Marlboro an, die dieser dankend annahm.

Der Koch gab dem Maître Feuer. »Es ist interessant, dass Sie diese Frage stellen, Kieffer-san. Die PJ hat sie nicht gestellt. Tatsächlich war mein Onkel besorgt wegen der Qualität seines Fisches.«

»Ein guter Koch muss immer besorgt sein.«

Honda nickte energisch. »Ja. Aber er war außerordentlich besorgt, glaube ich. Es muss ernste Probleme mit unserem letzten Händler gegeben haben.«

»Kaufen Sie Ihren Fisch denn nicht auf dem Rungis?«, fragte Kieffer.

»Oojiki ging nie auf den Rungis. Wie alle guten Sushirestaurants hatte er einen Großhändler seines Vertrauens, der ihn seit Jahren direkt belieferte. Jemand, der für Qualität bürgt.« Honda drehte die Zigarette zwischen den Fingern hin und her. »Man telefoniert täglich, der Händler kennt das Menü und die Ansprüche des Sushimeisters. Wenn er etwas Besonderes brauchte, zum Beispiel einen lebenden Oktopus oder koreanische Seeigel, dann hat der Händler diese Sachen für ihn über seine Kontakte direkt in den großen Häfen erworben. Oder auf dem Tsukiji, dem Tokioter Fischmarkt. Und sie dann direkt hierher fliegen lassen.«

»Und wie hieß Ihr Händler?«, fragte Kieffer.

»Prezzemolo.«

»Und was war mit dem nicht in Ordnung? Wieso hat sich Mifune-san von ihm getrennt?«

»Das kann ich Ihnen nicht sagen, Kieffer-san.«

»Warum nicht?«

Er sah, dass es in Hondas Gesicht zu arbeiten begann. »Ich habe einen Universitätsabschluss in Finanzen, ich bin kein Koch und kenne mich mit den Feinheiten des Fisches nicht aus. Buchhaltung, Steuern, Reservierungsmanagement, das ist eher mein Metier. Außerdem … sehen Sie, wir sind Japaner. Wir sind sehr traditionsbewusste Menschen.« Er schaute den Koch an, als erwartete er, dass diese Antwort den Sachverhalt hinreichend erklärte. Als Kieffer nichts entgegnete und dem Blick des Maître standhielt, wandte dieser sich nach einigen langen Sekunden ab und fuhr mit gesenkter Stimme fort.

»Es gibt bei uns ein Sprichwort. ›Okami ni kiku‹. Höre den Göttern einfach zu. Und in einem Restaurant, da ist der Sushimeister der Gott. Wenn er etwas anordnet, wenn er etwas entscheidet oder tut, dann geziemt es sich nicht, Fragen zu stellen. Das hieße sein Handeln anzuzweifeln.«

Kieffer verstand. Die Qualität des Fisches war Chefsache gewesen. Und als Mifune mit seinem Lieferanten Prezzemolo unzufrieden gewesen war, da hatte er sich einen neuen gesucht. Es gab keine Erklärungen. Es gab einen neuen Fischhändler. Mehr mussten seine Untergebenen über den Vorgang nicht wissen, nicht einmal sein Neffe, der Maître.

»Eine letzte Frage, Honda-san. Kennen Sie einen Fischhändler namens José Trebarca Silva?«

»Nein, dieser Name sagt mir leider nichts.«

»Okay, dann will ich Sie jetzt nicht länger stören. Vielleicht darf ich Ihnen meine Telefonnummer hierlassen? Für alle Fälle.« Kieffer gab dem Japaner seine Visitenkarte, die dieser mit beiden Händen entgegennahm. Sie verabschiedeten sich. Kieffer fuhr wieder ins Erdgeschoss und schlenderte nun durch den Park des Museums in Richtung des Treffpunkts, den er mit dem Fahrer ausgemacht hatte. Während er durch die Gartenanlage lief, rief er auf seinem Handy Toro Hashimoto an.

»Moshi moshi!«

»Toro, hier ist Xavier.«

»Du schon wieder! Was liegt an?«

»Falls du Zeit hast, würde ich dir gerne noch ein paar Fragen zu Mifune stellen. Ich bin heute in Paris.«

»Klar, Mann. Weißt du was? Mir kommt da eine Wahnsinnsidee!«

Kieffer sackte leicht in sich zusammen. Wenn er sich richtig entsann, waren Toros Ideen meist sehr anstrengend. »Und zwar?«

»Wir haben heute zu, und du kannst mir helfen, den neuen Robata einzuweihen. Komm einfach vorbei, 45, Rue du Dragon.«

»Was ist ein Robata? Ist das Sushi?«

»Nein, das ist was für richtige Männer. Richtig geil, wirst schon sehen. Sei um drei da!« Dann legte Hashimoto auf.

8

Die Rue du Dragon war eine kleine Seitenstraße des Boulevard Saint-Germain, in der es viele kleine Bars und Bistros gab, darunter auch mehrere asiatische. Kieffer stieg aus der Limousine und teilte dem Chauffeur mit, dass er dessen Dienste heute nicht mehr benötige. Als er die Häuserfronten musterte, ahnte er gleich, welcher Laden Toro gehörte; eines der Gebäude war in Knallblau und Giftgrün gestrichen, von dem Schild über dem Eingang schauten den Koch mehrere breit grinsende japanische Comicfiguren an, die übernatürlich großen Rehaugen weit aufgerissen.

Ein weiteres Indiz war die Musik. Er hatte den dreigeteilten Stoffvorhang der Sushiya noch nicht passiert, vernahm aber bereits ohrenbetäubenden Lärm. Punkmusik pochte ihm entgegen, er meinte die Riffs von »Anarchy in the UK« zu erkennen. Allerdings kreischte der Sänger dazu etwas auf Japanisch, sodass er sich nicht ganz sicher sein konnte. Er schaute nochmals auf das Schild über dem Eingang. »Rockfish Sushi« stand darauf.

Er ignorierte das an der Tür baumelnde »Geschlossen«-Zeichen und trat ein. Das Innere der Sushibar sah aus, als ob eine Horde japanischer Teenager ein traditionelles japanisches Restaurant okkupiert und in eine WG umfunktioniert hätte. Die Wände waren in schlichtem Holz gehalten, in den Durchgängen gab es keine Türen, sondern Shoji, mit Reispapier bespannte Schiebeelemente. Das war es dann aber auch mit der Tradition. Von Bords und Regalen starrten dem Besucher Hunderte japanischer Actionfiguren entgegen – Transformer, Power Ranger und viele andere, die Kieffer nicht kannte. Auf einem Fernseher lief ein alter Godzilla-Film. Das Monster war gerade dabei, mit seinem Atom-Atem ein Tokioter Stadtviertel einzuäschern.

Im hinteren Teil des Restaurants gab es eine große Bar. Er nahm an, dass die Sushiköche des »Rockfish« hier ihre Maki und Nigiri herstellten. Zurzeit war allerdings keine Menschenseele zu sehen. Kieffer beschloss, dem Lärm zu folgen. Es war wahrscheinlich, dass Toro dort war, wo er herkam. Er schob hinter der Bar ein Shoji beiseite und fand sich in einer Vorbereitungsküche wieder. Edelstahlregale hingen an den Wänden, auf einem Podest standen mehrere große Zedernholzbottiche, allesamt mit schweren Steindeckeln verschlossen. Kieffer schnüffelte an einem. Der säuerliche Geruch von mit Essig mariniertem Sushireis stieg ihm in die Nase.

Auf einer großen Arbeitsfläche in der Mitte des Raumes lagen mehrere japanische Messer. Selbst eine Langnase wie Kieffer konnte sehen, dass es sich um sehr teure Klingen handelte. Der Luxemburger besaß selbst zwei japanische Chefmesser: Ein Santoku, ein Allzweckmesser, und ein Yanagi mit besonders langer, schmaler Klinge, die sich ausgezeichnet zum Filetieren von Fisch und Fleisch eignete. Er hatte sie sich seinerzeit in Paris zugelegt, nachdem ihm Toro erstmals seine eigenen Arbeitsgeräte gezeigt hatte. Sobald Kieffer das erste Mal mit einem der japanischen Schneidewerkzeuge gearbeitet hatte, waren ihm seine Solinger Messer wie Plastikbesteck vorgekommen. Er hatte mehr als 6000 Francs für seine beiden Klingen aus Nippon bezahlt, die Anschaffung aber nie bereut. Denn es gab nichts Besseres.

Kieffer nahm das Yanagi, das auf der Anrichte ruhte, in die Hand. Es war perfekt ausbalanciert, und er schätzte, dass es dreimal so viel kostete wie sein eigenes Fischmesser, vielleicht sogar noch mehr. Er ließ die Schneide vorsichtig über den Nagel seines linken Daumens gleiten. Sie war erwartungsgemäß so scharf wie des Teufels Großmutter und hinterließ eine deutliche Kerbe. Natürlich gab es auch viele gute Messer aus europäischer Fertigung. Aber nichts konnte mit von Hand geschmiedeten japanischen Klingen mithalten. Toro hatte ihm einst erklärt, warum das so war: »Europäische Messerschmiede sind Werkzeugmacher. Immer schon. Die japanischen Schmiede hingegen waren früher allesamt Schwertfeger. Sie haben Waffen für die Samurai gemacht, bis Ende des 19. Jahrhunderts. Und als es keinen Shogun und keine Ritter mehr gab, da haben sie von Katana und Wakizashi auf Küchenmesser umgesattelt. Aber sie schmieden selbst kleine Kartoffelschnippler noch heute so, als ob sie Schwerter herstellten. Als ob es Waffen wären, von denen das Leben ihres Besitzers abhängt.«

Kieffer gefiel diese Vorstellung. Gutes Werkzeug war für einen Koch schließlich in der Tat lebenswichtig. Er legte das Messer wieder beiseite und suchte weiter nach dessen Besitzer. Die Vorbereitungsküche hatte zwei weitere Türen. Bevor Kieffer sich für eine entscheiden konnte, bemerkte er den Geruch von Rauch, der durch ein gekipptes Fenster in die Küche zog. Was trieb Toro da draußen? Er entschied sich für die linke Tür, ging einen kurzen Gang mit mehreren Spinden entlang und fand sich in einem Hinterhof wieder. Dort stand Kaneda Hashimoto neben etwas, das wie eine Art vorsintflutlicher Barbecue-Grill aussah. Er war gerade dabei, mit einem Fächer die Glut anzuheizen, in einem Rhythmus, den ihm offenbar die aus einem Ghettoblaster dröhnende Punkmusik vorgab. Als der Japaner Kieffer bemerkte, brüllte er »Irasssssseeee!«, was vermutlich »Willkommen« heißen sollte. Dann stellte er die Bierflasche ab, die er in seiner Rechten hielt und umarmte den Luxemburger.

»Astreine Sache, dass du da bist. Ich probiere gerade mein neues Teil aus.«

Kieffer betrachtete den Grill. Er war monströs, bestimmt dreieinhalb Meter lang und anderthalb Meter breit. In der Feuerschale glühten kleine Holzkohlestücke. Die Hitze, die ihm entgegenschlug, war enorm. Über der Glut erstreckten sich statt eines Grillrosts mehrere Eisenstangen, die längs auf dem Grill lagen. »Das ist der Robata?«

»Genau. Aus Japan eingeflogen. Die beste Art zu Grillen, die einzige Art! Leider irre teuer. Sogar die Binchootan musste ich aus Tokio kommen lassen, spezielle Eichenholzkohle.«

»Kannst du nicht ganz normale Briketts benutzen?«

»Auf keinen Fall, Mann! Nur Binchootan wird so höllisch heiß, wie, na, wie Binchootan eben. Mit eurer europäischen Mickymauskohle wird mein Fisch labbrig.« Toro ging zu einem Plastikeimer voll gestoßenem Eis, in dem sich mehrere Bierflaschen befanden. Er reichte Kieffer ein Asahi Superdry und prostete ihm zu. »Kanpai!«

»Kanpai, Toro. Wie willst du dieses Monster eigentlich in dein kleines Lokal zwängen?«

»Gar nicht. Ich sattel' um, mach' einen neuen Laden auf. Ich hab' keinen Bock mehr auf Sushi.«

»Verstehe ich nicht.« Kieffer zündete sich eine Ducal an. »Erklär's mir, bitte.«

Hashimoto überprüfte erneut die Kohle, fächelte noch ein wenig und nickte schließlich zufrieden. »Sushi ist durch, Mann. Es gibt in dieser Stadt mehr Rollfischbuden als es französische Bistros gibt. Macht alles keinen Spaß mehr. Und wenn du den Leuten ein bisschen Qualität bieten willst …«, er zuckte hilflos mit den Achseln.

»Dann was?«

»Sorry, aber ihr Langnasen habt einfach keine Ahnung von Sushi, ist halt nicht eure Kultur. Solange es neu war, solange nur Leute mit Kohle kamen, da ging es. Denen konntest du das alles erklären. Aber jetzt kommen Bauern, die tunken ein schweineteures Stück Maguro, Blauflossenthun, ins Wasabi. Da können sie auch Fischstäbchen fressen, niemand schmeckt da mehr was.«

Er ging zu einer Styroporkiste, die an der Wand auf einem Klapptisch stand. »Gestern hatte ich hier einen Typen, der hat die Gari, die Ingwerscheibchen, mit zwei Portionen grünem Meerrettich und der Sojasoße zu einem Brei verrührt und das als Vorspeise gegessen, überleg dir das mal.«

Kieffer ahnte, was Hashimoto meinte. »Klar, die Leute haben keine Ahnung. Aber sie essen auch mit Gusto Chinesisch, obwohl das Zeug im Chinaimbiss rein gar nichts mit der echten …«

»Vooorsicht jetzt!« Toro fuchtelte tadelnd mit der Grillzange vor Kieffers Gesicht herum. »Chinacken und Japsen, gefährlicher Vergleich, ganz dünnes Eis.« Er grinste breit. »Nur Spaß! Andererseits: Die Chinesen, die Inder oder die Tamilen machen jetzt ebenfalls überall Sushiläden auf.«

»Ist das so schlimm?«

»Das Problem ist, dass die aus Sushi ein Fischlego machen.«

Kieffer nahm noch einen Schluck Asahi. »Wieso Lego? Setzen sie es aus Fertigkram zusammen?«

»Genau, das ist jetzt das große Ding.« Er zeigte in Richtung Küche. »Du hast meine Hangiri gesehen? Die Holzbottiche?«

»Klar. Darin gärt dein Sushireis.«

Hashimoto nickte. »Exakt. Macht aber außer mir kaum noch jemand. Es gibt inzwischen Firmen, die liefern dir den Reis vormariniert, in so großen Plastikeimern.«

»Und dann?«

»Dann kippst du die Pampe in eine Nigiri-Maschine. Die haut Hunderte kleine Reisklötzchen pro Stunde raus. Oben drauf packst du Fischstücke, die kommen vorgeschnitten, eingelegt, tiefgefroren. Das Gleiche gilt fürs Konomono, das eingelegte Gemüse. Mit Kochen hat das alles nichts mehr zu tun. Und das Schlimmste ist der Wasabi.«

»Der scharfe Meerrettich? Ich liebe den.«

»Tust du nicht, es sei denn, du isst bei Typen wie Mifune. Was dir so gut mundet sind Senfpulver, Wasser sowie die Farbstoffe Grün und Blau.«

Kieffer konnte sich ein spöttisches Grinsen nicht verkneifen. »Für jemanden, der sich jahrelang hauptsächlich von Ramen-Tütensuppen und Seetangcrackern ernährt hat, bist du ganz schön pingelig geworden.«

Der Japaner schnitt eine schwer zu deutende Grimasse. »Ich weiß auch nicht. Vielleicht muss ich einfach mal was Neues machen. Deshalb eröffne ich im Mai Paris' erstes Robatayaki. Japanisches Barbecue. Schon um den Franzmännern zu zeigen, dass japanisches Essen nicht bei kaltem Fisch aufhört. Und du bist mein erster Testesser.«

»Was gibt es denn?«

»Unagi. Flussaal. Das ist Essen für Männer, davon bekommst du richtig Tinte auf den Füller.«

Kieffer beobachtete, wie der Japaner Aalfilets aus der Styroporbox holte. Sie waren auf ein gitterartiges Gerüst aus Holzstäbchen aufgefädelt. Hashimoto legte das Aal-Gitter auf den glühend heißen Grill. Fast augenblicklich begann heißes Fett aus dem öligen Fisch in die Glut zu tropfen.

»Die Luder bepinseln wir jetzt gleich noch ordentlich mit schön karamelliger Kabayaki-Sauce. Dazu gibt es frische Avocado.«

Der drahtige Koch entnahm einer Plastiktüte mehrere geschälte und halbierte Avocados und legte sie auf einen Teller. In die Vertiefungen, wo der golfballgroße Kern gewesen war, kippte er reichlich Sojasoße.

»Es gibt drei Dinge, die man zu gegrilltem Aal zwingend braucht. Avocados, eiskaltes Pils aus Sapporo und das hier.« Aus einer kleinen Holzkiste neben dem Grill fischte er eine konisch geformte Zigarette. »Mach den mal an. Weißt du noch, wie's geht?«

»Ich habe seit Jahren kein Gras mehr geraucht, Toro.«

»Dachte ich mir, du Langweiler! Wird Zeit, dass dich mal wieder jemand aufmischt.«

Der Luxemburger entzündete die Haschischzigarette, pustete in die glühende Spitze und reichte den Joint, ohne zu inhalieren, an seinen alten Freund weiter. »Könnte ich jetzt meine Mifune-Fragen loswerden?«

»Bevor sich dein Gehirn wegen einer Überdosis Aalfett und Cannabis komplett abschaltet? Geile Idee.«

Kieffer setzte sich auf einen der Klappstühle. »Mifunes Maître hat mir erzählt, dass der Sushimeister definitiv keine Tako-Spitzen verwendet hat.«

»Sage ich doch.«

»Er hat außerdem gesagt, dass die Lieferung fürs Musée d'Orsay zwar Takostücke enthielt, aber keine der Tentakelspitzen. Und Mifune hat kurz vor seinem Tod den Fischhändler gewechselt. Ist das ungewöhnlich?«

»Schon. Als du Souschef im ›La Houle‹ warst, wie oft bist du da auf den Rungis?«

»Drei-, manchmal viermal die Woche«, antwortete Kieffer. »Wieso?«

»Sushichefs kaufen dort allenfalls Gemüse. Fisch lassen sie liefern.«

»So etwas in der Art sagte Mifunes Maître auch. Aber warum ist euch der Rungis nicht gut genug?«

»Jemand wie Mifune hat eben sehr genaue Vorstellungen davon, wie sein Maguro beschaffen sein muss, welche Seeigel er haben will und so weiter. Deshalb benötigt er einen Fischdealer, der ihn und seine Küche perfekt kennt. Der mitdenkt. Einen, dem du sagen kannst ›Ich will dreißig Anago‹ und der dann weiß, dass du südjapanische Salzwasseraale willst, die mindestens 50 Zentimeter haben und nicht älter sind als drei Jahre.« Er wendete das Gitter. Die Hautseite der Aalfilets warf bereits große Blasen. »Wie hieß sein Dealer?«

»Prezzemolo. Ein Italiener, würde ich vermuten.«

Toro grinste.

»Du kennst ihn?«, fragte Kieffer.

Der Japaner nickte. »Ja, aber er ist kein Italiener. Angeblich waren es die sizilianischen Thunfischer, die ihm seinen Spitznamen verpasst haben. Seinen richtigen Namen kenne ich gar nicht. Hast du das Wort noch nie gehört? Ist italienisch. Prezzemolo nennen die Spaghettis die glatte Petersilie.«

»Jetzt, wo du es sagst. Ich habe das Wort bestimmt schon mal gehört. Aber warum nennt man jemanden so?«

»Na, weil er überall ist! Wie Petersilie in italienischem Essen. Der Typ ist ein Tausendsassa, einer der bekanntesten Fischhändler in der Gegend. Er beliefert verdammt viele Restaurants, kann einfach alles auftreiben. Vor allem aber Bluefin, zu sehr bezahlbaren Preisen. Jeder in Paris, der Blauflossen-Thunfisch will, geht zu Prezzemolo.«

»Wo kann ich den Mann denn finden?«

Hashimoto blies eine dichte Rauchwolke aus und holte aus der Styroporbox eine Plastikschüssel hervor, in der eine zähe, dunkelbraune Sauce schwappte. »Du kannst es im ›Il Sangue‹ versuchen, in Saint-Denis, die Bar ist quasi sein Büro. Ich persönlich arbeite nicht mit ihm.«

»Warum nicht? Ist er dir zu teuer? Ich dachte, dieser Prezzemolo hätte so gute Preise.«

»Dai-ni, mein Souschef, ist für die Logistik zuständig. Und der arbeitet mit jemand anderem. Außerdem habe ich ein Problem mit Bluefin, speziell mit dem von Prezzemolo.«

»Wieso?«

»Er ist zu billig. Und jetzt zieh mal. Glaubst du, ich merke nicht, dass du dich zu drücken versuchst?«

Kieffer atmete hörbar aus und ließ als Zeichen der Kapitulation den Kopf sinken. Dann nahm er den Joint, den Hashimoto ihm hinhielt, und zog. Er spürte ein Kratzen im Hals. »Meine Ducal schmecken besser.«

»Können aber nix.« Der Japaner nahm das Aalgitter vom Grill und tauchte es vollständig in die kleine Wanne mit der Kabayaki-Sauce. Dann nahm er die Aale wieder heraus, ließ sie abtropfen und beförderte das Gitter erneut auf den Grill. Es zischte vernehmlich, kleine Rauchfahnen zogen an Kieffer vorbei. »Richtiger Flussaal ist das. Ich habe ihn auf die Arbeitsplatte genagelt und dann lebend filetiert. Die meisten Sushiköche nehmen nur noch eingeschweißten Aal aus der Packung. Kommt aus China, die Filets sind schon mariniert und in Natriumglutamat ertränkt. Musst du nur noch auf den Grill schmeißen. Aber das hier«, er hielt Kieffer das öltriefende Gitter unter die Nase, »das hier ist honto na tabemono, ehrliches Essen.«

»Sieht gut aus. Aber du wolltest mir noch erzählen, was es mit dem Maguro auf sich hat.« Blauflossenthun, das wusste der Luxemburger, war die größte Thunfischspezies, die es gab. Die Fische konnten über drei Meter lang werden, besaßen tiefrotes Fleisch und galten vor allem in Sushirestaurants als unverzichtbare Delikatesse. »Er ist ziemlich überfischt, oder?«

»Das ist eine Untertreibung. Es ist fast nichts mehr da. Früher war das Mittelmeer voll von dem Scheiß, der Pazifik sowieso. Aber seit die Leute so versessen auf Maguro sind, geht es ihm an den Kragen. Die Preise gehen durch die Decke, hast du nicht von dieser Auktion neulich auf dem Tsukiji-Fischmarkt in Tokio gehört?«

Kieffer bemerkte, dass sich seine Magengegend seltsam wattig anfühlte. »Ähm, nein?«

»Da ist ein 360-Kilo-Fisch für über drei Millionen Yen weggegangen.«

»Wie viel in Euro?«

»Fast 300 000.«

»Für einen einzigen Fisch?«

»Ja, für einen Fisch. Das ist ein sehr hoher Preis, aber 100 000 Euro für einen Bluefin sind inzwischen Standard. Es ist einfach nichts mehr da, aber vor allem wir Japaner sind eben unersättlich. Wenn die spanischen oder italienischen Fischer mit ihrem Thun in den Hafen kommen, stehen schon die Typen von den nakaoroshi gyoosha, den japanischen Fisch-Handelshäusern. Die kaufen den Maguro vom Fleck weg. Dann wird er in flüssigem Stickstoff schockgefroren und in den nächsten Flieger nach Narita geladen. Nicht einmal 24 Stunden später kommt er in Tsukiji unter den Hammer.« Hashimoto schnaufte ärgerlich. »Verdammte Umweltsauerei, das. Aber ich rede zu viel. Der Aal ist fertig.«

Der Japaner zog die angekohlten Holzstäbchen aus den Filets und hievte Kieffer mehrere von Kabayaki-Sauce triefende Fischstücke auf den Teller. Der Luxemburger probierte vorsichtig. Der Unagi schmeckte weit weniger ölig, als er befürchtet hatte, der Großteil des Fetts war offenbar in die Glut getropft. Das weiche Fleisch war von der süßlich-karamelligen Sauce durchdrungen. Er spülte mit etwas Bier nach und nahm sich dann eine Avocadohälfte. »Köstlich, Toro. Ich glaube, dein neues Restaurant wird ein Renner. Weißt du schon, wie es heißen soll?«

Hashimoto grinste. »Hai! Ist allerdings noch nicht spruchreif. Aber du bist der Erste, der es erfährt. Willst du noch Aal?«

»Gerne. Zwei Filets, mit viel von der Tunke. Aber jetzt nochmals zu dem Thun. Ich entnehme deinen Worten, dass du Skrupel hast? Der Bluefin steht doch nicht auf der Roten Liste, oder?«

»Tut er nicht. Was nicht daran liegt, dass es nicht notwendig wäre. Sondern daran, dass man mit Bluefin so scheißviel Geld verdienen kann. Man sollte das Zeug eigentlich nicht mehr essen und es als Gastronom auch nicht verkaufen – was schwierig ist, weil für den Kunden Sushi gleich Maguro ist. Das ist, wie wenn du zum Franzosen gehst und der sagt: ›Austern und Stopfleber? Führen wir nicht.‹ Aber wenn man es schon anbietet, dann sollte man zumindest genau wissen, wo der Fisch herkommt.«

»Und das ist bei Prezzemolo nicht der Fall?«

»Er sagt, sein Bluefin kommt aus dem Mittelmeer. Mehr nicht. Und er liegt mindestens 20 Prozent unter dem üblichen Preis. Also ist das schwarz gefangener Fisch, an den offiziellen Fangquoten vorbei. Oder irgendeine andere Sauerei.«

»Glaubst du, dass Mifune aus den gleichen Gründen wie du ein Problem mit diesem Thun-Dealer hatte?«

Der Sushikoch wischte sich mit einer Serviette das mit Kabayaki verschmierte Kinn sauber und lachte freudlos. »Der? Glaube ich nicht. Das war ein Traditionalist, japanischer Koch alten Schlages. Der schert sich nicht um Umweltschutz, solange er Fisch von guter Qualität bekommt. Das ist bei den ganzen Sushistars so. Du kennst doch Nobu, Nobuyuki Matsuhisa?«

»Den Bocuse des Sushi?«

»Sozusagen. Nobu verkauft auch alle möglichen, fast ausgerotteten Fischarten.«

»Also muss Mifune einen anderen Grund gehabt haben, die Geschäftsbeziehung so abrupt zu beenden.«

»Sieht wohl so aus.« Hashimoto schaute ihn an. »Willst du sonst noch etwas wissen?«

Kieffer zündete sich eine Ducal an. »Nur eine Sache noch. Der Name von Mifunes Restaurant …«

»… ›Ue no tai‹?«

»Genau. Was bedeutet das?«

»Schwierig zu erklären, für Langnasen.«

»Versuch's mal, Toro.«

»Tai ist ein Fisch.«

»Meerbrasse?«

»Ja, aber du kannst ihn nicht mit eurer schnöden Dorade vergleichen. Tai ist für uns Japaner der König der Fische. Im Frühling, wenn die Kirschblüte beginnt, dann färbt sich der Tai rosa und laicht. Früher, bevor die Leute so versessen auf Maguro waren, da war Tai der edelste und teuerste Fisch, den du servieren konntest. Und deshalb haben wir alle möglichen Redewendungen, in denen er vorkommt. ›Ue no tai‹ zum Beispiel. Das heißt: ›Das Höchste des Tai‹.«

»Das Beste vom Besten?«

»So in etwa. Und wir sagen auch ›koosatte mo tai‹. Koosatte bedeutet verrottet. Heißt also sinngemäß: ›Der Fisch hier mag zwar schon total vergammelt sein – aber es ist immer noch Tai.‹«

»Verstehe ich nicht.«

»Beispiel: Wenn mein Mercedes total viele Kilometer runter hat und überall Beulen, sagst du vielleicht, die

Möhre gehört auf den Schrottplatz. Und ich würde antworten: ›Koosatte mo tai‹. Es ist immer noch ein Mercedes.«

Sie schwiegen einen Moment und aßen still die letzten Filets auf. Schließlich sagte Hashimoto: »Weitere Fragen? Nein? Dann können wir ja loslegen. Und zwar isshoo kenmei!«

»Was heißt das jetzt wieder?«

Der Japaner entnahm einer der Kisten zwei Flaschen Bier und fischte eine weitere Cannabis-Zigarette aus seiner Hosentasche. Er grinste. »Das heißt: Jetzt gibt's keine Ausreden mehr!«

9

Als Kieffer gegen fünf Toros Restaurant verließ, schwebte er mehr, als dass er ging. Er schlenderte die Rue du Dragon hinauf, und fand sich nach einigen Minuten im Zentrum von Saint-Germain-des-Prés wieder, wo er sich umgehend in einem der Straßencafés niederließ und zunächst einmal zwei Kaffee und eine Karaffe Wasser trank. Dann begann sich der Nebelschleier vor seinen Augen allmählich zu lichten. Da er gegenüber dem spindeldürren japanischen Koch einen Gewichtsvorteil von mindestens 30 Kilo besaß, war er trotz ihres unorthodoxen Kaffeekränzchens in deutlich besserer Verfassung als Hashimoto gewesen, der zum Schluss gewankt hatte wie ein Bambusstängel im Wind.

Das Café »Il Sangue«, aus dem heraus Prezzemolo nach Aussage des Japaners operierte, lag in der Rue du Faubourg Saint-Martin. Da das ohnehin in der Nähe des Ostbahnhofs lag, von wo der TGV nach Luxemburg abfuhr, beschloss Kieffer, dort auf gut Glück vorbeizuschauen. Er nahm die Métro und stieg an der Station Saint-Denis aus. Die Rue du Faubourg Saint-Martin war eine schmuddelige Gasse im heruntergekommenen Teil der Grands Boulevards. Kebabbuden und Ein-Euro-Läden reihten sich aneinander, Straßenhändler boten gefälschte Guccitaschen und Armanibrillen an. Das »Il Sangue« war eine klassische Pariser Tagesbar, schnörkellos eingerichtet, mit dunklem Holz und einem Tresen aus Zink. An den Wänden hingen Fotos der Adriaküste, auf einem Fernseher lief Rai Uno. Eine Handvoll südländisch aussehender Männer stand am Tresen, blätterte in italienischen Sportgazetten und ignorierte das Rauchverbot.

Kieffer bestellte einen Espresso und wandte sich an den Wirt, einen Mittfünfziger mit gestärktem, weit geöffnetem Hemd und zurückgegelten Haaren. »Guten Tag. Ich suche jemanden, der häufig hier sein soll.«

Der Wirt musterte ihn misstrauisch. »Und wer soll das sein?«

»Ein Fischhändler, ich glaube, man nennt ihn Prezzemolo.«

Der Wirt legte den Kopf schief. »Ist nicht hier.«

»Aber er kommt öfter her, oder?«, fragte Kieffer. »Wann könnte ich ihn denn am besten erwischen?«

Der Mann hinter der Bar zog Schultern und Augenbrauen theatralisch nach oben. »Er hat seinen Spitznamen nicht umsonst. Er ist überall und nirgends. Man weiß nie, wann er wieder auftaucht.«

Kieffer, dem das Spielchen allmählich auf die Nerven zu gehen begann, sagte: »Wenn die Petersilie mal wieder hier ist, richten Sie ihr doch bitte aus, dass ich gerne Thun kaufen würde. Viel Thun.« Er griff nach einem Streichholzbriefchen, das auf der Bar lag und schrieb seine Telefonnummer hinein. Dann entnahm er seinem Portemonnaie einen 20-Euro-Schein. Beides schob er dem Wirt über den Tresen hin. Der sagte nichts, steckte den Schein jedoch ein und heftete Kieffers Streichholzbriefchen an eine Pinnwand hinter sich.

Der Luxemburger trank seinen Kaffee in einem Zug leer. Schließlich stand er wortlos von seinem Hocker auf und ging zum Ausgang. Er war bereits halb durch die Tür, als sein Blick auf eine Serie kleiner gerahmter Fotos fiel, die rund um den Türrahmen angebracht waren. Sie zeigten allesamt Fischer, vermutlich irgendwo auf dem Mittelmeer. Es waren braun gebrannte Typen mit muskulösen Armen und dunklen Haaren, die unter einem azurblauen Himmel in hölzernen Booten standen. Ihre Hände umfassten lange Stangen, ihre Blicke waren auf das brodelnde Wasser unter ihnen gerichtet. Kieffer trat näher heran, um die kaum postkartengroßen, angegilbten Motive besser betrachten zu können. Das Meer zwischen den Booten war blutrot, gekrönt von rosafarbener Gischt. Darin erkannte man Fische, riesige Thunfische, die dicht an dicht gedrängt im Wasser schwammen – nein, das war falsch, sie schwammen nicht, sie lagen förmlich auf dem Wasser, als ob sie jemand dort aufeinandergestapelt hätte. Viele der Tiere bluteten aus tiefen Wunden. Die Fischer waren dabei, die zappelnden Thuns mit ihren Stangen, an deren Enden große gebogene Haken befestigt waren, aus dem Meer in die Boote zu hieven. Auch die Männer waren voller Blut, Thunblut. Es rann über ihre nackten Arme und Beine, benetzte ihre Harpunen, lief über die weißgetünchten Bootswände.

Kieffer nahm eines der Bilder von der Wand und ging noch einmal zurück zur Bar. Er hielt es dem Wirt hin. »Diese Bilder da an der Tür. Was zeigen die?«

Der Bartender tippte auf das Glas des Rahmens. »Das

hier ist la camera della morte. Die Kammer des Todes. Sizilianischer Thunfischfang.«

»Und wieso Kammer des Todes?«, fragte der Koch.

»Im Mai legt man bei uns große Reusen aus, in die sich der Thun verirrt. Und wenn genügend große Fische in der letzten Kammer, in der Todeskammer versammelt sind, dann kommen alle Fischer zur Mattanza.«

»Ich kann kein Italienisch. Was heißt Mattanza?«

»La Mattanza? Das Gemetzel.«

10

An der Gare de l'Est musste Kieffer nicht lange warten, bis der nächste TGV nach Luxemburg fuhr. Der Koch fühlte sich nach dem ereignisreichen Tag völlig ausgelaugt, doch es half alles nichts. Er warf zu Hause seine Tasche ab, duschte ausgiebig und fuhr dann in sein Restaurant. Das »Deux Eglises« lag etwas oberhalb des Unterstadtviertels Clausen, am Hang des Kirchbergs, dem mit Glaspalästen vollgestellten Geschäftsviertel im Nordosten der Minimetropole. Auf dem Hügel befand sich der Sitz des Europäischen Gerichtshofs, des EU-Parlamentsdienstes und etlicher anderer Institutionen der Union. Außerdem beherbergte der Kirchberg eine kaum überschaubare Zahl von Banken, Investmentfonds und weiteren Finanzfirmen, die ebenso unverständliche wie lukrative Geschäfte tätigten. Die Menschen, die dort oben arbeiteten, sickerten allabendlich vom Kirchberg hinunter in die Brasserien und Restaurants der Unterstadt, um den Abend bei einem Glas Rivaner oder einem Cocktail zu beschließen. Auch Kieffers Gaststätte wurde von vielen Finanziers und Fonctionnaires frequentiert, da sie für authentische moselfränkische Küche bekannt war – und die bekam man nur noch in sehr wenigen Restaurants. Außerdem bot das »Deux Eglises« dank seiner Hanglage einen schönen Blick auf die Unterstadt und den dahinter liegenden, steil aufragenden Bockfelsen, auf dem die Oberstadt thronte.

Es war nun bereits nach neun Uhr, und das Abendgeschäft war in vollem Gange. Kieffer stellte seinen klapprigen Lieferwagen vor dem alten napoleonischen Garnisonsgebäude ab, das sein Lokal beherbergte. Er betrat das Restaurant und erklomm die steilen steinernen Stufen, die in die Küche im Obergeschoss führten. Dort war seine Souschefin Claudine gerade damit beschäftigt, am Pass zehn Teller des Luxemburger Nationalgerichts zu inspizieren, bevor sie für den Kellner freigegeben wurden: Judd mat Gaardebounen, gepökelter Schweinsnacken mit dicken Bohnen. Ihrem Gesichtsausdruck nach zu urteilen war sie nicht erfreut über das, was sie sah.

»Diese Garnitur ist Schrott«, bellte sie einen der Postenköche an und tippte dabei mit ihrem hölzernen Kochspatel gegen zwei der Teller. »Und hier: Soßenflecken. Kräizdonnerwieder! Mir sin hei nët an der Frittebuud.« Der von Claudine gerüffelte Gardemanger wollte gerade zu einer Gegenrede ansetzen, als er Kieffer erblickte. Der Mann wandte sich ihm zu und sagte: »Chef, gut dass du kommst. Sie ist wieder mal zu pingelig. Der Laden ist brechend voll und wenn wir uns nicht sputen …«

Kieffer ließ ihn nicht ausreden. »Wenn ich nicht hier bin, ist Claudine der Boss. Und wenn sie sagt, die Garnitur muss neu gemacht werden, dann muss sie neu gemacht werden. Okay?«

Der Postenkoch schaute zwischen seinem chef de cuisine und seiner Souschefin hin und her. »Aber …«

»Okay?«

Der Mann nickte, nahm die beanstandeten Teller mit und trollte sich. Claudine seufzte. »Danke, Xavier. Wir haben heute viel zu tun, ich habe 20 offene Vorspeisen, bestimmt 30 Hauptgänge und weiß der Himmel, was sonst noch. Außerdem ist Pierre krank, ich muss den Grill mitmachen.«

Kieffer klopfte ihr auf die Schulter. »Tut mir leid, ich wurde aufgehalten. Soll ich das Piano übernehmen und du machst weiter den Pass? Das geht schneller, als wenn wir erst eine Übergabe machen.«

Claudine nickte. »Das wäre gut.« Sie schaute auf eine große Tafel neben dem Speiseaufzug. Darauf waren bunte Magneten in einem Gittermuster angeordnet. Jede Farbe bildete eine horizontale Linie. Zuoberst blau für die Vorspeise, darunter grün für Zwischengänge, dann rot für Hauptgerichte und ganz unten gelb fürs Dessert. Die Magneten waren außerdem in der Vertikalen durchnummeriert. Unter den Buttons klebten kleine Bestellzettel. So konnte man jederzeit auf einen Blick sehen, welche Tische welche Menüfolge bekamen.

»Ich brauche als Erstes zehn Steak Rossini«, rief Claudine in Richtung des Grills, den die Köche scherzhaft als le piano bezeichneten. »Sechs sofort, vier nach 15 Minuten.«

Kieffer stutzte kurz. Bei dem Gericht handelte es sich um ein Steak, garniert mit gebratener Gänsestopfleber. Das war ein klassisches französisches Brasseriegericht, aber eigentlich nichts, was er normalerweise im Angebot hatte. »Habe ich das auf die Karte genommen?«

»Nein, Xavier – ich. Ich habe eine kleine Inventur gemacht und dabei ist mir aufgefallen, dass wir im Vorratsraum genug Foie gras haben, um damit d'Stad bis Weihnachten zu versorgen. Ich dachte mir, mit den Rossini werden wir die los.«

»Gute Idee. Also dann, op an d'Schluecht.«

Er stellte sich an den Herd und begann, Rindermedaillons und Foie-gras-Scheiben von der Größe eines kleinen Schnitzels anzubraten. Danach setzte er die innen gerade noch blutigen Steaks auf vorgewärmte Teller, auf denen bereits in Butter geröstete Brotscheiben lagen. Kieffer legte die Gänseleber oben auf die Fleischstücke und reichte die Teller an seinen Saucier weiter. Der würde Tournedos und Stopfleber nun mit einer Rotweinsoße überziehen, die kurz zuvor mit kalter Butter aufgeschlagen worden war. Zum Schluss würde der Entremetier schwarze Trüffel darüber hobeln und die Beilage auf die Teller setzen – ausfrittiertes Kartoffelstroh. Für Kalorienzähler und Cholesterinparanoiker war ein Steak Rossini wahrlich nichts. Das Gericht war ein Beispiel für jene Maßlosigkeit und Verschwendungssucht, welche die klassische französische Küche auszeichnete. Kieffer liebte es.

Als der Ansturm auf die Küche gegen halb elf allmählich abgeebbt war, verließ Kieffer seinen Posten und ging in die Vorratskammer. Dort suchte er nach Foie gras. Claudine hatte recht gehabt. In einem großen Versandkarton befanden sich mindestens 40 weitere Foie gras d'oie entiers, jede um die 1500 Gramm schwer. 60 Kilo Stopfleber, eine beachtliche Menge, und eine beachtliche Investition obendrein. Wer hatte diesen Fettberg bestellt? Der Koch konnte sich beim besten Willen nicht daran erinnern. Er würde seinen Gästen noch wochenlang Tournedos Rossini auftischen müssen.

Kieffer kniete sich neben dem Karton nieder und betrachtete den Deckel, auf dem normalerweise eine Kopie der Rechnung in einer Plastikfolie kleben sollte. Doch außer einem Sticker mit der Anschrift seines Lokals und einer gelben Banderole, auf der »Expresszustellung« stand, war dort nichts. Er nahm eine der eingeschweißten Gänselebern in die Hand. Sie war von Duperier, auf dem Etikett unter dem Schriftzug prangten sieben kleine Goldmedaillen. Kieffer beschlich eine Ahnung. Er wühlte zwischen den Plastikpäckchen, bis er auf dem Boden des Kartons einen weißen Umschlag fand. In diesem steckte eine schlichte blaue Faltkarte, auf die jemand in schwungvoller Handschrift einige Zeilen geschrieben hatte:

»Lieber Xavier,

anbei ein bescheidener Beitrag für Ihre Vorratskammer. Haben Sie bereits Neuigkeiten für mich? Ich wünsche Ihnen eine gute Jagd!

F.«

Kieffer ließ die Hand mit der Karte sinken. Langsam begann er zu verstehen, was Valérie gemeint hatte. Der Pariser Bürgermeister, so hatte sie erklärt, überschüttete Menschen, von denen er etwas wollte, mit Geschenken und Annehmlichkeiten. Kieffer hatte lediglich eine kleine Bemerkung zu der Foie gras fallen lassen, die er in Allégrets Jagdschlösschen gegessen hatte – aber der Politiker schien das sofort gespeichert zu haben.

Der Koch ging in sein Büro und schaltete den Computer ein. Er gab bei Google »José Trebarca Silva Luxembourg« ein und bekam zu seinem Erstaunen immerhin fünf Treffer. Drei listeten einen Mann dieses Namens als stellvertretenden Vorsitzenden des katholischen Kulturvereins »Freunde Unserer Lieben Frau von Fatima« auf. Das passte; Allégret hatte ihm gesagt, Trebarca Silva sei Luxemburger – und sein Familienname wies darauf hin, dass der Mann möglicherweise portugiesischer Abstammung war. Menschen aus Portugal waren ab den späten Sechzigern in Scharen als Gastarbeiter nach Luxemburg gekommen. Insgesamt gab es heute wohl an die 70 000 Bürger portugiesischer Abstammung im Großherzogtum. Das klang nicht nach viel, führte man sich aber vor Augen, dass die Gesamtbevölkerung nur bei 480 000 Einwohnern lag, machten die lusophonen Immigranten fast 15 Prozent der Bevölkerung aus. Relativ betrachtet hatte Luxemburg damit viermal so viele Portugiesen wie Deutschland Türken. Inzwischen waren die meisten Einwanderer voll integriert, viele sprachen sogar Lëtzebuergesch, den moselfränkischen Dialekt der Einheimischen. Man nannte sie Luso-Luxembourges oder Lusobourges und sie hatten natürlich ihr Essen und ihre Kultur mitgebracht: pastéis de bacalhau, vinho verde, Fadomusik. Auch ihre Heiligen waren von der Atlantikküste mitgereist und hatten zwischen Alzette und Sauer eine neue Heimat gefunden. Allen voran die Maria von Fatima, für die es im luxemburgischen Wiltz sogar einen eigenen Schrein gab.

Trebarca Silva, das deuteten die Suchergebnisse an, war ein gläubiger Katholik und in einer Laienvereinigung organisiert. Die beiden anderen Treffer führten zu Firmen, die den Lusobourges im Impressum als Geschäftsführer verzeichneten. Die eine nannte sich Pombal Foods und war ein Fischgroßhandel. Von dem Unternehmen hatte Kieffer schon einmal gehört. Pombal war einer der bedeutendsten Verkäufer von Meerestieren in der Großregion, wie man Luxemburg und die angrenzenden Gebiete Lothringen, Saarland, Rheinland-Pfalz und Wallonien nannte. Das zweite Unternehmen hieß Samurai Sushi. Kieffer klickte sich durch die Homepage. Auch Trebarca Silvas zweite Firma bot Fisch an, vor allem vorfiletierten, einzeln abgepackt in kleinen Sushihäppchen. Außerdem gab es Wasabi-Pulver in Zehn-Kilo-Säcken, asiatische Keramik und japanisches Bier. »Wir sind Ihr Lieferant für alles, was mit Sushi zu tun hat«, versprach die Webpage. »Ob vormarinierter Reis, Fischfilets oder Sushiroboter – dank des All-In-One-Konzepts von Samurai Sushi können Sie in Rekordzeit Ihre original japanische Sushiya eröffnen.«

Der Koch verzog das Gesicht. Silva schien genau jenen Typus japanischer Restaurants zu beliefern, die seinem Freund Toro Hashimoto Schaum vor den Mund trieben. Kieffer suchte im Impressum nach den Adressen. Beide Firmen befanden sich in einem Industriegebiet etwas außerhalb von Esch-sur-Alzette. Er beschloss, gleich am nächsten Morgen in die ehemalige Industriestadt im Süden zu fahren. Vielleicht konnte er vor Ort mehr über Silva erfahren oder sogar mit ihm sprechen. Aber noch etwas anderes trieb ihn um. Ein Sushiroboter? Den wollte er gerne mit eigenen Augen sehen.

11

Am Freitagmorgen fuhr Kieffer mit dem Auto ins knapp 20 Kilometer entfernte Esch. Die Stadt lag im Süden des Landes, wenige Kilometer vor Frankreich. Doch schon kurz vor dieser Grenze hörte Luxemburg in gewisser Weise auf, zumindest war hier Schluss mit der Postkartenversion seines Landes, die Ausländer gemeinhin so entzückte und die der Fremdenverkehrsverband so gerne bewarb. Wenn Touristen durch die penibel gefegten Straßen der Hauptstadt oder durch das puppenstubenhafte Echternach spazierten, waren sie überwältigt von dem geradezu schockierenden Wohlstand des Großherzogtums. Es waren nicht nur die viel zu großen Autos und die aufwendig renovierten Fassaden, die weniger begüterte Deutsche oder Franzosen mit offenen Mündern durch sein Land taumeln ließen. Was Besucher so baff machte, war dabei vor allem die Tatsache, dass Luxemburgs immenser Wohlstand nicht punktuell zu sein schien, sondern flächendeckend. Pekka Vatanen pflegte zu bemerken, Kieffers Landsleute seien »ein Volk, das bis zum Kinn in der Schlagsahne steckt«. Grundsätzlich stimmte das. Aber auf Esch, Luxemburgs zweitgrößte Stadt, traf es nicht zu.

La mauvaise Esch, das schlechte Esch: im Mittelalter eine in wenig urbares Sumpfland gebaute Ansammlung trister Hütten, später, als die Luxemburger vor allem mit der Stahlproduktion ihr Geld verdienten, eine deutlich größere, aber immer noch triste Stadt, mit Arbeitersiedlungen, dampfenden Hochöfen und dem Freizeitwert einer Schlackegrube. Über die A4 näherte sich Kieffer der Stadt. Wenn er mit dem Auto nach Luxemburg hineinfuhr, erspähte er aus der Ferne zunächst die Hochhäuser des Kirchbergs. Kam er nach Echternach oder Vianden, grüßten ihn Schlösser oder mittelalterliche Türmchen. Der erste Vorbote Eschs war ein Zementwerk links von der Autobahn. Kurz danach, noch bevor die eigentliche Stadt auftauchte, sah er rechts von sich alte Hochöfen und Schornsteine in den Himmel ragen.

Er fuhr von der Autobahn in die Stadt hinein. Kieffer war einmal in Gelsenkirchen gewesen, um dort eine alte Ruhrgebietszeche zu besichtigen. Er hatte sich damals sofort an Esch erinnert gefühlt. Nicht nur wegen der ganz ähnlichen Industriebrachen, auch wegen der grauen Stadt selbst, die man neben den industriellen Produktionsstätten aus dem Boden gestampft hatte. Wie Gelsenkirchen oder Bottrop war Esch keine Stadt sui generis, kein Ort, der geschaffen worden war, damit jemand dort wohnen konnte. Stahl zu produzieren war das Ziel gewesen, alles andere war ein Nachgedanke. Den Stahlbaronen war irgendwann eingefallen, dass ihre Legionen von Eisenbeißern und Kohlehauern nachts irgendwo schlafen mussten. Und so hatten sie widerwillig Behausungen errichten lassen und das Ergebnis Stadt genannt.

Esch-sur-Alzette war etwa halb so groß wie Luxemburg. Kieffer hatte nicht allzu viel für das Städtchen übrig. Seine Zeit als graue, aber zumindest boomende Industriemetropole hatte es schon lange hinter sich. Seitdem zerbröselte Esch allmählich, während sich die Stadtoberen die Köpfe darüber zerbrachen, wie denn der Strukturwandel wohl am besten zu gestalten sei. Über dem Rathaus an der Rue de l'Alzette prangte Luxemburgs Wahlspruch: »Mir wölle bleiwe, wat mir sinn«. In Esch schien es jedoch eher so zu sein, dass man recht dringend etwas anderes werden wollte, aber nicht so genau wusste, was das sein könnte. Mangels origineller eigener Ideen hatte man deshalb diverse Stadtplaner auf die Gemeinde losgelassen. Die versuchten nun, den Wandel mit gewagten architektonischen Projekten voranzutreiben.

Als sich Kieffer im Berufsverkehr durch die Innenstadt quälte, sah er einige der Ergebnisse. In die Einkaufsstraße nahe des Bahnhofs hatte man eine Reihe funktionsloser lavendelfarbener Stahlstreben gerammt, Gebilde, die man wahlweise als Kunstinstallationen oder als lackierten Schrott bezeichnen konnte. Der alte Bahnhof war teilweise durch ein raumschiffartiges Bauwerk ersetzt worden. Der Rest des danebenliegenden Boulevard Kennedy sah hingegen immer noch aus, als ob hier vor nicht allzu langer Zeit alliierte Panzer gewendet hätten. Der graue Putz der Fassaden war kurz davor, der Schwerkraft nachzugeben oder hatte es bereits getan. An einem besonders verrotteten Gemäuer gegenüber des Omnibusbahnhofs verkündete ein Schild vollmundig, dass hier demnächst statusträchtige »appartements de standing« entstünden.

Das Einzige, was Kieffer Esch zugutehielt, war das hervorragende Essen. Ein Viertel der hiesigen Bevölkerung hatte lusophone Wurzeln, sodass es wohl im ganzen Großherzogtum keinen besseren Ort gab, um portugiesische, kapverdische oder brasilianische Spezialitäten zu genießen. Vielleicht würde er später hier zu Mittag essen; als er an die Krabbenpastetchen im »O Globo« dachte, lief ihm bereits das Wasser im Mund zusammen. Aber zunächst wollte er sich Trebarca Silvas Großhandel anschauen. Deshalb durchfuhr der Koch die Innenstadt und bog in Richtung des Gewerbegebiets ab, in dem Pombal Foods seinen Sitz hatte. Es bestand aus etwa fünfzig Fertighallen und Bürogebäuden, die sich in einem Block durchnummerierter, namenloser Straßen befanden. Pombal Foods saß in dem vielleicht größten Gebäude, einer schmuddelig-weißen Großmarkthalle mit gewölbtem Dach. Kieffer parkte den Lieferwagen. Seinem Kofferraum entnahm er ein paar Gummistiefel. Er zog sie an und streifte sich eine gefütterte Steppjacke über. Dann schlenderte er zum Haupteingang. Er war früh aufgebrochen und nun, kurz nach acht Uhr morgens, herrschte bei dem Großhändler reger Betrieb. Lkw parkten an mehreren Verladebuchten, Männer in weißen Kitteln und Plastikschürzen luden Kisten mit Fisch aus und schütteten große Mengen gestoßenes Eis über die Ware, bevor sie diese nach drinnen schleppten.

Kieffer betrat die Halle und schaute sich um. Im vorderen Teil befand sich eine kleine Bar, an der man Austern und andere Meeresspezialitäten bestellen konnte. Daneben erblickte er eine Auslage, auf der auf einem Bett aus gestoßenem Eis so ziemlich alles lag, was das Herz eines Fischliebhabers begehrte: Langusten, Königskrabben und Muscheln, ferner Doraden, Aale, Makrelen, Forellen, Shrimps und Tintenfische in allen Größen, sowie

Räucherfisch und große Tüten, gefüllt mit jenen kleinen Flussfischchen, die man für Friture de la Moselle benötigte, im Ganzen in Teig ausfrittierte Häppchen, die hierzulande als Spezialität galten. Darüber hing eine große Tafel, die verkündete, dass es sich hier um die vente en détail handelte, den Einzelverkauf.

Kieffer ging weiter in den hinteren Teil der Halle, wo die Gastronomen einkauften. Nachdem er einem Kassierer seinen Gewerbeschein gezeigt hatte, gelangte er in ein gut hundert Meter langes und fünfzig Meter breites Areal, auf dessen nacktem Stahlbetonboden Plastiktröge standen, Hunderte, alle randvoll mit Fisch. Von einer Kette an der Decke hing ein ganzer Grauhai, das nach unten zeigende Maul weit aufgerissen. Zwischen den Boxen verliefen schmale Gänge, mit verquollenen Holzbohlen ausgelegt, damit man nicht in den allgegenwärtigen Eispfützen ausrutschte und sich alle Knochen brach. Auf den Boden waren nahe des Eingangs mit weißer Farbe Wegweiser gepinselt: Crustacés, Moules, Dorades und so weiter. Die Temperatur lag nur wenig über dem Gefrierpunkt und Kieffer konnte sehen, wie sein Atem kleine Dampfwölkchen bildete. Er lief einige Minuten zwischen den Kisten auf und ab und verschaffte sich einen Überblick. Der Koch fühlte sich unweigerlich an seine Zeit als Souschef im »La Houle« erinnert. Damals war er fast jeden Morgen beim Großhändler gewesen und hatte fangfrische Ware eingekauft. Der Escher Großmarkt war nicht der Rungis, aber Pombals Angebot war dennoch stattlich. Selbst Spitzenrestaurants würden hier fast alles finden, was sie brauchten.

Aber wo waren die Fische, die Kieffer suchte? Hinter den Muscheln und den Seeigeln fand er sie. Wie U-Boot-

Torpedos lagen sie aufgereiht, ihre konischen Leiber von Raureif überzogen. Die Kleineren waren etwa anderthalb Meter lang, die Schwanzflossen fehlten – Yellowtails, eine kleinere Thunfischart. Dahinter lag ein Fisch, der wohl der größte in der ganzen Halle war. Auch ihm fehlte die Schwanzflosse, er glich dem Gelbflossenthun: dieselbe perfekt konische Form, das leicht geöffnete Maul voller spitzer Zähne. Das beeindruckendste an dem Monster war jedoch seine Größe. Er musste an die drei Meter lang sein. Kieffer hockte sich neben ihn und schaute auf das weiße Plastiketikett, das an einer Seitenflosse befestigt war: »Thunnus thynnus, 393 kg«. So viel wie fünf Männer wog dieser Bluefin. Und wie er auf den Mattanza-Bildern im »Il Sangue« gesehen hatte, brauchte es die auch, um dem Meer solch einen Kaventsmann zu entreißen.

Kieffer ging zu dem Verkaufsbüro, einem kleinen Verschlag am Rande der Halle. Er klopfte gegen die Scheibe. Der Pombal-Angestellte, ein südländisch aussehender Mann in einer dicken Daunenjacke, nickte ihm zu und öffnete ein Schiebefensterchen. »Moien. Was kann ich für Sie tun?«, fragte er auf Letzebuergisch.

»Moien. Ich würde gerne wissen, woher Ihr Thun stammt.« Kieffer zeigte auf die Fische hinter sich in der Halle.

»Der Yellowtail? Pazifik, denke ich.«

Er schüttelte den Kopf. »Nein, ich meine den Bluefin. Ziemlicher Brocken.«

Der Fischverkäufer grinste. »Oh ja, eine Seltenheit.«

»Weil es keine so großen mehr gibt?«

Der Mann zuckte mit den Achseln. »Weil wir die nur auf Bestellung holen. Heilige Mutter Gottes, wer braucht schon einen ganzen Thun?« Er wandte sich einem beigebraunen Computerterminal zu, tippte etwas auf der mit Plastikfolie überklebten Tastatur herum und musterte dann die Kolonnen grünleuchtender Buchstaben auf dem mindestens 20 Jahre alten Monitor. »Ist folglich schon weg. Wo er herkommt, weiß ich nicht, aber wohl irgendwo aus dem Mittelmeer. Wollen Sie einen bestellen?« Der Mann musterte ihn argwöhnisch. »Dann wären Sie der erste Luxemburger, der das tut. Wir liefern die sonst meist nach Deutschland, an so eine Edelsushibar in Frankfurt. Mit einem Fisch dieser Größe können Sie ja ganz Luxemburg-Stadt durchfüttern.« Er begann, herzhaft über seinen Witz zu lachen. Kieffer stimmte mit ein.

»Nein, hat mich nur interessiert. Mir würden vorerst Filets reichen. Aber wenn ich doch mal mehr Thun brauchen sollte, wen spreche ich da an? Ich müsste nämlich«, fuhr er in einem entschuldigenden Tonfall fort, »sehr genau wissen, wo der herkommt. Meine Kundschaft ist ein bisschen schwierig.«

Der Mann nickte mitfühlend. »Dann sprechen Sie am besten direkt mit unserem Geschäftsführer.«

»Und der wäre?«

»Herr Trebarca Silva. Ich gebe Ihnen eine Visitenkarte.«

Der Fischhändler reichte ihm eine schmucklose Faltkarte durch die Fensteröffnung. »Ist aber diese Woche irgendwo am Mittelmeer unterwegs.«

»Überzeugt sich selbst vor Ort von der Qualität des Fangs?«

»So was in der Art.«

Kieffer dankte dem Mann und ließ sich erklären, wo die Thunfilets lagen. Es gab Bluefin und Yellowtail – abgepackt, in allen erdenklichen Größen. Er griff sich einige Steaks, packte sie in eine Eisbox und ging dann zur Kasse. Als er den Fisch gerade in seinem Kofferraum verstaut hatte, klingelte sein Handy. Es war Valérie.

»Hallo Val. Bist du in Paris?«

»Nein, irgendwo bei Lyon.« Kieffer konnte im Hintergrund Fahrgeräusche hören.

»Und was machst du dort? Besuchst du Paul Bocuse?« Es war als Scherz gemeint gewesen, doch Valérie antwortete: »Den sehe ich erst heute Abend. Sag mal, hast du heute schon Zeitung gelesen?«

»Ich habe mir das ›Luxemburger Wort‹ und das ›Tageblatt‹ zu Gemüte geführt, wie immer. Aber du meinst wahrscheinlich die französischen Blätter. In die habe ich nicht reingeschaut.«

»Solltest du mal. Sie machen alle mit François auf.«

Kieffer zündete sich eine Ducal an. »Val, ich tue, was ich kann. Ich bin gerade in Esch und spüre einem Typen nach, auf den mich Allégret hingewiesen hat, so ein Luxemburger Fischhändler. Aber …«

»Aber was?«

»Aber ich habe noch keine Ahnung, was er mit der Sache zu tun haben könnte. Ich hoffe, dass mein Freund Pekka mir weiterhelfen kann, allerdings ist der den ganzen Rest der Woche in Brüssel, bei irgendwelchen EU-Sitzungen. Ich brauche einfach noch ein bisschen Zeit.«

»Ich fürchte, Zeit ist etwas, das François nicht hat.«

»Hat er dir gesagt, dass du mich anrufen sollst?«

»Quatsch, Xavier!« Er konnte den Zorn in ihrer Stimme hören. »Ich mache mir einfach nur Sorgen. Und ich wollte dir helfen, indem ich dich darüber auf dem Laufenden halte, was in Paris passiert.«

»Tut mir leid, Val. Ich bin etwas übermüdet. Ich verspreche dir, ich kümmere mich drum, okay?«

»Danke. Steht denn unser Ausflug in euer luxemburgisches Zentralmassiv?«

»Wie eine Eins. Das Hotel ist bereits gebucht.«

»Super, ich freue mich schon. Und ruf an, wenn du etwas herausfindest, hörst du? Ich muss jetzt Schluss machen. Bis bald!« Dann legte sie auf.

Kieffer steckte das Handy weg. Er wollte bereits in sein Auto steigen und die Heimfahrt antreten, als ihm einfiel, dass er noch eine weitere Besichtigung offen hatte. Trebarca Silvas zweite Firma Samurai Sushi befand sich schließlich ebenfalls irgendwo in diesem Gewerbegebiet. Der Koch fuhr um die Pombal-Halle herum und fand das Geschäft zwei Straßen weiter. Was Samurai Sushi gegenüber der riesigen Pombal-Halle an Größe fehlte, machte das Gebäude durch Auffälligkeit mehr als wett. Es handelte sich um einen gedrungenen eingeschossigen Fertigbau. Man hätte darin auch eine Computerfirma oder einen Reifenservice vermuten können, wäre da nicht ein mehrere Meter hoher Plastiksamurai gewesen, der über dem Eingang auf dem Flachdach thronte. In gebückter Kampfhaltung und mit gezogenem Schwert hieb der japanische Ritter nach einem kolossalen Schwertfisch, der sich gerade im Sprung befand. Unter den beiden Plastikplastiken stand in pseudoasiatischer Schrift »Samurai Sushi. Fine Asian Foods.«

Kieffer erwartete, im Inneren weitere Geschmacklosigkeiten vorzufinden, und er wurde nicht enttäuscht. Der Eingangsbereich sah aus wie ein Requisitenlager für asiatische B-Movies. Hier gab es alles, was Nichtjapaner für eine japanische Restauranteinrichtung zu benötigen glaubten: Samurai und Ninja als Postermotive sowie als Statuen, Drachen aus Holz, Porzellan und Polyethylen. Ferner künstliche Kirschblüten, Glückskatzen, deren elektrisch angetriebene Pfoten rhythmisch winkten und japanische Trennwände. Statt mit Reispapier waren sie praktischerweise mit abwaschbarer Folie bespannt. Er ging weiter in die Foodabteilung. In Reihen von Tiefkühlern lag dort filetierter Fisch. Gerade wollte er sich diesen näher anschauen, als ein lautes mechanisches Klackgeräusch seine Aufmerksamkeit erregte. Kieffer sah sich um. Es kam aus der Abteilung für Küchengeräte. War das einer der Sushiroboter? Kieffer lief los, und einige Regale weiter gelangte er zur Quelle des Lärms. Hier war ein Demonstrationsgerät aufgebaut, eine Apparatur von der Größe einer Waschmaschine. Das Gerät besaß oberhalb des Korpus' einen großen durchsichtigen Trichter, in dem sich ein weißlicher Brei befand. Dieser rutschte allmählich in die Maschine und gelangte zu einem freiliegenden Stempelmechanismus, von dem das rhythmische Klacken ausging. Mit einem ununterbrochenen Tschunk-tschunk-tschunk spie das Gerät kleine rechteckige Reispakete aus, die umgehend von einem Laufband wegtransportiert wurden. Nachdem Kieffer sich die Sache eine Zeit lang angeschaut hatte, trat ein asiatisch aussehender Mann in einem weißen Kittel auf ihn zu. Sein breites Lächeln erinnerte Kieffer an den Haifisch, den er kurz zuvor bei Pombal von der Decke hatte baumeln sehen.

»Bonjour, Monsieur. Darf ich Ihnen behilflich sein?«

Während der Verkäufer seinen Satz in abgehacktem Französisch aufsagte, spuckte die Maschine drei weitere Reisbrocken aus.

»Worum genau handelt es sich bei diesem Gerät?«, fragte Kieffer.

»Das ist der Nigiri Master 5000. Er stellt die kleinen Reispakete her, die Sie für Nigirisushi benötigen. Vollautomatisch, er schafft bis zu tausend Stück in der Stunde. Ideal fürs Catering oder für große Restaurants. Schauen Sie.« Der Mann reichte Kieffer eines der Reisklümpchen. »Der Andruck ist variabel, das können Sie stufenlos einstellen. Sie müssen nur noch die Toppings drauflegen – fertig ist Ihr Sushi.«

Kieffer befühlte das Nigiri. Es hatte die Konsistenz eines Flummis. Er wusste, dass Sushimeister in ihrer Lehrlingszeit viele Monate, mitunter Jahre, auf das korrekte Ansetzen des Essigreises verwendeten, der die Grundlage aller Sushivarianten bildete. Und auch das Formen der Nigiribällchen mit der Hand galt unter japanischen Köchen als Kunstform. Der Reisklumpen durfte nicht zu fest zusammengepresst werden. Denn sonst, und das war das Ziel, zerfiel er nicht in seine Bestandteile, wenn der Gast das Nigiri in den Mund steckte. War das Bällchen hingegen zu locker, desintegrierte es womöglich schon vor dem Gaumenkontakt. Erfahrenen Sushimeistern sagte man nach, dass sie die Dichte ihrer Nigiri variieren konnten, je nach den Essensgewohnheiten des Gastes; aß jemand sein Sushi mit der Hand und ohne Sojasoße, konnte man es lockerer formen. Tunkte der Kunde seine Reisbällchen gerne ein oder verwendete er Essstäbchen, um sie zum Mund zu führen, musste man den Reis fester zusammendrücken. All das ging Kieffer durch den Kopf, als er dem Mann den Reisflummi zurückgab und sich mit einer Papierserviette die klebrige Stärke von den Fingern wischte.

»Verstehe. Und diese Toppings …?«

»Darunter verstehen wir den Belag, der auf den Reis kommt«, erklärte der Mann und zeigte in Richtung der Tiefkühlabteilung. »Ob Garnelen, eingelegter Rettich oder Thun – Sie können all das bei uns im richtigen Zuschnitt kaufen.« Der Mann setzte wieder sein Maximallächeln auf. »Sind Sie neu im Sushibusiness, wenn ich fragen darf?«

»Hmmm? Oh ja, das heißt, ich wollte mich mal erkundigen, was man so alles braucht. Ich habe ein Restaurant und da würde eine Sushibar sicher gut reinpassen.«

»Wo denn?«

»In Clausen, das ist ja jetzt ein Inviertel, und diese jungen Leute …«

Der Mann nickte eifrig.

»Allerdings ist es doch eine ziemlich komplizierte Küche, oder? Man braucht Köche mit einer Spezialausbildung.«

Der Verkäufer schüttelte energisch den Kopf. »Das war früher. Heute ist das alles viel einfacher. Wir haben hier alles, was Sie brauchen.«

»Und das wäre?«

»Nun, die Basis guten japanischen Essens«, der Mann machte eine ausladende Handbewegung und zeigte triumphierend auf seine Maschine, »ist natürlich der Reis.«

»Den ich selbst ansetzen muss.«

»Oh nein. Samurai Sushi stellt drüben in Deutschland seinen eigenen Reis her, Sie bekommen ihn von uns fertig geliefert im 50-, 100- oder 200-Liter-Bottich.« Er ging um die Maschine herum und klopfte gegen eine weiße Plastiktonne, die neben dem Nigiri Master 5000 stand.

Dann fuhr er in seinem Vortrag fort. »Sie füllen den Essigreis einfach in die Nigiri- oder die Maki-Maschine.« Er zwinkerte Kieffer aufmunternd zu. »Das sind die Röllchen, mit dem Seetang drumherum. Dann kommen unsere Toppings, die sind ebenfalls alle verzehrfertig. Dazu Wasabi, Sojasoße und eingelegter Ingwer – und fertig ist ihr original japanisches Menü.«

»Klingt, als ob das jeder könnte.«

»Sie sagen es, Monsieur. Das ist ja das Fantastische an der japanischen Küche – man muss dafür überhaupt nicht kochen können.«

12

Am Wochenende und am darauffolgenden Montag ließ sein bis auf den letzten Platz gefülltes Restaurant Kieffer kaum Zeit für den Mifune-Fall. Schuld an seinem übervollen Reservierungsbuch waren offenbar die Banker auf dem Kirchberg. Normalerweise war das Finanzviertel oberhalb der Stadt bereits am frühen Freitagnachmittag völlig ausgestorben, weil alle dort arbeitenden Fondsmanager und Investmentspezialisten für das Wochenende in ihre Heimatländer jetteten. An diesem Wochenende fand auf dem Kirchberg jedoch ein internationaler Gipfel der Finanzbranche statt. Einer seiner Gäste hatte Kieffer verraten, dass es dabei um Staatshilfen für die von der Krise geschüttelten Banken ging. Dank dieses Gipfels schien sich die Zahl der Banker eher verdoppelt als halbiert zu haben, und so war er drei Abende hintereinander erst um halb drei ins Bett gekommen.

Am Dienstagmorgen lief er zu Fuß zum Restaurant. Er hatte noch nicht gefrühstückt und wollte vor der Arbeit noch irgendwo einen Kaffee trinken und eine Kleinigkeit essen. Wie an den meisten Tagen steuerte Kieffer zu diesem Zweck das »The Horse & the Hound« an, ein englisches Pub auf der Montée de Clausen. Britisches Essen hielt er gemeinhin für verzichtbar, aber Donnegan, der Besitzer des Etablissements, hatte Sandwiches im Angebot, die zwar einfach, aber vorzüglich waren. Kieffer bestellte an der Bar seinen Favoriten, ein Ploughman's Lunch. Das Sandwich bestand im Wesentlichen aus scharfem Cheddarkäse und einer köstlichen grünlich-braunen Sauce aus kleinen, essigsauren Gemüsestückchen. Er hatte Donnegan schon mehrfach gefragt, woraus dieser Aufstrich eigentlich bestand, doch die Antwort des Barkeepers fiel stets sibyllinisch bis sarkastisch aus. Er versuchte es dennoch immer wieder, es war ein albernes kleines Spiel, das die beiden schon seit Jahren spielten. »Aus Gemüse« war noch eine der sinnvolleren Antworten, die Kieffer dem dickschädeligen Engländer hatte entlocken können. Als er das Sandwich und den Kaffee entgegennahm, blickte er dem Barkeeper fest in die Augen. »Sagst du es mir heute, Donnegan?«

Der Engländer wischte sich die Hände an seinem Tottenham-Trikot ab und verschränkte die Arme vor der breiten Brust. »Hast du heute Geburtstag, Kieffer?«

»Nein.«

»Dann eher nicht.«

»Nicht wenigstens ein kleiner Hinweis?«

»Die Grundzutaten sind äußerst englisch.«

»Minze und Lammhack?«

»Nein.«

»Sondern?«

»Gin und tote Franzosen.«

Dann drehte sich Donnegan um und begann, Pint-Gläser zu spülen. Kieffer schmunzelte und trollte sich nach draußen. Er setzte sich vor dem Lokal in die Vormittagssonne und ließ sich sein Sandwich schmecken. Als er danach seine obligatorische Ducal rauchen wollte, musste er feststellen, dass er seine Zigaretten zu Hause vergessen hatte. Kieffer stand auf und überquerte die Montée de Clausen, um auf der anderen Seite über einen kleinen Parkplatz zu einem mittelalterlichen Torbogen zu gelangen. Nachdem er diesen durchschritten hatte, fand er sich zwischen der Alzette und einem mittelalterlichen Gemäuer wieder, einem Überrest des nie fertiggestellten Schlosses La Fontaine. Vor über vierhundert Jahren hatte hier ein deutscher Graf residiert, nun befand sich in dem Gemäuer eine Brasserie, die passenderweise »Le Comte« hieß. Kieffer mochte das alte Haus, und das Essen war auch sehr ordentlich. Doch momentan interessierte ihn nur der Zigarettenautomat. Er zog sich eine Packung Ducal, trat wieder vor das Gebäude und rauchte.

Erst jetzt fiel ihm auf, dass der Garten des »Le Comte« angesichts der frühen Stunde außergewöhnlich gut besetzt war. Nein, das war falsch, er war brechend voll. Seltsam erschien ihm das, denn hierher kam man für gewöhnlich zu einem ausgedehnten Mëttegiessen oder einen Apéro. Morgens war der Laden normalerweise verwaist, bis auf ein paar Clausener, die ihren Kaffee schlürften. Kieffer inspizierte das Publikum. Die Gäste waren fast alle um oder unter dreißig und definitiv nicht aus der Gegend. Einige sahen wie Geschäftsleute aus, die es vom Kirchberg herabgeweht hatte. Andere ähnelten jenen T-Shirt-Hipstern, die er neulich im »Deux Eglises« gesehen hatte. Er zog an seiner Ducal und ging nachdenklich zum Ausgang. Dort schaute Kieffer noch einmal auf die Speisekarte, die jedoch unverändert schien. Nun erst fiel ihm neben dem Ausgang ein kleines weiß-schwarzes

Schild auf. Es klebte auf dem Glaskasten, der die Menütafel beherbergte. Darauf stand: »Internet available«. Er musterte die Gäste. In der Tat klickten die meisten auf tragbaren Computern herum oder starrten versunken auf kleine rechteckige Geräte, deren Glasoberflächen sie von Zeit zu Zeit fast zärtlich mit den Fingern streichelten.

Kieffer schüttelte den Kopf und machte sich auf den Weg. Er überquerte die Alzettebrücke und lief die Avenue Mansfeld hinauf, den Kanal links von sich. Vor ihm erhob sich die riesige, einem Aquädukt ähnelnde Eisenbahnbrücke, die Clausen überspannte. Heute käme niemand mehr auf den Gedanken, Überführungen so zu bauen, dass den Anwohnern im Viertelstundentakt Züge über die Köpfe donnerten. Aber bis ins 20. Jahrhundert waren die Faubourgs der schmutzige Unterbauch Luxemburgs gewesen, eine Ansammlung von Fabriken und Abdeckereien, zwischen denen zufällig auch Menschen hausten. Nur bitterarmes Volk hatte dort im Gronn oder in Clausen gewohnt, und kein Stadtplaner hatte sie je nach ihrer Meinung gefragt. Kurz vor der Brücke bog Kieffer in die Rue Jules Wilhelm ein, eine kleine gewundene Straße, die sich den Hang hinaufquälte, der den Fuß des Kirchbergs bildete. Er liebte diesen letzten Teil seines Wegs, weil er von hier einen Panoramablick über seine ganze Stadt hatte. Direkt unter ihm lag Clausen mit seinen kleinen Häuschen und Türmchen, dem Fluss und der alten Mouselbrauerei. Dahinter die Abbaye de Neumünster und sein Wohnviertel Grund, das er zwar nicht sehen, aber doch erahnen konnte. Und in der Ferne erblickte er hoch oben auf dem Felsen die Oberstadt, mit Altstadt und Notre-Dame. Er riss sich von dem Anblick los und lief weiter die Straße hinauf, bis hinter einer

Biegung zu seiner Linken am Hang das alte Festungsgebäude mit dem schiefen Holzschindeldach auftauchte, welches das »Deux Eglises« beherbergte.

Kieffer schaute auf die Uhr. Es war Viertel nach elf. Für zwölf hatte er Pekka Vatanen zum Essen bestellt, um mit ihm über die Ereignisse der vergangenen Tage zu reden. Der Finne war ein Spötter, ein Schürzenjäger und ein fürchterlicher Suffkopp; er war aber auch Kieffers bester Freund und besaß, trotz der großen Menge Rivaner, die sein schlaksiger Körper allabendlich aufsog, einen scharfen Verstand und erkannte Zusammenhänge, die andere nicht sahen. Außerdem hatte Vatanen oben auf dem Kirchberg seit 15 Jahren mit EU-Landwirtschaftspolitik zu tun. Kieffer erinnerte sich vage, dass es eine europäische Fischereipolitik gab. Vielleicht konnte der Finne ihm darüber etwas erzählen, eventuell sogar über Thunfischfang.

Kieffer ging zunächst in der Küche die Bestelllisten durch und überprüfte das Reservierungsbuch. Er seufzte. Es würde heute Abend schon wieder voll werden. Einige der Leute kannte er, bei einer der Vorbestellungen runzelte er jedoch die Stirn. Es handelte sich um eine Reisegruppe mit 20 Personen.

»Claudine, kannst du kurz mal kommen?«

Die Souschefin begutachtete gerade mehrere riesige Töpfe, in denen verschiedene Fonds vor sich hinsimmerten. Sie nickte und kam zu ihm herüber.

»Was gibt's?«

»Diese Reservierung von Intertours – hast du die entgegengenommen?«

Sie schüttelte den Kopf. »Nein, das war Jacques, glaube ich. Was ist damit?«

»Ich würde gerne wissen, ob das 20 Italiener, 20 Russen oder 20 Japaner sind.«

»Macht das denn einen Unterschied?«, fragte sie.

Natürlich machte es einen Unterschied. Kieffer hatte, anders als beispielsweise Pekka Vatanen, keine festgefügten Vorurteile, was Menschen bestimmter Nationalitäten anging. Weder hielt er Griechen grundsätzlich für faul, noch unterstellte er Franzosen angeborene Arroganz oder Deutschen ein immanentes Stildefizit. Jeder war ein Individuum, jeder verdiente es, dass man ihm zunächst unvoreingenommen und ohne Dünkel gegenübertrat. Das war die feste Überzeugung, die er sich über mehrere Jahrzehnte in diversen international besetzten Restaurantküchen angeeignet hatte, wo Herkunft keine Rolle spielte.

Das alles galt freilich nur für Einzelpersonen. So unberechenbar Individuen waren, so vorhersehbar war das Verhalten von Gruppen. Um dies zu verstehen, musste man kein Soziologieseminar absolvieren. Es reichte, einfach ein paar Jahre Reisegruppen in Restaurants zu beobachten. Ein Italiener war nicht lauter als ein Norweger; zehn Italiener hingegen versetzten ein ganzes Restaurant in Vibration. Irgendwo in Kieffers Kopf war eine umfängliche Typologie ausländischer Reisegruppen verstaut, die er nun, die Reservierung betrachtend, wieder hervorkramte.

Japaner waren ihm am liebsten. Sie kamen zur vereinbarten Zeit, waren höflich, leise und bestellten alle exakt das, was ihnen ihre Reiseführerin vorschlug. Franzosen waren schon schwieriger. Hier gab es zwar keine Sprachbarriere, dafür würden französische Gäste aus Prinzip an jedem Gang herummäkeln; sie speisten außerhalb

Frankreichs, ergo war das Essen bestenfalls zweitklassig. Mit indignierter Miene würden sie ihre Teller mustern und sagen: »Ce n'est pas bien fait.« Das ist nicht gut gemacht. Und weil in jedem Franzosen ein Experte steckte, würden sie im Folgenden ihrem Nebenmann oder jedem anderen Gast, dessen sie habhaft werden konnten, erklären, wie man Lamm, Wachtel oder Languste eigentlich zubereiten musste.

Italiener waren nicht ganz so pingelig, würden aber jeder ein A-la-carte-Menü mit fünf Gängen ordern und zwischendurch immer wieder die Bestellungen ändern. Bevor sie ihre Speisen an- oder ungegessen zurückgehen ließen, unterhielten sie zudem das gesamte Lokal, und zwar in einer Lautstärke, die alle nordeuropäischen Gäste binnen kürzester Zeit zur Flucht veranlasste. An der Spitze der Kieffer'schen Horrorskala standen Russen und Chinesen. Erstere waren rüde gegenüber dem Personal, hatten keine Tischmanieren und schwankten schon, bevor sie das Lokal betraten. Letztere tauchten stets in ameisenhafter Zahl auf. Zudem war ihnen nicht begreiflich zu machen, dass es Orte gab, an denen man nicht rauchen durfte.

Die Nationalität machte einen Unterschied. Kieffer behielt seine Erkenntnisse jedoch lieber für sich, schaute Claudine einfach an und legte dabei seinen Kopf schief.

»Ist ja gut, ich klär's.« Sie drehte sich weg und schickte sich an, nach unten zu gehen.

Er räusperte sich. »Claudine, da ist noch etwas. Hast du schon mal … hast du schon mal von Wiffti gehört?«

»Ist das ein Gericht, Xavier?«

»Nein, Internet.«

»Meinst du Wifi? Also, WLAN?«

Er zuckte mit den Achseln. »Ech hu keng Ahnung. Ich meine dieses Internet ohne Kabel, per Funk. Das ist doch Funk oder? Egal. Also ich denke, wir brauchen so etwas.«

Claudine musterte ihn, als hätte er gerade vorgeschlagen, zu den Lëtzebuerger Wäinzossis statt Senfsauce fortan Ketchup zu reichen. Schließlich grinste sie. Kieffer strich mit der rechten Hand über seine Küchenschürze. »Ich weiß nicht, wie man so was installiert. Ich dachte, du könntest dich vielleicht drum kümmern.«

Sie nickte. Das Grinsen schien sich in ihrer unteren Gesichtshälfte dauerhaft festgesetzt zu haben. »Ich kümmere mich drum, Xavier. Sollte kein Problem sein.« Dann ließ sie ihn allein. Kieffer durchblätterte noch einmal sein Reservierungsbuch und überprüfte die Vorräte, um ganz sicher zu gehen, dass nichts fehlte, was er an diesem Abend brauchte. Nun griff er sich aus dem Kühlschrank zwei der Thunsteaks, die er bei Pombal erworben hatte. Pekka war sicher hungrig und was war naheliegender, als sich dem Thema über ein gutes Stück Yellowfin zu nähern? Er wusch die weinroten Fischstücke unter warmem Wasser ab, tupfte sie mit Küchenpapier trocken und legte sie auf sein Schneidebrett. Mit seinem japanischen Sashimimesser schnitt er einige Fitzel und Hautstücke weg. Kieffer betrachtete die Steaks eingehend. Er drückte sie zwischen Daumen und Zeigefinger, strich über die schmale Hautseite an den Rändern. Dann hielt er sich eines der Steaks unter die Nase und schnupperte.

»Überlegst du, ob man den Fisch noch jemandem vorsetzen kann? Wenn er schon müffelt, dann verkauf' ihn einfach an deine einheimischen Gäste.«

Die Stimme gehörte Vatanen, der sich offenbar unbemerkt die schmale Steintreppe zur Küche emporgeschlichen hatte. Keiner der Kellner oder Köche hatte den Finnen aufgehalten. Warum auch? Er gehörte praktisch zum Inventar und genoss deshalb weitgehende Bewegungs- und Narrenfreiheit.

»Hallo, Pekka. Warum an die Luxemburger?«

»Weil sie keine Ahnung von Fisch haben, zumindest keine von Fisch, der aus dem Meer stammt. Wir Finnen hingegen …«

»… ihr nuckelt das Fischöl schon aus der Mutterbrust. Ist klar. Trotzdem hatte ich eigentlich vor, uns diese Steaks gleich zu braten, als Mittagessen. Ich glaube, du wirst an ihrer Qualität nichts auszusetzen haben.«

Vatanen stellte sich neben Kieffers Posten und beäugte die Steaks. »Was gibt es dazu?«

»Grünen Salat, Pommes frites und einen sehr seltenen Schengener Riesling, den ich gerade reinbekommen habe.«

»Schon überredet.«

Kieffer händigte seinem Freund eine Weinflasche aus. Er hatte sie bei Welschbillig gekauft, einem Winzer, mit dem er befreundet war. Gekauft war freilich nicht das richtige Wort. Diesen speziellen Riesling gab es bei Welschbillig nur als Dreingabe zu einer größeren Bestellung – oder für gute Bekannte und Familienmitglieder. Der fragliche Hangabschnitt gab kaum mehr als 500 Flaschen im Jahr her. Und die gelangten nicht in den regulären Handel. Während Vatanen die Flasche entkorkte und ihnen zwei Gläser einschenkte, drehte Kieffer den Grill hoch. Dann vermischte er in einer kleinen Schüssel Zitronensaft, Olivenöl und Pimentón de la Vera, geräuchertes Paprikapulver aus der Extremadura. Er verquirlte die Mischung und pinselte sie auf die Steaks. Beim Beilagenkoch orderte Kieffer zweimal Pommes und Salat und warf den Thun auf den Grill.

»Prost!« Vatanen nahm einen Schluck und zog die Brauen hoch. »Saamari, das ist ja ein feines Tröpfchen. Wo bekommt man den?«

»Nirgends. Nur mit Beziehungen zu kriegen.« Kieffer wendete die Steaks, auf deren Unterseite sich bereits dunkle Streifen zeigten. Dann goss er noch mehr von der Pimentóntunke darüber.

Vatanen grinste. »Was soll ich diesmal für dich tun?«

»Das erzähle ich dir unten. Lass uns erst die Steaks vom Grill nehmen. Wenn es etwas gibt, das ich hasse, dann sind es durchgebratene Thunfischsteaks.« Sie gingen, jeder einen dampfenden Teller und ein Weinglas in der Hand, hinunter auf die Außenterrasse und begannen zu essen.

»Die Steaks habe ich von Pombal Foods, das ist ein portugiesischer Fischgroßhändler in Esch. Der hat irgendwie mit diesem toten Sushikoch zu tun.«

»In welcher Weise?«

»Das wüsste ich auch gerne. Allégret hat mich gebeten, der Sache nachzugehen, und ich kann mich dieser Bitte, wie ich dir neulich schon erklärt habe, kaum verschließen. Der einzige Hinweis, den er mir geben konnte, war, dass ein gewisser Monsieur Trebarca Silva in den Fall verwickelt ist. Und dem gehört Pombal.«

Vatanen stopfte sich eine viel zu große Portion Pommes frites in den Mund. Kauend fragte er: »Woher weiß der Herr Bürgermeister das – und wie genau ist dieser Silva in die Sache verwickelt?«

»Keine Ahnung, Pekka. Die Information stammt wohl aus Pariser Polizeikreisen. Trebarca Silva ist einer der wichtigsten Fischhändler weit und breit. Somit ist es zumindest theoretisch denkbar, dass er geschäftlich mit Ryuunosuke Mifune zu tun hatte.«

»Hast du das überprüft?«

»Ja, leider Fehlanzeige. Mifunes Maître konnte mir nur den Namen eines französischen Händlers nennen, der vor allem Thun verkauft und mit dem der Sushimeister lange zusammengearbeitet hat, bis vor Kurzem. Diesen Trebarca Silva kannte der Maître nicht, und er scheint zumindest in der Vergangenheit nicht der Hauptlieferant von Mifune gewesen zu sein.«

»Was bedeutet ›zumindest in der Vergangenheit‹?«

»Mifunes alter Fischhändler hieß Prezzemolo und sitzt in Paris. Mit ihm hat sich der Japaner offenbar überworfen. Er hat dann einen neuen Lieferanten aufgetan, aber niemand weiß, wer der war.«

»Es könnte also sein, dass Mifune ganz zum Schluss mit Silva zu tun hatte?«

Kieffer nickte. »Könnte. Oder auch nicht. Anhaltspunkte dafür habe ich bislang keine.«

»Das ist nicht allzu viel. Und diesen Pariser Fischhändler …?«

»… habe ich bisher nicht auftreiben können. Und deshalb dachte ich mir, ich frage mal dich.«

Der Finne setzte ein Grinsen auf. »Weil ich dein klügster Freund bin. Und du im Übrigen ohnehin keine anderen hast.«

»Weil ich etwas über den Markt für Fisch wissen möchte, speziell über den für Thun. Beschäftigt sich die Europäische Union nicht irgendwie damit?«

»Klar. Es gibt die Gemeinsame Fischereipolitik, die kleine Schwester der Agrarpolitik gewissermaßen. Und einen Fischereifonds.«

»Und was wird da gemacht?«

Vatanen leerte sein Glas und schaute missbilligend auf dessen Boden. »Im Wesentlichen legen sie Fangquoten fest. Einmal im Jahr schauen sie sich den Bericht der ICES an.«

»... übersetzen, bitte.«

»International Council for the Exploration of the Sea. Das ist ein Beratungsgremium, in dem sitzen ein Haufen Wissenschaftler. Die prüfen, welche Fischarten überfischt und somit in ihrer Existenz bedroht sind und melden das an die EU.«

Kieffer instruierte seinen Kellner Jacques, die in der Küche verbliebene Rieslingflasche zu organisieren, was Vatanen mit einem zustimmenden Nicken quittierte. Dann fuhr er fort.

»In Brüssel studiert man diesen Bericht sehr eingehend. Danach klopfen sich alle Beteiligten feixend auf die Schenkel und legen überhöhte Fangquoten fest, die rein gar nichts mit den wissenschaftlichen Erkenntnissen der ICES zu tun haben.«

»Klingt so, als ob eure Fischereipolitik nicht sonderlich gut funktioniert.«

»Es ist auch deine. Aber es stimmt, sie funktioniert nicht, was eigentlich noch eine Untertreibung ist. Im Vergleich zur Fischerei ist die Gemeinsame Agrarpolitik makellos.«

»Was läuft denn schief?«

»Alles. Fast 90 Prozent aller EU-Fischbestände gelten als überfischt, einige Arten wie Nordsee-Kabeljau sind sogar vom Aussterben bedroht. Fast alle unsere großen Fischgründe stehen vor dem Kollaps. Inzwischen geben sogar die Kommission und die Mitgliedsstaaten ganz offen zu, dass die Fischereipolitik ein Debakel ist. Und die sind normalerweise nicht besonders selbstkritisch, also ist es vermutlich noch viel schlimmer, als man weiß.«

Kieffer nahm dem Kellner die Flasche ab und schenkte ihnen beiden nach. Dann zündete er sich eine Ducal an. »Und wie steht es mit Thun?«

Vatanen zuckte mit den Achseln. »Ich weiß nur, dass früher das ganze Mittelmeer voll davon war und jetzt nicht mehr viel übrig ist.« Er tippte mit der Gabel an seinen Teller. »Ein majestätischer Fisch, fürwahr, aber wir Menschen haben ihn komplett weggefressen.«

Der Luxemburger schüttelte den Kopf. »Diesen hier wohl kaum, das ist Ahi. Gelbflossenthun, der ist nicht bedroht, soweit ich weiß. Was du meinst, ist der Blauflossenthun, den man hauptsächlich für Sushi verwendet.« Er blickte seinen Freund an. »Vor allem für den interessiere ich mich. Mein Bauch sagt mir, dass der in dieser Geschichte eine Rolle spielt.«

»Gibt es dafür noch mehr Indizien als das Rumoren deines zweifelsohne beachtlichen Verdauungsorgans?«

»Wir wissen, dass Mifune kurz vor seinem Tod Streit mit dem Fischhändler Prezzemolo hatte – jenem Mann, der nach dem, was ich bisher herausfinden konnte, der wichtigste Bluefindealer in ganz Paris ist.« Er blies ein Rauchwölkchen in den Clausener Himmel. »Außerdem offeriert dieser Prezzemolo den Fisch zu Kampfpreisen. Nur warum? Bluefin ist rotes Gold, der teuerste Fisch der Welt, dafür gibt es genug Abnehmer.«

»Das stinkt.«

»Genau. Und weil ich an der Prezzemolo-Front gerade nicht weiterkomme, wollte ich es mal über eine ausgedehnte Thunrecherche versuchen.«

»Da bin ich aber nicht der Richtige. Wie du ja gerade gemerkt hast, kann dein finnischer Kumpel nicht einmal die verschiedenen Subspezies auseinanderhalten. Wenn es um Nüsse oder Bananen geht, dann bin ich dein Mann. Aber um hier weiterzukommen, musst du mit einem richtigen Experten sprechen, scheint mir. Ich wüsste da jemanden.«

Genüsslich schlotzte Vatanen einen Schluck Riesling und presste den Wein mit übertriebener Langsamkeit und unter lautem Gurgeln von einer Backe zur anderen. »Brillant«, deklamierte er, »ein Kunstwerk!«

»Ist schon gut, Pekka. Ich habe noch drei Flaschen, sie sind dein.«

»Hervorragend. Also der Mann, mit dem du mal telefonieren solltest, sitzt in Vigo.«

Kieffer nickte. Vigo in Spanien war der wichtigste Fischereihafen Europas. »Ist er Fischer?«

»Ex-Fischer. Ich würde ihn als eine Art Don Quixote der Meere bezeichnen.«

»Mensch, Pekka, jetzt lass dir bitte nicht alles einzeln aus der Nase ziehen.«

»Ist ja gut. Er heißt Pedro Alvarez und arbeitet für die CFCA. Das ist die Europäische Fischereiaufsichtsagentur. Die sind dafür verantwortlich, dass die Fangquoten, welche die EU in ihrer grenzenlosen Weisheit festgelegt hat, auch eingehalten werden.«

»Ich dachte, die Fangquoten sind viel zu hoch?«

»Stimmt, aber das heißt nicht, dass sie nicht trotzdem überschritten werden. Die großen Fischereinationen – Spanien und Frankreich – fischen das Meer seit Jahren leer, als ob's kein Morgen gäbe. Und deshalb ist 2005 diese Aufsichtsagentur in Vigo gegründet worden. Dort sitzen jetzt 50 Männeken mit wenig Budget und noch weniger Befugnissen und versuchen, die räuberischen Fischfangflotten von 27 EU-Ländern in unseren gesamten Gewässern zu kontrollieren. Soweit ich weiß, haben die nicht einmal eigene Schiffe. Was wieder beweist, dass man in Brüssel einen ganz besonderen Sinn für Humor hat.«

»Und was macht dein Bekannter da?«

»Er ist der stellvertretende Direktor der Behörde. Kommt aus Katalonien, war aber lange in Brüssel und spricht ausgezeichnet Französisch. Pedro weiß vermutlich alles, was man über Thunfisch und die damit zusammenhängenden Sauereien wissen kann. Ich werde dich ankündigen, dann kannst du ihn anrufen.«

»Vielen Dank, Pekka.«

»Schon gut. Geh' lieber den Riesling holen. Ich glaube, die restlichen Flaschen sollte man sicherheitshalber für heute Abend kaltstellen.«

13

Am Nachmittag wollte Kieffer die spanische Telefonnummer anrufen, die Vatanen ihm gegeben hatte. Er war gerade in sein Büro gegangen, als eine SMS von Valérie eintrudelte: »Mach mal TF1 an. In Liebe, Val.« Wie alle Luxemburger konnte Kieffer die großen französischen Sender empfangen. Der Koch griff nach der Fernbedienung und schaltete das kleine TV-Gerät auf seinem Schreibtisch ein, auf dem er normalerweise Fußball zu gucken pflegte. Auf TF1 lief gerade die nachmittägliche Nachrichtensendung. Zu sehen war eine Reporterin, die vor dem Pariser Rathaus stand. Hinter ihr hatten sich Demonstranten versammelt. Kieffer drehte den Ton auf. »... werden die Forderungen nach einer gründlichen Untersuchung des Vorgangs immer lauter. Seit Jahren gibt es diese Vorwürfe, und die Orsay-Affäre ist nun offenbar der Tropfen, der das Fass zum Überlaufen bringt. Oder möglicherweise wäre es besser von jenem Funken zu sprechen, der zur Explosion führt.«

Die Reporterin verschwand und wurde durch eine Einblendung ersetzt, die eine Peugeot-Limousine mit abgedunkelten Scheiben zeigte. Darunter stand: »Porte de

Versailles, heute Morgen«. Das Auto fuhr vor einem Kongresszentrum vor. François Allégret stieg aus dem Fond, die Kamera zoomte unerbittlich nahe an ihn heran. Der Côte-d'Azur-Teint schien ihm abhandengekommen zu sein, das Gesicht des Bürgermeisters wirkte im Blitzlicht fahl, seine Miene versteinert. Flankiert von zwei Bodyguards und dem Jüngeren seiner beiden Assistenten bemühte er sich, rasch in dem Gebäude zu verschwinden. Vorher musste er jedoch einen Spießrutenlauf absolvieren, denn zu beiden Seiten des Eingangs standen wütende Gewerkschafter, drohend die Fäuste gen Himmel gereckt, rote Fahnen und Transparente schwenkend. Auf einem stand: »Allégret = Berlusconi«, ein weiteres deklamierte: »Harakiri, s'il vous plaît!«

Kieffer schaltete den Fernseher aus und zündete sich eine Ducal an. Dann griff er zum Telefonhörer und wählte die Nummer des spanischen EU-Manns. Er landete in einem Sekretariat, das ihn jedoch umgehend zu Pedro Alvarez durchstellte.

»Alvarez, guten Tag Herr Kieffer. Pekka hat Sie bereits angekündigt.« Der Koch konnte ein Rauschen in der Leitung hören. Der CFCA-Mann schien irgendwo draußen zu sein. Irgendwo, wo es mächtig windete.

»Guten Tag. Danke, dass Sie sich die Zeit nehmen. Erwische ich Sie unterwegs?«

»Ja, macht aber nichts. Ich bin in Cartagena und inspiziere im hiesigen Hafen einige Sachen. Bin zurzeit ständig unterwegs, es ist Fangsaison für Thunfisch.«

Dankbar für dieses Stichwort beschloss Kieffer, gleich mit der Tür ins Haus zu fallen. »Ich interessiere mich auch für Thun, genauer gesagt für Bluefin. Und Pekka sagte mir, Sie seien der größte Experte weit und breit.«

»Sehr schmeichelhaft. Ich weiß ein bisschen was darüber, das stimmt. Habe früher selber Thunfisch gefangen. Und jetzt versuche ich, Leuten nachzustellen, die dasselbe tun wie ich früher. Aber was genau wollen Sie denn wissen? Und warum?«

Kieffer zögerte kurz. Dann sagte er: »Bekannten von mir ist Bluefin zu sensationell niedrigen Preisen angeboten worden. Und ich möchte gerne herausfinden, ob an der Sache etwas faul ist oder ob man den Fisch bedenkenlos kaufen kann.«

Statt einer Antwort hörte er am anderen Ende der Leitung wieder das starke Rauschen des Windes, diesmal gepaart mit einem tiefen Dröhnen. Es dauerte einen Moment, bis er merkte, dass Pedro Alvarez lachte.

»Lieber Herr Kieffer, ohne die Details zu kennen lautet die kurze Antwort auf Ihre Frage: Ja, wenn er billig ist, ist vermutlich etwas faul. Thun ist der König der Meere. Die Leute denken bei dem Begriff immer an Weiße Haie oder kapitale Wale, aber Bluefins sind die wahren Wunder der See, unglaubliche Tiere. Sie werden bis zu vier Meter lang und fast 700 Kilo schwer. Sie leben mehrere Jahrzehnte und nichts schwimmt schneller. Ein Thun kann jedes Schiff abhängen, er schafft an die 65 km/h. Er kann ganze Meeresbecken durchqueren, und zwar in wenigen Wochen. Es gibt zwei Bluefinpopulationen, eine im Pazifik und eine im Atlantik. Letztere ist es, mit der ich mich beschäftige.«

»Und diese Population ist stark geschrumpft, richtig?«

»Geschrumpft? Es wird bald keine mehr geben. Denn jedes Jahr kommen sie aus dem Atlantik zu uns, ins Mittelmeer – und dort lauern ihnen die Fischer auf.«

»War das nicht schon immer so?«

»Sicher. Die ganze Gegend lebt seit Menschengedenken vom Thunfisch, seit Jahrtausenden. Früher war er für die Menschen von Gibraltar bis zur Levante die wichtigste Eiweißquelle. Von solchen Riesenschwärmen können wir heute nur träumen. Seit den späten Siebzigern geht die Population zurück, sie ist um mehr als 80 Prozent eingebrochen. Das Ganze ist eine riesige Tragödie, in vielfacher Hinsicht. Wenn so ein großer Raubfisch verschwindet, bringt das natürlich die gesamte Nahrungskette im Meer durcheinander, mit unabsehbaren biologischen Folgen. Wirtschaftlich ist es ebenfalls ein Desaster – für einen ganzen Bluefin bekommen Sie auf dem Weltmarkt locker 120 000 Dollar, dagegen sind alle anderen Fischarten ein Witz. Vom kulturellen Wert des Thunfisches für uns hier am Mittelmeer will ich gar nicht erst anfangen.«

»Ich habe gehört, dass die Japaner den meisten Thun aufkaufen.«

»In der Tat sind das die wichtigsten Käufer, das stimmt. Aber das eigentliche Problem ist, dass dieser Fisch so irrsinnig beliebt geworden ist.«

»Wegen Sushi?«

»Vor allem wegen Sushi, aber auch deshalb, weil die Menschen viel mehr Fisch essen als noch vor dreißig Jahren. Und das Tolle an Bluefin ist, dass er so dunkelrot und fettreich ist. Der hat richtig Geschmack. Wenn Sie als infarktgefährdeter Westeuropäer eine Alternative zur Rinderlende suchen, ist Thunsteak natürlich perfekt. Wie alt sind Sie, Herr Kieffer?«

»Noch keine 50.«

»Ich bin fast 60 und kann mich deshalb an die Zeit

erinnern, als außer den Leuten in Südspanien oder Sizilien kein Mensch auf die Idee gekommen wäre, Thunfischsteak zu essen. Da machte man Katzenfutter draus.«

»Wie fängt man den Thun denn? Ich habe neulich Bilder von einer Mattanza gesehen. Gibt es die etwa noch?«

»Ja, aber nur für Touristen. Früher bauten die Fischer vor allem vor Sizilien riesige Labyrinthe aus Netzen und Reusen auf, mehrere Kilometer lang. Die Thunschwärme kommen im Frühjahr ins Mittelmeer und schwimmen zu ihren Laichgründen, die meisten davon sind im Südwesten Italiens, im Tyrrhenischen Meer. Und dann verirren sich die Fische im Labyrinth.«

»Und enden in der Todeskammer.«

»Genau. Die Fischer ziehen bei dieser Fangmethode das Netz in der letzten Kammer langsam ein, sodass die Fische an die Oberfläche gedrängt werden. Dann holt man sie einzeln mit einer Art Deckshaken heraus. Darum heißt es Mattanza, weil es eine Orgie aus Blut, Schweiß und Tod ist. Es ist eine irrsinnige Plackerei, da die Biester mehrere hundert Kilo wiegen können. Na ja, heute nicht mehr.«

»Und wie macht man es heute?«

Alvarez seufzte. »Heute haben sie große Hightech-Schiffe, sie können die Thunfische mit dem Radar aufspüren und ganze Schwärme auf einmal wegkeschern. Außerdem benutzen sie kleine Flugzeuge, um die Fische aus der Luft aufzuspüren, obwohl das verboten ist. Aber wir können es kaum verhindern. Was dann noch bei den Tonnaras, den traditionellen Thunfischbetrieben in Sizilien, ankommt, sind höchstens ein paar kleine Fische.«

»Wenn der Thun gefangen wurde, was passiert danach mit ihm? Auf welchen Fischmarkt wird er gebracht?«

»So weit sind wir noch nicht. Sie müssen wissen, dass die Bestände wegen des Kollapses kaum noch große Tiere enthalten. Sondern nur Kleinvieh, junge Fische, kaum einen Meter lang. Mit denen macht man kein Geschäft. Vor allem die Japaner sind scharf auf die Kaventsmänner von über zweieinhalb Metern. Deshalb zieht man das Netz mit den gefangenen Fischen an die Küste, in eine Thunfarm.«

»Kann ich mir das wie eine Zuchtlachsfarm vorstellen?«

»So ähnlich. Dort wird der Thun über Monate gepäppelt. Die Farmer kippen Tag für Tag Makrelen oder Sardinen in diese schwimmenden Käfige, bis der Thun schön fett ist. Dann holt man ihn raus, und legt ihn ein. Nicht in Olivenöl, sondern in flüssigen Stickstoff.«

»Kein gestoßenes Eis?«

»Nein, sonst gammelt er trotzdem weiter, wenn auch langsam. Dank des Stickstoffs wird der Fisch augenblicklich schockgefrostet. Hat man die Fische schließlich auf minus 210 Grad Celsius heruntergekühlt, gibt es überhaupt keine molekulare Aktivität mehr, sie sind im Prinzip unbegrenzt haltbar. Es gibt ungefähr 70 solcher Farmen. Früher waren die vor allem in Spanien und Italien. Jetzt ist das ganze Richtung Kroatien und Türkei gewandert.«

»Weil es dort billiger ist.«

»Nein, weil es dort weniger Kontrollen gibt. Das Schöne an so einer Thunranch ist ja, dass Sie anders als beim traditionellen Fang die Behörden nach Strich und Faden bescheißen können. Wenn Sie in Malta oder Vigo mit einem Kahn voller Thun anlegen, dann könnte da zumindest theoretisch ein CFCA-Inspektor mit seinem Clipboard stehen und sich die Zahl der Fische aufschreiben. Wenn Sie dagegen lauter Thunbabys in der Adria in ein Bassin stecken, läuft das Spiel anders. Vielleicht haben Sie zum Beispiel ein Loch im Netz und die Hälfte der Fische entwischt, direkt nach Tokio.«

»Gibt es denn Zahlen zur Dunkelziffer?«

»Wie viel Thun schwarz rausgezogen und verkauft wird, das weiß niemand. Aber ich sage Ihnen mal zwei Zahlen, damit Sie wissen, wie der Hase läuft. Allein die Thunfarmen im Mittelmeer haben eine jährliche Produktionskapazität von über 57 000 Tonnen. Das ist das Dreifache der vorgeschriebenen Quote. Sie können also davon ausgehen, dass beim Goldrausch am Klondike die örtlichen Gesetze vermutlich besser eingehalten wurden als beim Thunfang.«

»Ich verstehe jetzt, warum Sie sagen, dass an meinem Thun etwas faul ist. Darf ich Sie noch etwas fragen? Ich recherchiere zu einer Person, die mit Thun zu tun hat.«

»Fragen Sie. Die wichtigen kenne ich alle.«

»José Trebarca Silva. Er betreibt einen Fischgroßhandel.«

Alvarez schnaubte vernehmlich. »Ich wusste nicht, dass er auch einen Fischgroßhandel hat.«

»Sie kennen ihn?«

»Aber natürlich. José Trebarca Silva war eine der ganz großen Nummern unter den europäischen Thunranchern. Er ist damit reich geworden und er war einer der wichtigsten europäischen Lieferanten von Yatsuishi.«

»Yatsuishi? Ist das nicht ein Autohersteller?«

»Auch, aber Sie wissen doch, diese japanischen Konzerne sind alle riesige Konglomerate und stellen neben Autos und Flugzeugen gleich auch noch den Stahl her, haben eine eigene Bank und der Herrgott weiß was sonst noch. Bei Yatsuishi ist der Thunfischhandel ein wichtiges Standbein. Dreißig Prozent aller Bluefins, die auf dem Tsukiji-Markt – das ist die Wall Street des Fischhandels – verkauft werden, stammen von Yatsuishi. Die haben in jedem großen Hafen Leute, die Fisch aufkaufen. Und Trebarca Silva war einer ihrer Mittelsmänner im Mittelmeerraum.«

»Wieso benutzen Sie die Vergangenheitsform?«

»Weil er einer der wenigen ist, die wir drangekriegt haben.«

»Was hat er denn verbrochen?«

»Er hat ohne Genehmigung Thunfischfarmen betrieben. Eigentlich hätte er nur drei haben dürfen, irgendwo vor Cartagena. Aber er war zu gierig. Wenn er ein oder zwei weitere ins Wasser gesetzt hätte, wäre das niemandem aufgefallen. Und selbst wenn die spanischen Behörden es gemerkt hätten, hätten sie entweder ein Auge zugedrückt oder Silva hätte die Sache mit ein bisschen Bakschisch bereinigen können. Dieser Pirat hat allerdings insgesamt zehn Ranches betrieben, also sieben mehr, als er gedurft hätte.«

»Und da ist jemandem der Geduldsfaden gerissen?«

»Es kommt noch besser. Trebarca Silva hat die Farmen nicht vor unserer Küste betrieben, sondern auf der afrikanischen Seite, auf libyschem Hoheitsgebiet. Er hat, das zumindest vermuten wir, irgendeinem Gaddafi-Neffen ein paar Koffer voller Euros übergeben und durfte deshalb vor deren Küste, gerade noch innerhalb der libyschen Gewässer, schalten und walten wie er wollte.«

»Klingt halbseiden. Ist es verboten?«

»Natürlich nicht, denn was muss die Libyer die EU-Fangquote interessieren? Wenn dieser portugiesische Taschendieb seine Fische in Tripolis oder Misurata angelandet hätte, wäre das zwar ärgerlich gewesen, aber nicht unser Beritt. Hat er aber nicht. Er hat die Fische aus seinen libyschen Farmen entnehmen lassen, sobald sie groß genug waren – und sie anschließend in seine Zuchtanlagen bei Cartagena gesetzt.«

»Wieso hat er das gemacht? Subventionsbetrug?«

»Das haben unsere Kollegen in Brüssel zunächst auch gedacht, aber so dreist war er dann doch nicht. Es hätte sich auch kaum gelohnt, die paar 100000 Euro, die er aus dem EU-Fischereifonds hätte bekommen können, die macht er in Tokio ja mit drei, vier Fischen. Nein, Silva hatte andere Gründe. Der erste sind die Umweltschutzauflagen. Wenn Sie viele Fische auf engstem Raum halten, werden die anfällig für Krankheiten. Deshalb müssen Sie das Futter mit Antibiotika versetzen. Hormone wären ebenfalls nicht schlecht, so wachsen die Fische schneller und Ihre Ausbeute ist besser. In der Union gibt es natürlich gewisse Auflagen.«

»In Libyen nicht.«

»Zumindest nicht, wenn Ihr Projekt das Wohlwollen des örtlichen Potentaten genießt. Der zweite Punkt ist die Weiterverarbeitung. Ich hatte vorhin bereits erwähnt, dass man die Fische in flüssigen Stickstoff taucht. Dadurch sinkt die Kerntemperatur binnen drei Sekunden auf unter minus 30 Grad Celsius. Für diese Methode braucht man ein bisschen Hightech, das ist in der Wüste da unten schwierig. Hinzu kommt, dass Trebarca Silva vor allem an Japaner verkaufte – und die sind, wie Sie sich vorstellen können, pingelig. Die wollen keinen Fisch aus Nordafrika. Die wollen EU-Fisch, nach höchsten Hygiene- und Qualitätsstandards gezüchtet und verarbeitet. Mit seiner Masche hatte Silva aus seiner Sicht die beste aller Welten. Produktion ohne Gängelei durch europäische Behörden und Gesetze, aber ein Endprodukt, das zumindest auf dem Papier höchsten Ansprüchen genügte.«

»Und was ist passiert, als Sie ihn erwischt haben?«

»Genau gesagt waren das nicht wir, sondern die spanische Küstenwache. Was dem guten Trebarca Silva nämlich zum Verhängnis wurde, war der Bürgerkrieg in Libyen. Er wusste plötzlich nicht mehr, wie lange sein Arrangement noch Bestand haben würde, also hat er den Besatz seiner dortigen Ranches peu à peu nach Cartagena rüberschaffen lassen.«

Alvarez kicherte vergnügt. »Das wäre wohl keinem aufgefallen, die spanische Küstenwache interessiert sich nicht allzu sehr für Fischschmuggler. Aber wegen des Bürgerkrieges gab es plötzlich noch eine Menge andere Schiffe mit lebendiger Konterbande im Mittelmeer.«

Kieffer verstand. »Bootsflüchtlinge aus Nordafrika, die nach Europa wollten!«

»So ist es. Wegen denen schoben alle Küstenwachen im Mittelmeer zu der Zeit Sonderschichten, und da ging den Spaniern Silvas Boot gewissermaßen als Beifang ins Netz. Dadurch wurden wir auf die Sache aufmerksam – und schon hatten wir den Kerl am Haken.«

»Und jetzt ist er dran.«

»Nein.«

Kieffer war verblüfft. »Aber, ohne die Rechtslage genau zu kennen – das sind doch Zollvergehen und diverse andere Rechtsbrüche. Wie kommt der Mann damit davon?«

»Nun ja, irgendwelche Nordafrikaner, die aushilfsweise für diesen angesehenen EU-Bürger arbeiteten, haben Fisch geschmuggelt. Ihm nachzuweisen, dass er das wusste, billigte oder gar angeordnet hat, ist schwierig. Es gibt ein Verfahren in Spanien gegen ihn, ich denke allerdings nicht, dass allzu viel dabei herauskommt. Trotzdem ist Silva als Thunhändler mausetot.«

»Solange er unschuldig ist …«

»Er mag geschmuggelt, gefälscht und sonstwie betrogen haben. Aber er hat sich noch einer viel schlimmeren Sünde schuldig gemacht. Wenn man Fische irgendwo aus dem Meer zieht, außerhalb der EU hochpäppelt und sie dann aber in Cartagena auf den Markt wirft, werden sie der spanischen Fangquote zugerechnet – obwohl sie eigentlich gar nicht in europäischen Gewässern gefangen wurden. Silva hat mit seiner Trickserei folglich den spanischen Fischern Bluefin gestohlen, welchen diese nicht mehr fangen durften, zumindest nicht legal. Und wenn man uns Spaniern unseren Fisch klaut, verstehen wir keinen Spaß. Deshalb hat das Landwirtschaftsministerium der Region Murcia alle seine Farmen dichtgemacht. Und sie haben allen anderen spanischen und italienischen Behörden einen diskreten Tipp gegeben. Das ist nicht offiziell, denn eigentlich hat Silva bisher ja nicht einmal ein Strafgeld kassiert. Er hat noch ein paar Fischfabriken irgendwo, die aber nichts mit Thun zu tun haben. Die darf er natürlich weiter betreiben – aber ich garantiere Ihnen, dass dem Typen im ganzen EU-Mittelmeerraum niemand mehr eine Genehmigung für eine Thunranch erteilen wird.«

»Das muss doch ein finanzielles Desaster für ihn sein?«

»Vermutlich. Da er allerdings die zehn fettesten Jahre mitgenommen hat, die es für Thunfischer je gab und je geben wird, kann er es vielleicht verschmerzen. Er muss ein bisschen Ausrüstung abschreiben und das war's. Außerdem bleiben ihm seine anderen Liegenschaften. Der Fischgroßhandel, den Sie erwähnten. Cateringfirmen und diverse Dienstleistungen rund um den Fisch. Er ist beispielsweise in der Kühltechnik aktiv. Ein cleverer Kerl, dieser Silva. War zwar Goldgräber, aber hat gleichzeitig Spaten und Schürfpfannen verkauft.«

»Das heißt wohl, dass der sehr billige Thun, der hier und in Paris kursiert, vermutlich nicht von Silva stammen kann, oder?«

»Glaube ich nicht. Erstens könnte er teurer an Yatsuishi verkaufen. Und zweitens hat er keinen mehr.«

»Letzte Frage: Kennen Sie einen Thunhändler namens Prezzemolo?«

»Tut mir leid, der ist mir unbekannt. Ich höre mich gerne mal um. Jetzt hätte ich auch noch eine Frage, Herr Kieffer.«

»Fragen Sie.«

»Dieser Billigthun, von dem Sie erzählen, ist der von guter Qualität?«

»Ich habe ihn ehrlich gesagt noch nicht zu Gesicht bekommen. Warum?«

»Wenn Sie welchen auftreiben können, dann rufen Sie mich an. Aus Fischen kann man sehr viel herauslesen. Was sie gegessen haben, wie sie lebten – und mithilfe eines Labors natürlich auch, ob sie beispielsweise Wachstumshormone verabreicht bekamen. Unsere Leute machen immer mal wieder Stichproben auf verschiedenen

Fischmärkten – aber der Bluefin, dem Sie da offenbar auf der Spur sind, der würde mich natürlich brennend interessieren.«

»Warum?«

»Na, ich bitte Sie, billiger Bluefin! Das ist so, als ob jemand Goldbarren unter Marktwert verkaufen würde. Dahinter muss eine besonders ausgekochte Schweinerei stecken.«

14

Am nächsten Morgen musste er früh aufstehen, um sich auf dem Großmarkt in Deutschland mit frischem Fleisch und Geflügel einzudecken. Er war hundemüde und selbst das Fauchen und Kreischen seiner alten Vibiemme und der aus ihrem Getöse resultierende dreifache Espresso reichten nicht aus, ihn auf die Beine zu stellen. Die zwanzigköpfige Reisegruppe am Vorabend hatte sich als australischer Herrenclub entpuppt. Trinkfreudige Australier waren eine Spezies, mit der er bis dato noch nicht zu tun gehabt hatte. Kieffer machte sich eine geistige Notiz, diese Nationalität in seiner Anstrengende-Gäste-Skala zu vermerken, und zwar gleich hinter den Russen. Erst gegen zwei Uhr morgens war er die Aussies losgeworden – und das auch nur, weil er ihnen ein Pub in der Nähe hatte nennen können, in dem es noch ein frisch gezapftes Bier gab. Donnegan würde ihn dafür vermutlich hassen, aber das war ihm zumindest in jenem Moment egal gewesen.

Um unbeschadet zu dem Großmarkt bei Trier zu gelangen, benötigte er einen weiteren Becher Kaffee sowie die Hilfe der Talking Heads. Nur die dröhnenden

Dissonanzen aus David Byrnes Kehlkopf bewahrten ihn davor, am Steuer wegzudösen. Erst die körperliche Arbeit machte ihn halbwegs wach. Kieffer wuchtete mehrere Rinderfilets, eine Kiste Bresser Poularden sowie allerlei Gemüse in seinen Peugeot-Lieferwagen. Dann machte er sich wieder auf den Heimweg. Zur Sicherheit drehte er die scheppernde Anlage seines Wagens erneut auf. Weil ihm Byrne allmählich Kopfschmerzen zu verursachen drohte, tauschte er die Heads-Kassette gegen ein altes U2-Album. Während der Rückfahrt dachte er über das Gespräch mit Alvarez, dem Fischdetektiv, nach und versuchte, es in den Rest der Geschichte hineinzubekommen. Nach wie vor erschien ihm der ganze Fall äußerst undurchsichtig. Mifune war offenbar vergiftet worden, von wem, das war unklar. Der Sushimeister hatte lange Zeit mit dem Fischdealer Prezzemolo zusammengearbeitet, den er dann wegen Streitigkeiten geschasst hatte. Zank zwischen Geschäftspartnern konnte sicherlich ein Mordmotiv sein – nur worüber hatten sich die beiden überhaupt gestritten? Vermutlich über Preis oder Qualität des Fisches, möglicherweise des Thuns. José Trebarca Silva, der Fischhändler und Thunfarmer, stand ebenfalls in irgendeiner Beziehung zu Mifune. In welcher, war ihm jedoch immer noch schleierhaft. Der Pariser Bürgermeister hatte ihn lediglich darüber in Kenntnis gesetzt, dass es eine Verbindung zwischen dem Japaner und dem Lusobourges gab – aber keine Details oder Belege zu dieser Behauptung mitgeliefert.

Zu den Klängen von »In God's Country« überquerte er die Grenze. Wenn er weiterkommen wollte, brauchte er drei Dinge. Zum einen musste er diesen Prezzemolo auftreiben. Zum anderen musste er wissen, was genau es mit der Trebarca-Mifune-Verbindung auf sich hatte. Drittens war eine größere Investition zu tätigen. Allégret hatte ihm ein Spesenkonto ohne Limit versprochen, nun war es an der Zeit, die Belastbarkeit dieser Aussage zu prüfen. Nachdem er vor dem »Deux Eglises« geparkt hatte, wählte er noch im Auto die Nummer von Allégrets Büro.

»Büro des Bürgermeisters, einen schönen guten Tag. Was kann ich für Sie tun?«

»Guten Tag. Mein Name ist Xavier Kieffer und ich hätte gerne den persönlichen Assistenten des Herrn Bürgermeisters gesprochen.«

»Welchen der beiden und in was für einer Angelegenheit?«

»Es geht um einen Rechercheauftrag, den ich für Monsieur Allégret persönlich erledigen sollte. Also einfach den Assistenten, der zuständig wäre.«

»Einen Moment, Monsieur.«

Kieffer musste einige Minuten lang Debussy lauschen, bevor der Assistent des Bürgermeisters abnahm. »Remy Diderot, guten Tag, Monsieur Kieffer. Was kann ich für Sie tun?«

»Guten Tag. Ich müsste für einige Minuten mit Monsieur Allégret sprechen, persönlich.«

»Geht es um diese Orsay-Geschichte?«

Nein, dachte Kieffer. Es geht nicht um irgendeine Geschichte, sondern um Giftmord, politische Intrigen und Thunfisch. Stattdessen sagte er: »Völlig richtig. Es gibt da gewisse neue Entwicklungen.«

»Wie Sie sich vorstellen können, ist er nicht ganz leicht zu erreichen. Ich werde aber Pierre, seinen zweiten Assistenten, unverzüglich darüber informieren, dass er den Chef ans Telefon schaffen soll, damit er Sie anruft. Wann das der Fall sein wird, kann ich Ihnen leider nicht sagen. Geben Sie mir bitte Ihre Handynummer.«

Kieffer tat es, verabschiedete sich und legte auf. Dann wendete er sich wieder seinen Einkäufen zu und wuchtete sie auf das kleine Laufband, das sich hinter einer stählernen Luke an der Seite des Gebäudes verbarg und in den Vorratskeller des »Deux Eglises« führte. Er hatte noch nicht einmal alle Einkäufe im Kühler verstaut, als sein Handy klingelte.

»Kieffer.«

»Mein lieber Xavier, wie schön, dass du mich angerufen hast.« Offenbar waren er und der Bürgermeister von Paris zum intimen »Du« übergegangen, ohne dass Kieffer es bemerkt hatte. Er dachte an den Ortolan und verspürte plötzlich einen enormen Widerwillen, diesen Mann zu duzen.

»Keine Ursache. Ich hätte nur zwei kurze Fragen.«

»Ich hatte eher auf Antworten gehofft«, entgegnete Allégret.

»Es sieht schon sehr gut aus, die Lage klärt sich«, log Kieffer. »Aber mir fehlen zwei wichtige Puzzlesteine, ohne die sind es alles noch Mutmaßungen, aber dann …«

»Es tut mir außerordentlich leid, ich habe gerade sehr wenig Zeit. Der rumänische Premierminister harrt meiner. Was willst du wissen?«

»Ich brauche mehr Details zu der Beziehung zwischen Trebarca Silva und Mifune. Die Information, dass es zwischen denen eine Verbindung gab, die kam von der Polizei, richtig?«

»Fast. Es ist allerdings heikel, meine Informantin da weiter mit hineinzuziehen.«

»Es würde meine Erfolgsaussichten aber deutlich verbessern. Und die Aufklärung der Sache zudem vermutlich enorm beschleunigen.«

»Das wäre in der Tat erfreulich.« Jeder Rest von Wärme war nun aus Allégrets Stimme gewichen. »Die Opposition im Stadtparlament hat damit gedroht, eine Untersuchungskommission einzusetzen. Die Presse spielt ebenfalls verrückt.« Er schwieg einen Moment, dann sagte er: »Du kannst dich mit ihr treffen. Ich arrangiere das. Sonst noch etwas?«

»Ja, die Spesen.«

Allégret seufzte. »Wie ich bereits sagte, das ist kein Problem. Hotels, Flüge, Bakschisch – ganz egal was, ich bezahle alles.«

»Nein, es geht um etwas anderes. Ich muss möglicherweise einen Fisch kaufen.«

Am anderen Ende der Leitung ertönte ein abgehacktes Lachen. »Wenn es nicht gerade ein ganzer Wal ist, soll es mir recht sein.«

»Es geht um einen Thun. Ich muss eventuell einen ganzen Bluefin kaufen.«

Allégret verstand sofort. »Der Wal wäre vermutlich billiger. Was soll der Spaß kosten?«

»Ich würde mit einem hohen fünfstelligen Betrag rechnen. Vielleicht sogar mit einem sechsstelligen«, antwortete Kieffer.

»Und dieser Fisch wird mein Problem lösen?«

»Das hoffe ich.«

»Solltest du auch. Kauf ihn, aber bring' mir dann mehr als 200 Kilo Maguro nigiri.« Damit legte Allégret auf. Warum Kieffer den Thun kaufen wollte und wozu er ihn brauchte, hatte der Bürgermeister nicht gefragt.

Nun, da er Allégrets Einverständnis eingeholt hatte, rief Kieffer seinen Freund Toro an.

»Moshi moshi!«, meldete sich der Japaner.

»Hallo, Toro.« Im Hintergrund hörte Kieffer lautes Hämmern und Sägen. »Bist du auf einer Baustelle?«

»Ja, ich bin gerade dabei, mein neues Robata-Restaurant einzurichten. Das meiste ist bereits fertig, morgen wuchten sie dann den Grill rein. Komm doch mal vorbei, Rue des Thermopyles.«

»Wieder Saint-Germain?«

»Nein, etwas weiter südlich, im 14. Arrondissement.«

»Auch eine gute Gegend für exotische Restaurants. Ich schau' mir das beizeiten mal an. Sobald ich mich von unserem letzten Exzess erholt habe.«

Hashimoto meckerte ausgiebig. Als sein Lachanfall abgeklungen war, sagte der Japaner: »Aber du rufst doch an, weil du irgendwas willst.« Es war kein Vorwurf, sondern eine schlichte Feststellung. »Also sag' schon.«

»Ich versuche immer noch, diesen Prezzemolo zu erwischen, aber er macht sich rar. Ich war in der Bar, die du mir genannt hast. Ich habe dort meine Nummer hinterlassen, aber …«

»… aber er hat nicht zurückgerufen.«

»Genau. Woran kann das liegen?«

»Hmm, ich würde vermuten, dass er entweder kein Interesse an Neugeschäft hat. Oder, dass er nur mit Leuten anbandelt, die ihm durch irgendjemand vorgestellt worden sind. Vielleicht hat er auch Vorurteile gegenüber dicken Luxemburgern.« Erneut meckerte es Kieffer aus dem Hörer entgegen.

»Sind diese Fischhändler alle so scheue Rehe?«

»Ich kenne diesen windigen Prezzemolo wie gesagt nicht sonderlich gut, aber so was ist auf jeden Fall nicht unüblich. Also, bei Japanern läuft ohne persönliche Connections meistens nix.«

»Kannst du mir denn helfen, an den Mann heranzukommen?«

»Wenn es sein muss. Pass auf, Mann, mein Kumpel Akira, der betreibt ein Restaurant in der Nähe der Opéra Garnier. Der kennt diesen Prezzemolo ganz gut. Ich könnte ihn bitten, mir ein Entrée zu verschaffen. Wenn ein Japse einen Haufen Thun kaufen will, klingt das schließlich immer glaubwürdig. Und dann schick' ich dich, als meinen Gesandten. Aber willst du tatsächlich Fisch kaufen?«

»Wenn es sein muss.«

»Dir ist schon klar, dass der Typ nur ganze Bluefins verkauft, oder? 100, 200 Kilo schwere Torpedos, mit denen du deine ganze Heimatstadt durchfüttern kannst. Vorausgesetzt, du bist in der Lage den Fisch auch auseinanderzunehmen. Ist ja keine Bachforelle, so ein Bluefin. Dafür brauchst du ein spezielles Messer, eigentlich eher ein Schwert. Und Erfahrung – sonst hast du einen Haufen kaputtgeschnetzelten Thun, aus dem du höchstens noch Fischfrikadellen machen kannst. Und überhaupt, hast du denn so viel Geld? Nicht, dass es mich etwas angeht, aber …«

»… mein Auftraggeber bezahlt den Fisch. Und beim Filetieren könntest du mir doch helfen, oder? Die Filets können wir uns dann gerne teilen – vielleicht will dein Kumpel ja auch welchen haben.«

»Du hast einen ziemlichen Schuss, Mann. Aber was

soll's. Einem geschenkten Thun schaut man nicht hinter die Kiemen. Ich versuche, das einzufädeln, dann melde ich mich wieder. Sayoonara.«

Bereits am Nachmittag rief Hashimoto Kieffer zurück. Angestachelt von der Aussicht, Bluefin im Wert von mehreren 10 000 Euro abstauben zu können, hatte der Bekannte des Japaners bei Prezzemolo für den angeblichen Neukunden geworben. »Er ist bereit, mit uns ins Geschäft zu kommen. Akira hat unvorsichtigerweise behauptet, wir wollten monatlich mehrere Bluefins kaufen, für eine neue Restaurantkette.«

»Fantastisch.«

»Es gibt da allerdings ein kleines Problem.«

Kieffer seufzte und zündete sich eine Ducal an. »Und das wäre?«

»Prezzemolo sagt, er sei bei so großen Geschäften gehalten, die Leute an seinen Chef weiterzuleiten, der alle neuen Kunden persönlich kennenlernen möchte.«

Der Koch war einen Moment lang verblüfft. Prezzemolos Chef? Er hatte nie darüber nachgedacht, woher der mysteriöse Händler seine Ware wohl bezog.

»Akira hat mir auch eine Adresse gegeben«, sagte Hashimoto.

»Sitzen die in Paris?«

»Seltsamerweise nicht, Xavier.« Der Japaner raschelte mit irgendwelchen Papieren. »Ich habe die Koordinaten, aber sie sind ziemlich strange.«

»Wie meinst du das?«

»Pass auf: Die Firma von Prezzemolo heißt Carvalho e Mello und sitzt in der Rue de Rock 'n' Roll 17. Wie geil ist das denn? Die Stadt heißt Belval. Ich glaube, das ist irgendwo in Lothringen.«

»Nein, es ist weiter nördlich.«
»In Belgien?«
»Nein, das ist hier. In Luxemburg.«

15

Erneut rollte Kieffer in seinem alten Lieferwagen Richtung Esch. Noch immer war er verblüfft. Wie konnte jemand ein Büro in Belval haben? Hashimoto hatte die Adresse in Frankreich verortet, weil er den Namen nicht kannte. Wie jedem Luxemburger kamen Kieffer hingegen sofort rauchende Schlote in den Sinn, wenn von Belval die Rede war. Das Gelände im Südwesten von Esch-sur-Alzette war früher der Sitz eines der größten Stahlwerke Europas gewesen. Lange, bevor das Großherzogtum als Finanzplatz sein Geld verdiente, hatte die Schwerindustrie die Haupteinnahmequelle des kleinen Landes gebildet. Und die in Belval ansässigen Aciéries Réunies de Burbach-Eich-Dudelange, von den Einheimischen kurz »d'Arbed« genannt, waren das Zentrum der Stahlproduktion gewesen. Belval war ein industrielles Monster. Das Areal mit seinen Hochöfen, Walzwerken und Schornsteinen hatte einst über 600 Hektar umfasst – es war damit fast halb so groß wie die angrenzende Stadt Esch. Doch Ende des vergangenen Jahrhunderts war Schluss gewesen. Dank staatlicher Unterstützung hatte die Arbed zwar zehn Jahre länger durchgehalten als

Duisburg-Rheinhausen oder die Maxhütte – aber 1997 waren die Öfen endgültig ausgegangen. Zurückgebliebben war eine gigantische Brache, geradezu furchterregend in ihrer Ödnis. Kieffer war alt genug, um sich noch an jenes Belval zu erinnern, das Tag und Nacht aus allen Rohren gedampft und gezischt hatte, wo stets Arbeiter zwischen den Anlagen hin- und hergelaufen waren. Das fauchende und lodernde Stahlwerk war ihm irgendwie erträglicher gewesen als das stille. Wie das Gerippe eines gefallenen Titanen ragten die riesigen Metallstreben in den Himmel, ein Friedhof aus Stahl.

Aber was hatte ein Fischhändler dort zu suchen? Seines Wissens sollten auf der riesigen Brache Bürogebäude errichtet werden. Hatte sich die Firma Carvalho e Mello dort niedergelassen? Er fuhr hinter dem Stadtzentrum von Esch von der Autobahn ab und fädelte sich an einem Kreisel Richtung Belval ein, auf eine notdürftig befestigte Straße, an deren Rändern Absperrgitter standen. Rundherum wuchsen knorrige kleine Birken zwischen Geröllhaufen. Er fuhr durch eine Unterführung, die so aussah, als ob sie jeden Moment in sich zusammenfallen würde. Über der bröckligen Brücke hatte man ein großes buntes Schild befestigt, das tanzende Menschen vor Blumenfeldern zeigte. Darunter stand: »Wëllkomm zu Belval« sowie »Nouveaux horizons«. Nach der nächsten Kurve wurde ihm klar, dass Belval als Firmensitz vielleicht nicht so unwahrscheinlich war, wie er zunächst geglaubt hatte. Er war das letzte Mal vor gut drei Jahren hier gewesen. Noch immer ragten die schwarzen Schlote der erloschenen Hochöfen in den Himmel, doch dahinter hatte die Industriebrache neuen Gebäuden Platz gemacht. Er fuhr auf den Standstreifen der Zufahrtsstraße, zündete sich eine Zigarette an und betrachtete die Szenerie einen Moment lang. Chronisch klamme Ruhrgebietsstädte wie Bottrop oder Oberhausen mühten sich seit Jahren, ihren Strukturwandel zu bewältigen, oft mit wenig Erfolg. In Belval konnte man sehen, wie solch eine Veränderung vonstattengehen konnte, wenn man im Geld schwamm. Die Hälfte der alten Brache war bereits verschwunden. Stattdessen hatte man dort allerlei Neubauten hingestellt. Er sah Shops, Restaurants, ein Multiplex-Kino. Dominiert wurde das Ensemble jedoch von einem klotzigen knallroten Hochhaus. Es war deutlich höher als der höchste Schlot der Arbed. Architektonisch und stilistisch fiel der Wolkenkratzer nach Kieffers Dafürhalten deutlich hinter die verrosteten Hochöfen zurück.

Er stieg wieder ein und fuhr weiter. So komplett man die eine Hälfte Belvals umgekrempelt hatte, so unberührt schien die andere. Er rollte durch eine schmale Straße namens Avenue des Hauts Fourneaux, die, wie der Name andeutete, direkt an den Hochöfen vorbeiführte. Hier war noch nichts renoviert worden, alles rottete wie eh und je vor sich hin. Dann erreichte er nach einigen Hundert Metern eine Kreuzung, welche die Demarkationslinie zu sein schien. Auf der anderen Seite standen ausschließlich neue Gebäude, sogar das Trottoir sah wie geleckt aus. Ein Straßenschild verriet ihm, dass es sich hierbei um die gesuchte Rue de Rock 'n' Roll handelte. Der Koch parkte sein Auto und schlenderte die Straße hoch, bis zu einem gläsernen Bürogebäude. An der Pforte standen die Namen von Werbeagenturen, Anwaltskanzleien und Unternehmensberatungen, die sich hier – wie Kieffer vermutete, gegen das Versprechen üppiger staatlicher Subventionen – niedergelassen hatten. Carvalho e Mello saß im fünften Stock.

Kieffer nickte dem Pförtner zu und betrat den Aufzug. Er hatte sich am Vortag mit Verweis auf Prezzemolo telefonisch bei Carvalho e Mello angemeldet, wo man seinem Wunsch, den Geschäftsführer persönlich zu treffen, auch entsprochen und ihm einen Termin für Donnerstagmorgen um elf Uhr angeboten hatte. Der Koch hatte zugestimmt und sich bei der Sekretärin noch nach dem Namen seines Gesprächspartners erkundigt, obwohl er den eigentlich bereits kannte.

Als sich die Lifttür unter synthetischem Glockenläuten aufschob, wartete auf der anderen Seite bereits eine Dame mittleren Alters auf ihn. Sie sah definitiv nicht so aus, wie er sich eine Fischhändlerin vorstellte, sondern hätte mit ihrem blauen Boss-Kostüm eher in ein Bankerbüro auf dem Kirchberg gepasst. Sie lächelte freundlich. »Monsieur Kieffer? Bitte kommen Sie herein. Unser Geschäftsführer erwartet Sie bereits.«

Sie führte ihn einen langen Gang entlang, zu dessen rechter Seite sich verglaste Büros befanden, in denen Menschen vor Flachbildschirmen saßen und auf Tabellen starrten. Dahinter erhob sich das Stahlwerk. Links hingen Gemälde, keine moderne Kunst, wie er angesichts der Büroeinrichtung aus Stahl und Chrom vermutet hätte, sondern alte Ölschinken. Am Ende des Ganges gab es einen größeren Raum mit Sitzgelegenheiten. Hier hieß die Dame Kieffer kurz warten, sodass er Zeit hatte, ein besonders wuchtiges altes Gemälde zu betrachten, das den Raum dominierte. Es hatte die Größe einer Garagenpforte und zeigte einen mit Kniestrümpfen und Puderperücke angetanen Adligen, der in staatsmännischer

Pose auf einer mit Louis-quatorze-Möbeln, griechischen Säulen und roten Baldachinen ausstaffierten Terrasse saß, die sich augenscheinlich auf einer Anhöhe befand. Um ihn herum lagen Erlasse, Karten sowie architektonische Entwürfe verstreut. Mit der Linken deutete der Mann auf einen sich hinter ihm in der Ebene erstreckenden Hafen, vor dem zahlreiche Segelschiffe ankerten. Auf einer kleinen Messingplakette darunter stand »Die Ausweisung der Jesuiten«.

Nach wenigen Minuten erschien die Frau wieder und geleitete Kieffer in ein Arbeitszimmer. Hinter einem mit Papieren überhäuften Designerschreibtisch aus Plexiglas saß dort ein zierlicher Mann und tippte auf einem Laptop herum. Als er seines Besuchers gewahr wurde, stand er auf und kam Kieffer lächelnd entgegen. »Monsieur Kieffer! Willkommen bei Carvalho e Mello, ich bin José Trebarca Silva, der Geschäftsführer.« Der Koch schüttelte die ausgestreckte Hand des Thunhändlers und musterte ihn. Silva war sehr klein. Kieffer selbst war nicht gerade ein Riese, dennoch konnte er dem Lusobourges mühelos auf den sich bereits deutlich lichtenden Schopf blicken. Der zierliche Mann hatte intelligent funkelnde Augen, zu denen sich ein unverbindliches Lächeln gesellte. Er mochte etwa fünfzig Jahre alt sein und steckte in einem dunkelblauen Zweireiher mit Goldknöpfen. Dazu trug er eine graue Flanellhose und ein blütenweißes Hemd mit Kragenschal. Die Kleidung war zweifelsohne maßgeschneidert – für einen Mann seiner beinahe zwergenhaften Statur gab es Anzüge von der Stange wohl höchstens in der Konfirmationsabteilung.

»Vielen Dank, dass Sie mich so kurzfristig empfangen, Herr Trebarca Silva. Mein Geschäftspartner Hashimotosan hat mich geschickt, er kann Paris derzeit nicht verlassen. Eine Restauranteröffnung steht bevor.«

Silva nickte und bot ihm einen Sitzplatz an. Während sein Gastgeber sich wieder auf die andere Seite des vollgestapelten Schreibtischs begab und von dessen Silhouette für einen Moment verschluckt wurde, sah sich Kieffer rasch in dem Zimmer um. Die Wand links von ihm war voller Fotos von religiösen Prozessionen und katholischen Heiligenbildern. Alle waren gerahmt und mit kleinen gravierten Messingplaketten versehen, auf denen sich kurze Beschreibungen befanden. Vor ihm erhob sich auf dem Direktorenschreibtisch ein Gebirge aus Ordnern, unabgehefteten Belegen und ungeöffneten Kuverts. Das alles war fast meterhoch aufgetürmt und Kieffer vermutete, dass es nur einer leichten Erschütterung bedurfte, um die vielen Stapel in eine Papierlawine zu verwandeln. Die Wand zu seiner Rechten hatte man mit einem wuchtigen Kopiergerät sowie diversen deckenhohen Regalen zugestellt, die Reihen um Reihen von Leitzordnern enthielten. Neben allgemeinen Kennzeichnungen wie »Rechnungen« oder »Inventur« erspähte Kieffer auch »Pombal« und »Samurai Sushi«. Hinter dem Arbeitsplatz befand sich eine Panoramascheibe, durch die man die Turbinenhalle Belvals sehen konnte.

Nach einigen Sekunden tauchte Trebarca Silva auf der anderen Seite des Schreibtisches wieder auf. Der Koch fragte sich, ob der Mann wohl einen Tritt benutzte, um auf seinen Sessel zu steigen. Der Lusobourges setzte sich, blätterte kurz in einem Notizbuch und faltete dann seine kleinen Hände vor sich auf der gläsernen Schreibtischplatte. »Sie möchten also Thun kaufen, Herr Kieffer?«, fragte er auf Französisch.

»So ist es. Ganze Bluefins.«

»Wie viele?«

»Vorausgesetzt, die Ware ist zufriedenstellend, benötigen wir zunächst etwa 15 Tiere pro Jahr. Später könnten es 30, vielleicht sogar bis zu 60 werden«, log Kieffer. Er bemerkte, wie seine Hände feucht wurden. Er hatte sich zusammen mit Hashimoto eine Geschichte für Silva ausgedacht, die ihm etwas hanebüchen erschien, aber möglicherweise funktionieren konnte. Sie musste es einfach. Trebarca Silva lächelte milde. »Das ist eine Menge Thun. Wofür brauchen Sie den, wenn ich fragen darf? Ich habe mich erkundigt, und Ihre Kompetenzen waren doch bisher eher … Bouneschlupp und Gromperekichelcher.«

Kieffer beeilte sich, zu nicken. »Völlig richtig. Aber mein eigenes Restaurant hat damit gar nichts zu tun. Ich arbeite auch als Gastroconsultant und ich kenne mich recht gut mit den Anforderungen in Fischrestaurants aus, da ich mehrere Jahre lang selbst eines geleitet habe.«

»Welches denn?«

»Das ›La Houle‹ in Paris.«

Trebarca Silva schürzte leicht die Unterlippe und zog gleichzeitig die Augenbrauen hoch, was wohl andeuten sollte, dass er durchaus beeindruckt war. »Ich kenne es, zumindest vom Namen. Das hatte sogar einen Stern, nicht wahr?«

»Damals zwei«, erwiderte Kieffer. »Auf jeden Fall helfe ich Fischrestaurants, ihren Einkauf zu optimieren, mache Kalkulationen, überprüfe Arbeitsabläufe, solche Dinge. Und derzeit arbeite ich für Kaneda Hashimoto, einen Japaner, der demnächst eine völlig neuartige Kette von vollautomatisierten Sushirestaurants eröffnen will.«

»Wie interessant. Mit Sushirobotern? Das ist ein Bereich, in dem ich mit einer Tochterfirma ebenfalls aktiv bin.«

»Ja, das ist mir bekannt, Monsieur Silva. Ich habe Ihr Geschäft in Esch schon einmal besucht und es ist gut möglich, dass wir auch wegen weiterer Zutaten und Gerätschaften ins Geschäft kommen könnten.« Als Kieffer dies sagte, nahmen die Augen Silvas jenen warmen Glanz an, den man bei unterkühlten Geschäftsleuten immer sieht, wenn sie im Hinterkopf das Gewinnpotenzial eines Deals taxieren und mit dem Ergebnis zufrieden sind. »Wobei das«, fuhr er fort, »was Hashimoto plant, über den Einsatz einzelner Roboter weit hinausgeht.«

»Können Sie mir verraten, was genau er vorhat?«, fragte Trebarca Silva.

Kieffer schüttelte den Kopf. »Aus Gründen, die Sie als Geschäftsmann sicherlich nachvollziehen können, muss ich im Ungefähren bleiben. Was ich Ihnen jedoch sagen kann, ist, dass es in Tokio seit einem Jahr eine revolutionäre neue Sushikette namens Kimoi gibt, bei der alles automatisch läuft. Sie bestellen Ihr Essen über einen Tischcomputer, es wird dann von Robotern zubereitet und über Laufbänder an Ihren Tisch befördert. Selbst das schmutzige Geschirr wird über versteckte Laufbänder weggeschafft und automatisch gesäubert – es gibt nicht einmal mehr Tellerwäscher.«

Als Hashimoto ihm diese Geschichte auftischte, hatte Kieffer zunächst protestiert. Das Märchen vom vollautomatisierten Restaurant passte vielleicht in einen Science-Fiction-Film aus den fortschrittsgläubigen Fünfzigern, erschien ihm aber als viel zu weit hergeholt, als dass ein Experte wie Trebarca Silva es glauben würde. Er hatte seine Meinung erst geändert, als Toro ihm versichert hatte, die Geschichte sei ihm keineswegs bei einem Joint eingefallen; es gebe solche Restaurants in Japan tatsächlich, und zwar zu Hunderten. Der Thunhändler schien das Ganze ebenfalls für einleuchtend zu halten, denn er nickte bedächtig. »Ich verstehe. Ich meine, darüber schon einmal etwas gelesen zu haben. Gut, dass jemand die Sache in Europa in die Hand nimmt. Was soll das Sushi in diesem Roborestaurant kosten?«

»In Japan liegt der Preis bei etwa 100 Yen, also rund einem Euro. Das wäre auch unser gewünschter Preispunkt. Aber dazu müssen wir sehr billig einkaufen.«

»Dann sollten Sie vielleicht keinen Bluefin auf die Karte setzen.«

»Monsieur Silva, Sie wissen genauso gut wie ich, dass Sushi ohne Bluefin wie McDonald's ohne Pommes ist. Verzicht ist keine Option, deshalb wollen wir ganze Tiere kaufen und sie selbst filetieren, um so einen niedrigeren Preis als bei den vorgefertigten Toppings zu bekommen.«

Trebarca Silva lehnte sich zurück. »Also gut. Ich habe, was Sie brauchen, Sushi-Qualität zu bezahlbaren Preisen. Ich kann Ihnen gerne ein Angebot erstellen. Ich verfüge außerdem über die notwendige Logistik und die Kühlkette. Meine Fische sind blast frozen, ich kann sie zu jedem Flughafen expedieren, den Sie mir nennen, üblicherweise binnen 24 bis 48 Stunden.«

»Können wir einen Fisch bekommen, sagen wir, einen 200-Kilo-Thun? Als Geschmacksprobe, gewissermaßen?«

»Das ist möglich. Der Preis dürfte um die 90000 Euro liegen.«

Kieffer rechnete im Kopf kurz nach. Er hatte sich

vorab über die Bluefinpreise informiert, die in Tsukiji, Vigo oder auf dem Rungis aufgerufen wurden. Trebarca Silvas Angebot lag mindestens 10 Prozent darunter, eher 15. »Es ist mir unangenehm, aber ich müsste da noch zwei weitergehende Fragen stellen.«

Trebarca Silva schmunzelte. »Sie meinen, Sie müssen zwei Fragen stellen, die mir unangenehm sind.«

»Da wäre zunächst der Preis. Warum ist Ihr Fisch so günstig?«

»Weil ich alles selber mache. Beim Thun gibt es, wie Sie sicherlich wissen, eine komplizierte Wertschöpfung. Irgendwer fängt die Tiere, dann kommen sie in eine Aufzucht, später müssen sie geschlachtet und schockgefroren werden. Normalerweise sind daran viele verschiedene Zwischenhändler beteiligt. Bei uns hingegen kommt alles aus einer Hand, wir besitzen die ganze Lieferkette. Vertikale Integration nennt man das. Sie haben meine Büros hier vorne gesehen, das ist alles auf dem neuesten Stand. Dadurch bin ich in der Lage«, Trebarca Silva setzte ein besonders gewinnendes Kaufmannslächeln auf, »enorme Kostenersparnisse für meine Kunden zu realisieren.«

»Ich verstehe. Meine zweite Frage bezieht sich auf eine Untersuchung der EU.«

Das Lächeln in Silvas Gesicht fror ein und begann an den Rändern wegzubröckeln. »Woher … worauf beziehen Sie sich?«

Kieffer hob beschwichtigend die Hände. »Mir ist bei meinen Vorrecherchen zu Ohren gekommen, dass die spanischen Behörden und die EU-Fischereiaufsicht einige Ihrer Zuchtanlagen geschlossen haben. Und nun würde mein Auftraggeber natürlich gerne wissen, warum.«

Das Lächeln war inzwischen völlig aus Silvas Gesicht verschwunden, doch ansonsten schien der Thunhändler seine Fassung wiedergewonnen zu haben. »Ich kann Ihnen versichern, dass es nichts mit der Qualität des Fisches zu tun hatte und auch nichts mit unserem Geschäftsgebaren. Ärgerlicherweise hatte unser Manager vor Ort einige Hilfskräfte aus Nordafrika eingestellt, deren arbeitsrechtlicher Status … ungeklärt war. Das haben die örtlichen Behörden moniert, zu Recht. Ich habe die Leute natürlich sofort gefeuert.«

Kieffer fragte sich, ob Trebarca Silva damit auch den Manager meinte oder nur die Schwarzarbeiter. »Und deswegen hat man Ihren gesamten Betrieb stillgelegt?«

Trebarca Silva nickte traurig. »Im Thungeschäft wird mit harten Bandagen gekämpft – und trotz des Gemeinsamen Marktes ist es im Wesentlichen ein Business, in dem Nationalstaaten miteinander in Konkurrenz stehen. Ich bin zwar luxemburgischer Staatsbürger, aber für die Spanier da unten bin ich ein Portugiese. Und dass ausgerechnet ein Portugiese vor ihrer Küste eine Thunfischzucht betreibt, war denen schon lange ein Dorn im Auge.«

»Es handelt sich also um eine politische Intrige gegen Sie?«, fragte Kieffer.

»So könnte man es wohl ausdrücken«, pflichtete ihm der Lusobourges bei.

»Haben Sie denn noch weitere Quellen? Ich meine, können Sie uns garantieren, dass wir genügend Fisch bekommen?«

Trebarca Silva bejahte es mit einem Kopfnicken. Scin Kaufmannslächeln saß inzwischen wieder perfekt. »Selbstverständlich. Meine Quellen sind bombensicher, da müssen Sie sich keine Sorgen machen. Darf ich Ihnen ein Bestellformular für den Probethun geben? Ich brauche eine Unterschrift von Ihnen, sowie die Lieferadresse. Ich hole es kurz, es dauert nicht lange.«

»Gut«, sagte Kieffer und erhob sich. »Wenn es Sie nicht stört, schaue ich mir solange Ihre Fotos an. Handelt es sich um eine Prozession?«

»Ja, das ist unsere Liebe Frau von Fatima. Das hier ist in Portugal, und dies ist eine Schiffsprozession auf dem Bodensee. Und das ist in Luxemburg, in Wiltz. Ich bin ihr ganz verfallen, ich nehme an allen hiesigen Prozessionen teil, schon seit Jahren.«

Kieffer drehte sich etwas nach links und machte dabei einen Schritt nach vorne, so als ob er die Fatima-Fotos genauer betrachten wollte. Dabei stieß er mit seinem rechten Fuß beherzt gegen ein Bein des Schreibtischs. Die Aktion hatte den gewünschten Effekt. Sie produzierte eine Vibration, die das gesamte Möbelstück erschütterte und zwei windschiefe Papiertürme am Rande der Glasplatte abstürzen ließ. Kieffer blickte schuldbewusst zu den nun auf dem Teppich verstreuten Papieren hinunter. »Das tut mir sehr leid, Monsieur. Warten Sie, ich sammle das kurz auf.«

»Bemühen Sie sich nicht. Das passiert mir dauernd, Lucretia wird es nachher richten. Ich hole das Formular, ich bin gleich zurück.«

Kaum hatte Trebarca Silva das Zimmer verlassen, war Kieffer bereits neben dem Schreibtisch auf den Knien. Erfreulicherweise hatte er es geschafft, den Stapel, der sich direkt über dem Tischbein befunden hatte, auf den Boden zu befördern. Jetzt kam es nur noch darauf an, den Zettel zu finden, den er von seinem Sitzplatz aus dem Papierstapel hatte herausragen sehen – ein Schriftstück, auf dessen Briefkopf ein Thunfisch aufgedruckt war. Rasch durchwühlte er den Stapel. Als er den Zettel nach einer gefühlten Ewigkeit endlich fand, stopfte er ihn rasch in seine Jackentasche. Fast im gleichen Moment ertönte hinter ihm Trebarca Silvas Stimme.

»Monsieur Kieffer«, sagte er tadelnd, »ich hatte Sie doch gebeten, sich nicht zu bemühen. Es ist doch nur Papier. Das meiste haben wir eh im Computer, aber ich bin eben altmodisch und drucke immer noch jedes eingehende Dokument aus.«

Kieffer stand auf und setzte sich wieder auf seinen Stuhl. Dann unterschrieb er das Bestellformular und gab sein Restaurant als Lieferadresse für den Fisch an. Als er damit fertig war, stand er auf und schüttelte Trebarca Silva die Hand.

»Eine Freude, mit Ihnen Geschäfte zu machen«, sagte der Lusobourges mit einer Spur zu wenig Elan.

»Die Freude ist ganz auf meiner Seite«, erwiderte Kieffer. »Eine letzte Frage, nur so aus Interesse.«

»Bitte.«

»Der Name Ihrer Firma, Carvalho e Mello. Was bedeutet das?«

»Hmmm? Oh, das ist der Name eines berühmten portugiesischen Staatsmannes. Sebastião José de Carvalho e Mello. Sie haben ihn vermutlich schon gesehen, der Mann auf dem großen Gemälde draußen in der Sitzecke? Der auf den Porto de Lisboa zeigt. Ich bin ein großer Patriot.«

Vor Trebarca Silvas Büro erschien nun wieder dessen Assistentin. Er schaute sich nochmals den gepuderten Mann auf dem Ölgemälde an, dann folgte er ihr zum Lift und fuhr wieder ins Erdgeschoss. Kieffer setzte sich in seinen Lieferwagen und fuhr los. Zwei Straßen weiter hielt er auf einem Parkplatz und zog den zerknitterten Zettel aus der Tasche, den er Trebarca Silva entwendet hatte. Es handelte sich, wie er vermutet hatte, um einen Lieferschein. Absender war eine Firma namens Xin Foods in Shanghai, adressiert war die Rechnung an Carvalho e Mello. Bei der Adresse stutzte Kieffer. Es war nicht die Anschrift des Büros, das er gerade besucht hatte, und auch nicht die des Pombal-Lagerhauses in Esch. Stattdessen lautete sie:

Isola di Bonaccia, +38° 9'55.21", +11°30'59.99"

Ferner war auf dem Lieferschein in fetten Lettern »DIRECT DELIVERY« vermerkt. Als Gegenstand der Lieferung gab das Dokument »10 tons of tuna feed no. 373A« an. Kieffer beschloss, sich das Ganze später genauer anzusehen. Er nahm sein Handy aus der Tasche und wählte die Nummer des spanischen EU-Kontrolleurs.

»Alvarez, ja bitte?«

»Xavier Kieffer hier. Sie sagten doch, ich solle mich melden, wenn ich etwas über Trebarca Silva herausfinde.«

»Und?«

»Er verkauft weiterhin Thun und behauptet, er habe noch andere Quellen außer seinen Farmen vor Cartagena.«

Alvarez pfiff durch die Zähne. »Interessant. Hat er Details zum Fisch verraten?«

»Nein, aber ich bekomme einen.«

»Einen ganzen Bluefin?«

»Ja. Und ich dachte, vielleicht möchten Sie sich das Tier anschauen.«

»Donnerwetter, das würde ich in der Tat gerne. Hören Sie, Kieffer, ich habe morgen ohnehin einen Termin in Brüssel. Von dort bis zu Ihnen ist es nicht sonderlich weit, oder?«

»Etwa zweieinhalb Stunden mit dem Auto.«

»Fantastisch. Sagen wir so gegen 20 Uhr? Halten Sie mir den Fisch bis dahin schön kalt.«

»Mache ich.« Dann legte Kieffer auf und fuhr zurück zum »Deux Eglises«.

16

Kieffer hatte den Bluefin zunächst selbst vom Luxemburger Flughafen abholen wollen, sich dann aber mit Rücksicht auf seine Bandscheiben eines Besseren besonnen. Inklusive des sogenannten Coffins, jener sargartigen Kühlbox, in der ganze Thunfische für den Transport verpackt wurden, wog der Fisch gut und gerne 250 Kilo, so viel wie ein Klavier. Der Koch hatte stattdessen einen Spediteur beauftragt, das Monster anzuliefern und es in seinen Keller zu schaffen. Drei Männer hatten den Thun am Morgen auf sein Laufband gewuchtet, wo er nun seit über zehn Stunden in einer riesigen Metallwanne auftaute.

Am späteren Nachmittag waren bereits Kaneda Hashimoto und Pekka Vatanen eingetroffen. Die beiden hatten es sich in Kieffers Keller bequem gemacht und leisteten dem Bluefin Gesellschaft. Das Untergeschoss des »Deux Eglises« war riesig, viel größer als die Grundfläche des Gebäudes es vermuten ließ. Während der napoleonischen Besatzung hatte das Haus ein Munitions- und Waffendepot beherbergt sowie mehrere Arrestzellen. Deshalb hatte man unterhalb des Hauses Kavernen und

Gänge in den Bockfelsen gehauen und gesprengt. Kieffer verwendete sein Kellergewölbe vor allem als Cave, als Weinlager. Das wusste natürlich auch Vatanen, der, während er sich von Hashimoto die Feinheiten der Thunfischzubereitung erläutern ließ, mit dem Sushikoch verschiedene von Kieffers Weinen degustierte. Der Japaner und der Finne schienen sich prächtig zu verstehen, was Kieffer nicht anders erwartet hatte. Er ließ die beiden gewähren, denn er hatte noch in der Küche zu tun. Erst gegen sieben Uhr stieg er nochmals in den Keller hinab. »Wie erkenne ich Alvarez eigentlich, wenn er auftaucht, Pekka?«

»Einfach«, erwiderte der Finne, der gerade dabei war, mehrere Flaschen Jahrgangsriesling in einer Reihe aufzustellen, vermutlich der Beginn einer weiteren Degustationsrunde. »Er sieht genauso aus wie Bud Spencer.«

»Dieser italienische Haudruff?«

»Eben jener.«

Kieffer ging wieder nach oben und behielt den Parkplatz im Auge. Gegen halb acht fuhr ein Taxi vor. Aus dem Wagen kletterte ein Mann, der sichtlich Mühe hatte, den Fond zu verlassen. Als er sich auf die Autotür aufstützte, schien der Mercedes in die Knie zu gehen. Der Mann wog sicher weit über 100 Kilo und war fast zwei Meter groß. Pedro Alvarez, denn nur um ihn konnte es sich handeln, hatte kaum noch Haare auf seinem braun gebrannten Kopf, glich dies jedoch durch einen teerfarbenen Vollbart aus, der das untere Gesicht und den Hals vollkommen bedeckte. Über seinem Anzug trug er einen sandfarbenen Trenchcoat, aus dessen Stoff man mehrere Kinderjacken hätte schneidern können. Schnaufend wuchtete der Hüne einen riesigen Aktenkoffer aus dem

Kofferraum und watschelte dann auf das Lokal zu. Kieffer empfing ihn an der Eingangstür. »Monsieur Alvarez, willkommen. Es freut mich, dass Sie es einrichten konnten. Wie war Ihre Reise?«

»Im Großen und Ganzen unerfreulich und vor allem vergeblich. Ich wollte den Mitgliedsstaaten mehr Budget abtrotzen. Aber da ist nichts zu machen, totale Ebbe. Diese Brüsseler Landratten interessieren sich nicht für Fisch. Und politisch opportun ist Geld ausgeben auch nicht, in Zeiten, wo ganze Mitgliedsstaaten pleitegehen. Na ja, das Meer ist ebenfalls bald bankrott, nur das scheint niemanden zu stören.«

Alvarez stellte den Koffer ab und tupfte sich mit einem Taschentuch Schweiß von der breiten Stirn.

»Kann ich Ihnen etwas anbieten? Wasser? Einen Riesling?«

»Ihr Luxemburger habt doch bestimmt gutes Bier?«

»Haben wir.«

»Dann würde ich eines nehmen, wenn es keine Umstände macht. Fisch muss schwimmen und so weiter.«

Kieffer brachte Alvarez eine Flasche Mousel und geleitete ihn in den Keller. Der Spanier war beeindruckt. »Sind das die Luxemburger Kasematten?«, fragte er. Er meinte jene weitläufigen Befestigungsanlagen, die den Bockfelsen über viele Kilometer durchzogen und Luxemburg den Spitznamen »Gibraltar des Nordens« eingebracht hatten.

»Nicht ganz, die liegen weiter südwestlich. Das hier ist meine private Cave.«

Als sie unten angekommen waren, begrüßten sich Vatanen und Alvarez mit einer herzlichen Umarmung. Kieffer stellte seinen japanischen Freund vor und versuchte, noch etwas Smalltalk zu machen. Doch er merkte bald, dass Alvarez nur Augen für den Fisch hatte. Der Thun, der im hellen Neonlicht der Deckenleuchten vor ihnen lag, war etwa 2,20 Meter lang. Er war weitgehend unversehrt, bis auf einige Einschnitte. Die Bauchhöhle war bereits geöffnet worden, und die mächtige Schwanzflosse fehlte, wodurch der Fisch noch stärker einem Torpedo oder einer großen Mörsergranate glich. Die Augen hatte man dem Thun bereits nach dem Fang ausgestochen.

Alvarez trank einen Schluck Mousel. Dabei schaute er über die Flasche hinweg und musterte den Bluefin. Dann ging er langsam um den Fisch herum. »Nordatlantik-Thun, Thunnus thynnus. Ein durchaus beachtliches Exemplar.«

»Wegen der Größe?«

»Ja, ich würde den Fisch auf 220 Kilo schätzen.«

Kieffer schaute auf seinen Lieferschein. »Fast korrekt. 215 Kilo.«

»Solche Kaventsmänner«, sagte Alvarez und zeigte mit der Bierflasche auf den Fisch, »gibt es nicht mehr viele. Was man draußen fängt, ist in der Regel viel kleiner. Er dürfte also aus einer Farm stammen.«

»Das kannst du alles sehen?«, fragte Vatanen. »Du solltest im Fernsehen auftreten.«

Der Spanier schüttelte den Kopf. »Nein, das ist nur eine Arbeitshypothese. Sehen können wir das erst, wenn unsere Köche den Jungen auseinandernehmen.«

»Wie macht man das? Hast du eine Kettensäge, Toro?«

Der Japaner musterte Vatanen mit einem etwas beleidigten Blick. »Wir machen es auf die traditionelle Art und Weise.« Hashimoto ging zu einer der Arbeitsplatten und griff sich eine dort liegende flache Holzschachtel von fast zwei Metern Länge. Sie sah aus wie eine jener Kisten, in denen Profispieler ihre Billardqueues zu transportieren pflegen. Er öffnete sie und entnahm ihr ein gerades Messer mit Sägezahnschliff, das inklusive seines Holzgriffs in etwa so lang wie ein Männerarm war. Er prüfte etwa eine Minute lang die Klinge, indem er Fingerkuppen und Nägel in einer anscheinend genau einstudierten Abfolge von Bewegungen an verschiedenen Stellen des Stahls ansetzte. Dann stellte er sich vor den Fisch und verneigte sich leicht. Vatanen konnte ein vergnügtes Schnauben nicht unterdrücken. »Ich wusste nicht, dass das Filetieren von Fisch so ritualisiert ist. Wir in Finnland schneiden ihn einfach in Stücke.«

»Ihr in Finnland habt auch keine so großen Fische. Wir Japaner schauen uns den Thun erst genau an, bevor wir ein Messer reinstecken. Ein falscher Schnitt und die Filets sind hinüber.« Hashimoto begann nun, das Messer einige Zentimeter hinter den Kiemen durch die zentimeterdicke lederne Haut des Fisches zu stoßen. »Zunächst trenne ich den Kopf ab«, keuchte er. »Das ist der einfache Teil. Es ist sowieso Wahnsinn, dass ich das hier mache.«

»Wieso?«, fragte Kieffer. »Du bist doch Sushi-Koch.«

»Eben. Ein Koch. Bluefin zu schneiden ist aber eine Kunst, dafür gibt es auf dem Tsukiji spezielle Shokunin, Handwerker.«

»Und was können die, was du nicht kannst? Ist Filetieren nicht gleich filetieren?«

Hashimoto hatte sich mit kurzen, kontrollierten Sägebewegungen seiner schmalen Klinge inzwischen durch die Wirbelsäule des Fisches gearbeitet und säbelte nun die untere Hautschicht durch.

»Jeder Fisch ist anders. Deshalb beginnt ein wahrer Meister mit dem Maguro no kaiwa.«

»Was bedeutet das? Maguro ist der Thun, oder?«

Mit einem Knirschen durchtrennte der Japaner die letzten Hautstücke und zog das Messer heraus, das er nun umgehend mit einem feuchten Tuch zu säubern begann. »Den Kopf könnt ihr wegtun. Macht es zu zweit, er wiegt gut und gerne 30 Kilo.« Er setzte sich und nahm einen Schluck Weißwein. »Ich weiß nicht, wie man es übersetzen soll. Wörtlich hieße es wohl ›Das Gespräch mit dem Thunfisch‹. Der wahre Meister versenkt sich in den Fisch und erkennt, wie er gelebt hat, wie seine Muskeln verlaufen, wo die Knochen liegen, was er gefressen hat. Alles. Erst nach dem Maguro no kaiwa schneidet er.«

Vatanen schaute skeptisch. »Das klingt für mich, bei allem Respekt, nach mystischem Mumpitz. Wie funktioniert das?«

»Darauf gibt es keine Antwort. Es funktioniert. Ihr Europäer wollt immer auf alles Antworten. Ihr müsst mehr handeln, weniger denken.«

Kieffer glaubte auch nicht an eine Kung-Fu-Mystik des Fischfiletierens. Trotzdem konnte er sich vorstellen, was Hashimoto meinte. Was Meister einer handwerklichen Tätigkeit ausmachte, war die Fähigkeit, intuitiv das Richtige zu tun. Nicht zuletzt beim Kochen war das so – im exakten Moment einen Topf vom Feuer zu nehmen, das Eiweiß genau so lange zu schlagen, wie es notwendig war, das Messer beim Filetieren jedes Mal an genau der richtigen Stelle anzusetzen, obwohl jedes Hühnchen oder jeder Lachs anders waren, das war die Kunst. In Pépins »La Technique«, dem Standardwerk für Profiköche, konnte man sich die Zubereitung jedes Gerichts Bild für Bild als exakte Abfolge anschauen, man konnte diese auch auswendig lernen. Aber erst, wenn man den Vorgang mit seinen eigenen Händen ausgeführt hatte, zehnmal, hundertmal, tausendmal, dann tat man das Richtige und Notwendige, ohne überlegen zu müssen. Er nahm an, dass Toros Maguro no kaiwa nach einem ähnlichen Prinzip funktionierte, ganz ohne Zauberei.

Der Japaner hatte sein Sägewerkzeug inzwischen weggelegt und sich ein noch größeres Messer gegriffen. Es hatte eine leicht gebogene Klinge, wie man sie von japanischen Samuraischwertern kannte und maß etwa 1,30 Meter. Am unteren Ende waren Schriftzeichen eingeätzt. »Jetzt kommt der schwierige Teil. Also bitte Ruhe.«

Zunächst fuhr er mit der Klinge einige Zentimeter links des Rückenkamms entlang. Er versenkte das Schwert tief im Inneren des Fisches, sodass nur noch der Griff und ein kleines, mit einem Handtuch umwickeltes Stück der Klinge zu sehen waren. Beidhändig führte der Japaner die Klinge durch den Fisch. Kieffer konnte sehen, wie seinem Freund der Schweiß das Gesicht hinabrann. Dann zog Hashimoto das Schwert heraus, ging zum Kopfende, und setzte dort das Messer erneut an. Der Sushikoch führte sein Werkzeug diesmal durch das Bauchfleisch, bis er die oben liegende Flanke des Thuns der Länge nach durchtrennt hatte. Schließlich legte er sichtlich erschöpft das Messer weg. »Es ist einigermaßen geworden. Wir können jetzt die Seite abnehmen.«

Gemeinsam hoben sie den riesigen Fleischlappen von der Arbeitsplatte in eine mit Eis gefüllte Metallwanne, die Kieffer zu diesem Zweck bereitgestellt hatte. Danach versammelten sich die Männer um die Karkasse des Fisches, wie Forensiker bei einer Obduktion. Hashimoto trennte noch eine Scheibe Thunfilet von der herausgeschnittenen Seite ab, legte sie auf ein Küchenbrett und brachte sie zu ihnen herüber. Still standen sie einige Minuten lang um den Fisch herum. Alvarez fuhr über die Haut des Thuns und leuchtete mit einer kleinen Stabtaschenlampe, die er irgendwo aus den Falten seines Trenchcoats gezogen hatte, in das Innere des Fischs hinein. Hashimoto war unterdessen damit beschäftigt, das Thunsteak zwischen seinen Fingern zu kneten und es sich direkt vor die Nase zu halten. Er betrachtete Maserung und Muskelstränge, wie ein Prospektor, der eine vielversprechende Erzader begutachtet.

Vatanen und Kieffer ließen die beiden Experten gewähren. Dann sagte der Finne unvermittelt: »Man kann nur hoffen, dass der Fisch nicht in Ordnung ist, sondern vollgepumpt mit Quecksilber oder Dioxin.«

Kieffer sah seinen Freund überrascht an. »Wieso das?«

»Na ich kenne dich doch, du moselfränkischer Geizkragen. Wenn dieser Brocken essbar sein sollte, muss ich im ›Deux Eglises‹ die nächsten zwei Jahre lang Thunsteaks essen, und so raffiniert schmecken die nun auch wieder nicht.«

Bevor Kieffer antworten konnte, bauten sich Hashimoto und Alvarez vor ihnen auf. Der Japaner öffnete als Erster den Mund. »Das Fleisch scheint mir völlig in Ordnung zu sein. Geruch, Geschmack und Textur sind okay, sogar sehr okay.« Er verzog das Gesicht und kratzte sich am Hinterkopf.

»Aber?«, fragte Kieffer.

»Aber irgendwas ist eigenartig.«

»Was denn?«

»Ich weiß es nicht. Es ist mehr so ein Gefühl.«

Vatanen seufzte. »Ein Gefühl? So wie beim Turteln mit dem Thunfisch?«

»Vielleicht ist es das hier, was Herrn Hashimoto beunruhigt«, mischte sich Alvarez ein und zeigte mit seiner Taschenlampe auf einen Muskelstrang, der dort endete, wo bei einem ganzen Fisch die Heckflosse hätte sein müssen.

»Sieht für mich ganz normal aus«, wandte Kieffer ein. »Was ist damit?«

»Zu wenig Muskeln, das ist los. Dieser Fisch hat sich nicht allzuviel bewegt.«

»Wie meinst du das, Pedro – er war eine Couch-Potato?«

»So in etwa. Es handelt sich um einen Fisch aus einer Zuchtfarm, wie die meisten Thuns. Er wurde irgendwann gefangen und dann in eine große Reuse gesetzt, etwa 50 Meter im Durchmesser und 70 Meter tief. Darin kann er herumschwimmen, allerdings gerade so viel, dass er nicht erstickt.«

»Wieso sollte ein Fisch unter Wasser ersticken?«, fragte Vatanen.

»Thun muss schwimmen. Alles an diesem Fisch ist auf schnelle Fortbewegung ausgelegt – seine Körperform, die einklappbaren Seitenflossen. Wenn er nicht dauernd herumschwimmt, filtert er zu wenig Wasser durch seine Kiemen und er erstickt.«

»Interessantes Detail, aber«, sagte Kieffer, »dass Trebarca Silvas Fische in Farmen hochgepäppelt werden, ist uns doch bekannt.«

»Ja, jetzt wissen wir allerdings, dass er möglicherweise weiterhin welche betreibt. Obwohl wir gefunden haben, was zu erwarten war, stimme ich Herrn Hashimoto zu, dass der Fisch eigenartig ist.«

»Kristallisiert sich euer Unbehagen denn in einem konkreteren Faktum?«, fragte Vatanen, während er dem Japaner weiteren Riesling nachschenkte.

Alvarez nahm das Thunsteak in seine Hand und hielt es Kieffer und Vatanen unter die Nase. »Dieser Fisch hat, wie gesagt, sehr wenig Muskeln. Schauen Sie sich diese Maserung an. Der Fettstreifen ist sehr breit.«

»Wie bei einem Lachs aus einer Aquakultur? Die haben auch mehr Fett und weniger Muskelmasse.«

»Genau«, sagte der Spanier und tippte mit dem Finger auf das Steak. »Ich habe schon viele Thuns aus Ranches im Mittelmeer gesehen, aber …«

»… noch nie einen so untrainierten, nassen Sack wie diesen«, schlug Vatanen vor.

»So könnte man wohl sagen, sí.«

»Vielleicht ist er dann aus einer Aquakultur?«, schlug Kieffer vor. »Nicht eingefangen und hochgepäppelt, sondern komplett im Käfig gezüchtet?«

Alvarez schüttelte energisch den kahlen Kopf. »Man kann Thunfische nicht in Aquakulturen züchten.«

»Warum nicht?«, fragte Kieffer.

Vatanen räusperte sich. »So wie ich Pedro kenne, hat er darauf eine ebenso interessante wie umfängliche Antwort. Es wäre jedoch vielleicht keine schlechte Idee, wenn wir während seines Vortrags etwas essen würden, es ist nämlich schon nach zehn. Ich würde jetzt fast alles essen, außer Thun.«

»Ich dachte, ich serviere euch luxemburgische Kost. Wir haben frisches Wëllschwäinsragout in Rotweinsauce auf der Karte, mit hausgemachten Stäerzelen, Nocken aus Heidekornmehl. Und vorher gibt es eine Feierstengszalot.«

»Was ist das?«, fragte Vatanen.

»Ein Rindfleischsalat mit Vinaigrette, Kapern und Gurken. Garantiert fischfrei.«

»Gekauft.«

Als sie in einer Ecke im hinteren Teil des Lokals beim Frischlingsragout zusammensaßen, hakte Kieffer nach. »Pedro, jetzt erklären Sie uns bitte nochmals die Sache mit der Fischzucht. Warum gibt es keine Thun-Aquakulturen?«

»Es ist nicht so, dass es nicht schon Leute versucht hätten, im Gegenteil. Die Japaner arbeiten seit den Siebzigern daran, doch es ist irrsinnig schwierig. Wie Aale oder Forellen bewegen sich Thunfische alljährlich zu bestimmten Laichgründen. Und ihre Fähigkeit, sich dort fortzupflanzen, hängt mit allerlei Faktoren wie Wassertemperatur, Salzgehalt, Gezeiten oder sogar der Intensität des Mondlichts zusammen. All diese Bedingungen nachzubilden ist nachgerade unmöglich. Trotzdem wird daran gearbeitet, weil Thun so teuer ist.«

»Und wie weit sind die Japaner?«

»Es gibt eine Firma namens Kondai, die es geschafft hat, ein paar Fische in Gefangenschaft zu züchten, indem sie den Weibchen Hormone spritzen. Auch in Australien gibt es ein Unternehmen, das an so etwas arbeitet. Die behaupten sogar, sie hätten bereits vollständige Reproduktionszyklen zustande gebracht.«

»Und das bedeutet?«

»Dass sie Thunlarven zu geschlechtsreifen Tieren hochgepäppelt haben, die dann wiederum Nachkommenschaft gezeugt haben und immer so weiter. In einem geschlossenen System, ohne die Hilfe von Mutter Natur.« Alvarez löffelte sich noch Ragout auf seinen Teller, es war bereits die vierte Portion. »Funktionieren wird es trotzdem nicht.«

»Warum nicht?«, wandte Vatanen ein. »Für mich klingt es so, als ob die Sache schon relativ weit gediehen wäre.«

»Moment«, sagte Alvarez, »ich sage nicht, dass es technisch nicht funktionieren wird. In ein paar Jahren wird man den Zyklus perfektioniert haben, vielleicht ist es sogar schon so weit. Aber was man ja erreichen möchte, ist den Bluefin im großen Stil zu züchten, um sein Fleisch dann zu verkaufen. Daraus wird allerdings nichts, denn die Kosten sind zu hoch.« Der Spanier spießte ein Stück Wildschwein mit der Gabel auf und hielt es Vatanen unter die Nase. »Rotes Fleisch. Wie wir alle wissen, ist die Energie, die aufgewendet werden muss, um ein Kilo Rind oder Schwein zu produzieren, ziemlich hoch, im Vergleich zu Gemüse oder Reis.«

»Und Fisch liegt irgendwo dazwischen«, sagte Vatanen.

»Mag sein«, erwiderte Alvarez, »aber das gilt nicht für Thun. Bluefins haben einen Metabolismus wie ein Fusionsreaktor. Sie müssen ihr Blut auf über 30 Grad halten, bei einer Außentemperatur von nicht mal zehn Grad. Außerdem schwimmen sie irre schnell. Die Tiere haben also einen mordsmäßigen Energiebedarf. Es gibt eine sogenannte Feed-to-flesh-Rate. Die gibt an, wie viele Kilo Futter man in ein Tier hineinstopfen muss, damit es ein Kilo zunimmt. Bei Kabeljau oder Lachs liegt die in etwa bei fünf. Bei Thun beträgt sie 20. Zudem wächst er unfassbar langsam – es dauert Jahre, bis der Fisch ausgewachsen und geschlechtsreif ist. Und das ist noch nicht alles. Thunnus thynnus ist ein Feinschmecker. Den kann man nicht wie einen Lachs mit irgendwelchen Pellets aus Fischmehl füttern. Er verschmäht so ziemlich alles außer frischen Sardinen, Scampi oder Tintenfischen.« Alvarez ließ das Ragoutstück in seinem Bart verschwinden und spülte mit Mousel nach, bevor er fortfuhr. »Langer Rede kurzer Sinn: Technisch mag es möglich sein, Bluefin zu züchten. Betriebswirtschaftlich ist es unmöglich. Das taugt nicht mal als Steuersparmodell.«

»Pedro, haben Sie eventuell die Möglichkeit, etwas von unserem Fisch analysieren zu lassen?«

»Habe ich. Am besten Sie schicken es direkt an unser Labor, dort können wir überprüfen, was in diesem Fisch so alles drinsteckt.«

Betäubt von dem reichhaltigen Essen und den insgesamt drei Flaschen Rotwein, die sie zu viert geleert hatten, saßen sie nun eine Weile um den Tisch herum und redeten nicht viel. Kieffer ließ Espressi sowie eine Runde Drëpp kommen, luxemburgischen Obstschnaps, um sich und seine Gäste ein wenig zu renovieren. Dann sagte er: »Ihr seid bestimmt alle pappsatt, aber ich schlage dennoch vor, dass wir zumindest noch eine kleine Degustation machen.«

Vatanen klatschte erfreut in die Hände. »Hast du etwa noch was von dem vorzüglichen Riesling bekommen?«

»Nein, ich meinte unseren Thun. Wir haben über 200 Kilo davon in meinem Keller liegen – sollten wir den Fisch nicht zumindest probieren?«

»Xavier, wäre es nicht vielleicht besser, wenn Pedro das Zeug erst einmal analysieren lässt?«

»Mein Gott, Pekka, sei nicht so hasenfüßig. Ich glaube nicht, dass Trebarca Silva uns den Bluefin verkauft hat, weil er uns damit alle auf der Stelle töten will.«

»Wahrscheinlich nicht«, konzedierte der Finne. »Und wenn doch, dann wäre das auf jeden Fall die wohl teuerste Mordwaffe aller Zeiten und wir kommen posthum alle ins Guinnessbuch.«

»Holen Sie ihn schon«, brummte Alvarez und auch Hashimoto nickte. »Ich helfe dir.« Kieffer und der Japaner gingen in den Keller und schnitten ein Stück des dunkelroten Fleisches in portionsgerechte Happen. Hashimoto improvisierte einige Sashimi, rohe Thunstücke mit etwas Brunnenkresse, Sojatunke und Wasabi. Kieffer briet anschließend in der Küche zwei Thunsteaks scharf an; eines nur kurz, das andere ließ er so lange auf dem Grill, bis es durch war. Dann trugen sie das Ganze hinunter in den Speiseraum und begannen zu kosten.

Kieffer probierte zuerst das Sashimi. Alvarez und Hashimoto hatten moniert, der Fisch sei zu fett und besitze zu wenig festes Muskelfleisch – ähnlich wie ein schottischer Zuchtlachs, der geschmacklich nie an einen kanadischen Wildlachs herankommen würde. Der Koch fand den Thun jedoch durchaus akzeptabel, auch das sensorische Erlebnis gefiel ihm. »Dieser Fisch mag zu wenig herumgeschwommen sein, aber das hat zumindest den Effekt, dass er auf der Zunge zergeht. Diese samtige Textur erinnert mich an Foie gras.«

»Interessanter Vergleich«, erwiderte Hashimoto. »Gänsestopfleber schmecke ich nicht raus, allerdings ist dieser Maguro wie Chuutoro, fast wie Otoro.«

»Toro, kannst du bitte aufhören, uns mit Fachvokabular zu verwirren. Es ist schon spät.«

»Okay, okay. Maguro, also Blauflossenthun, ist für euch Langnasen nur ein Fisch. Und Fisch ist Fisch, richtig?«

Alvarez hob den Zeigefinger. »Vorsicht mit solchen Verallgemeinerungen, mein Freund. Ich bin Spanier und der Sohn eines Fischers.«

»Lass ihm seine Vorurteile, Pedro«, warf Vatanen ein.

»Lasst ihn vor allem ausreden«, sagte Kieffer.

»Danke, Mann. Wie es bei einem Rind viele verschiedene Stücke gibt – Entrecôte, Chateaubriand, Nüsschen, Unterschale und so weiter –, unterscheiden wir beim Maguro mindestens drei verschiedene Fleischqualitäten, die umso begehrter sind, je höher der Fettgehalt des Fleisches ist. Akami ist fast fettfrei, fetteres Fleisch heißt Toro. Das wiederum unterteilt sich in Chuutoro und Otoro. Letzteres ist vielen Leuten fast zu fett, es schmeckt ein bisschen wie Schokolade und schmilzt im Mund. Wenn man in Japan einen Geschäftsfreund beeindrucken will, dann setzt man ihm keine Austern oder Périgordtrüffel vor, sondern Otoro-Sashimi.«

»Und was wir hier essen, das ist welches Fleischstück?«

»Das ist Akami.«

Vatanen beugte sich vor und tippte mit seiner Gabel auf eines der Sashimistücke. »Verstehe ich das richtig? Das hier sind Beefsteaks, die aber in Textur und Geschmack einem Filet Mignon gleichen?«

»So in etwa.«

Kieffer pfiff durch die Zähne. »Was hat Trebarca Silva mit diesem Thun gemacht? Er …« In diesem Moment wurde Kieffer von jenem hässlichen Geräusch unterbrochen, das entsteht, wenn ein hundert Kilo schwerer

Spanier gleichzeitig schnauft, ein großes Stück gebratenen Fisch ausspuckt und auf Katalanisch zu fluchen beginnt. Alle Anwesenden drehten sich um und sahen Alvarez an, der sich mit säuerlicher Miene kleine Bröckchen gebratenen Thunfischs aus dem Bart klaubte. »Das ist mit Abstand das Widerlichste, was ich seit Langem gegessen habe. Mit Verlaub, zum Kotzen.«

Kieffer schnitt sich nun ebenfalls ein kleines Stück von dem Thunkotelett ab, das auf einem Platzteller in der Mitte des Tisches lag. Es handelte sich um jenes Steak, das er komplett durchgebraten hatte. Ihm war von vornherein klar gewesen, dass die Well-Done-Variante kulinarisch nicht besonders erhebend sein würde. Durchgebratener Thun pflegte trocken und faserig zu werden sowie jedweden Geschmack einzubüßen. Dennoch war er nicht vorbereitet auf das Aroma, das sich in seinem Mund ausbreitete, als er auf das Fleisch biss. Der ranzigbittere Geschmack erinnerte ihn an Lebertran. Angewidert tat er es Alvarez nach und spuckte den Fisch in eine Serviette. Rasch kippte er einen Eau de vie hinterher sowie ein ganzes Glas Wasser. »Zakkerdjëss! Was um alles in der Welt hat dieser Silva mit dem Fisch gemacht?«

17

Am nächsten Morgen war Kieffer mit den beiden Fischexperten in einem Café verabredet, in der Nähe des Oberstadthotels in der Rue Notre-Dame, in dem er die beiden untergebracht hatte. Sein japanischer Freund war bereits da, als er dort ankam. Hashimoto lächelte ihm zu und zeigte dann von seinem Tisch aus unbestimmt über die Place Guillaume II., die sich vor dem Frühstückslokal erstreckte. »Mein Zug geht erst um zwei, ich habe also nachher noch ein bisschen Zeit. Gibt es irgendwas in Luxemburg, das ich mir auf die Schnelle bis dahin angucken kann, Xavier?«

»In fünf Stunden kannst du dir hier so ziemlich alles angucken. Das reicht locker für einen Unterstadt- und einen Oberstadt-Spaziergang.«

Der Japaner nickte und nippte an seinem Kaffee. Dabei zerbröselte er gedankenverloren ein Croissant, ohne es zu essen.

»Worüber grübelst du nach, Toro?«

»Über diesen Fisch. Über Mifune. Ist eine seltsame Geschichte, in die du da hineingeraten bist, Mann. Verdammt undurchsichtig.«

»Ja, mir ist auch völlig schleierhaft, wie das alles zusammenhängt. Ich hatte gehofft, dir käme vielleicht eine zündende Idee.«

Der Japaner schüttelte den kahlen Kopf. »Bisher nicht. Das heißt – vielleicht kann ich noch etwas über deinen toten Sushikoch herausfinden. Ich werde mal ein paar von meinen alten Kumpels anmailen, in Tokio. Vielleicht springt da eine interessante Info raus.«

»Das wäre großartig.«

In diesem Moment bemerkten sie Alvarez, der sich ihrem Tisch mit für einen Mann seiner Ausmaße erstaunlicher Unauffälligkeit genähert hatte. »Guten Morgen. Eine bizarre Stadt ist das.«

»Guten Morgen, Pedro. Wieso bizarr?«

»Klein, aber auch wieder nicht. Ich habe mir einen täglichen Morgenspaziergang verordnet. Vielleicht ist es Ihnen nicht aufgefallen, ich bin leicht übergewichtig.«

Hashimoto ließ sein Ziegengemecker hören, Kieffer schmunzelte.

»Wie dem auch sei, ich habe mir im Hotel einen Stadtplan geben lassen und mir gedacht, so ein winziges Städtchen, das kannst du problemlos in einer Stunde durchlaufen. Aber was man hier nicht sieht«, er tippte auf einen zerknitterten Stadtplan Luxemburgs, den er in seiner Pranke hielt, »ist, dass es überall rauf und runter geht. Steile Felswände alle paar Hundert Meter, Serpentinen, der Fluss. Ihre ganze Stadt ist ein einziger Umweg, Xavier.«

Alvarez setzte sich und winkte den Kellner heran. Er bestellte vier Eier mit Speck sowie einen Brotkorb. Dann sah er Kieffer prüfend an. »Was werden Sie als Nächstes tun?«

»Einige Tage Urlaub machen«, entgegnete Kieffer.

»Ich hole gleich meine Freundin vom Flughafen ab, und dann fahren wir in die Luxemburger Schweiz. Das liegt weiter im Nordosten des Landes.«

Hashimoto lachte. »Also ungefähr 50 Kilometer von hier!«

»So in etwa. Wie es mit dem Thun weitergeht, das weiß ich allerdings nicht. Ich habe hier noch etwas, das ich Ihnen zeigen wollte, Pedro.«

Kieffer entnahm der Tasche seiner schwarzen Lederjacke jenen Zettel, den er bei Carvalho e Mello hatte mitgehen lassen und legte ihn vor die beiden Männer auf den Tisch.

»Was ist das?«

»Ein Lieferschein aus Trebarca Silvas Firma, der mir zugeflattert ist. Ich vermute, dass er Futter für seine Fische bestellt hat. Schaut ihn euch an, sagt euch das irgendwas?«

»Überhaupt nichts. Obwohl, das da oben sind eindeutig Koordinaten, sehr exakte sogar«, brummte Alvarez. »Bis auf die Hundertstelsekunde genau, vermutlich zur Eingabe in ein nautisches Gerät. Ist irgendwo in Süditalien, das sehe ich so. Diese Insel namens Bonaccia kenne ich allerdings nicht.«

»Ich habe den Namen gegoogelt, aber nichts gefunden«, sagte Kieffer. »Und was wird hier geliefert? 10 Tonnen ›tuna feed‹? Thunfutter? Ich dachte, Bluefins fressen kein Fischmehl.«

»Vielleicht ist es Lebendfutter«, wandte Alvarez ein.

»Und warum steht hier eine Nummer? Gibt die nicht die Futterart an?«, widersprach Hashimoto.

Sie schwiegen einen Moment, dann holte der Spanier sein Handy aus der Tasche. »Das mit der Insel können wir rasch klären. Ich rufe einfach meinen Freund, den Raís an. Der alte Seewolf kennt das Tyrrhenische Meer wie seine Westentasche.«

»Den Raís? Klingt wie ein Titel.«

»Ist es auch. Das Wort kommt aus dem Arabischen und bedeutet König. So nennen die Sizilianer die Vorsteher ihrer Tonnaras, der Thunfischer-Kooperativen. Wenn es da unten eine Insel dieses Namens gibt, kennt der Raís sie.«

Alvarez ließ seine Wurstfinger über die winzige Tastatur des Telefons gleiten und wartete einen Moment. Dann begann er auf Italienisch mit jemandem zu sprechen. Nach etwa zwei Minuten hielt er Kieffer das Handy hin. »Sein Name ist Antoniu Gallo, er ist der Raís von Favignana. Er kann einigermaßen Englisch.«

Kieffer griff nach dem Mobiltelefon. »Herr Gallo, guten Morgen.«

»Buon giorno. Pedro sagt, Sie suchen eine Insel?«

»So ist es. Sie heißt Isola di Bonaccia. Ich habe hier auch die Koordinaten.«

»Brauch' ich nicht. Kenne sie. Liegt vor der Westküste, weit draußen. Insel ist aber zu viel gesagt.«

»Ist sie klein?«

»Eine Isoletta. Ein größerer Felsen.«

»Ich vermute, dass dort möglicherweise jemand eine Fischzucht betreibt.«

»Da draußen? Kaum. Nicht, dass ich in letzter Zeit vorbeigeschippert wäre. Fische gibt es in der Gegend schon lange keine mehr. Möwenscheiße, sonst nichts. Gottverlassener Ort.«

»Danke für die Information. Haben Sie gerade Fangsaison für Bluefin, Herr Gallo?«

»Wie man's nimmt. Wenn Sie diese paar Fischchen als Fang bezeichnen wollen … wir machen das hier eigentlich nur noch für Touristen, die mal eine echte Mattanza sehen wollen.«

»Ich verstehe. Vielen Dank, Herr Gallo.«

»Nichts zu danken. Arrivederci.« Dann legte der Raís auf.

Kieffer gab Alvarez sein Telefon zurück. »Wo liegt dieses Favignana, wo Gallo lebt?«

»Etwa hundert Kilometer westlich von Palermo, auf einer Sizilien vorgelagerten Insel. Dort gab es früher die besten Fanggründe für Thun, die größte Tonnara des ganzen Mittelmeers war da. Und das seit 1200 Jahren, darum auch der arabische Begriff Raís. Schon die Mauren haben vor Favignana Thun aus dem Wasser gezogen.« Alvarez zuckte mit den Schultern. »Bald wird es nichts weiter als ein Museum sein.«

Nachdem sie ihren Kaffee ausgetrunken hatten, verabschiedete sich Kieffer von den beiden Männern. Der Koch schaute auf seine Armbanduhr. Er musste nun von der Oberstadt zurück zu seiner Wohnung in der ville basse laufen und ein paar Sachen für sein gemeinsames Wochenende mit Valérie zusammenpacken. Außerdem wollte er in Clausen bei der Wäscherei frische Hemden abholen, damit er Valérie nicht in seinem üblichen Knitterlook aus ungebügeltem T-Shirt und Cordhose gegenübertreten musste. Danach hieß es rasch zum Flughafen fahren, um sie abzuholen. Ihm blieb höchstens noch eine Stunde, um all das zu bewerkstelligen. Doch anders als Pedro Alvarez kannte er d' Stad wie seine Westentasche. Statt eines »einzigen Umwegs« war Luxemburg für ihn eine einzige Abkürzung.

18

Es gibt Beziehungen, deren Zustandekommen eine äußerst mühsame Angelegenheit ist. Ihr Anbahnungsritual besteht aus einer langen Reihe verschämter Begegnungen an Supermarkttheken, auf Partys, oder in der Kaffeeküche eines Großraumbüros. Und es gibt wiederum andere, in die man so leicht hineinrutscht wie in ein paar vorgewärmte Pantoffeln. Nach allem Dafürhalten hätte Kieffers Liebe zu Valérie Gabin aufgrund der unterschiedlichen Bahnen, in denen ihrer beider Leben verliefen, ein Königskinderdrama der Kategorie eins vorausgehen müssen.

Es war aber überhaupt nicht so.

Schon bei ihrem ersten Treffen in einem Pariser Bistro vor fast einem Jahr war er von der Gabin-Erbin hingerissen gewesen, zunächst von ihrem unkomplizierten Lächeln, ihren grünen Augen. Bald auch von ihrer kumpelhaften Art und ihrem schnippischen Humor. Kieffer war es, entgegen allem, was er über sich selbst zu wissen glaubte, nicht schwergefallen, ihr sein Interesse mitzuteilen, auf jene subtile, aber dennoch verbindliche Art, die Frauen schätzen. Was ihn an Valérie zudem beeindruckt hatte, war das Fehlen gewisser Charaktereigenschaften, die er bei einer Pariserin aus bestem Hause stets voraussetzte: Standesdünkel, eine Vorliebe für teure, jedoch nicht unbedingt schöne Dinge, Zickigkeit, soziale Inkompetenz, geringe Verständnistiefe für alltägliche Belange. Nichts davon traf zu, Valérie Gabin war eine ganz normale junge Frau.

Und sie war es wiederum auch nicht. Denn ihr gehörte die Aktienmehrheit am Guide Gabin, dem berühmtesten Restaurantführer der Welt. Seit 1907 vergaben dessen Tester die begehrten Sterne, und es gab niemanden im gastronomischen Universum, der sich der immensen Gravitation des Gabin entziehen konnte. Über die Jahrzehnte hatte das von Valéries Großvater Auguste Gabin gegründete Imperium neben der blauen Feinschmeckerfibel zahlreiche weitere Publikationen aufgelegt. Es gab inzwischen Gabin-Reiseführer, Büchlein mit Empfehlungen für sterneunverdächtige Regionalküche und sogar einen eigenen TV-Kanal im französischen Fernsehen. Dadurch war das Firmenhauptquartier an der Avenue de Breteuil noch stärker zum Dreh- und Angelpunkt alles Kulinarischen geworden. Sämtliche Teilnehmer des globalen Küchenzirkus zogen ihre Bahnen um den Gabin. Kieffer hatte freilich manchmal den Eindruck, dass die Dinge nicht so sehr um den Gabin kreisten, sondern um die Gabin. La Gabin, Valérie, seine Freundin. In jenen Momenten, in denen ihm dies bewusst wurde, wenn sie umschwärmt war von Politikern, Sterneköchen oder Reportern, dann fiel die Illusion des ganz normalen Mädchens, die zu seinem Idealbild Valéries gehörte, in sich zusammen wie ein Soufflé, das man zu großer Hitze ausgesetzt hatte.

Er wusste auch nach einem Jahr noch nicht, wie er damit umgehen sollte, dass er de facto mit einem Star liiert war. Der Weg von ihrer aufkeimenden Liebe zu einer mehr oder minder festen Pendlerbeziehung hatte sich mit einer Selbstverständlichkeit und Schnelligkeit vollzogen, die Kieffer im Rückblick verwirrte. Von Anfang an hatte es keiner Erklärungen bedurft, keiner Treueschwüre. Ab dem Moment, als ihre Hände einander zum ersten Mal berührten, war klar gewesen, dass sie von nun an zusammengehörten, egal, was die anderen über sie sagten. Über diese zwei, die nicht füreinander gemacht waren: Der etwas übergewichtige, allmählich ergrauende Koch ohne Sterne, der mit seltsam unfranzösischem Akzent Französisch sprach, war keine Partie für eine 36-jährige Pariser Multimillionärin. Ebenso konnte man fragen, was ein heimatverbundener, sämtlichen Schickimicki und Prunk verabscheuender Mann, der mit dem Guide Gabin eigentlich nur schlechte Erfahrungen verband, mit dieser Frau wollte. Dieser Frau, die nie da war, und ihn zu einem Pendlerleben nötigte.

Dass der Start ihrer Beziehung so glatt gelaufen war, hieß übrigens nicht, dass sich die Sache nun einfach gestaltete. Im Gegenteil: Ihr gemeinsames Leben fand notwendigerweise an Wochenenden oder Feiertagen statt – selten in Luxemburg, häufiger in Paris und mitunter auch in Berlin, London oder wo Valérie eben gerade geschäftlich weilte. Die Selbstverständlichkeit, mit der sie sich beide in diesen Modus Amandi gefügt hatten, wurde allmählich zu einem Problem, zumindest für Kieffer. Gerade weil alles so schnell geschehen war, hatten sie nie darüber gesprochen, was für eine Art von Beziehung dies denn jetzt eigentlich war, hatten nie abgeklopft, wie lange es so weitergehen sollte, konnte. Nun war er mittendrin in Valéries glitzernder Welt, die ihn eigentlich nicht interessierte. Er wollte ja nur sie, am liebsten weit weg von Scheinwerferlicht und Kameraobjektiven, in einer abgeschiedenen Gegend. Wenn schon nicht in Clausen, dann vielleicht in einem schönen Landhaus in der Provence oder im Périgord. Aber was wollte sie?

Während er grübelte, betrachtete Kieffer den nackten, braun gebrannten Rücken seiner schlafenden Freundin. Gleichmäßig atmend lag sie auf dem Hotelbett, der Kopf mit der kastanienfarbenen Wuschelmähne ruhte auf den verschränkten, muskulösen Armen. Valérie war eine fanatische Surferin, und erfreulicherweise sah man dies ihrem Körper auch an. Die Decke hatte sie mit den Beinen bis zur Hüfte nach unten gestrampelt. Lange betrachtete er dieses Stillleben, bis er sich daran zumindest ansatzweise sattgesehen hatte. Dann deckte Kieffer seine Freundin behutsam zu. Nein, er hatte nicht den geringsten Schimmer, was sie wollte.

Er setzte sich in einen der Sessel und zündete sich eine Ducal an. Der Koch musste plötzlich an den Satz von Toro denken: »Ihr Europäer wollt immer auf alles Antworten. Ihr müsst mehr handeln, weniger denken.« Weniger Grübeln und mehr Genießen. Er schaute zum Fenster hinaus und dann wieder zum Bett. Zumindest an diesem Wochenende hatte er Valérie, wo er sie haben wollte. Sie hatten sich ein Hotelzimmer in Echternach genommen, Luxemburgs zweifelsohne schönster Stadt, einer perfekt restaurierten spätgotischen Puppenstube aus Fachwerkhäusern, Wehranlagen und Türmen. Das Städtchen an der Sauer würde das Sprungbrett sein für ein paar ausgedehnte Spaziergänge oder, falls seine Pariserin dafür zu faul war, ein oder zwei lange sonnige Nachmittage in abgelegenen Waldgasthöfen westlich von hier, in der Luxemburgischen Schweiz. Dort gab es noch Köche, denen man nicht erklären musste, wie man Huesenziwwi, Judd mat Gaardebounen oder Wëllkarpaangecher richtig zubereitete.

Kieffer griff nach einem Glas schon etwas zu warmen Champagners, das neben dem Sessel auf einem Beistelltisch stand und nippte daran. Als er in den Achtzigern einen Ausbildungsplatz im Sternetempel »Renard noir« ergatterte, da hatte er sein Glück kaum fassen können. Tagtäglich durfte Commis Kieffer dort mit erlesenen Dingen hantieren, von denen er nie geglaubt hatte, dass er sie je würde kosten dürfen. Damals hatten ihn in regelmäßigen Abständen Angst und Zweifel geschüttelt. Er hatte sich gefragt, womit er dieses große Glück verdient habe. War es nun wieder so? Er stellte den lauwarmen Champagner weg und beschloss, sie zu wecken.

19

Nein, lauffaul war sie nicht. Vielmehr legte Valérie ein äußerst strammes Tempo vor, als sie am Nachmittag den steilen Weg zum Trooskneppchen hinaufstiegen, einem Aussichtspunkt, von dem aus man die ganze mittelalterliche Stadt überblicken konnte. Dahinter begann das, was man als Kleine Luxemburgische Schweiz bezeichnete – ein etwas alberner Name, da die Region zwar felsig war, aber ihre Erhebungen selbst bei freundlicher Betrachtung kaum als Berge durchgehen konnten. Der höchste Hügel gipfelte auf einigen hundert Metern. Die gewundene Straße führte von der Stadt kommend zunächst durch ein Villenviertel oberhalb Echternachs. Von hier genossen dessen Bewohner einen weitgehend unverbauten Blick ins Tal, und die Sportwagen vor den Doppelgaragen kündeten davon, dass diese Aussicht nicht ganz billig zu haben war. Sie gingen vorbei an gepflegten Gärten voller Blumen und Hainen von Obstbäumen. Einige der Hausbesitzer hatten ihren Anwesen kleine Türmchen hinzugefügt, die wie Miniaturversionen der Türme des Dënzelt, des mittelalterlichen Rathauses im Stadtzentrum, aussahen. Andere passten weniger gut in die

Eifellandschaft. Kopfschüttelnd stapfte Kieffer an einem wuchtigen Landhaus im Toskanastil vorbei.

Als sie oben angekommen waren, mündete die Straße in einen kleinen Waldweg. Kieffer atmete schwer. Er hatte sich für deutlich fitter gehalten, doch eine Anhöhe zu erklimmen war eben etwas anderes als das gelegentliche Hochwuchten von Kartoffelkisten. Es erforderte Kondition, und die war ihm offenbar irgendwann abhandengekommen. »Da merkst du jede Ducal, was?«, neckte Valérie ihn. Dann küsste sie ihren Koch auf die Nasenspitze. »Schön ist es hier oben.«

Vom Troosknеppchen konnte man auf Echternach hinabschauen, das unter ihnen im Tal lag. In der Mitte lag die riesige Sankt-Willibrord-Basilika mit ihren vier Türmen, dahinter die Benediktinerabtei. Rundherum gruppierten sich Hunderte Altstadthäuschen, wild durcheinandergewürfelt, in dem für mittelalterliche Städtchen typischen organischen Chaos. Jenseits der Stadt, wo die Sauer an Echternach vorbeifloss, stieg das Land sanft an. Kieffer sah grüne Wiesen und Laubwälder, die bereits auf der rheinland-pfälzischen Seite lagen.

»Wo laufen wir als Nächstes hin?«, fragte Valérie.

»Ich dachte, wir gehen den Waldweg dort weiter, bis zur Hohlley.«

»Was ist das?«

»Eine Felsgrotte, wo man früher Mühlsteine geschlagen hat.«

»Klingt romantisch.«

»Ich befürchte, es ist nicht ganz so abgeschieden, wie du vielleicht denkst. Wenn unser Land ein touristisches Zentrum hat, dann liegt es vermutlich hier.«

Sie stiegen weiter hinauf und gingen Hand in Hand

den Waldweg entlang. Links von ihnen ragte eine steile, gut 30 Meter hohe Felswand empor. Steinbrocken, manche so groß wie ein Haus, waren aus dem Kamm gebrochen und den Hang hinuntergerollt, in Richtung des rechts unter ihnen liegenden Sauertals. Findlinge und Felsen waren mit Moos und Steingewächsen überwuchert, und man erwartete, dass jeden Moment ein kleiner Gnom oder eine Elfe hinter einem der Felsbrocken hervorspähten. Sie gingen weiter, bis zur Gorge de Loup, einer Felsenklamm, in der man einen schmalen Pfad hinunter und dann wieder hinauflaufen musste, um auf den Kamm darüber zu gelangen. Kurze Zeit später erreichten sie die Grotte an der Hohlley. Dort zeigte Kieffer Valérie zunächst jene Stellen, an denen man früher die Mühlsteine gebrochen hatte, Vertiefungen im Stein, inzwischen vom Wasser ganz rund gewaschen. Dann nahm er seinen Rucksack ab und sagte: »Vesperpause.« Leicht belustigt, aber nicht ohne Interesse beobachtete Valérie, wie er eine kleine Tischdecke auf einem geborstenen Mühlstein ausbreitete und ihnen so einen provisorischen Tisch schuf. Er entnahm seinem Rucksack ein knuspriges Landbrot aus Roggen sowie drei kleine Metallschüsselchen mit Plastikdeckeln. In ihnen befanden sich Cornichons und Perlzwiebeln, Datteltomaten sowie Scheiben deftiger Pastete. Als er alles angerichtet hatte, stellte er noch Beerenkompott und eine Flasche Riesling dazu.

»Paté?«

»Ja, aber wir sagen: Pati. Mit Kalb, Poularde, Speck und Pistazien, aus eigener Produktion. Probier mal.« Er strich etwas Pastete auf ein Stück Landbrot und kleckste Kompott darauf. Bereitwillig ließ sie sich von ihm füttern. Nachdem sie gegessen und die Hälfte des Rieslings getrunken hatten, rauchten sie in aller Stille. Dann sagte Valérie: »Was macht dein Fall? Gibt es inzwischen etwas Neues?«

»Mein Fall? Das klingt jetzt wie bei einem Kommissar.«

»Ach, hab dich nicht so. Es interessiert mich halt brennend. Oder sollen wir später darüber reden?«

»Nein, schon okay. Aber es ist kompliziert.« Er erzählte ihr, was er bisher herausgefunden hatte – was seiner Ansicht nach nicht allzu viel war. »Was klar scheint, ist, dass jemand Mifune vorsätzlich vergifteten Oktopus ins Orsay geschmuggelt haben muss. Wenn wir davon ausgehen, dass sein Maître die Wahrheit sagt, dann hat Mifune den Kraken selbst zubereitet. Er war also vermutlich in Ordnung, als er das ›Ue no tai‹ verließ. Erst im Museum wurde das Gift hinzugefügt.«

»Oder auf dem Weg dorthin«, wandte sie ein.

Kieffer küsste sie unvermittelt auf den Mund. »Natürlich!«

Sie schaute verdutzt. »Natürlich was?«

»Mifunes Neffe, der Maître, hat mir gesagt, dass sie die Kisten mit den Neta von einem Cateringfahrzeug haben abholen lassen. Es war an diesem Tag sehr heiß in Paris, das weiß ich noch. Folglich konnten sie den rohen Fisch nicht selbst herüberfahren, sie brauchten einen Kühlwagen. Honda sagte, sie hätten dafür irgendeinen Dienstleister angeheuert. Wenn keiner von Mifunes Leuten der Mörder war …«

»… dann hätten Dritte während des Transports die Möglichkeit gehabt, in aller Ruhe das Tetrodotoxin in den Oktopus zu injizieren.«

»Genau. Daran hatte ich vorher noch gar nicht gedacht.«

Sie zündete sich eine weitere Gauloises an. »Hast du denn Informationen über diesen Cateringdienst? Wie heißt der?«

»Keine Ahnung. Ich muss wohl noch mal mit Honda sprechen.«

Er wollte ihr Riesling nachschenken, doch sie winkte ab. »Und dieser mysteriöse Fischhändler, wie passt der da hinein?«

»Er verkauft Thunfisch, in großem Stil. Auch welchen an Mifune, über einen Pariser Mittelsmann namens Prezzemolo. Trebarca Silva hat außerdem mehrere Thunranches – vermutlich sind einige davon illegal. Darauf deutet zumindest der Umstand hin, dass er schon mehrfach Ärger mit den Behörden hatte und offenbar wenig Skrupel, Gesetze zu unterlaufen.«

»Weißt du, wo sich seine Thun-Aufzucht befindet?«

»Früher lag sie nahe Cartagena und vor Afrika, aber diese Ranches gibt es nicht mehr. Ich habe herausgefunden, dass er große Mengen Fischfutter zu einer mysteriösen kleinen Insel im Tyrrhenischen Meer schaffen lässt.«

»Weißt du, zu welcher?«

»Ja, ich habe sogar die genauen Koordinaten.«

»Warum schaust du sie dir dann nicht mal an?«

»Weil es sehr aufwendig ist, mit einem gecharterten Boot vor der sizilianischen Küste herumzuschippern, nur um dann möglicherweise einen verlassenen Felsen vorzufinden.«

»Nicht in echt, mein Süßer. Im Netz.«

»Wie denn? Ich habe den Namen der Insel bei Google eingegeben, aber nichts gefunden.«

Valérie seufzte. »Hast du die Koordinaten zufällig bei dir?« Sie entnahm ihrer Jackentasche ein Smartphone und schaute prüfend auf das Display. »Das Netz ist hier etwas ... ländlich, aber es sollte dennoch gehen.«

Kieffer durchwühlte sein Portemonnaie und förderte neben zahlreichen arg zerknitterten Spesenbelegen Silvas Lieferschein zutage. Er hielt ihn ihr hin. »+38°9'55.21", +11°30'59.99" steht da.«

Es dauerte einen Moment, bis sie die vollständigen Koordinaten in ihr Telefon getippt hatte.

»Und was passiert jetzt?«

»Jetzt sucht Google Earth anhand der Koordinaten den entsprechenden Kartenausschnitt. Dann zoomen wir rein und gucken mal, ob man auf den Satellitenfotos deiner Insel irgendetwas erkennen kann.« Sie schaute ihn an. »Leider ist das Netz hier sehr schlecht und es wird fürchterlich lange dauern. Vielleicht können wir uns währenddessen ein bisschen die Zeit vertreiben?«

»Mit Pati?«

»Nein.«

Er zog sie zu sich heran und küsste sie. Einige Minuten später wandten sie sich widerwillig wieder Valéries Telefon zu. Darauf war nun ein tiefblauer Ausschnitt zu sehen, mit wenigen weißen Tupfen. In der Mitte zeigte ein rotes, tropfenförmiges Symbol die Lage des gesuchten Punktes an. Sie strich über das Display, und die Insel kam langsam näher. Sie war in der Tat sehr klein, Straßen oder Gebäude waren nicht zu erkennen. Immer noch nahm die Isola di Bonaccia jedoch höchstens ein Zehntel der Displayfläche ein.

»Kann man noch näher heranzoomen?«, fragte Kieffer.

»Ich versuche es.«

Sie tippte auf das Telefon und die Insel begann, weiter heranzurücken. Dann verwandelte sich das Blau des Meeres plötzlich in viele kleine graue Quader. In ihrer Mitte stand jeweils »Auflösung nicht verfügbar«. »Mist«, sagte Valérie. »Die Auflösung reicht nicht. In Paris oder London kannst du dir inzwischen jeden blöden Gullydeckel angucken, aber in entlegenen Gebieten leider nicht. Vielleicht musst du doch hinfahren. Sollen wir jetzt wieder zurücklaufen? Es wird ein wenig frisch.«

Nachdem sie den Waldweg ein Stück entlanggelaufen waren, sagte sie: »Kommst du dann bald wieder nach Paris? Wenn du noch mal mit dem Sushi-Maître sprechen musst?«

»Ja, wahrscheinlich. Ich würde auch gerne noch mit anderen Menschen sprechen, die Mifune in den letzten Wochen gesehen haben. Aber mein Gefühl ist, dass er ein Eigenbrötler war. Er ist ja nicht mal auf den Rungis gegangen, was mir überhaupt nicht in den Kopf will. Wie kann man als Koch den größten Lebensmittelmarkt Europas völlig links liegenlassen? Vor allem, wenn man in der Nähe wohnt.«

»Wer sagt denn, dass er nie dorthin ging? Das halte ich für ein Gerücht.«

Kieffer blieb unvermittelt stehen. »Honda sagt, Mifune habe nie Fisch auf dem Rungis gekauft.«

»Bezier hat mir etwas anderes erzählt.«

»Wer ist das?«

»Der Chef der Firma, die den Markt betreibt, die Hallen und das alles. Ich gehe ab und zu mit ihm essen. Er weiß sehr viel über die Qualität von Lebensmitteln – und über die Köche, die den Rungis frequentieren. Bezier kennt sie alle. Eine sehr ergiebige Quelle.«

»Und?«

»Und? Letzte Woche waren wir gemeinsam mittagessen und natürlich kam auch die Mifune-Geschichte zur Sprache. Und ich weiß genau, dass er gesagt hat: ›Oh, das mit Monsieur Mifune, das ist ja schrecklich. Ich kannte ihn persönlich, vor Kurzem war er noch bei uns, im Pavillon de la Marée.‹«

»Das waren seine Worte? Bist du sicher, Val?«

Sie knuffte ihn in die Seite. »Nein, überhaupt nicht! Ich kann mir kaum die Namen meiner Gesprächspartner merken.«

»Entschuldige, ich glaube dir ja, es ist nur so, dass Honda etwas gänzlich anderes behauptet hat. Er muss mich angelogen haben.«

»Nicht unbedingt. Hast du nicht gesagt, dass Mifune es nie für nötig hielt, Untergebenen seine Entscheidungen mitzuteilen? Vielleicht fuhr er nicht oft zum Rungis und Honda hat den letzten Besuch dieser Art einfach nicht mitbekommen?«

»Heißt auf jeden Fall, dass ich noch mal zum Großmarkt muss. Ich kenne da den einen oder anderen, vielleicht wissen die was.« Kieffer seufzte.

»Was ist los? Ich hab' gerade begonnen, mich zu freuen, weil du bald wieder nach Paris kommst.« Sie biss sich auf die Unterlippe. »Obwohl ich letztes Mal so hässlich zu dir war.«

»Val, ich freue mich auch. Aber das Ganze wächst mir total über den Kopf. Ich bin nicht nur Küchenchef, sondern zurzeit außerdem Sondergesandter von Monsieur Allégret, und das ist etwas anstrengend.«

Sie legte einen Arm um seine Schulter. »Für François ist es vermutlich noch viel anstrengender. Er wird seit

Tagen von der geifernden Medienmeute durch Paris gehetzt.«

»Als passionierter Jäger ist er mit dem Prinzip ja bestens vertraut«, knurrte Kieffer.

Valérie zog ihren Arm zurück, versuchte dann aber ein Lächeln. »Es ist toll, dass du ihm hilfst. Ich verstehe, dass er vielleicht nicht so dein Typ ist, trotzdem hat er einiges für uns getan. Und mir würdest du damit ebenfalls helfen.«

»Geschäftlich?«

»Nein, menschlich, du Misanthrop. Einfach, weil ich an diesem unmöglichen Kerl irgendwie hänge und es ungern sähe, dass er von seinen Feinden zerfleischt wird – nur weil er eine gute Party schmeißen wollte.«

Schweigend liefen sie weiter. Hinter dem Blätterwald tauchten die Türme der Basilika auf.

»Vielleicht brauchst du bald mal einen ausgedehnteren Urlaub«, sagte Valérie. Sie sagte es in jenem Tonfall, den Frauen verwenden, wenn sie Männer von einem bereits länger bestehenden, sie involvierenden Plan in Kenntnis setzen.

»Du hast schon eine konkrete Idee.«

»Ich habe länger darüber nachgedacht und ich glaube, ich habe etwas gefunden, das uns beiden gefällt.«

»Jetzt bin ich gespannt.«

»Wir fahren nach Burgau. Das liegt an der Algarve. Ein Fischerdorf, mit ehrlichem einfachen Essen, gutem Wein – kein Schnickschnack, kein Schickimicki. Du knallst dich in die Dünen und liest, guckst den Mädels auf den Hintern oder was du eben im Urlaub gerne so machst.«

»Ich fahre nicht oft in Urlaub. Aber meistens nutze

ich die Gelegenheit und bewege mich so wenig wie irgend möglich.«

»Dann hatte ich ja richtig getippt.«

»Und was machst du?«

»Surfen. Bis meine Arme so schlapp sind, dass ich nicht mehr rauspaddeln kann.«

»Wie ich dich kenne, hast du auch schon ein Hotel ausgesucht.«

Sie schaute ihn mit kritischem Blick an. »Nein. Willst du jetzt etwa behaupten, ich hätte das alles schon bis ins Detail geplant, ohne dich vorher zu fragen?«

Er spürte, dass dies der Moment war, in dem er den Rest ihres gemeinsamen Wochenendes mit einem einzigen Satz ruinieren konnte. Deshalb sagte er: »Ich würde dir gerne mal beim Surfen zugucken.«

»Ich dir auch.«

»Ich und surfen?« Er musste lachen.

20

Nach ihrem gemeinsamen Echternach-Wochenende fuhren sie am Montagmorgen zurück nach Luxemburg-Stadt. Kieffer setzte Valérie Gabin an dem kleinen Flughafen östlich des Kirchbergs ab. Am liebsten wäre er gleich mitgeflogen und in Paris auf den Großmarkt gegangen, aber das »Deux Eglises« verlangte in den kommenden Tagen seine verstärkte Aufmerksamkeit. Obwohl er Claudine vor einiger Zeit zur Souschefin ernannt hatte und sie ihren Job seiner Ansicht nach höchst passabel erledigte, konnte er es sich nicht leisten, in seinem Restaurant weitere Tage zu fehlen. Die Feriensaison stand vor der Tür und es gab viel zu tun – vor allem musste er allmählich darangehen, seine Menükarte für die Sommermonate fit zu machen. Beliebte Luxemburger Klassiker wie Tierteg oder Judd mat Gaardebounen hatte er zwar ganzjährig auf der Karte; doch in Wahrheit wollten im Juli selbst eingefleischte Fans moselfränkischer Küche keine Sauerkrautpfanne essen, geschweige denn Schweinsnacken mit Saubohnen. Frischere, leichtere Küche musste auf den Tisch – Salem mat Sauerampelzooss, Lachs in Sauerampfersoße;

frischgebackene Quiche; Coq au Riesling und knackige Salate.

Kieffer fuhr vom Flughafen direkt zu seinem Lokal. Es war jetzt halb zehn, in der Küche herrschte Stille, lediglich ein Vorbereitungskoch war dabei, verschiedene Fonds aufzusetzen und Gemüse zu schneiden. Eine gute Zeit also, um sich mit der Menüfrage zu beschäftigen. Die Sommerkarte hätte er im Prinzip zwar ohne nachzudenken niederschreiben können, er hatte sogar schon zwei neue Rezeptideen, die er auch bereits ausprobiert hatte. Zum einen eine bavette de boeuf, gratiniert mit Saint Marcellin, zum anderen eine hausgemachte Wildschweinterrine mit Nüssen und Trockenfrüchten, die er mit einem Fenchelsalat zu servieren gedachte. Ideen waren nie das Problem, das Schwierige am Zusammenstellen einer funktionierenden Restaurantkarte war die Kalkulation. Als Faustregel galt, dass man eine Zutat, die im Einkauf mit einem Euro zu Buche schlug, für 3,50 Euro wieder losschlagen musste. Das Rindersteak, so wie er es im Sinn hatte, musste mit einem ganzen Saint-Marcellin-Käse überbacken werden. Der kostete im Großhandel etwa zwei Euro. Damit lag das Gericht bereits bei sieben Euro, noch bevor das Fleisch oder die anderen Beilagen überhaupt eingerechnet waren. Dieser Umstand konnte seiner Idee leicht den Garaus machen – wenn er nicht ein oder zwei andere Gerichte auf die Karte setzte, deren Zutaten so billig waren, dass sie den Marge fressenden Marcellin ausglichen. Der teure Käse konnte beispielsweise dazu führen, dass zwei oder drei andere Hauptgänge kostspielige Beilagen wie Pfifferlinge, Spargel oder Zucchiniblüten einbüßten und stattdessen mit dem größten Gewinnspannenmaximierer serviert wurden, den die Gastronomie kannte: Pommes frites. Kieffer war sich noch nicht sicher, ob ihm der Marcellin das wert war.

Er besorgte sich zuerst einen verlängerten Espresso und brütete dann in seinem Büro zwei Stunden über der Karte. Er telefonierte mit mehreren Großhändlern, ließ sich Angebote faxen und kalkulierte Preise. Als er mit dem Ergebnis halbwegs zufrieden war, tippte er es noch einmal ab und beschloss, es zunächst Claudine vorzulegen, um ihre Meinung zu erfahren. Er war gerade dabei, den Menüentwurf auszudrucken, als sein Handy den Eingang einer Nachricht ankündigte. Da Valérie Gabin der einzige Mensch war, der ihm SMS schickte, griff er sofort nach dem Telefon. Zu seinem Erstaunen kam die Nachricht jedoch von jemand anderem.

»Sie wird dich am Donnerstag um 15 Uhr im Café Marly treffen. Sie weiß, wie du aussiehst. – F.«

François Allégret hatte für ihn also tatsächlich einen Termin mit jener Informantin organisiert, die etwas über Mifunes Beziehung zu Trebarca Silva wusste. Das war erfreulich, die damit verbundene Heimlichtuerei ärgerte ihn jedoch maßlos. Kieffer zündete sich eine Ducal an. Er schaute auf das Display. Wer immer die Dame auch sein mochte, sie hatte, bei aller Geheimniskrämerei, offensichtlich einen gewissen Sinn für Dramatik und Grandezza. Das Marly war eines der schönsten Cafés in Paris, es lag direkt im Innenhof des Louvre. Kieffer überlegte, Allégret anzurufen, ließ es dann aber bleiben. Es sah so aus, als ob er in drei Tagen wieder nach Paris führe. Valérie würde er diesmal wohl nicht treffen können – sie musste in dieser Woche, das hatte sie ihm erzählt, nach London, um dem Starkoch Heston Blumenthal irgendeinen Preis zu verleihen. Warum der Mann diese Trophäe brauchen sollte, war Kieffer freilich schleierhaft. Blumenthal besaß bereits drei Gabin-Sterne. Wer die sein Eigen nannte, für den waren alle weiteren Ehrungen und Pokale bedeutungslos. So jemandem eine Urkunde zu überreichen, das war, als ob man Tiger Woods erneut versicherte, er sei ein prima Golfspieler.

Am Donnerstagmorgen nahm er den Frühzug nach Paris und ließ sich von der Gare de l'Est im Taxi zum Rungis fahren. Als er gegen sieben Uhr dort ankam, war das wesentliche Marktgeschehen bereits vorbei, vor allem in der Fischhalle, wo kurz nach Mitternacht die ersten Stände öffneten. Da er jedoch nichts kaufen, sondern nur ein paar Informationen einholen wollte, war seine späte Ankunft möglicherweise sogar von Vorteil. Die Händler hatten nun Zeit, sortierten ihre Rechnungen oder tranken Kaffee. Er lotste den Taxifahrer direkt zu der Halle, an deren Außenseite in großen blauen Leuchtbuchstaben »A4« stand – dem Pavillon de la Marée. Er bezahlte den Mann und lief dann durch den Eingang, wo er sich zunächst einen Einwegmantel und eine Haube aus einem Automaten zog. Die Fischhalle war schon immer eine der Größeren auf dem Rungis gewesen, doch als Kieffer sie betrat, stockte ihm der Atem. Er war während seiner Pariser Zeit unzählige Male hier gewesen und er hatte bei seinem Treffen mit Toro gesehen, dass die alte Halle abgerissen und durch eine größere ersetzt worden war. Dennoch brauchte er einen Moment, um die immensen Ausmaße des Neubaus zu erfassen. Sie erschlossen sich ihm erst jetzt, da er die Halle von innen sah. Pavillon war definitiv der falsche Name für dieses Bauwerk – Kathedrale der Gezeiten wäre passender gewesen. Vom Eingang schaute Kieffer in eine hell erleuchtete Markthalle, deren ihm gegenüberliegende Wand einen Viertelkilometer weit entfernt sein musste. Unter dem gleißend hellen Licht Hunderter Natriumdampflampen, die in Längsreihen über ihm an der wohl 15 Meter hohen Decke hingen, befand sich der Carreau, jener Teil der Halle, in dem die Geschäfte abgewickelt wurden. Hier stapelten sich auf einer Fläche von mehreren Fußballfeldern Styroporkartons, Körbe und Plastikeimer. Dazwischen fuhren kleine Gabelstapler hin und her. Hunderte Männer in weißen Kitteln waren dabei, Meerestiere zu sortieren oder Kisten durch die Gegend zu schleppen. Wenn es eines Beweises dafür bedurft hätte, dass Fisch als Nahrungsmittel boomte, dann war es dieses Gebäude, in das man den alten Pavillon de la Marée drei- oder viermal hätte hineinstellen können.

Kieffer begann, zunächst ziellos durch die Halle zu streifen und versuchte zu verstehen, wie der neue Pavillon aufgebaut war. Er bemerkte, dass viele der Produkte nicht mehr dort waren, wo er sie in seiner Erinnerung verortete. Der Koch fühlte sich ein wenig wie der Stammkunde eines Supermarkts, dessen Regale seit dem letzten Besuch komplett umsortiert worden waren. Er musste mehrere Händler nach dem Weg fragen, bis er die Thunsektion fand. Hier lagen sie, ganze Bluefins, Yellowfins, Bigeyes, Albacores, Bonitos und andere Thunarten. Es gab Filets, Fischhälften und große Plastikeimer mit vorgewürztem Thuncarpaccio – eine freundliche Umschreibung für »Der Rest vom Fest«, denn in dieses rötlichbraune Hack wanderte alles hinein, was nach dem Filetieren der riesigen Fische übrig blieb. Insgesamt sah er acht Thunstände, die sich an den Längsseiten der Halle befanden. Die Ware war vor den kleinen Kontoren gestapelt, sodass die Kunden daran vorbeilaufen und die Fische begutachten konnten. Aufmerksam las Kieffer die Schilder mit den Firmennamen. Einer der Stände gehörte, wie er erwartet hatte, Pombal Foods. Er begutachtete ihn genauer, konnte jedoch keine Besonderheiten feststellen. Er glich den anderen Kontoren, die wiederum ihren Nachbarn zum Verwechseln ähnelten – überall dieselben Styroporkisten, dieselben Metallgestelle zum Aufbocken der Eisboxen. Nur beim Fischangebot gab es Unterschiede. Trebarca Silvas Stand hatte mehrere ganze Yellowfins im Angebot, dazu Bluefinsteaks aller Güteklassen. Mindestens zwei andere Händler boten hingegen überhaupt keinen Blauflossenthun an, sondern spezialisierten sich auf kleinere Thunfischarten wie Skipjack oder Ahi. Kieffer trat einige Schritte zurück und zog eine schwarze Wollmütze aus seiner Manteltasche. Der Pavillon de la Marée schien ihm nicht nur größer als früher, sondern auch deutlich kälter. Nun musterte er die Käufer. Der Hauptansturm war schon vorbei, dennoch tummelten sich in der Thunfischecke noch etwa 25 Köche und Einkäufer, darunter etliche Japaner. Dass Kieffer so lange zwischen den Ständen verweilte, ohne etwas zu kaufen, schien niemanden zu verwundern. Er wusste, warum. Anders als preiswertere Meerestiere wie Heringe oder Schollen waren Thunfische eine große Investition. Sich mit seiner Entscheidung überreichlich Zeit zu lassen, war ganz normal. Einige der Männer, die um ihn herum mit strengem Blick die Form der Flossen, die Röte der Kiemen oder die Maserung des Fleisches inspizierten, würden über eine Stunde darauf verwenden, alle Stände abzuklappern und die Händler mit Fragen zu löchern – um dann erst einmal abzuwarten. Genauso wichtig wie das Inspizieren der Ware war auf dem Carreau nämlich die Beobachtung der Konkurrenz. Kieffer konnte sehen, wie sich die prospektiven Käufer argwöhnisch beäugten, wie Börsenhändler auf dem Parkett, die herauszufinden versuchten, was der Trend des Tages sein könnte. Wer kaufte bei Joffé, wer bei Marechal? Hatte der Kollege aus dem feinen Restaurant nahe des Bercy seinen Yellowfin vergangene Woche nicht noch bei einem anderen Händler erstanden? Warum hatte er die Quelle gewechselt? Wusste der andere etwas, das man selbst nicht wusste? Man musste davon ausgehen. Also gebot es die Sorgfalt, noch einmal zu beiden Ständen zu gehen und die dort feilgebotenen Fische genau auf etwaige feine Unterschiede zu prüfen. Kieffer schmunzelte über das Treiben und suchte nach einem ihm bekannten Gesicht. Es dauerte ein wenig, bis er fündig wurde. Jede Woche war er hierhergekommen, aber das war viele Jahre her. Wie sich nach einem kurzen Rundgang herausstellte, war der einzige Mensch, den er noch kannte, der alte Eugène Rimet. Der Händler war ein rundlicher, inzwischen sogar überaus rundlicher Bretone, der schon seit Menschengedenken auf dem Rungis Fisch verkaufte. Manche behaupteten, dass Rimet bereits in Les Halles Meerestiere verkauft habe, doch das hielt Kieffer für Fischweibergeschwätz. Als gesichert konnte gelten, dass der Bretone seit mindestens 30 Jahren an allen 300 Öffnungstagen um Mitternacht zum Markt fuhr und auch sonst in jeder Hinsicht ein waschechter Fischhändler war: Sein Interesse an Klatsch und Tratsch galt als legendär. Kieffer näherte sich Rimets Stand.

»Bonjour, Eugène, kennen Sie mich noch?«

Der Fischhändler blinzelte kurz und betrachtete Kieffer einen Moment lang ratlos. Dann warf er die Arme gen Hallendecke und rief »Heilige Jungfrau, der kleine Xavier! Das Wunderkind aus dem ›La Houle‹! Es muss sehr lange her sein, dass wir uns das letzte Mal gesehen haben. Damals«, der Bretone lüftete kurz seine rote Schirmmütze, um seinen kahlen Kopf zu zeigen, »hatte ich noch Haare.«

Kieffer plauderte ein wenig mit Rimet und erzählte ihm, dass es ihn inzwischen wieder nach Luxemburg verschlagen habe.

»Wie laufen die Dinge auf dem Rungis so, Eugène?«

»Schlecht laufen sie, junger Freund. Die nigelnagelneue A4, man wird sie bald dichtmachen müssen, wenn es so weitergeht.«

»Wieso?«

»Weil sie alle den Hals nicht vollkriegen. Das Meer ist leer. Unsere Fischer beklagen sich, weil die Dänen, die Engländer und die Spanier mit ihren Hightechflotten alles ratzekahl leerfischen.«

»Und die Franzosen, halten die sich denn an die Fangquoten?«

Rimet lächelte spöttisch. »Ganz bestimmt nicht. Über den Rungis geht jedes Jahr Fisch für 700 Millionen Euro. Beim Lachs haben wir gerade die Acht-Millionen-Kilo-Marke geknackt. Verdammt viel Fisch, verdammt viel Geld, da will jeder ein möglichst großes Stück vom Kuchen. Aber jetzt werden die Stücke immer kleiner, weil der Kuchen inzwischen keine Festtagstorte mehr ist, sondern nur noch eine mickrige Galette.«

»Und wie sieht es mit dem Thun aus?«

»Nicht besser als mit dem anderen Zeug. Auch da ist bald Schluss.« Rimet musterte Kieffer. »Bist du hier, um Fisch zu kaufen, mein Junge?«

»Ehrlich gesagt bin ich hier, weil ich versuche, etwas über jemanden herauszufinden, Eugène. Jemanden, der vor einiger Zeit hier war.«

Der Bretone musterte ihn misstrauisch. »Wen denn? Einen Käufer?«

Kieffer nickte. »Ja, genau. Ryuunosuke Mifune, den berühmten Sushikoch.«

»Den toten Sushikoch.«

»Ja, eine traurige Geschichte.«

»Junger Freund, mit solchen Fragen kommen normalerweise nur die Flics hierher.«

»Und, waren sie deswegen hier?«

Rimet schaute sich zunächst um, als wolle er sich vergewissern, dass die Police Judiciaire nicht irgendwo zwischen den Fischständen eine Abhöranlage installiert hatte. Dann raunte er: »Nicht, dass ich wüsste.«

Kieffer nickte. »Und das ist der Grund, warum gewisse Leute mich gebeten haben, für etwas mehr Klarheit in der Sache zu sorgen.«

Die Augen des Bretonen leuchteten. Hier hatte er eine Geschichte am Haken, die den Fischhändlertratsch über Wochen befeuern würde. »Was sind das denn für Leute?«

»Mifune hatte viele einflussreiche Freunde. Mehr darf ich leider nicht verraten.« Kieffer musterte seinen Gesprächspartner. Er hatte bisher noch nie darüber nachgedacht, warum der Begriff Neugierde das Wort Gier enthielt, doch ein Blick in Rimets hungrige Augen genügte, um dieses etymologische Rätsel zu lösen. »Unter uns«, fuhr Kieffer fort, »geht es um eine sehr bedeutende Persönlichkeit, die an der Sache interessiert ist. Bitte niemandem erzählen.«

Der Fischhändler hob zwei Finger zum Schwur. »Also gut. Es ist ohnehin kein Geheimnis und wahrscheinlich könnte dir jeder hier in der Halle die Geschichte erzählen.«

»Welche Geschichte?«

»Die von Mifunes großem Auftritt. Jeder im Pavillon de la Marée weiß natürlich, wer der Kerl ist. War. Der beste Sushikoch der Stadt und so weiter. Gesehen haben wir den Typ allerdings nie, er ging nicht auf den Rungis. Vermutlich hatte er seine eigenen Lieferanten.«

»Und dann war er plötzlich da.«

»Oh ja. Er ist aus heiterem Himmel aufgetaucht, einer der Austernhändler im vorderen Teil der Halle hat ihn zuerst erkannt. Es hat nur ein paar Minuten gedauert, dann wusste jeder Grätenpuler: Der große Mifune ist hier. Und jeder wollte natürlich wissen, was er hier macht.«

»Und was hat Mifune dann getan?«

»Na ja, so wie ich es erzählt bekommen habe, von einer sehr glaubwürdigen Quelle, ist er seelenruhig den Hauptgang runtergelaufen. Hier und da ist er stehengeblieben, hat sich einen Oktopus oder eine Languste angeschaut. Die Händler sind alle vor ihm auf den Knien gerutscht. Jeder hat dem Typ angeboten, seine Ware zu probieren. Jeder wollte, dass Mifune bei ihm kauft. Die meisten hätten ihm das Zeug umsonst mitgegeben, nur damit er mit einer ihrer Tüten unterm Arm über den Carreau läuft.«

»Und, hat er was gekauft?«

»Nein, er war zu allen sehr freundlich und hat die ganze Zeit fein gelächelt, aber er ließ sich auf nichts ein. Und dann kam er hierher, zu den Thunständen. Er war nicht bei mir, sondern er ist direkt gegenüber zu Pombal gegangen. Und dort hat er sich auch tatsächlich die Ware vorgenommen.«

»Wie, vorgenommen?«

»Na ja, die Kunden wollen manchmal mehr von einem Fisch sehen, als eigentlich üblich ist. Hier hinten«, er zeigte auf die Schwanzflosse eines Yellowfins, der vor ihm in einer großen Styroporkiste lag, »gibt es immer einen Schnitt, damit der Kunde das Fleisch prüfen kann. Aber einigen Köchen, meistens sind es diese pingeligen Sushichefs, reicht das nicht. Die wollen selber einen Schnitt an einer anderen Stelle setzen.«

»Und dürfen sie?«

»Nein, verdammt! Wo kämen wir da hin? Wenn du ein neues Auto kaufen willst, darfst du auch nicht mit der Flex die Seitentür aufsägen, um mal ein bisschen genauer zu gucken.« Rimet nahm einen Schluck aus einem riesigen Isolierbecher, bevor er fortfuhr. »Aber das hier war eine Ausnahmesituation, mein Junge. Das war Mifune. Der Mifune. Und als er einen von Pombals Fischen anschneiden wollte, tja, was sollten die schon sagen? Zumal zu diesem Zeitpunkt bereits die halbe Halle zuschaute, da blieb ihnen kaum eine Wahl.« Rimet rückte seine Baseballkappe zurecht. Auf der Vorderseite war ein sich windender Fisch an einer Angelleine zu sehen. Darunter stand: »I'm out for trout«. »Ab hier wird die Sache ein wenig bizarr.«

»Inwiefern?«

Der Bretone lehnte sich über eine Kiste mit Bonitos

nach vorne und senkte seine Stimme, als bedürfe das Finale seiner Geschichte allergrößter Diskretion.

»Also, das hier habe ich mit meinen eigenen Augen gesehen: Mifune, er geht zu einem großen Bluefin, wohl an dic 250 Kilo. Dann zieht er so ein unglaublich teuer aussehendes japanisches Messer aus der Tasche und bedeutet dem Händler schweigend, er wolle da mal ein bisschen schnippeln. Alle Leute an den Ständen haben inzwischen aufgehört zu tun, was sie eigentlich tun sollten und gaffen den Pombal-Mann an. Der Typ stammelt ›Natürlich, Monsieur Mifune.‹ Und dann nimmt der Japaner sein Messer und macht am Bauch einen fingerlangen Schnitt.«

»Was ist daran so bizarr?«

»Na, pass auf: Er drückt den Schlitz auseinander, guckt. Guckt noch mal. Steckt sein Messerchen weg. Lächelt freundlich, verneigt sich. Dann sagt er etwas, überhaupt das Einzige, was er während seines Besuchs gesagt hat, dreht sich um und verlässt ohne ein weiteres Wort die Halle.«

»Du weißt nicht zufällig, was er gesagt hat?«

»Oh doch. Mindestens ein Dutzend Leute haben es mitbekommen. Er hat gesagt: ›Gebratenes Wasser‹.«

»Wie bitte?«

»Eau sautée. Gebratenes Wasser. Das waren seine Worte, der Herr ist mein Zeuge. Wir haben hier tagelang darüber gestritten, ob das jetzt als Lob oder als Kritik gemeint war. Oder ob bei diesem Typ vielleicht einfach eine Schraube locker war.«

»Wann genau hat sich das zugetragen?«

»Das muss Mittwoch vor vier Wochen gewesen sein«, sagte Rimet. Kieffer rechnete kurz nach. Mifune war also rund zehn Tage vor seinem Tod auf dem Rungis gewesen. »Vielen Dank für deine Hilfe, Eugène. Ich schaue bald mal wieder vorbei.«

»Gern geschehen, Junge. Aber warte nicht wieder 15 Jahre. Dann bin ich nämlich wahrscheinlich tot. Oder der Thunhandel ist es. Oder wir beide.«

21

Kieffer war froh, dass ihn Allégrets Informantin nicht zum Lunch geladen hatte. Das Essen im Marly war nämlich seiner Erinnerung nach so bescheiden wie die Preise hoch waren. Unterboten wurde die Qualität der Speisen nur noch vom Service, der selbst für Pariser Verhältnisse kaum zumutbar war. Dennoch würde es dort selbst zur Kaffeezeit brechend voll sein, wie eigentlich immer. Kieffer fragte sich, ob die Informantin wohl einen Tisch reserviert hatte. Er schaute auf seine Uhr. Es war kurz vor drei. Der Luxemburger beendete die Zeitungslektüre, mit der er sich eine Stunde lang in den Tuilerien die Zeit vertrieben hatte. »Le Monde«, »Le Parisien«, »Le Figaro« und diverse Magazine – alle hatte er durchgearbeitet, auf der Suche nach Artikeln über Ryuunosuke Mifune. Zwar war er durchaus fündig geworden, die Berichte waren jedoch wenig erhellend. Die französische Öffentlichkeit ging offenbar immer noch von einem tragischen Unfall aus, weswegen sich das Gros der Beiträge mit Mifunes Verdiensten als Wegbereiter der japanischen Küche in Europa beschäftigte.

Beim Durchblättern der Presse war Kieffer zudem klar

geworden, warum der Bürgermeister so sehr auf rasche Ergebnisse drängte. Nicht nur forderte die sozialistische Opposition im Stadtrat immer lauter Aufklärung. Das Dinner im Musée d'Orsay hatte zudem eine Debatte darüber entfacht, ob die Pariser Stadtverwaltung unter Allégret zu einem Selbstbedienungsladen geworden war, wie »Le Monde« behauptete. Das Blatt berichtete von einer Reihe feiner Stadtvillen im Staatsbesitz, welche zu sehr günstigen Konditionen an diverse Freunde des Bürgermeisters vermietet worden waren. Und »Paris Match« bildete Allégret auf seinem Cover in der Pose eines absolutistischen Bourbonenherrschers ab, mit der Überschrift »Paris c'est moi«. Im Innenteil gab es eine doppelseitige Infografik, auf der dargestellt wurde, welche Familienmitglieder der Bürgermeister auf welchen lukrativen Posten untergebracht hatte – und zu welchen Wirtschaftsführern er ein besonders inniges Verhältnis pflegte.

Kieffer ließ den zerknitterten Papierstapel auf der Parkbank liegen und verließ den Garten an der Nordseite. Über die Arkadengänge auf der Rue de Rivoli erreichte er wenige Minuten später das Carrousel du Louvre. Durch einen Torgang gelangte er in den Innenhof des Museums, in dem sich das Café Marly befand. Es war ein schöner Tag und so waren sämtliche Außenplätze erwartungsgemäß mit sonnenhungrigen Menschen besetzt, die an reichlich verfrühten 15-Euro-Aperitifs nippten und von der etwas erhöhten Balustrade aus zuschauten, wie endlose Ströme von Touristen die gläserne Pyramide des Louvre in einer trägen Spiralbewegung umrundeten, als wären sie Pilger in Mekka.

Kieffer ging in den Innenbereich und schaute sich um.

Bevor er in den hinteren Teil des Restaurants vordringen konnte, passte sie ihn bereits ab. »Monsieur Kieffer? Ich glaube, wir sind verabredet.« Sie war vielleicht Mitte dreißig, so genau ließ sich das nicht sagen. Ihre Haare, deren Farbe vielleicht Hinweise auf das Alter hätten geben können, waren unter einem Hermès-Seidentuch verborgen. Auch ihr Gesicht entzog sich Datierungsversuchen. Ihr Make-up war eben so makel- wie maßlos, ihre Augenpartie versteckte sie hinter einer riesigen Sonnenbrille. Folglich war kein einziger Quadratzentimeter des durchaus aparten Gesichts im Originalzustand zu sehen. Alles wurde von Schichten aus Seide und Make-up kaschiert.

Trotzdem erkannte der Koch sie sofort, denn er hatte sie erst zehn Minuten zuvor auf einem Foto in der »Paris Match« gesehen. Aimée Allégret war die jüngere Schwester des Bürgermeisters. Sie arbeitete als Staatssekretärin im Bercy, dem französischen Finanzministerium, und hatte dem Artikel zufolge »mit ihren nur 36 Jahren eine Blitzkarriere hingelegt, wie sie ohne einflussreiche Freunde oder Verwandte kaum vorstellbar wäre«.

Er schüttelte ihr die Hand. »Vielen Dank, dass Sie sich die Zeit nehmen, Madame. Wo sollen wir uns hinsetzen?«

Sie deutete auf einen Tisch in der Ecke des Saales und lief darauf zu. Kieffer folgte ihr. Als sie sich gesetzt und Kaffee bestellt hatten, begann er: »Monsieur Allég …«, doch sie unterbrach ihn, indem sie einen Finger auf ihre blutroten Lippen legte.

»Verzeihung, Madame. Wie indiskret von mir. Darf ich Sie denn bei Ihrem richtigen Namen nennen?«

Sie nahm die Sonnenbrille ab und schaute ihn misstrauisch an. »Er hat Ihnen gesagt, wer ich bin?«

»Nein. Aber Ihr Bild ist in der neuen ›Paris Match‹.«

Sie zog die Mundwinkel nach unten. »Das wusste ich noch nicht. Eigentlich sollte man als Staatssekretär weitgehend unsichtbar bleiben, das Licht der Öffentlichkeit ist eher etwas für Minister.« Sie senkte ihre Stimme etwas. »Diese Schweine wollen nicht nur meinen Bruder fertigmachen, sondern am liebsten gleich unsere ganze Familie. Deshalb war ich auch bereit, das Risiko einzugehen, mit Ihnen zu sprechen. Wir müssen die Sache so rasch es geht aus der Welt schaffen.«

»Ich werde Ihnen helfen, so gut ich kann. Der Bü… ich meine natürlich: unser gemeinsamer Freund hat mir berichtet, es gebe eine Verbindung zwischen Ryuunosuke Mifune und José Trebarca Silva. Und dass Sie mehr darüber wissen.«

Sie nickte unmerklich und setzte ihre Sonnenbrille wieder auf. Das Marly besaß fast fünf Meter hohe Decken, die Fenster waren größtenteils von schweren Vorhängen verdeckt. Es war gerade hell genug, um das Essen halbwegs erkennen zu können. Kieffer nahm an, dass Aimée Allégret ihn durch die tiefschwarzen Gläser bestenfalls schemenhaft wahrnahm.

»Es gibt, es gab, zwischen den beiden Geschäftsbeziehungen.«

»Welcher Art?«

»Lassen Sie mich etwas ausholen. Wie Sie wissen, arbeite ich für das Finanzministerium. Die uns unterstellten Steuerermittler interessieren sich bereits seit einiger Zeit für die Finanzen von Herrn Trebarca Silva. Ich bin nicht persönlich mit dieser Untersuchung betraut, aber als … unser Freund mich um Hilfe bat, konnte ich die entsprechenden Informationen rasch beschaffen.«

»Wie?«

»Ich habe kompletten Zugriff auf die Dateien des Bercy. Und über Mifune und Trebarca Silva hatten wir etwas. Wir haben fast über jeden etwas.«

»Wieso hat der französische Fiskus Informationen über einen Luxemburger Staatsbürger im Archiv?«

»Weil Ihr Landsmann hier mehrere Firmen besitzt. Er ist, wie Sie vielleicht wissen, europaweit tätig und wir verdächtigen ihn«, sie senkte ihre ohnehin schon gedämpfte Stimme noch weiter, sodass Kieffer sie kaum noch verstehen konnte, »der Steuerhinterziehung, Bilanzfälschung und möglicherweise der Insolvenzverschleppung. Es geht um beträchtliche Summen.«

Kieffer pfiff durch die Zähne. »Dann sind Sie ja schon die zweiten, die hinter dem Mann her sind.«

Sie schaute ihn an, möglicherweise verwundert – Make-up und Brille verhinderten eine treffsichere Deutung ihrer Mimik. »Wer denn noch?«

»Wenn Sie seine Finanzen kennen, dann wissen Sie sicherlich, dass er vor Spanien Fischfarmen besaß.«

»Ja, das ist mir bekannt.«

»Nach meinen Informationen«, fuhr Kieffer fort, »musste er diese schließen. Schmuggel, Subventionsbetrug und andere Dinge werden ihm angeblich vorgeworfen.«

»Das würde seine finanziellen Probleme erklären.«

»Hat er welche?«

»Oh ja. Anscheinend gehen seine Umsätze – ein umfassendes Bild seiner Vermögenslage besitzen unsere Steuerfahnder nicht, denn er arbeitet mit einer recht komplexen Schachtelkonstruktion aus Briefkastenfirmen – seit einiger Zeit stark zurück. Das Einzige, was noch gut zu laufen scheint, ist Pombal Foods, sein Fischgroßhandel. Es könnte sein, dass seine Kosten stark gestiegen sind, so genau wissen wir das nicht. Auf jeden Fall sehen wir, dass ihm die liquiden Mittel ausgehen und zumindest zwei seiner hiesigen Dependancen eigentlich bereits Insolvenz hätten anmelden müssen.«

»Aber was hat Mifune damit zu tun?«

»Nun, seinen Namen habe ich in unsere Datenbank eingegeben, weil mich unser Freund darum bat. Von Trebarca wusste ich zu diesem Zeitpunkt natürlich noch nichts. Bei der Recherche bin ich auf eine SPE gestoßen, an der Mifune und dieser Luxemburger beteiligt sind. Auch die hat das Misstrauen unserer Ermittler erregt.«

»Was soll das sein, eine SPE?«

»Das ist Englisch und bedeutet Special Purpose Entity. So nennt man Firmen oder Fonds, die nur dazu dienen, in ihnen irgendwelche Vermögenswerte zu parken. Oder dazu, aus diesen Assets resultierende Cash Flows – Zinsen, Mieten oder Dividenden – in andere Kanäle zu leiten.«

»Sie meinen, man benutzt so etwas, um den Fiskus zu betrügen.«

»Meistens ja. Seit einiger Zeit verschwindet viel Geld aus Silvas Firmen in einer SPE namens ›Sebastião 3‹. Das Ganze ist als Trust Fund deklariert und wird von einem Luxemburger Vermögensverwalter gemanagt.«

»Warum ein Luxemburger?«

Sie schaute ihn an und zog missbilligend die Mundwinkel nach unten. »Weil Steuerflüchtlingen und Raubrittern der globalen Finanzwelt Unterschlupf zu gewähren und diese Leute vor dem Fiskus zu verstecken nun mal eine Spezialität Ihres kleinen Fürstentums ist.«

»Wir sind kein Fürstentum, sondern ein Großherzogtum.«

»Wie auch immer, Monsieur Kieffer. Mifune hatte in dieser Firma eine größere Einlage. Außerdem hat Trebarca Silva einen zweistelligen Millionenbetrag bei Investoren eingeworben, der nun in dem Trust steckt. Firmenzweck ist etwas unbestimmt ›Maritime Forschung‹.«

»Wissen Sie denn, wer die Investoren sind?«

»Nein, nicht genau, weil auch dieses Geld durch mehrere Schachtelfirmen lief. Wir haben es bis zu einer Bank in Hongkong zurückverfolgen können, dann verliert sich die Spur. Unsere Ermittler vermuten aber, dass das Geld ursprünglich aus Japan stammt.«

»Gibt es denn vielleicht irgendwelche Unterlagen, die Sie mir …«

»Auf keinen Fall. Vielleicht später. Es gibt noch keinen großen Umlauf.«

»Wie meinen Sie das?«

»Die fraglichen Daten werden bisher nur von wenigen Fahndern bearbeitet. Falls Trebarca Silva irgendwann angeklagt wird, dann gehen die Akten in den Umlauf – Richter, Staatsanwälte und ein Haufen Ministerialer bekommen sie. Derzeit können nur sieben Personen die Daten einsehen. Hineinzuschauen war für mich ein beherrschbares Risiko, wenn ich einen Ausdruck mache, dann weiß jeder, dass ich Interna verraten habe. Diese Zugriffe auf die Datenbank werden nämlich alle gespeichert. Erst wenn sehr viele Leute im Umlauf sind, fällt es nicht mehr auf. So, nun muss ich leider los. Ich hoffe die Informationen waren von Wert und Sie können … ihm helfen?«

»Ich tue mein Möglichstes.« Bevor Aimée Allégret

sich erheben konnte, war Kieffer bereits zu ihr geeilt und rückte ihren Stuhl zurück. Dann half er ihr in den Sommermantel und gab ihr die Hand. »Vielen Dank. Auf Wiedersehen.«

»Das ist relativ unwahrscheinlich. Viel Glück, Monsieur.« Mit diesen Worten ließ sie ihn stehen. Kieffer legte einen 20-Euro-Schein auf den Tisch und ging dann auf die Terrasse, um zwei längst überfällige Zigaretten zu rauchen.

22

Kieffers Zug nach Luxemburg ging erst am späten Donnerstagabend, sodass ihm noch reichlich Zeit für eine Stippvisite bei Toro blieb. In seiner Brieftasche kramte er nach dem Zettel, auf dem er sich die Adresse von Hashimotos neuem Barbecuerestaurant notiert hatte. Es befand sich in der Rue des Thermopyles, südlich von hier, kaum mehr als drei oder vier Metrostationen entfernt. Der Koch überlegte kurz, ob er einen Überraschungsbesuch wagen sollte, entschied sich jedoch dagegen. Kieffer wählte stattdessen die Handynummer des Japaners. Nach etwa 30 Sekunden sprang der Anrufbeantworter an. Er hinterließ Nachricht, dass er noch einige Stunden in der Stadt sei und gerne das neue Restaurant besichtigen wolle. Dann legte er auf und blieb an einer Kreuzung stehen. Er wusste nicht so recht, was er als Nächstes tun sollte. Wie häufig in solchen Fällen, beschloss er, zunächst einmal etwas zu essen. Genauer gesagt war es sein Magen, der diese Entscheidung fällte und ihn dann nachträglich davon in Kenntnis setzte. Xavier Kieffer gehörte zu jenen Menschen, die der Hypothalamus mit unvermittelt auftretenden Hungerattacken piesackte. Selbst nach einem ausgiebigen Mittagsmahl konnte es dem Luxemburger bereits am frühen Nachmittag passieren, dass er auf Geheiß seines Bauchs nachlegen musste. Was die Sache zusätzlich verkomplizierte, war der Umstand, dass diese aus heiterem Himmel über ihn hereinbrechende Gluscht nie unbestimmter, sondern stets äußerst konkreter Natur war. Manche Menschen konnten dem Monster in ihrem Bauch irgendetwas hinwerfen – Bratwurst mundete ebenso wie Camembertbaguette, Bückling kam so gelegen wie ein Stück Sachertorte. Andere gierten nach bestimmten Geschmacksempfindungen – süß, sauer, scharf oder salzig. Kieffers Heißhunger hingegen war äußerst spezifisch. Sein Magen forderte, schnellstens ganz bestimmte Gerichte herbeizuschaffen – oft solche, die sich selbst in einer gut sortierten Küche nicht ohne Weiteres auftreiben ließen. Kürzlich hatte er nach einer zwölfstündigen Küchenschicht plötzlich unbändigen Appetit auf Cachupa Rica verspürt, das Nationalgericht der Kapverden. Da es in Luxemburg etliche Menschen aus der ehemaligen portugiesischen Kolonie gab, war es eigentlich gar nicht so schwierig, westafrikanisches Essen aufzutreiben. Während der kapverdische Bohneneintopf in seiner Fantasie zu dampfen begonnen hatte, war ihm allerdings klar geworden, dass nur das Cachupa eines bestimmten Restaurants in Esch seinen Hunger würde stillen können. Ohne zu zögern war er hingefahren, denn er wusste, was die Alternative war: Die ganze Nacht wach zu liegen und an das entgangene Mahl zu denken. Warum sein Magen so tickte, wusste er nicht. Vielleicht hatten die vielen Jahre in diversen Sternerestaurants da unten irgendetwas angerichtet. Gegen diese Theorie sprach allerdings, dass er unter den Appetitattacken litt, solange er sich erinnern konnte. Dies wiederum ließ Raum für die zweite, von Pekka Vatanen favorisierte Deutung, er sei »einfach ein bisschen beschcuert«.

Nun, da Kieffer das Carrousel du Louvre verlassen hatte und ziellos durch die Innenstadt von Paris schlenderte, entstand vor seinem geistigen Auge, oder vielmehr vor seinem geistigen Magen, das Bild einer Wurst. Nicht irgendeiner, denn so simpel war er wie gesagt nicht gestrickt, sondern das einer Merguez, einer scharfen Lammwurst. Jemand, vermutlich ein fachkundiger Maghrebiner, hatte diese prächtige Wurst auf einem Rost über Holzkohle gegrillt, bis sie außen schön knusprig war. Dann hatte der Mann sie halbiert und in ein aufgeschnittenes Baguettebrötchen gelegt, dessen Innenseiten dick mit Harissa bestrichen waren, einer scharfen marokkanischen Chilipaste. Garniert war das ganze mit einigen Tomaten- und Gurkenwürfeln.

Da es ihm aussichtslos erschien, dieser sehr bodenständigen kulinarischen Erscheinung im 1. Arrondissement nachzujagen, überquerte Kieffer die Seine und lief in Richtung des immensen Tour Montparnasse, der sich vor ihm am Himmel abzeichnete. Sein Instinkt sagte ihm, dass er in der Nähe des dortigen Bahnhofs zahlreiche Imbissbuden fände, die das offerierten, was er begehrte. Außerdem befand sich Hashimotos Restaurant ebenfalls im Süden, sodass er nun zumindest grob in die richtige Richtung lief. Als er nach gut 20 Minuten das Bahnhofsviertel von Montparnasse erreichte, roch er sein Ziel, bevor er es sah. Es war ein Straßenstand, ein Wägelchen aus Blech, an dem ein freundlich lächelnder älterer Herr

Merguez und Shishkebabs briet. Seinen Grill befeuerte er offenbar mit Holzkohlen, denn das Gefährt produzierte eine ebenso würzige wie undurchsichtige Rauchlohe, die Kieffer und den anderen Passanten entgegenwehte. Er bestellte ein Merguez-Sandwich und vertilgte es umgehend im Stehen. Nachdem sein Heißhunger gestillt war, kaufte er ein zweites. Die erste Wurst war für seinen herrschsüchtigen Magen bestimmt gewesen, die zweite gehörte ihm ganz allein. Er setzte sich auf eine Parkbank und aß in aller Ruhe. Mit einer Orangina spülte er die feurige Schärfe der Harissa weg, zündete sich eine Ducal an und lief gemessenen Schrittes weiter. Er überprüfte sein Handy und sah, dass er zwar keinen Rückruf von Hashimoto erhalten hatte, aber eine Nachricht:

»Komm vorbei – um 17 Uhr. Sei pünktlich!«

Es war jetzt 16.40 Uhr, bis zu dem Restaurant würde er knapp zehn Minuten brauchen. Er lief eine der Hauptstraßen des 14. Bezirks entlang, bis er die Rue des Thermopyles erreichte. Kieffer hatte einmal gehört, dass es sich um eine äußerst sehenswerte Straße mit alten Häusern und Kletterpflanzen an den Wänden handelte, war jedoch in all den Jahren, die er in Paris verbracht hatte, nie hier gewesen. Als er die Thermopyles betrat, war ihm sofort klar, dass er schon früher hierher hätte kommen sollen. Es handelte sich um ein schmales mittelalterliches Gässchen, das für Autos gesperrt war – ohnehin hätte sich höchstens ein Motorroller durch das enge, mit abgelaufenen Granitsteinen gepflasterte Sträßchen hindurchzwängen können. Die Fassaden sahen aus, als habe man sie seit der Guillotinierung Marie-Antoinettes nicht mehr renoviert und nur dann etwas ausgebessert, wenn es absolut unvermeidlich gewesen war. Die Rue des Thermopyles beherbergte, soweit er sehen konnte, ausschließlich Wohnhäuser. Er sah weder Einzelhandelsgeschäfte noch Restaurants. Deshalb lief er die lange Gasse weiter entlang, bestaunte einen prächtigen Oleander, den die Bewohner an Drähten von einem Dach zum anderen geführt hatten und rauchte dabei eine Ducal. Die Gasse bestand aus zwei versetzten, geraden Passagen, die durch ein s-förmiges Stück miteinander verbunden waren, von dem ein weiteres Gässchen im rechten Winkel abging, so schmal, dass es anscheinend nicht einmal einen Namen hatte. Erst als er fast am Ende angekommen war, sah er Hashimotos Restaurant. Es war das Eckhaus, an dem das Gässchen auf eine größere Straße traf. Er ging um die Ecke und musterte das Schild über der Tür. Es war deutlich weniger farbenfroh als das von Toros alter Sushibar und bestand aus braunem Naturholz, in das mit einem heißen Eisen Lettern eingebrannt worden waren. »Banzai Robata – BBQ Japonais« stand darauf. Kieffer probierte die Eingangstür. Sie war offen. Er trat ein, und bereits zum zweiten Mal an diesem Tag machte seine Nase Meldung, bevor er etwas sah.

Als er den beißenden Gestank wahrnahm, war ihm sofort klar, dass etwas nicht stimmte. Nun sah er auch die Rauchschwaden, die ihm aus dem hinteren Teil des Restaurants entgegenwaberten. Dort, hinter mehreren Tischreihen und einer Bar aus dunklem Holz, stand der Robata, jener monströse Grill, den Hashimoto zum Dreh- und Angelpunkt seines neuen Restaurants gemacht hatte. Von der Tür aus konnte er sehen, dass der Rost voll war. Es lagen Aale, Steaks und halbierte Zucchini darauf, die offenbar schon seit Längerem vor sich hinbrutzelten und bereits stark verkohlt waren. Als er näher kam, sah er, dass die Grillschale übervoll mit weiß glühender Kohle und ein Teil des Grillguts offenbar durch den Rost ins Feuer gerutscht war.

Der Gestank war entsetzlich. Rasch ging er auf die Bar zu, wobei er mit dem Fuß gegen etwas stieß. Als er nach unten schaute, sah er, dass es eine bunte Fahrradkuriertasche war, die jemand auf den Boden geworfen hatte. Daneben lagen eine Schirmmütze sowie ein Buch. Kieffer bückte sich und griff danach. Es war in dunkelgrünen Stoff gebunden. Auf dem Rücken waren in Goldlettern asiatische Schriftzeichen eingeprägt. In der Mitte steckte ein Post-it als Lesezeichen. Er schlug das Buch an der markierten Stelle auf und erblickte lange senkrechte Reihen japanischer Kanji. Er blätterte weiter und fand in der Mitte einige Fototafeln, die Thunfische zeigten und Japaner, die dabei waren, die mächtigen Tiere zu zerschneiden.

Als er gerade wieder aufstehen wollte, entdeckte er eine Brieftasche, die unter einem der Tische lag. Ihr Inhalt war auf dem Boden verteilt worden. Kassenbelege, Euroscheine und Kleingeld lagen verstreut. Daneben fand er eine weiße Plastikkarte mit japanischen Schriftzeichen, die wie ein Ausweisdokument oder ein Führerschein aussah. Das Foto darauf zeigte Toro. Kieffer sprang auf und lief hinter die Bar. Er fand ihn am Fuße des Robata. Mit dem Gesicht zum Boden lag Kaneda Hashimoto neben der Kochstelle. Sein dürrer Oberkörper war nackt, zahllose winzige Stückchen weißglühender Kohle waren aus der übervollen Glutschale auf ihn herabgeregnet und hatten kleine schwarze Löcher in seine knallbunten

Tätowierungen gebrannt. Kieffer kniete sich hin und drehte den Körper des Japaners um. Tot schien er noch weniger zu wiegen als lebend. Als er Gesicht und Oberkörper seines Freundes sah, entfuhr ihm ein Schluchzen. Bauch, Brustpartie und Gesicht waren mit langen schwarzen Striemen und Blasen übersät, mit schwersten Verbrennungen, deren Form identisch war mit den langen gusseisernen Stangen des Robata. Die Augen des Japaners waren weit aufgerissen, verrieten Entsetzen.

Sein eigenes Schluchzen und das Knacken und Zischen des Robata führten dazu, dass er die Sirene beinahe überhört hätte. Das Tatütata waberte vom Eingang herüber und erstarb dann plötzlich. Erst in diesem Moment wurde ihm schlagartig klar, dass wer auch immer Hashimoto gefoltert und ermordet hatte, dies bereits vor einigen Stunden getan haben musste, denn der Leichnam fühlte sich kalt an. Also musste es der Mörder gewesen sein, der ihm von Toros Handy die SMS geschickt und dann die Polizei gerufen hatte. Dass sie erst jetzt eintraf, lag wohl daran, dass er etwas vor der vereinbarten Zeit hier gewesen war. Kieffer suchte nach der Tür zur Küche und fand sie direkt hinter der Bar. Wenige Sekunden später verließ er das »Banzai« durch eine Seitentür, die auf die menschenleere Rue des Thermopyles führte. Er hörte hinter sich Fußgetrappel. Statt sich umzusehen verschwand er mit einigen schnellen Schritten in der namenlosen Seitengasse, die von der mittelalterlichen Straße abzweigte. An deren Ende lugte er um die Ecke und sah einen Polizeiwagen vorbeirasen. Der Koch ging weiter, bis er die Metrostation Alésia erreichte, fuhr die Rolltreppe hinunter und stieg in den erstbesten Zug. Er setzte sich und starrte auf den Linienplan, um herauszufinden, wohin diese U-Bahn fuhr. Doch das sonst vertraute Gewirr aus farbigen Linien und Punkten sprach nicht zu ihm. Und so blieb er einfach sitzen, das Rattern der Waggons und die blechernen Durchsagen ignorierend, in seinen Händen fest Toros Buch umklammert.

23

Erst als sie Montparnasse-Bienvenüe passierten, wurde ihm bewusst, dass der altersschwache Zug sich auf der Clignancourt-Linie gen Norden bewegte. Sein Schluchzen war verstummt, doch noch immer liefen Tränen seine Wangen herunter. Toro war sein Freund gewesen. Bei Weitem kein so enger wie etwa Pekka Vatanen, aber einer, auf den er sich immer hatte verlassen können. Nun war er tot, ermordet in seiner eigenen Küche. Als sie Saint-Germain-des-Prés erreichten, waren Kieffers Tränen getrocknet und die Schockstarre wich allmählich aus seinen Gliedern. Stattdessen erfasste ihn ein Gefühl der Verzweiflung. Toro könnte noch am Leben sein, wenn er ihn nicht in diese Sache hineingezogen hätte. Den Japaner als Strohmann zu benutzen, ihn einzuspannen, um an den Lusobourges heranzukommen – all das war schließlich seine Idee gewesen. Hatte Toro sterben müssen, weil er ein Kompagnon des überall herumschnüffelnden Luxemburger Kochs war? Führte die Spur zu Trebarca Silva oder war da noch jemand anderes mit von der Partie, in diesem Spiel um tiefgefrorenen Fisch, der offensichtlich mehr wert war als ein Menschenleben? Hatte Hashimoto Informationen besessen, die so gefährlich waren, dass er ihretwegen hatte sterben müssen?

Kieffer durchblätterte erneut das japanische Buch, das auf seinem Schoß ruhte. Zwar konnte er es nicht lesen, ihm fiel nun aber auf, dass jemand an verschiedenen Stellen mit einem roten Kuli Sätze unterstrichen hatte. Die meisten Unterstreichungen fanden sich im hinteren Teil, bei dem es sich, wie Kieffer nach einigem Hin- und Herblättern zu verstehen meinte, in Wahrheit um den vorderen handelte: Die fettgedruckte Titelüberschrift, die bibliografischen Angaben und das Inhaltsverzeichnis befanden sich nämlich allesamt auf den letzten Seiten. Er vermutete deshalb, dass man das Buch von hinten nach vorne las. Das Lesezeichen in der Mitte deutete darauf hin, dass sein Freund möglicherweise nicht mehr dazu gekommen war, den Rest zu lesen. Kieffer drehte das Buch nun um, sodass sich der Rücken rechts befand und begann, das Werk erneut durchzublättern. Dabei sah er, dass des Öfteren fünf aufeinanderfolgende Schriftzeichen umkringelt waren:

三船龍之介.

Er blätterte weiter und stieß auf eine Bildtafel, die ihm zuvor nicht aufgefallen war. Sie zeigte vier junge Männer in gestärkten weißen Kitteln. Alle trugen blaue Baseballkappen, über deren Schirmen große Plastikkarten mit japanischen Schriftzeichen festgenietet waren. Zwei von ihnen hatten lange Messer oder Schwerter in der Hand, ähnlich jenem, das Toro neulich mitgebracht hatte, um den Bluefin zu zerlegen. Im Hintergrund sah man einen Fischgroßmarkt, vermutlich irgendwo in Japan. Der Bildausschnitt deutete darauf hin, dass die

Halle riesig war, somit konnte es sich eigentlich nur um den Tsukiji in Tokio handeln. Alle vier Männer lächelten direkt in die Kamera, außerdem posierten sie vor einem Fisch, der zu ihren Füßen lag. Es handelte sich um einen kapitalen Thun, einen der größten, die Kieffer je gesehen hatte. Der zweite Mann von rechts, einer der Schwertträger, war mehrfach umkringelt, auch in der Bildzeile darunter war etwas unterstrichen. Kieffer verglich den Text unter dem Foto mit der Zeichenfolge, die er weiter vorne entdeckt hatte. Sie waren identisch. Er betrachtete das Bild des jungen Japaners nochmals eingehend, nur um sich ganz sicher zu sein. Es bestand kein Zweifel.

Als sie Châtelet passierten, war seine Verzweiflung einem Gefühl ohnmächtiger Wut gewichen. Er verspürte den Wunsch, irgendetwas kurz und klein zu schlagen. Toros Buch fest umklammert wartete er mit zusammengebissenen Zähnen, bis sie Strasbourg–Saint-Denis erreichten. Dort stieg er aus, wechselte in die Linie 9 Richtung Westen und fuhr bis Alma Marceau. Dann rannte er, Passagiere unsanft beiseitestoßend, die Rolltreppe hinauf, um danach im Stechschritt auf die nächstgelegene Seinebrücke zuzusteuern. Er konnte das Museum am Quai Branly bereits sehen. Wenige Minuten später fuhr er mit dem Lift hinauf ins »Ue no tai«. Als er eintrat, erblickte er den Maître neben der Bar. Kieffer ging sofort auf Kollisionskurs. Er lief schnellen Schrittes auf Honda zu, den Oberkörper leicht nach vorne geneigt, die Hände zu Fäusten geballt. Der Maître sah seinen Gesichtsausdruck und wich zurück. Er wollte etwas sagen, schien dann aber zu begreifen, dass sein ungebetener Gast bereit war, vor seinen Gästen eine höchst dramatische Szene zu veranstalten. Deshalb begann Honda, in den hinteren Teil des Gebäudes zu deuten und murmelte dabei: »Büro«.

Kieffer folgte ihm in ein kleines Arbeitszimmer und warf die Tür geräuschvoll hinter sich ins Schloss. Er knallte das aufgeschlagene Buch auf den Schreibtisch und zeigte auf das Foto. »Wieso haben Sie mir nicht gesagt, dass Mifune selbst im Thunfischhandel tätig war? Das ist doch Ihr Onkel, oder?«

Honda musterte die Bildtafel kurz und nickte dann. »Ja, das ist er, auf dem Tsukiji-Fischmarkt, ich schätze irgendwann in den späten Siebzigern.«

»Was hat er da gemacht?«

»Oojiki hatte eine Lehre bei dem großen Sushimeister Akutagawa-sama gemacht. Aber er war der Meinung, er wisse immer noch zu wenig über Fisch, vor allem über Maguro, über Thun.« Honda ließ sich in den Bürostuhl sinken und zündete sich eine Marlboro an. Kieffer konnte sehen, dass seine Hände zitterten. »Er hat deshalb fast fünf Jahre lang auf dem Tsukiji gearbeitet. Deshalb kannte er viele der dortigen Fischhändler, bis zuletzt hatte er gute Kontakte nach Tokio.«

Kieffer schaute verständnislos. »Warum sollte ein ausgebildeter Sushimeister jahrelang für wenig Geld auf dem Markt Fische filetieren?«

Honda lächelte gequält. »Das ist der Weg. Ohne Entbehrungen gelangt man nicht zu tiefer Erkenntnis. Es ...«

Weil er keine Lust auf einen weiteren Vortrag über das Zen des Thunfischs hatte, schnitt er dem Maître das Wort ab. »Wie ist der Titel dieses Buches? Worum geht es da?«

Honda blätterte etwas in dem dunkelgrünen Büchlein umher. »Maguro no kaiwa no shikuretto. Die Geheimnisse des Gesprächs mit dem Thunfisch. Maguro no kaiwa ist, wie soll ich das erklären …«

»… ich weiß, was das ist. Aber was hat Mifune in dem Buch zu suchen?«

Honda blinzelte ihn verständnislos an. »Oojiki war ein Meister des Maguro no kaiwa, sicherlich einer der Größten, die es je gegeben hat. Seine Fähigkeit, sich in den Fisch zu versenken, seine Qualität und Beschaffenheit mit dem bloßen Auge zu erkennen, war auf dem ganzen Tsukiji legendär. Er konnte Dinge sehen, die andere nicht sahen. Deshalb ist es doch nur natürlich, dass er in einem Buch darüber auftaucht.«

Kieffer zog an der Ducal, die sich in seinen Mundwinkel geschlichen hatte. Was hatte Mifune wohl gesehen, als er einen von Trebarca Silvas speziellen Thunfischen filetierte? Mehr als Toro und Alvarez? Vermutlich viel mehr. »Ich verstehe.« Er schaute den Japaner prüfend an. »Was ich allerdings nicht verstehe, ist Folgendes: Wieso haben Sie mir nichts davon gesagt, dass Mifune selbst groß ins Thungeschäft einsteigen wollte? In Handel und Aufzucht?«

»Ich verstehe nicht, was Sie … ahhhh!«

Honda befand sich ungefähr in derselben Gewichtsklasse wie Xavier Kieffer. Der Maître war zwar deutlich kleiner als der Koch, dafür aber umso korpulenter. Beim Boxen hätte man beide wohl in die Cruiserkategorie einsortiert. Aufgrund seiner einem aufgequollenen Reisbällchen nicht unähnlichen Statur fehlte es dem Japaner jedoch an Beweglichkeit, zumal in der sitzenden Haltung, die er eingenommen hatte. Kieffer war es somit ein Leichtes, zwei Schritte auf sein Gegenüber zuzumachen, und diesen samt des Bürostuhles in eine Ecke des kleinen Raumes zu drücken, bevor der Japaner irgendwie reagieren konnte. Weil der Koch für dieses Manöver seinen Ellenbogen sowie sein volles Körpergewicht einsetzte, wurde Honda nach hinten geschleudert, sein Kopf touchierte mit einem hässlichen Scheppern ein Metallregal. Außerdem blieb ihm die Luft weg. Diesen Umstand nutzte Kieffer, um eine Hand des Mannes zu packen und auf den Schreibtisch zu drücken.

Honda rief nicht um Hilfe, versuchte aber, sich zu wehren. In Hollywoodfilmen beherrschten Asiaten, zumal die verschlagenen, stets exotische Kampfsportarten. Im realen Leben schien das nicht der Fall zu sein. Hondas Selbstbefreiungsversuche wirkten auf den Koch wenig überzeugend. Das lag nicht nur an den fehlenden Karatekenntnissen des dicken Maîtres. Erschwerend hinzu kam für Honda, dass Kieffer viel mehr Kraft besaß, als seine Statur andeutete. In seiner Jugend war er ein leidenschaftlicher Fußballer gewesen, und auch wenn Jahrzehnte guten Essens seinen Körper weicher und fülliger hatten werden lassen, versteckten sich irgendwo unter den Fettschichten immer noch Muskeln. Nicht mehr die eines Ausdauersportlers. Sondern, seinem Beruf entsprechend, die eines Menschen, der regelmäßig Rinderkeulen und Kartoffelkisten stemmte. Honda konnte somit nichts tun, außer ängstlich zu schnaufen.

Kieffers Zorn war noch immer so groß, dass er ernsthaft darüber nachdachte, seine schlimmste Waffe gegen den Japaner einzusetzen: die Hände. Die meiste Kraft braucht ein Koch in den Händen, vor allem dann, wenn er selbst Rehhälften zerlegt, Markknochen aufbricht oder stundenlang Strudelteig knetet. Noch mehr manuellen Mumm erforderte es, Austern zu knacken. Deren Schließmuskeln konnten einen enormen Druck ausüben, und man musste sie als Poissonnier mit den Händen und einem dünnen Messer aufhebeln, Hunderte Male am Abend, Tag für Tag. Man bekam davon eine Handmuskulatur, die Freeclimber neidisch machte. Kieffer war ein Meister im Austernknacken. Und im Vergleich zu den widerspenstigen Meeresfrüchten waren Hondas Fingerglieder kaum mehr als Grissinistängchen.

»Ihr Onkel hat mit Trebarca Silva eine Firma gegründet.« Seine Rechte umschloss Hondas Mittelfinger.

»Davon hat er mir nie …«

»Mag sein, dass er Sie selten ins Vertrauen zog. Aber Sie haben doch Finanzen studiert, haben Sie zumindest letztes Mal behauptet. Dass er Sie dann bei solch einem komplizierten Investmentdeal nicht gefragt haben soll – das glaube ich Ihnen nicht.« Kieffer packte fester zu und zog. Fingergelenke knackten. Honda schrie.

»Hören Sie auf! Ja, er und dieser Silva wollten zusammen eine Thunranch eröffnen. Dafür haben sie Geld von japanischen Investoren eingesammelt. Silva sollte gemeinsam mit einer Partnerfirma aus Tokio das Operative machen. Er hat behauptet, er könne aufgrund neuer Zuchtmethoden weiterhin guten Fisch liefern, auch wenn es in ein paar Jahren keinen Bluefin mehr gibt. Oojiki stand mit seinem Namen ein, garantierte den Geldgebern japanische Qualität.« Kieffer fiel auf, dass ihn Honda nicht gefragt hatte, wer denn dieser Trebarca Silva eigentlich sei. Offenbar wusste er genau, um wen es sich handelte, was den Koch freilich nicht sonderlich verwunderte. Anscheinend war dieser Thundeal auch finanziell ein fragwürdiges Projekt, darauf deuteten zumindest die Ermittlungen der französischen Behörden hin, von denen ihm Allégrets Schwester erzählt hatte. Kieffer nahm an, dass Honda bei ihrem letzten Gespräch gelogen hatte, um die finanziellen Schweinereien seines verstorbenen Onkels unter der Decke zu halten. Wie auch immer: Damit war jetzt Schluss.

»Und wie weit ist dieses Projekt?« Als Honda kurz zögerte, bewegte Kieffer dessen Finger in eine von der Natur nicht vorgesehene Richtung. Wieder jaulte der Japaner auf.

»Die Investoren haben eine hohe Summe investiert, viele Milliarden Yen. Sie sind zudem an der technischen Umsetzung beteiligt. Ich glaube, das Ganze ist noch in einer Testphase, die Details kannte nur mein Onkel, ich schwöre es. Ich habe nur an den finanziellen Aspekten mitgearbeitet.«

»Dann wissen Sie sicherlich auch, wer die Investoren sind.«

»Nein, ich kann …«

Kieffer riss der Geduldsfaden und Honda rissen mehrere Fingersehnen. »Die Namen! Dann sind Sie mich los.«

»Yatsuishi«, wimmerte der Japaner.

»Der japanische Großkonzern? Wer noch?«

»Niemand sonst. Yatsuishi hat alles finanziert.«

Kieffer ließ Hondas lädierte Hand los. »Da ist noch eine letzte Sache. Der Caterer.«

Der Japaner schien nicht zu verstehen. »Was?«

»Sie haben am Tag von Mifunes Tod einen Cateringdienst engagiert, der Ihre Tane und Netas in einem Kühlwagen zum Musée d'Orsay geschafft hat.«

»Ja, und?«

»Wie hieß der?«

»Marquis Catering. Eine Pariser Firma, wir arbeiten seit Jahren mit ihnen zusammen, soweit ich weiß.«

Kieffer griff nach Toros Buch und klemmte es sich unter den Arm. Dann verließ er ohne ein weiteres Wort das Restaurant.

24

»Bist du denn auch absolut sicher, dass dich niemand gesehen hat? Oder steht hier demnächst die Polizei vor der Tür?« Der sonst allgegenwärtige spöttische Unterton war aus Vatanens Stimme gewichen, seine Augen verrieten echte Besorgnis. »Das ist etwas anderes als beim letzten Mal, Xavier. Ein Mord mitten in Paris, sie werden die ganze Nachbarschaft befragen, und wenn dich irgendjemand gesehen hat ...«, der Finne strich mit einer Hand über die rissige Holzplatte des Gartentischs, »... dann brauchst du einen verdammt guten Anwalt.«

Kieffer schüttelte den Kopf. »Niemand hat mich gesehen. Glaube ich zumindest.« Er zündete sich eine weitere Ducal an und knüllte das leere Päckchen zusammen. Es war früher Nachmittag, und er hatte bereits zwei Schachteln geraucht. Er würde für den Abend eine dritte benötigen, was selbst für seine Verhältnisse ein bisschen viel war. Sie saßen in Kieffers Garten. Er hatte Vatanen hergebeten, weil ihm sein Häuschen in Grund als geeigneter für ein Krisengespräch erschienen war als die belebte Terrasse des »Deux Eglises«. Das Domizil des Kochs lag in einer kleinen Straße, welche die Einheimischen Tilleschgass nannten, die auf dem Stadtplan jedoch als Rue St. Ulric verzeichnet war. Hinter deren dicht aneinandergedrängten alten Häuschen floss die Alzette vorbei, sodass man in Kieffers kleinem Garten ungestört war, von fremden Blicken abgeschirmt, trotz der Touristenkohorten, die an schönen Tagen die pittoreske ville basse durchstreiften. Er schenkte Vatanen Kaffee nach. »Oder willst du schon einen Wein?«

Der Finne schüttelte den Kopf. »Nein, ich muss heute tatsächlich noch etwas arbeiten, die nächste Brüsseler Ausschusssitzung droht. Weißt du denn inzwischen wenigstens, wie die ganze Sache gelaufen ist?«

Kieffer drehte seine Zigarette zwischen Daumen und Zeigefinger hin und her. »Ich weiß schon einiges. Aber nicht, wie es zusammenpasst. Trebarca Silva, einer der wichtigsten Thunfischbarone Europas, hatte Probleme mit den Behörden und musste seine Ranches vor Cartagena dichtmachen. Gleichzeitig, oder vielleicht davor oder danach, hat er sich mit Europas berühmtestem Sushimeister zusammengetan, um eine neue Thunranch aufzuziehen. Hintergrund der Sache ist offenbar, dass Bluefin immer knapper wird. Die beiden haben sich mit einem japanischen Unternehmen namens Yatsuishi zusammengetan, das einen großen Teil des Thunhandels auf dem Tsukiji kontrolliert.«

»Yatsuishi? Verkaufen die nicht vor allem hässliche Kleinwagen?«

»Die verkaufen alles, darunter auch Bluefin. Ihrem Investor haben Silva und Mifune vermutlich versprochen, ihn mit Fisch zu beliefern, in bester Qualität, obwohl das Mittelmeer fast leer ist.«

»Wie soll das gehen? Alvarez hat uns doch erklärt, dass man Thun nicht züchten kann.«

»Ich habe keine Ahnung, Pekka. Honda hat mir gebeichtet, dass es eine Ranch gibt, auf der Trebarca Silva seine neue Fang- oder Zuchtmethode ausprobiert.«

Vatanen rührte in seinem Kaffee herum. »Ist diese Ranch dort zu finden, wo das Futter hingeliefert wurde? Dazu gab es doch Koordinaten.«

»Die hat Valérie auf einer Satellitenkarte überprüft. Es gibt da eine kleine Insel, aber auf der ist nichts zu sehen.«

»Weil da nichts ist, oder weil man nichts sieht?«

»Wissen wir nicht.«

Der Finne strich sich mit beiden Händen über das Gesicht. »Ich würde gerne noch ein wenig hier mit dir in deiner lauschigen Laube sitzen und auf einer Rieslingwelle gemütlich in den Feierabend surfen – aber ich muss zurück auf den Kirchberg. Gibt es nicht irgendeine andere Spur?«

»Es gibt einen Cateringservice, der am Abend von Mifunes Tod das Sushi ins Orsay geliefert hat. Valérie hat mich darauf gebracht, dass dessen Mitarbeiter theoretisch die Möglichkeit gehabt hätten, den Oktopus zu vergiften.«

»Und?«

»Ich habe einen Namen, aber wie finde ich heraus, wem der Laden gehört?«

Vatanens spöttisches Lächeln kehrte zurück. »Mit einem von diesen Computern.«

»Ist klar. Aber wie?«

Sein Freund schaute nachdenklich und kratzte sich am Kinn. »Ich würde es zunächst mit dem französischen Handelsregister versuchen. Da sind vermutlich zeichnungsberechtigte Personen vermerkt, oder die Geschäftsführer.«

»Pekka …«

»Selbstverständlich, gerne. Ich gebe es gleich einem unserer Researcher. Und du darfst mich jetzt mitnehmen und im EU-Viertel absetzen, bevor du dich in dein Restaurant trollst. Ferner wirst du einen guten Riesling in den Kühler stellen. Heute schaffe ich es nicht mehr, aber wenn ich morgen Abend nach getaner Arbeit vom Kirchberg in die Rue Jules Wilhelm hinabsteige, wird mein Durst gigantisch sein. Und bevor ich es vergesse – was sagt eigentlich deine kleine Pariserin zu der ganzen Geschichte?«

»Wir haben gestern telefoniert. Sie sagt, ich soll aufhören. Sie sagt, ich soll zur Polizei gehen.«

»Kluges Mädchen. Möglicherweise, ach was, mit an Sicherheit grenzender Wahrscheinlichkeit klüger als du. Hübscher zudem.«

»Ich wollte tatsächlich schon alles hinschmeißen.« Er sah Vatanen an. Dann wandte er den Blick ab, als er merkte, dass seine Augen feucht wurden. »Aber das war, bevor sie Toro umgebracht haben.«

»Das hat sie sicher verstanden.«

»Nein. Sie war sehr wütend. Seitdem Funkstille.«

Vatanen schüttelte den Kopf. »Aha. Und nun wird wieder geschmollt, bis sich einer traut, die erste SMS zu schreiben?«

Statt zu antworten, ging Kieffer zur Hintertür seines Häuschens, durchquerte den Flur und schloss den klapprigen Lieferwagen auf, der vor dem Haus parkte. Der Finne folgte ihm. Vatanens Arbeitsplatz, ein Hochhaus auf dem nordöstlich hoch über ihnen gelegenen Plateau de Kirchberg, konnte man von hier beinahe sehen, auf direktem Wege dort hinfahren konnte man jedoch nicht. Die Topografie Luxemburg-Stadts untersagte eine gradlinige Reiseroute. Die rege Bautätigkeit in der Uewerstad tat ihr Übriges. Weil sich das Viertel Grund in einem etwa 70 Meter unterhalb von Ober- und Altstadt gelegenen Kessel mit steil aufragenden Felswänden befand, mussten sie zunächst die Montée de la Pétrusse hinauffahren. Wegen diverser Sperrungen umzirkelten sie auf westlicher Seite die Innenstadt, um dann die Alzette-Schlucht an der Pont Grand Duchesse Charlotte Richtung Osten zu überqueren. Zweieinhalb Kilometer Luftlinie wurden so zu einer Fahrstrecke, die mehr als dreimal so lang war. Der Berufsverkehr hatte bereits eingesetzt, und es dauerte fast eine Dreiviertelstunde, bis er Vatanen vor dessen Büro abliefern konnte. Wenigstens konnte er sein Restaurant am unteren Hang des Bergs von hier über einen kleinen Schleichweg erreichen, den kaum jemand kannte.

Er bog von der Avenue Kennedy ab, die den Kirchberg durchschnitt. Über einen Tunnel unter der Philharmonie gelangte Kieffer so auf ein abschüssiges Sträßchen namens Milliounewee, das sich den steilen, zugewucherten Hang hinunter ins Alzette-Tal wand. Diese Serpentinenstraße endete nach einigen Hundert Metern vor einem kleinen mittelalterlichen Stadttor, das für größere Autos kaum passierbar war. Der Weg am Hang wurde nun noch schmaler. Bald darauf sah er die zwei kleinen blauen Laternen, welche die Einfahrt zum Parkplatz markierten.

Trotz der Abkürzung war Kieffer viel zu spät dran. Die Vorbereitungen für das Abendgeschäft liefen bereits auf Hochtouren. Nachdem er geparkt hatte, lief er über die Terrasse zum Restaurant. Als er gerade die Hintertür öffnen wollte, bemerkte er neben dem Rahmen ein Schild, auf dem »Wifi« stand. Claudine musste es angebracht haben. Er nickte zufrieden.

Eine Stimme sagte: »Funktioniert aber nicht.«

Kieffer drehte sich um und erblickte vor sich den Twen mit dem Siebzigerjahre-Schnauzbart und der Hornbrille. Auf seinem T-Shirt stand: »There is no place like 127.0.0.1.«

»Was funktioniert nicht?«, fragte der Koch.

»Spitzenmäßig, dass Sie jetzt wireless unterwegs sind, aber ich bekomme kein Signal. Ist der Router offline? PPPoE-Settings verrutscht?«

»Einen Moment, bitte.« Kieffer betrat das »Deux Eglises« und sah sich nach Claudine um. Sie war nirgendwo zu sehen, vermutlich hatte sie in der Küche zu tun. Er winkte stattdessen den Kellner heran.

»Jacques, das drahtlose Internet geht nicht.«

»Welches Internet?«

»Claudine hat es installiert, ein Gast möchte es gerne nutzen.«

Der Kellner nickte. »Es ist nicht eingeschaltet, du musst es erst anknipsen.« Er zeigte auf einen kleinen grauen Kasten, der neben dem Bartelefon stand.

Kieffer musterte das Gerät ratlos, sah aber dann, dass es nur einen Knopf gab. »Den hier?«

»Ja, den.«

Er legte den Schalter um. Irgendwie hatte er erwartet, dass etwas Außergewöhnliches passieren würde. Doch außer einem nun grün blinkenden Lämpchen gab es keine sichtbaren Auswirkungen. Kieffer ging zurück auf die Terrasse und lief zu dem Tisch, an dem der junge Mann zusammen mit einem Kompagnon sowie drei Laptops saß. »Sie können es jetzt noch einmal versuchen.«

Der Schnauzbartträger tippte auf seinem Computer herum. »Ja, da ist es, for the win!« Er schaute Kieffer fragend an. »Wie läuft das Billing?«

»Ich verstehe nicht.«

»Was kostet Ihr Wifi pro Stunde? Kann ich das mit meiner Kreditkarte zahlen?«

Kieffer schüttelte irritiert den Kopf. »Es kostet gar nichts. Genauso wenig wie die Toilettenbenutzung etwas kostet oder der Zucker für Ihren«, er zeigte auf einen leeren Becher, »latte macchiato«.

Der Hipster nickte rhythmisch mit dem Kopf, zum Takt einer Musik, die offenbar er allein wahrnahm. »Cool, genau die richtige Einstellung. Endlich mal einer, der das Internet versteht.«

Kieffer verstand nur sehr wenig von dem, was die beiden jungen Männer dort taten und es interessierte ihn auch nicht übermäßig. Er wollte bereits gehen, als sein Blick einen der Monitore streifte. Auf dem Bildschirm war eine hochauflösende Satellitenkarte zu sehen. Er konnte darauf zwei ihm nur allzu gut bekannte Flussläufe erkennen. Einer verlief in Nordsüdrichtung, der zweite kam von Westen und vereinigte sich am unteren rechten Bildschirmrand mit dem ersten. Es waren die Alzette und die Pétrusse. Daneben war Luxemburg-Stadt zu sehen. »Ist das Google Earth?«, fragte er.

Der Hipster schüttelte den Kopf. »Nein, das ist unsere eigene Software. Hochauflösender, besser. Schauen Sie mal.« Er scrollte näher heran. Kieffer konnte nun die Unterstadtviertel Luxemburgs erkennen. Unten Grund, darüber Clausen und etwas links daneben Pfaffenthal. »Wo genau«, fragte der Mann, »sind wir auf der Karte?«

»Hier.« Kieffer zeigte auf die Stelle, an der sich sein Restaurant befand. Der Programmierer klickte dort auf die Karte und das »Deux Eglises« zoomte heran. Die Auflösung des Bilds war fantastisch. Kieffer konnte die einzelnen Tische auf seiner Terrasse ebenso erkennen wie die Autos auf dem Parkplatz und die Lavendelbäumchen, die in Töpfen vor dem Eingang standen. Jene Lavendelbäumchen, die er erst Anfang des Monats dort aufgestellt hatte, als er sicher gewesen war, dass es in diesem Jahr keinen Frost mehr geben würde. Die Satellitenfotos, die der Karte zugrunde lagen, mussten folglich brandneu sein.

»Ich kenne mich überhaupt nicht aus mit diesem Internetzeugs«, sagte der Koch. »Können Sie mir erklären, warum Ihre Software besser ist als Google Earth?«

»So für Dummies?«

»Sozusagen.«

Der Hipster hob die Hände und sog reichlich Luft ein, als habe er eine besonders schwere Aufgabe vor sich. »Okay. Satellitenkarten im Internet sind scheiße. Wenn man sich nur den Santa Monica Boulevard oder den Petersdom angucken will – okay. Aber sobald Sie ranzoomen, ist meistens Schluss.«

»Warum ist Schluss? Ich dachte immer, moderne Satelliten können fast alles sehen?« Kieffer zeigte auf den Bildschirm. »So wie hier.«

»Ist auch so. Aber die meisten von diesen Satelliten gehören den Amis, GeoEye1 zum Beispiel. Und das US-Militär verbietet es kommerziellen Anbietern, die ganz hohen Auflösungen zu zeigen.«

»Und jetzt kommen Sie.«

»Und jetzt kommen wir. Horus Eye, so heißt meine Firma, stellt Satellitenkarten her, die viel hochauflösender sind als das bisherige Zeug.« Zur Untermauerung seiner Behauptung klickte der Mann auf die Karte und zoomte noch weiter heran. Kieffer konnte nun die Muster der Servietten auf den Terrassentischen ausmachen.

»Ich kann an dem Foto erkennen, dass es nicht viel älter als vier Wochen sein kann«, sagte der Koch. »Wegen der Bäume vor dem Haus. Die habe ich erst neulich aufgestellt, am …«

»… nein, sagen Sie es nicht.«

»Warum nicht?«

»Weil ich es Ihnen gleich sagen werde. Wir haben Zugang zu einem neuen Satellitenarray, das die Japaner kürzlich ins All geschossen haben. Die sind nicht so nickelig mit ihrer Auflösung wie die Amis. Außerdem gibt es inzwischen Daten von Satelliten aus Russland, China und natürlich Europa. Wir kaufen das ganze Zeug auf und jagen es durch den Rüttelwürger.«

»Was soll das bedeuten?«

»Wir legen die Fotos im Rechner übereinander und gleichen sie miteinander ab. Die Japaner haben einen revisit cycle von drei bis elf Tagen. Sobald wir die Fotos haben, gehen sie auf die Server. Zusammen mit all den anderen Sekundärquellen generieren wir so Bilder der gesamten Erdoberfläche, die nie älter sind als eine Woche. Und außerdem«, er machte eine Kunstpause, »speichern wir den gesamten Verlauf.«

Er klickte etwas herum und das Bild des »Deux Eglises« verschwand, nur um kurz danach wieder aufzutauchen. Das ganze Restaurant war nun weiß überzuckert, ebenso wie der dahinter liegende Hang. »Sehen Sie die Datumseinblendung? Das war am 1. Januar. Und jetzt Film ab.«

Mit offenem Mund starrte Kieffer auf den Schirm und sah, wie sich das »Deux Eglises« im Zeitraffer veränderte. Die Übergänge waren nicht ganz fließend, sie glichen eher einem Daumenkino. Der Schnee verschwand, der Hang wurde grün. An jener Stelle des Dachs, wo er im März einige Schindeln hatte austauschen lassen, erschien ein heller Fleck. Zuletzt materialisierten sich die Bäume vor seiner Tür.

Der Programmierer schaute ihn beifallheischend an. »Nicht schlecht, was?«

Kieffer zündete sich eine Zigarette an und murmelte: »Das ist eine verdammte Zeitmaschine.«

»Im Prinzip ja, aber je weiter wir zurückgehen, umso lückenhafter und grobkörniger wird natürlich das Bildmaterial. Aber die letzten drei Jahre sind eigentlich ziemlich gut.«

In diesem Moment wurde Kieffer klar, dass sein Wifi eine hervorragende Investition gewesen war. Und dass er die Kosten eigentlich François Allégret in Rechnung stellen sollte.

»Können Sie mir noch eine andere Stelle zeigen?« Kieffer zog sein Portemonnaie aus der Tasche und hielt dem Hipster einen zerknitterten Zettel hin. »Diese Koordinaten hier.«

Der Mann lachte. »Was ist das, eine geheime Militärbasis?«

»Nein, eher ein mögliches Ausflugsziel. Vor Sizilien.«

»Sizilien? Schick! Einen Moment.«

Er tippte die Koordinaten ein. Wenige Sekunden später tauchte die Isoletta di Bonaccia auf dem Bildschirm auf. Sie sah genauso aus wie auf Valéries Handy. Zumindest so lange, bis der Programmierer heranzoomte. »Da wollen Sie Urlaub machen? Sieht mir nicht sehr idyllisch aus.«

Wo er recht hatte, hatte er recht. Die karge, nur mit etwas Gestrüpp bewachsene Felsinsel bot etwaigen Strandurlaubern nur sehr wenig Platz. Das lag vor allem an einem weißen, aus mehreren ineinander verschachtelten Rechtecken bestehenden Gebäude, das fast die gesamte Insel bedeckte. Höchstens 25 Prozent der Isoletta mochten unbebaut sein. Der Rest wurde von flachen Hallen, Straßen, gepflasterten und asphaltierten Verlade- oder Rangierplätzen eingenommen. Kieffer erkannte ein paar kleinere Fahrzeuge, vermutlich Quads. An der Nordseite gab es einen Steg, der weit ins Wasser ragte sowie einen Kran. Das wohl seltsamste auf der Karte waren jedoch mehrere kreisförmige Gebilde, die, umgeben von den Lagerhallen, in einem Innenhof aufgereiht waren. Sie waren perfekt rund und von dunkler Farbe. »Können Sie da mal näher rangehen?«, bat er den Programmierer.

»Klaro. Was ist das?«

Der Bildschirm wurde nun fast vollständig von den Kreisen ausgefüllt. Bei genauerer Betrachtung entpuppten sie sich als sphärenförmige Kuppeln, die wie halbierte Pampelmusen unter der sizilianischen Sonne brieten. Die Halbkugeln waren mit einer mattschwarzen Beschichtung überzogen, die an einigen Stellen Falten warf, vermutlich eine Plastikplane.

»Ich habe keine Ahnung«, erwiderte Kieffer. Die Ausmaße der Gebilde waren auf dem kleinen Laptopscreen schwer abzuschätzen. Weil es außer den umliegenden

Lagerhallen kaum andere sichtbare Objekte gab, fehlte ihm jeder Anhaltspunkt. »Kann man von der Auflösung auf die Größe schließen?«

»Logo. Moment, wir sind jetzt bei 1:200.« Der Hipster markierte mit dem Mauszeiger einen Punkt an der Außenkante einer Kugel. Dann zog er von dort eine Linie zu der gegenüberliegenden Außenkante. »So. Also, diese Mottenkugeln haben einen Durchmesser von 56 Metern.«

»Sind Sie sicher?«

»Nageln Sie mich nicht auf einen Meter mehr oder weniger fest, sehr frühe Alphaversion der Software. Aber mehr als fünf Prozent Abweichung sind unwahrscheinlich.«

Kieffer zündete sich noch eine Ducal an. »Ich zweifle nicht an Ihrer Messung, es ist nur ... das wäre eine sehr große Halbkugel.«

»Das wäre es in der Tat. Sagen Sie mir, was die dort damit machen?«

»Sollte ich es je herausfinden, erfahren Sie es als einer der Ersten.«

Der Programmierer öffnete ein weiteres Programm mit einem wissenschaftlichen Taschenrechner, dessen Tasten allerlei Formeln und Symbole zeigten – und begann, darauf herumzutippen.

»Was rechnen Sie da jetzt aus?«

»Das Volumen dieses Dings, nur mal so aus Spaß. Kugelvolumen, das sind vier Drittel Pi mal Radius hoch drei. Dann halbieren, weil es ja nur eine halbe Portion ist. Macht ... 56 548,5.«

»Von was?«

»Naja, Kubikmeter. Oder falls Sie sich unter Litern

mehr vorstellen können: 56 Millionen Liter Fassungsvermögen, plus ein paar Zerquetschte.«

Kieffer ließ den Mann nun die umliegenden Wasserflächen absuchen. Er hatte erwartet, dort einige jener Schwimmringe vorzufinden, an denen Thunrancher ihre Reusen befestigten. Doch das Meer war ebenso tiefblau wie leer.

»Meinen Sie, ich könnte davon einen Ausdruck haben?«

Der Programmierer schüttelte den Kopf. »Ist alles noch ziemlich confidential. Gucken ist okay, aber rausgeben darf ich leider nichts.«

»Können Sie mir denn wenigstens noch zeigen, seit wann diese Lagerhallen dort stehen?«

»Das sollte gehen.« Der Hipster spulte zurück und ließ die letzten drei Jahre ablaufen. »Da haben wir es. Sehen Sie diese Ausschachtungen? Baubeginn etwa vor zwei Jahren, die Halle steht seit rund 18 Monaten. Hilft Ihnen das?«

»Oh ja. Mehr, als Sie denken.«

25

Kieffer ging in seine Küche und widmete sich einige Zeit dem Grillposten. Zwischendurch half er einem überforderten Gardemanger beim Anrichten der Teller und behielt außerdem den Pass im Auge. Das »Deux Eglises« war an diesem Abend bis auf den letzten Platz ausgebucht, und die Gäste waren offenbar in Spendierlaune. Kaum jemand bestellte einzelne Gerichte, die meisten orderten drei- oder viergängige Menüs, dazu Flaschen teuren Weins. Der Koch fragte sich, ob all die EU-Funktionäre und Fondsmanager nichts von der Wirtschafts- und Finanzkrise mitbekommen hatten, die im Süden des Kontinents wütete und dort ganze Landstriche verheerte. Anscheinend nicht. Ihm sollte es recht sein.

Als Erstes machte er zehn Teller Hasenpfeffer fertig. Huesenziwwi war eines jener Gerichte, für die das »Deux Eglises« berühmt war. Der zerteilte Hase hatte zunächst drei Tage in einer Marinade aus Rotwein, Öl, Gewürzen und Kräutern gelegen. Nun schmorte er seit fast zwei Stunden in einer Casserole. Kieffer briet für die Garnitur einige Pilze in Speck an. Dann holte er den Hasen aus dem Ofen. Gleich würde er den Bratensaft passieren und Johannisbeergelee, kalte Butter und zerstoßene Lebkuchen hinzufügen.

Weil die Küche unter Volldampf lief, gelang es ihm das erste Mal seit Tagen, den Thunbaron, Mifune und den Bürgermeister vollständig aus seinem Kopf zu verdrängen und sich voll auf das Jetzt zu konzentrieren: Auf die nächste Poularde, die beim Braten nicht trocken werden durfte. Auf den nächsten Löffel Crème fraîche, der in die Mitte eines Tellers Bouneschlupp gekleckst werden musste, ohne dass etwas danebenging. Auf den nächsten Hachis Parmentier, dessen Käsekruste unter dem Salamandergrill zu bräunen war, ohne dass er schwarz wurde. Dieser zenartige Zustand hielt mehrere Stunden lang an, bis einer seiner Leute mehrere Dessertteller vor ihn an den Abnahmeplatz schob. Die drei Schüsseln waren mit warmer Vanillesoße gefüllt, auf der jeweils ein hochgetürmter Brocken steif geschlagenen Eischnees schwamm. Darüber war etwas Karamellsoße gekleckst worden. Kieffer liebte diesen ebenso schlichten wie ungesunden Nachtisch. Er hatte den Nährwert von Zuckerwatte, die man in flüssige Butter getaucht hatte. Nur Franzosen konnten sich solch ein Gericht ausdenken, und den Namen dazu: île flottante, schwimmende Insel.

Die Insel. Kieffers Eiland schwamm nicht in crème anglaise, sondern lag irgendwo weit draußen im Mittelmeer. Trebarca Silva hatte auf der Isoletta irgendwelche Hallen bauen lassen. Was genau machte er da? Der Koch hielt es plötzlich nicht mehr aus. Er gab den Marschbefehl für die drei îles flottantes und eilte dann die schmale Steintreppe zu seinem Büro hinunter. Dort setzte er sich an den Schreibtisch und griff sich aus dem Regal einen vergilbten Weltatlas. Er blätterte zu einer Karte, die den gesamten Mittelmeerraum zeigte. Unterhalb der Alpen ragte Italien ins Mare Mediterraneo, südlich des Stiefels befand sich Sizilien. Das Land ähnelte einem riesigen, nach links gebogenen Angelhaken. Die italienische Küste bildete die Ostgrenze des Tyrrhenischen Meers. Im Westen endete es vor Korsika und Sardinien, im Süden vor Tunesien. Zwischen diesen Landmassen befand sich ein in etwa rechtwinkliges Dreieck, so groß wie Österreich und die Schweiz zusammen. Irgendwo dort lag Trebarcas Insel. Er suchte eine Sizilienkarte mit größerem Maßstab heraus und versuchte, darauf die Insel zu finden. Es gelang ihm nicht, sie war anscheinend nicht verzeichnet. Aus der Erinnerung an die Computerbilder des Hipsters schätzte er, dass sie um die 50 Kilometer westlich Siziliens liegen musste. Kieffer nahm einen Kugelschreiber und machte ein Kreuz, mitten im Tyrrhenischen Meer. Er schaute auf die Uhr. Es war schon nach zehn, dennoch beschloss er, Alvarez anzurufen. Vermutlich war der Fischpolizist wie jeder gute Spanier um diese Zeit noch hellwach und hatte nicht einmal mit dem Abendessen begonnen. Alvarez ging bereits nach dem zweiten Klingeln an sein Handy.

»Xavier! Guten Abend«, sagte er in seinem mit spanischem Akzent durchsetzten Französisch.

»Hallo Pedro, entschuldigen Sie, dass ich so spät anrufe.«

»Das macht nichts, ich bin noch im Büro. Sie wollen vermutlich wissen, ob es etwas Neues von Ihrem Thun gibt.«

»Das auch.«

Alvarez schnaubte. »Ich sehe schon, Sie wollen mir wieder ein Loch in den Bauch fragen. Kein Problem, er ist schließlich groß genug. Ihr Bluefin ist noch im Labor, aber was man auf jeden Fall sagen kann, ist, dass er auf einer Zuchtfarm lebte.«

»Ihre Vermutung hat sich also bestätigt.«

»Ja, wie zu erwarten. Wir haben ein paar Medikamente gefunden, die man Zuchttieren gemeinhin verabreicht. Wegen der gedrängten Käfighaltung sind die Fische anfälliger für Krankheiten, deshalb kippt man Antibiotika in die Reusen.«

»Und damit war Silvas Bluefin verseucht?«

»Verseucht würde ich nicht sagen. Antibiotika im Fisch sind keine schöne Sache, aber bei der Aufzucht dieses Thun wurden sie in einem vertretbaren Maß eingesetzt. Die Restmengen im Fleisch sind marginal, in jedem schottischen Aquakulturlachs ist mehr drin, in ostasiatischen Tigergarnelen sowieso. Insoweit alles okay. Was man allerdings von den Wachstumshormonen nicht sagen kann.«

»Die haben Sie auch gefunden?«

»Unser Chemiker hat den begründeten Verdacht, dass Wachstumshormone, Mastbeschleuniger, und eventuell auch synthetische Vitamine eingesetzt wurden. Er ist aber mit den Tests noch nicht ganz fertig. Das größte Rätsel ist jedoch aus unserer Sicht die Ernährungsweise des Tieres.«

Kieffer lehnte sich in seinem Stuhl nach vorne und suchte zwischen Menüausdrucken und Weinkatalogen nach seinen Ducal. »Haben Sie da ebenfalls Rückstände gefunden?«

»Nein, das ist es ja. Überhaupt keine.«

»Das verstehe ich nicht.«

»Sie erinnern sich doch daran, was ich Ihnen über die Essgewohnheiten von Bluefins erzählt habe, oder?«

»Dass sie fressen wie die Scheunendrescher und nur feinste Kost mögen?«

»Richtig. Und wenn man so einen Fisch auseinandernimmt, dann kann man feststellen, ob er sich vor allem von Tintenfisch aus dem Atlantik ernährt oder eher Sardinen aus dem Mittelmeer gefuttert hat. In der Regel findet man zum Beispiel Würmer oder andere Parasiten, die Aufschluss über die Fressgewohnheiten des Tieres geben. Oder hohe Konzentrationen bestimmter Schadstoffe. Aber hier – nichts dergleichen. Dieser Thun hat sich anscheinend nur von Luft und Liebe ernährt.«

»Oder von synthetischem Futter. Erinnern Sie sich an den Lieferschein, den ich Ihnen gezeigt habe, Pedro.«

Der Spanier schwieg einen Moment, bevor er antwortete. »Alles in mir sträubt sich gegen diese Hypothese. Wie ich Ihnen bereits lang und breit erklärt habe, kann man Thun nicht züchten.«

»Das haben Sie nicht gesagt. Sie haben gesagt, es ginge theoretisch, wäre aber finanzieller Selbstmord. Ich habe Hinweise darauf, dass unser Thunbaron in großem Stil mit Yatsuishi zusammenarbeitet. Was, wenn Trebarca Silva und dieser Konzern eine Möglichkeit gefunden hätten, das ganze betriebswirtschaftlich rentabel zu machen, indem sie das Futterproblem lösen?«

»Sie haben zu viel Fantasie, Xavier.«

»Nein. Ich habe Satellitenbilder von der geheimen Zuchteinrichtung gesehen, wo möglicherweise genau das passiert, was Sie für unmöglich halten.« Kieffer erzählte dem EU-Beamten von den Hallen und Kuppeln auf der einsamen Insel.

»Damit hätten wir Beweise. Und jetzt sind Sie am Zug, Pedro.«

Der Vizechef der EU-Fischereiagentur seufzte. »So einfach ist das leider nicht. Können Sie mir zunächst einmal eine Kopie dieser Fotos schicken?«

»Leider nein. Die wollte mir der Programmierer nicht geben, offenbar ist das ein Firmengeheimnis, weil diese Software noch nicht auf dem Markt ist. Ich kann Ihnen höchstens die Koordinaten der Insel mailen. Sie kommen doch damit als staatliche Stelle sicher selbst an entsprechendes Kartenmaterial, oder?«

»Im Prinzip schon, aber vermutlich nicht an so gutes. Wäre jedoch einen Versuch wert. Das kann allerdings etwas dauern. Geben Sie mir die Koordinaten doch einfach mal durch.« Kieffer diktierte sie ihm und hörte, wie sein Gesprächspartner auf einer Computertastatur herumklapperte.

»Dann kann ich nämlich zumindest einmal nachschauen, wo genau … Scheiße!«

»Was ist los?«

»Das ist ja eine Hochseeinsel.«

Kieffer zündete sich eine Zigarette an. »Wie meinen Sie das? Die Isoletta liegt doch im Mittelmeer, nicht im Atlantik.«

»Ich meine es nicht im umgangssprachlichen Sinne, Xavier. Sondern im rechtlichen. Diese Insel unterliegt niemandes Jurisdiktion.«

Kieffer schaute nochmals auf die Karte vor sich. Es gab einen Haufen Staaten, an die das Tyrrhenische Meer angrenzte, unter anderem Italien, Frankreich, Tunesien und Algerien. »Pedro, die Insel liegt doch gar nicht so weit draußen. Müssten dort nicht überall Landesgrenzen im Wasser sein? Ich dachte immer, im Mittelmeer herrscht ziemliches Gedränge.«

»Das ist im Prinzip auch richtig. Ganz früher gab es mal eine Drei-Meilen-Zone. Seit der Seerechtsreform von 1982 ist das anders. Jetzt darf jedes Land zusätzlich zum Nahbereich noch bis zu 24 Seemeilen vor der Küste, also knapp 45 Kilometer, als staatlichen Einflussbereich deklarieren. Das ist die sogenannte Anschlusszone. Darauf folgt dann noch eine Wirtschaftszone von 200 Seemeilen, da geht es vor allem um Bodenschätze und Schürfrechte.«

»Und wo bleibt da im Mittelmeer Platz für internationale Gewässer?«

»Es bleibt reichlich Platz, weil man diese Einflusszonen zwar deklarieren kann, allerdings tut es kaum jemand. Denn das führt zwangsläufig zu Streit mit den Nachbarstaaten, weil sich die Gebiete natürlich überschneiden. Außerdem müsste man sich um seine Einflusszone natürlich auch kümmern. Aber die Wasserpolizei spielen will auf dem größten Binnenmeer der Welt auch keiner. Also bescheiden sich die meisten Länder mit kleineren Zonen, vor allem die Italiener. Mit Ausnahme von vorgelagerten Inseln wie Lampedusa ist denen alles schnuppe, was mehr als zwölf Meilen vor der Küste passiert.«

»Und unsere Insel?«

»Die liegt etwa 50 Kilometer vor Sizilien, und damit praktischerweise außerhalb der bereits erwähnten Anschlusszone. Es nutzt daher nichts, die Carabinieri hinzuschicken, die sind dort gar nicht befugt. Da draußen gilt internationales Seerecht.«

Kieffer bemerkte, dass seine Ducal verglommen war, ohne dass er daran gezogen hatte. Er zündete sich an dem Stummel eine neue an, zog, ließ einen dichten Schwaden entweichen. »Und wie kriegen wir den Kerl jetzt dran? Befindet sich seine Thunranch damit etwa im rechtsfreien Raum?«

»Das nicht. Wenn er dort Gewässer verunreinigt, könnte EU-Umweltrecht greifen. Falls er andere Straftaten begeht, wird es noch komplizierter. Das ist etwas für Seerechtsexperten, ich habe keine Ahnung, was genau es da für eine Handhabe gibt.«

»Pedro, können Sie mir die Telefonnummer des Raís geben?«

»Was haben Sie vor?«

»Ich muss diese Insel mit eigenen Augen sehen.«

»Davon würde ich abraten. Jemand, der das Geld hat, da draußen mitten im Mittelmeer so eine Anlage hochzuziehen, der kann sich bestimmt auch ein paar Wachleute leisten.«

»Möglich. Andererseits glaube ich nicht, dass die dort mit Besuch rechnen. Vielleicht reicht es ja, die Insel ein paar Mal zu umrunden. Ich nehme eine Kamera mit.«

Alvarez schnaufte verächtlich. »Ein Entermesser wäre vermutlich passender. Im Ernst, lassen Sie es, Xavier. Da draußen kann Ihnen niemand helfen. Sie schienen mir ein ganz vernünftiger Kerl zu sein, was ist denn jetzt bloß in Sie gefahren?«

Leise antwortete Kieffer: »Toro ist tot.«

»Oh mein Gott. Wie …«

»Er wurde ermordet. In seinem Restaurant. Vorher hat man ihn gefoltert. Hören Sie Pedro, es tut mir leid, dass ich Sie in diese Sache mit hineingezogen habe. Ich könnte es verstehen, wenn Sie jetzt auf Tauchstation gehen würden.«

Einen Moment lang schwieg der Spanier. Dann sagte er: »Spätestens in 24 Stunden bekommen Sie Satellitenfotos der Insel von mir. Passen Sie auf sich auf.«

26

Sehnsüchtig betrachtete Kieffer die von Palmen beschattete Piazza, an der sich sein Mietwagen in der Mittagshitze vorbeischob. Er war noch nie in Palermo gewesen, doch schon beim Durchfahren sah er, dass die Stadt genauso faszinierend wirkte, wie man erzählte. Viele hatten hier ihre Spuren hinterlassen, Phönizier, Karthager, Römer und Griechen, später deutsche Kaiser und Bourbonenkönige. Man konnte ihre Anwesenheit spüren, in den Straßen, an den Fassaden, vermutlich auch auf den Speisekarten. Gerne hätte er diese Stadt näher kennengelernt, in Ruhe, auf seine Weise. Kieffer hasste Reiseführer. Eine Stadt war für ihn vor allem ein Gefühl, wie eine fremde Küche, die man erschnuppern und erschmecken musste. Lexikalische Anhäufungen von Sehenswürdigkeiten, abgehandelt in blutleerer Prosa, waren da nutzlos. Wenn er Zeit gehabt hätte, dann wäre er ziellos durch die Gassen der Altstadt geschlendert, hätte sich stundenlang in kleinen Cafés festgesetzt, wäre in abgelegene, nur von Sizilianern frequentierte Trattorias eingedrungen, radebrechend, auf gut Glück die gleichen Dinge bestellend, die sie aßen.

Stattdessen war er am Flughafen sofort in einen Mietwagen gestiegen und hatte sich auf den Weg gemacht. Es war bereits Mittag und er wollte vor der Abenddämmerung an der Fähre sein. Dazu musste er zunächst hundert Kilometer in westlicher Richtung über die Autostrada fahren, bis in den Küstenort Trapani. Von dort würde er übersetzen zur Insel Favignana, auf der sich Siziliens größte und älteste Tonnara befand, jene Thunfischer-Kooperative, welcher Antoniu Gallo vorstand. Der Raís hatte zwar nicht ablehnend auf sein Ansinnen reagiert, begeistert hatte er jedoch auch nicht geklungen. Kieffer hatte ihm von der Insel erzählt, von der Fabrik und den seltsamen Kuppeln. Erst als er Gallo versprochen hatte, er werde Satellitenfotos mitbringen, war dieser hellhörig geworden. »Kommen Sie. Wenn es mit unserem Fisch zu tun hat, will ich es sehen.« Mehr war aus dem wortkargen Raís nicht herauszubringen gewesen. Der Koch war sich keineswegs sicher, dass der Chef der Tonnarotti ihn tatsächlich zur Isoletta bringen würde. Ein Boot könnte er irgendwo an der Küste sicherlich auch selbst mieten. Aber wer sollte es dann steuern?

Wie er befürchtet hatte, dauerte die Fahrt nach Trapani ewig. Was auf der Karte wie eine relativ kurze gerade Strecke aussah, entpuppte sich als verschlungene Landstraße, die mehr Baustellen aufwies als das gesamte Großherzogtum. Diese schienen allesamt verlassen und waren nur notdürftig gesichert. Der Wind hatte an vielen Stellen bereits eine Staubschicht über die in der Sonne glühenden Werkzeuge und Maschinen gelegt. Nur an einer Baustelle sah Kieffer drei Bauarbeiter. Sie saßen am Wegesrand unter einem Baum im Schatten, rauchten und aßen Orangen. Es war bereits nach 17 Uhr, als er in Trapani ankam. Ein Schild am Anleger wies darauf hin, dass die nächste Fähre wegen einer technischen Störung erst in zwei Stunden führe. Kieffer parkte seinen Wagen und stieg aus. Als er aus dem klimatisierten Lancia auf die Straße trat, traf ihn die Gluthitze wie ein Hammerschlag. Obwohl es noch nicht einmal Juni war, mussten es über dreißig Grad sein. Schnell begrub er seinen Plan, die von Platanen gesäumte Hafenpromenade bis zu ihrer weit ins Meer hinausragenden Spitze entlang zu spazieren und flüchtete sich stattdessen in ein schattiges kleines Café mit azurblauen Schirmen und verwitterten Holztischchen. Er bestellte Espresso und mutmaßlich sizilianisches Gebäck, mit Puderzucker bestäubte kleine Marzipanküchlein, die mit Pistaziensplittern und kandierten Orangenstückchen verziert waren. Sie waren so süß, dass eines vermutlich ausreichte, um den Zuckerhaushalt eines erwachsenen Mannes aus dem Gleichgewicht zu bringen. Kieffer aß drei. Sie waren derart köstlich, dass er ernsthaft über den Verzehr eines vierten nachdachte, als glücklicherweise sein Handy klingelte. Es war Vatanen.

»Hallo Pekka.«

»Hyvää päivää, Leibkoch. Ich habe dieses Marquis Catering abklopfen lassen. Es handelt sich um eine S.à.r.l.« Unter dieser Abkürzung firmierten in Frankreich und auch in Luxemburg Gesellschaften mit beschränkter Haftung. »Dein fischiger Senhor Silva taucht in deren Handelsregistereintrag allerdings nicht auf.«

»Sondern?«

»Ein Mann namens Victor Marcasse. Sagt dir der Name etwas?«

»Nein, überhaupt nichts.«

»Dachte ich mir. Monsieur Marcasse ist in gewissen

Kreisen dennoch kein Unbekannter, wie unsere gewiefte Dokumentarin herausgefunden hat. Er ist einer dieser Leihanzüge, wie ich sie gerne nenne.«

Kieffer zündete sich eine Ducal an und tat, was Vatanen von ihm erwartete: Er lachte freundlich. »Origineller Ausdruck. Übersetzt du ihn mir?«

»Wenn man ein größeres Konglomerat besitzt, dann braucht man immer mal wieder den einen oder anderen Firmenmantel, zum Beispiel, um den Fiskus zu betuppen. Es gibt Kanzleien, die auf so etwas spezialisiert sind, die erledigen das alles für dich. Nach geltendem Recht braucht jede dieser Scheinfirmen natürlich einen ordentlich bestellten Geschäftsführer. Und den für diesen Job erforderlichen Anzugträger kann man mieten.«

»Und das ist Monsieur Marcasse.«

»Richtig. Ein Notar, er ist in der Datenbank auch noch für mehr als hundert andere Firmen als Geschäftsführer gelistet. Alle haben die gleichen Adressen, entweder eine Anwaltskanzlei in Paris oder ein Büro in der Cité de l'Aéroport in Luxemburg.«

»Am Flughafen?«

»Genau. Kennst du den hässlichen alten Bürokomplex mit den verspiegelten Scheiben an der Zufahrtsstraße zum Terminal? Da drin sitzen alle möglichen windigen Investmentfirmen, unter anderem unser Leihanzug. Vielleicht sitzt dort nur eine weitere Briefkastenfirma. Oder eine Firma, die Dienstleistungen für Briefkastenfirmen anbietet. Oder …«

»Danke, Pekka, ich hab's verstanden. Also kein Beleg, dass es irgendeine Verbindung von Marquis zu Trebarca Silva gibt.«

»Nein. Allerdings auch keiner, dass dem nicht so ist.«

»Das wird dem Bürgermeister kaum reichen.«

»Vermutlich nicht. Aber du solltest, statt darüber zu grübeln, lieber heute Abend mit mir essen gehen.«

»Daraus wird leider nichts, Pekka. Ich bin in Sizilien.« Der Finne blieb einen Moment stumm, was eher selten der Fall war. Kieffer erzählte ihm von den Satellitenkarten, die er auf dem Computer seines technisch versierten Gasts gesehen hatte.

»Und er hat dir keinen Ausdruck geben wollen? Das ist ärgerlich.«

»Es ist nicht so schlimm, denn Alvarez hat ebenfalls Zugriff auf Satellitenfotos. Bevor ich losgefahren bin, hat er mir ein Kurierpaket geschickt, mit Farbausdrucken. Darauf sind alle Gebäude zu erkennen. Seine Karten sind nicht ganz so gut wie die anderen, aber hoffentlich gut genug, um den Raís zu überzeugen, dass er mir hilft.«

»Aha. Und dann zieht Sonny Kieffer, Luxemburgs einziger Küchenmeisterdetektiv, die Sonnenbrille auf und krempelt das Seidenjackett hoch. So gewappnet jagt er alleine mit dem Schnellboot dorthin und schleicht sich ins geheime Labor der Thunmafia? Das ist doch nicht dein Ernst!«

»Nein, Pekka. Ich werde versuchen, diesen Tonnara-Chef zu überreden, dass er mit mir da rausfährt. Auf den Satellitenfotos hat man ja nur eine Draufsicht. Vielleicht kann man an der Insel vorbeifahren und sich die Gebäude mit dem Feldstecher anschauen – Fotos machen, das umliegende Meer nach Zuchtreusen absuchen. Damit könnte ich zumindest beweisen, dass Trebarca Silva illegal Thunfisch züchtet.«

»Dein Bürgermeister wird bestimmt ausflippen vor Freude, und der Staatsanwalt erst recht. Denn wer Thunfisch züchtet, der bringt auch japanische Sushichefs um, der Zusammenhang erscheint zwingend.«

»Pekka …«

»Du verrennst dich gerade in irgendwas, du moselfränkischer Dickschädel. Wenn du immer noch Fußballspieler wärst, dann würde ich sagen: zuviel Beinarbeit, zu wenig taktische Raffinesse. Was erhoffst du dir von diesem Ausflug? Außer einer gesünderen Gesichtsfarbe, meine ich.«

»Ich weiß es nicht. Es ist nur mein Bauchgefühl, aber das sagt mir, dass dort vielleicht etwas ist. Ich muss jetzt Schluss machen, ich kann die Fähre schon sehen.«

»Versprich mir wenigstens, dass du aufpasst.«

»Ja, Papa Pekka.«

»Sturkopf«, entgegnete Vatanen. Dann legte er auf. Kieffer zahlte die Rechnung und begab sich wieder zum Parkplatz. Eine halbe Stunde später saß er auf dem mit Menschen gefüllten Vorderdeck und schaute auf die langsam näherrückende Insel. Favignana war eine der drei Ägadischen Inseln vor der Westküste Siziliens, und wie ihre kleineren Schwestern Marettimo und Levanzo war sie bei Urlaubern äußerst beliebt. Die Fahrt dauerte nicht einmal eine Stunde. Als sie näher kamen, konnte er sehen, dass Favignana im Wesentlichen aus einem langgezogenen Berg bestand, vermutlich einem erloschenen Vulkan. Links und rechts davon breiteten sich zwei Ebenen aus, wie die Flügel eines kolossalen, steinernen Schmetterlings. Kieffer sah Steilküsten, karstige Hügel und weiß gekalkte Häuschen, die in der Abendsonne goldfarben glänzten. Sie gruppierten sich um ein Hafenbecken voll türkisfarbenen Wassers, auf das die Fähre nun zusteuerte. Mit einem infernalischen Ächzen öffnete das Schiff kurz darauf sein Maul und spie die Fahrzeuge von Kieffer und etwa 50 anderen Passagieren aus. Außer ihm waren es augenscheinlich alles Touristen, die Autos vollgestopft mit Wasserbällen, Tauchausrüstungen und aufgekratzten Kindern. Er fuhr aus dem Hafen heraus, und versuchte vergeblich, irgendwo in den engen Gässchen zu parken. Nachdem er bereits zwanzig Minuten durch das Städtchen geirrt war, öffnete sich eine besonders schmale Gasse auf eine Piazza mit Cafés und Geschäften hin. Kieffer stieg aus und blinzelte in die schräg stehende Abendsonne. Dann ging er zu einer der Bars und fragte einen Einheimischen nach der Pension, in der er ein Zimmer gebucht hatte. Alle Versuche, sein Anliegen auf Englisch und Französisch vorzubringen, scheiterten. Deshalb sagte er einfach: »Da Marta, Piazza Calvario.«

»È qui«, antwortete der Mann und zeigte auf ein weißes Haus mit dunkelgrünen Fensterläden direkt gegenüber. Kieffer bedankte sich und ging auf das Gebäude zu. Beim Näherkommen bemerkte er, dass die Quader, aus denen das Haus sowie alle angrenzenden bestanden, nicht gekalkt waren, wie er aus der Ferne vermutet hatte. Stattdessen waren sie aus makellos weißem Tuffstein. Er klingelte und wurde kurz darauf von einer freundlichen alten Dame mit einem Dutt und unzähligen Lachfältchen empfangen, die ihn überschwänglich auf Italienisch oder Sizilianisch begrüßte. Signora Marta begleitete ihn die Treppe hinauf in sein Zimmer und erklärte ihm dabei in gebrochenem Französisch die Hausregeln.

»Ich hätte noch eine Frage, Signora. Wo finde ich die Tonnara? Ich suche einen Antoniu Gallo, der dort arbeitct.«

»Sie ist unten am Wasser, links vom Hafen. Aber Sie werden den Raís dort nicht finden.«

»Warum nicht?«

Sie machte eine Geste in Richtung des Hafens. »Es ist Fangsaison, die Männer sind draußen, den ganzen Tag, oft sogar nachts, um die Netze im Auge zu behalten. Wenn Sie an den Rand der Piazza gehen, dort, wo die Madonna steht, dann können Sie die Reusen sogar sehen.«

Kieffer bedankte sich und ging wieder hinaus auf die Piazza. Inzwischen musste es etwa halb neun sein, fast alle Plätze waren mit meist älteren Männern besetzt, die ihren Campari oder einen anderen Aperitif genossen und sich dabei unterhielten. Er bestellte einen Cynar auf Eis, aß dazu ein paar Oliven und rauchte an der Bar stehend zwei Ducal. Weil es ohnehin keinen Sitzplatz mehr gab, schlenderte er mit einem zweiten Drink in der Hand hinüber zur Westseite der Piazza. Es war die einzige, an der keine Gebäude standen. Stattdessen hatte man von der balkonartigen, hüfthohen Tuffsteinmauer einen spektakulären Blick über den Hafen. Kieffer musste seine Augen mit der Hand beschatten, denn er blickte genau in Richtung der untergehenden Sonne, als er das funkelnde Wasser nach den Fischreusen absuchte, die Signora Marta erwähnt hatte. Dann sah er sie. Links des Hafens, rund anderthalb Kilometer vor der Küste, waren etwa 15 Fischerbötchen vertäut. An mehreren Stellen ragten bunt bemalte Stangen aus dem Wasser. Dazwischen befand sich ein rechteckiges Gebilde, dessen Größe er aufgrund der Entfernung nur schwer abschätzen konnte. Es mochte vielleicht 50 oder 60 Meter lang und halb so breit sein. Das Ganze sah aus wie ein Schwimmponton, mit begehbaren Stegen an den Außenseiten, welche ein gutes Stück über die Meereslinie hinausragten. In der Mitte schimmerte das Wasser. Mehrere Männer liefen auf den Stegen hin und her und schienen irgendetwas zu überprüfen.

Er holte sein Handy aus der Tasche und wählte die Nummer des Raís. Niemand nahm ab. Kieffer hinterließ eine Nachricht und erklärte, er werde sich morgen früh am Hafen einfinden. Dann steckte er das Gerät weg und nahm noch einen Schluck Cynar. Er ließ den bitteren Artischockenlikör die Kehle hinunterrinnen und betrachtete versonnen das Marienbildnis, welches Signora Marta erwähnt hatte. Das Bild war in einen hohen Denkmalsockel eingelassen, der, wie offenbar so ziemlich alles auf dieser Insel, aus Tuffstein bestand. Die Madonna war eine sizilianische Schönheit, mit dunklem Teint und maurischen Gesichtszügen, das lange schwarze Haar unter einem tiefblauen Kopftuch verborgen, mit gesenkten Olivenaugen und Adlernase. Die Jesusmutter trug Schmuck, keinen gemalten, sondern echten. Ihr Ohr zierte ein dicker Goldring, auch an ihrer Hand war die Leinwand durchstochen worden, um dort einen weiteren Ring zu befestigen. Kieffer glaubte, einen Saphir zu erkennen. Er trat einen Schritt zurück. Die Maria blickte nicht auf den Platz herab, sondern hinaus aufs Meer. Über ihrem Bildnis waren die drei Kreuze des Kalvarienbergs eingemeißelt. In ihrer Rechten hielt sie einen Anker, dessen metallener Stiel unten in drei gebogene Fluken mit dreieckigen Spitzen auslief, in der Linken das in ein güldenes Tuch gewickelte Jesuskind. Als er sich bereits wegdrehen und zur Bar zurückgehen wollte, fiel ihm auf, dass mit dem Baby etwas nicht stimmte. Es war kein Menschenkind, das die Madonna im Arm wog. Es war ein kleiner Thunfisch.

27

Am nächsten Morgen wurde Kieffer vom Klingeln seines Handys geweckt. Schlaftrunken griff er danach und schaute auf das Display. Es war noch nicht einmal sechs Uhr.

»Ja, bitte?«

Der Anrufer sagte in gebrochenem Englisch: »Signore Kieffer? Hier ist Antoniu Gallo.«

Der Koch rieb sich die Augen. »Guten Morgen.«

»Wir können uns heute Abend treffen und sprechen.«

»Und tagsüber?«

»Ist Mattanza, wie fast jeden Tag.« Kieffer konnte im Hintergrund das Knattern eines Außenborders und das Geschrei der Möwen hören. »Wollen Sie zusehen?«

»Ja. Ja, auf jeden Fall.«

»In einer halben Stunde an der Camparia. So heißt unser Hauptquartier. Fragen Sie nach Zu Felipo.« Dann legte der Raís auf. Kieffer rollte sich ächzend aus dem Bett, zog sich an und machte sich auf den Weg. Er lief den Hang hinab, in Richtung des Hafens. Es war nicht schwer, die Camparia zu finden – die wenigen Menschen, die er zu dieser frühen Stunde an der Mole antraf, wussten alle, wo sich das Bootshaus der Tonnarotti befand. Nach einer Viertelstunde erreichte er die Ansammlung von Sandsteingebäuden, etwas außerhalb des eigentlichen Hafens. Auf dem Platz vor der Camparia lagen Netze und Anker herum. Etwa zwanzig sonnenversengte Männer standen neben dem Haupttor, rauchten und schlürften Kaffee aus Thermoskannen. In der Ferne konnte er auf dem Meer das pontonartige Konstrukt erkennen, das er am Vorabend von der Piazza aus gesehen hatte. An der Camparia ankerten nur wenige Boote. Die meisten waren bereits draußen auf dem Meer.

Kieffer ging auf die Männer zu. Sie trugen löchrige T-Shirts und Latzhosen mit dunklem Gummiüberzug. Ihre Hälse zierten Goldketten mit schweren pyramidenförmigen Anhängern aus einem honigfarbenen Material – Haifischzähne, wie Kieffer glaubte. Wieder hatte er mit Englisch und Französisch kein Glück. Die Wortwechsel, die er aufschnappte, ließen ihn zudem vermuten, dass die Männer untereinander nicht einmal Italienisch sprachen, sondern sizilianischen Dialekt. Also sagte er nur »Zu Felipo«, worauf einer der Fischer auf einen älteren Mann deutete, der in etwa 50 Metern Entfernung Pfeife rauchend auf einem Poller saß. Kieffer ging auf ihn zu. Felipo mochte 60 Jahre alt sein, vielleicht auch älter. Er war groß, beinahe hünenhaft, mit muskulösen Armen und einem von reichlich Weiß durchzogenen Vollbart. Als er Kieffer sah, entblößte er ein bernsteinfarbenes Pferdegebiss, hob die Hand zum Gruß und stand auf. Während der Mann auf ihn zukam, merkte der Koch, dass Zu Felipos rechtes Bein steif war. Wie ein Stevenson'scher Seeräuberkapitän hinkte er auf ihn zu und sagte: »Moin moin, Herr Kieffer. Der Raís hat Sie angekündigt.«

Einen Moment lang verschlug es Kieffer die Sprache, denn Zu Felipo sprach Deutsch, und das nicht einmal schlecht. Als der Mann die Verwunderung in seinem Gesicht bemerkte, sagte er: »Zehn Jahre auf der Werft. Bremer Vulkan. Dann ging der Laden pleite. Aber es war mir da oben sowieso zu kalt. Bin ein Frostköddel. Sie wollen die Mattanza sehen?«

»Ja, so ist es.«

»Da haben Sie Glück. Nächste Woche kann es schon vorbei sein, wenig Fang dieses Jahr.« Er fischte eine Packung Tabak aus der Tasche seiner Regenhose und begann, seine Pfeife zu stopfen. »Außerdem«, fügte der Sizilianer hinzu, »kriegen Sie die Spezialtour von Onkel Felipo. Auf unserem eigenen kleinen Boot, ohne die anderen.«

»Welche anderen?«, fragte Kieffer. »Touristen?«

Zu Felipo nickte und deutete mit der Rechten in Richtung eines Ausflugsschiffs, das aus dem Jachthafen kam und auf den Ponton zusteuerte. Es war voll beladen mit Menschen, wohl an die hundert. Alle waren mit Kameras und Sonnenhüten bewaffnet.

»Ich wusste nicht, dass die Mattanza solch ein Touristenspektakel ist.«

»Aber ja. Manche sagen, sie ist nur noch das. Aber jetzt müssen wir los.«

Der Fischer führte Kieffer zu einem nahegelegenen Anleger, an dem ein kleines Boot mit Außenborder vertäut war. »In der Kiste hinter sich finden Sie eine Öljacke. Und Sonnencreme.«

»Ich verbrenne nicht so schnell«, erwiderte Kieffer.

»Wir werden mindestens sechs Stunden da draußen sein. Nach so langer Zeit auf dem Wasser war noch jedes Nordlicht gar.«

Sie fuhren los. Wenige Minuten später drosselte Zu Felipo den Motor und machte das Boot an einer Boje fest, etwa 20 Meter von dem Ponton entfernt. Dieser war deutlich größer, als Kieffer aus der Entfernung geschätzt hatte. Die Längspartie maß wohl an die hundert Meter, das kurze Ende etwa dreißig. An drei Seiten der schwimmenden Plattform waren lange, offene Boote festgemacht. An der vierten befand sich etwas, das wie eine Art Schleuse aussah. Dort ragten Handgriffe aus dem Holzsteg, die man offenbar hochziehen konnte. Zu Felipo setzte sich neben ihn und baute vor ihnen einen kleinen Gaskocher auf. Darauf stellte er eine Espressokanne. Nachdem sie beide einen Plastikbecher dampfenden Kaffees in der Hand hielten, erklärte der Sizilianer: »Die Ciurma, das ist die Mannschaft, ist bereits vollständig. Der Raís ist auch schon da.«

Kieffer musste nicht fragen, welcher der Männer der Anführer war. Der Raís stand in einem kleinen Boot, das in der Mitte des Beckens dümpelte, zeigte hierhin und dorthin, bellte Anweisungen. Er mochte etwa fünfzig Jahre alt sein, war bärtig und hatte tiefschwarzes Haar. Auch er trug Ölzeug, aber anders als seine Männer hatte er eine vollständige Montur angelegt, inklusive einer Südwestermütze, alles in dottergelber Farbe.

»Ist dieses Becken die Todeskammer?«, fragte Kieffer.

»Die camera della morte, sì. Sehen Sie die Stäbe, die dort aus dem Wasser ragen? An denen können Sie ablesen, wo die verschiedenen Reusen sind.«

Kieffer schaute sich um und sah Dutzende der mit Palmwedeln verzierten Stäbe, einige davon weit entfernt. »Wie groß ist denn diese Reuse?«

Zu Felipo zeigte erst gen Westen, dann gen Osten.

»Das Reusensystem erstreckt sich die ganze nördliche Küste von Favignana entlang, bis zur kleinen, unbewohnten Isla di Maraone. Es besteht aus drei Teilen. Die Costa Bassa ist 1500 Meter lang, die Costa Alta 2000 und die Dritte, die Spada di Orlando, noch mal 1500 Meter. Die Fische kommen von Nordosten her und schwimmen auf den Hafen zu, und dann in das Netz hinein.«

»Und befinden sich die Thunfische jetzt bereits in der Todeskammer?«

»Nein. Die Männer haben sie zunächst in die Bastardella gelotst, die letzte Kammer davor. Sehen Sie das spicu, das Kreuz?« Das Kreuz war nicht zu übersehen, es dominierte den Ponton. Es war an einem drei Meter hohen Pfahl festgemacht und bestand aus vielen kleinen Tafeln, die verschiedene Heilige zu zeigen schienen.

»Dort, unterhalb des spicu, ist das Schott, durch das die Fische gleich in die Todeskammer gelotst werden. Danach muss man es rasch wieder schließen. Denn Thunfische sind misstrauisch. Und sie sind sehr schnell.«

Kieffer blickte hinüber. Er sah, wie die Fischer feixten, einander auf die Schultern klopften. Der Raís war der Einzige, der nicht lächelte. »Wann wird die Schleuse geöffnet?«

Zu Felipo zuckte mit den Schultern. »Wenn der Raís es befiehlt.«

Die nächsten zwei Stunden passierte nichts. Sie dösten in der Morgensonne. Dann sah Kieffer, dass die Männer auf dem Ponton plötzlich in Bewegung gerieten. Sie zogen aus den Booten hinter sich hölzerne Stäbe, an deren Enden man große metallene Haken befestigt hatte. Ihm fiel auf, dass deren Stiele unterschiedlich lang waren. Sie sahen genauso aus wie jene, die er auf dem Foto in Prezzemolos Pariser Stammcafé gesehen hatte. Bevor er fragen konnte, antwortete Felipo bereits. »Das sind die Gaffs. Damit ziehen die Männer die Fische aus dem Wasser. Sie arbeiten jeweils zu acht. Die Männer außen haben die längsten Gaffs, die in der Mitte sehr kurze.«

»Warum?«

»Das werden Sie gleich sehen.«

Vier Männer kletterten nun auf den schmalen Steg zwischen Todeskammer und Bastardella und machten sich an dem Schott unterhalb des Kreuzes zu schaffen. Sie zogen an vier Griffen und wuchteten dünne Metallplatten empor. Der Durchgang unter Wasser öffnete sich. Kieffer konnte sehen, wie der ganze Ponton erzitterte, als die Fische durch die Öffnung schossen. Nach etwa fünf Minuten verschlossen die Männer das Schott wieder.

»Wie genau funktioniert das mit der Todeskammer?«

»Sie ist wie ein Behälter, der oben offen ist. Unter dem Ponton befindet sich ein geschlossenes Netz, vier Seiten, ein Boden. Es hängt zwanzig, dreißig Meter tief ins Wasser. Und es ist voller Fische. So unser Herr will.«

Der Raís stand in seinem kleinen Boot. Gebieterisch breitete er die Arme aus und begann etwas zu rufen. Seine tiefe, klare Stimme war trotz des Meeresrauschens und des Tuckerns der Dieselmotoren klar zu verstehen, und Kieffer meinte, dass man sie noch am mehrere Kilometer entfernten Ufer würde hören müssen.

»Na sarvirriggina a matri ri diu ri Tràpani!«

Die Männer hatten ihre Mützen abgenommen und die Köpfe gesenkt. Zu Felipo tat es ihnen gleich.

»Was sagt er? Ist das Sizilianisch?«

»Ja. Er sagt: ›Ein Avemaria für die Muttergottes von Tràpani!‹«

Der Raís hatte erneut zu sprechen begonnen. Zwischen den Anrufungen ließ er Pausen von etwa 15 Sekunden, vermutlich, damit die versammelte Mannschaft das Gebet im Stillen nachsprechen konnte. Zu Felipo übersetzte für ihn:

»Ein Avemaria für Unsere Liebe Frau vom Rosenkranz!«

»Ein Avemaria für die Mutter Gottes vom Kalvarienberg!«

»Ein Avemaria für die Heilige Theresa.«

»Ein Avemaria für die Madonna von Fatima!«

»Ein Vaterunser für Joseph, unseren Schutzheiligen.«

»Ein Vaterunser für den Heiligen Franziskus von Paola!«

»Ein Vaterunser für das Heilige Herz Jesu!«

»Ein Vaterunser für den Heiligen Antonius!«

»Ein Vaterunser für den heiligen Petrus, auf dass er beim Herrn um einen guten Fang bitte.«

Nun antworteten die Männer: »Möge Gott es gewähren.«

Die Tonnarotti setzten ihre Mützen wieder auf. Der Raís gab ein Signal und ein viertes Boot wurde in Position gebracht, um die letzte offene Seite der Todeskammer zu schließen. Dann brüllte er: »Aisa!« Die Männer begannen nun, das Netz einzuholen, das an den Schandecks ihrer Schiffe festgemacht war und von dort in die Tiefe der Kammer hinabhing. Dabei sangen sie ein rhythmisches Lied.

»Was singen sie?«

»Ai-a-mola, ai-a-mola. Zieh, du Maure.«

Fasziniert betrachtete Kieffer das Schauspiel, welches, wie er wusste, nur das Präludium zur eigentlichen Mattanza war. Das Netz musste unglaublich schwer sein. Die etwa 80 Fischer zogen es mit bloßen Händen aus dem Wasser, Stück für Stück, Masche für Masche. Währenddessen sangen sie unentwegt, immer wieder das seltsame Ai-a-mola, aber auch andere Seemannslieder, die ein Vorsänger anstimmte. Der Raís stand während der ganzen Prozedur still und unbeweglich in seinem Boot und starrte ins Wasser. Nur ab und zu fuhr seine Rechte in eine der Manteltaschen, griff nach etwas und führte es zum Mund. Dann kaute der Raís andächtig, um danach wieder in Starre zu verfallen.

Irgendwann, Kieffer hatte jedes Zeitgefühl verloren, begann das dunkle Wasser in der Kammer sich aufzuhellen und in Bewegung zu geraten. Schließlich sah er sie. Thunfische, einige deutlich länger als ein Mensch, erschienen an der Wasseroberfläche. Das ganze Becken brodelte nun wie ein kochender Whirlpool, Gischt spritzte in alle Richtungen, während die Fische in Panik nach Luft schnappten und verzweifelt einen Ausweg aus der tödlichen Falle suchten. Doch es gab kein Entrinnen. Die Bluefins schlugen gegen die Beckenwände und gegeneinander, Blut vermischte sich mit weißem Schaum. Und in der Mitte dieses brodelnden Kessels aus Flossen, Mäulern und silberblau schimmernden Leibern stand ruhig der Raís in seinem Boot. Das Ganze dauerte wohl zehn Minuten, dann begannen die Fische zu erschlaffen. Ihre Augen wurden trübe, die Bewegungen kraftlos. Die Haut der Tiere verlor ihren Glanz. Der Raís riss nun die Arme empor und rief: »Spara a tunina!«

Die Männer packten ihre Gaffs und begannen, die

sterbenden Thunfische damit aus dem Wasser zu hieven. Die zwei mit den kürzesten Stäben standen in der Mitte und hakten diese in die riesigen Kiemen der Tiere ein. Zu ihren Seiten standen jeweils drei weitere Tonnarotti mit unterschiedlich langen Gaffs, die längsten am äußeren Ende. Sie bohrten ihre Haken weiter unten in die Flanken des Fischs hinein. Und so zogen sie jeweils zu acht die riesigen Tiere mit dem Kopf zuerst aus der Todeskammer. Dann wuchteten sie die Bluefins über die Reling und ließen sie in das Boot hinter sich fallen. Dort stand ein Mann bereit, dem Tier den Todesstoß zu versetzen, ein weiterer kippte sofort eine Ladung Eis über den Fisch.

Das Wasser in der Kammer war nun blutrot, gekrönt von rosafarbenem Schaum. Dazwischen sah Kieffer lang gezogene weiße Schlieren, die aus der Kammer ins offene Meer drifteten. »Thunsperma und Eier«, sagte Zu Felipo. »Die jungen Männer springen nachher hinein, das gibt Kraft.«

Nach etwa viereinhalb Stunden war alles vorbei. Einige Männer kletterten nun in die Kammer, um einige kleinere Fische herauszuholen, die sich im Netz verheddert hatten. Als der gesamte Fang verstaut war, brüllte der Raís: »Gepriesen auf ewig sei der Name Gesù!« Und die Mannschaft antwortete: »Gesù!« Dann brach Jubel aus. Die Fischer schwenkten ihre Baseballkappen und tanzten das Schandeck entlang. Kieffer konnte hören, wie die Touristen auf dem Ausflugsboot applaudierten.

28

»Wir essen Fisch«, sagte der Raís, während er und Kieffer durch eine Hafenstraße mit mehreren kleinen Restaurants schlenderten. Es war keine Frage, sondern eine Feststellung. »Hier gibt es den besten«, erklärte er und zeigte auf ein verwittertes kleines Tuffsteingebäude, von dessen Terrasse man das Meer sehen konnte. Ohne Kieffers Antwort abzuwarten, ließ sich Antoniu Gallo an einem der eingedeckten Tische nieder. Der Luxemburger setzte sich ebenfalls und betrachtete den Raís. Sein Gesicht wirkte wie ein Felsen, den Gischt und Wellen jahrzehntelang bearbeitet hatten und man erwartete fast, ein paar Seepocken auf seiner Wange zu entdecken. Sein Ölzeug hatte Gallo inzwischen gegen eine Jeans und ein blütenweißes Hemd eingetauscht, seine Augen verbargen sich hinter einer tiefschwarzen Sonnenbrille. Als Kieffer nach dem Menü griff, schüttelte der Raís den Kopf. »Keine Karte. Überlassen Sie das mir.« Wenn er nicht aus voller Kehle die Jungfrau Maria um einen guten Fang anging, sondern leise sprach, klang Gallos Stimme geradezu brüchig. Tausende Zigaretten und Aperitifs hatten seine Stimmbänder abgeschmirgelt, seine Sätze klangen wie aneinanderschabende Kieselsteine. Der Raís griff in seine Hosentasche und entnahm ihr einige Stücke Würfelzucker, einzeln in Papier eingeschlagen. Er wickelte eines aus und ließ es in seinem Mund verschwinden. Dann schaute er seinen Gast an. »Haben Sie die Karten mitgebracht?«

Kieffer nickte und griff nach seinem Rucksack. Er holte eine Pappröhre heraus und entrollte eine Farbkopie, die so groß war wie ihr Tisch.

»Das ist sie?«

»Die Isoletta di Bonaccia.«

Der Raís zündete sich eine Zigarette an. Es war eine Marlboro mit arabischen Schriftzeichen auf der Packung, die, so vermutete Kieffer, von irgendeinem Boot gefallen war. Mit der Hand fuhr er über die Hallen und Straßen auf dem Satellitenfoto.

»Unmöglich. Die Bonaccia liegt weit draußen im Tyrrhenischen Meer. Tuff, Möwen, Sandstrand, sonst ist da nichts.«

»Wann waren Sie das letzte Mal dort, Herr Gallo?«

Der Sizilianer musterte die Markise über ihnen und sagte dann: »Bevor ich Raís wurde. Also vor mindestens 15 Jahren.« Er beugte sich erneut über Kieffers Karte und legte einen Finger auf die untere rechte Ecke, in der die Koordinaten verzeichnet waren. »Die Längen- und Breitengrade stimmen in etwa. Und was passiert auf dieser Insel?«

»Nach meinen Recherchen ist dort eine Thunranch.«

Der Raís fing an zu lachen und schüttelte den Kopf. »Was wissen Sie vom Thunfang, Herr Kieffer?«

»Nicht allzu viel. Ich weiß, dass die Mattanza die althergebrachte Methode ist, das Gros der Fische aber heute von Hightechbooten gefangen und dann zu Thunranches geschleppt wird.«

»Richtig. Was wir hier machen, ist die Tradition.«

»Wie viele Fische haben Sie heute gefangen?«

»Vielleicht hundert. Hundert kleine Fische, keiner über 150 Kilo. Ein schlechtes Geschäft.«

»Warum gibt es die Mattanza dann noch?«

»Sehen Sie die Insel dahinten?«

»Die kleine? Eine der Ägadischen Inseln, nehme ich an.«

»Sì. Dort gibt es eine Höhle, mit Malereien. 4000 Jahre alt. Höhlenmenschen haben Männer und Frauen an die Wand gemalt. Außerdem Keiler, Rinder und Thunfische.« Der Raís winkte einem Kellner. »Das ist die Tradition Siziliens. Immer schon. Wir können nicht aufhören.«

Der Ober nahm die Bestellung auf, die Gallo ihm diktierte. Er sprach sizilianischen Dialekt, sodass Kieffer keine Ahnung hatte, was der Raís orderte. Doch er wurde nicht enttäuscht, alles, was man ihnen servierte, war schlicht, aber vorzüglich. Als Vorspeise gab es einen Salat aus Fenchel und Orangenscheiben, die mit einem fruchtigen, fast scharf schmeckenden Olivenöl beträufelt worden waren. Als Primo aßen sie Spaghetti, vermischt mit einer dunkelrosafarbenen Paste, körnig und halb durchsichtig.

»Was ist das?«, fragte Kieffer.

»Bottarga di Tonno. Thunfischrogen. Gesalzen und getrocknet, mit Öl und Zitronensaft.«

Während der Raís aß, sprach er kein Wort. Ruhig und konzentriert leerte er seinen Pastateller. Dann sagte er: »Ihre Karte ist sehr eindrucksvoll, mit all diesen Gebäuden und Kuppeln. Ich glaube ihr allerdings nicht.«

»Wie meinen Sie das? Es sind Satellitenaufnahmen.«

»Mag sein. Aber es ist nicht logisch. Man fängt die Fische und bringt sie dann zur Küste. Für eine Thunranch braucht man nicht nur Reusen. Sondern auch Futter, Strom, Boote. Das alles dort raus zu schaffen, wäre sehr teuer.«

»Dafür ist man ungestört«, erwiderte Kieffer. Er legte dem Raís seinen Verdacht dar, dass Trebarca Silva und Yatsuishi an irgendeiner neuartigen Zuchtmethode arbeiteten, die wenig oder gar nichts mit einer klassischen Thunranch gemein hatte. Der Sizilianer hörte ihm schweigend zu. Während Kieffer sprach, verzehrte er den nächsten Gang, gebackene Sardinen mit einer Füllung aus Brotkrumen, Minze, Pinienkernen und Korinthen. Als er fertig war, wischte er sich zunächst den Mund ab und zündete sich eine weitere seiner arabischen Zigaretten an, bevor er antwortete.

»Ich habe gehört, dass es Wissenschaftler gibt, die Thunfisch züchten wollen, wie eine Forelle.« Angewidert zog er die Mundwinkel nach unten. »Das geht nicht.«

»Technisch scheint es machbar zu sein«, wandte Kieffer ein.

»Ja. Wenn man dem Thun Hormone injiziert, laicht er auch in Gefangenschaft, sagt man. Technisch machbar, aber es ist ein gottloses Unterfangen. Noch viel sündhafter als diese Fischerei mit Radar, Treibnetzen und Flugzeugen. Diese Tiere zu züchten, ist wider die Natur, wider den Allmächtigen Schöpfer. Er hat die Fische ins Meer gesetzt, damit der Mensch sie herausholt.«

Kieffer musste ein Grinsen unterdrücken. Hier saß der tiefgläubige Raís, möglicherweise der Letzte seiner Art, und empörte sich darüber, wie gottlose Nordeuropäer und Japaner sich als Schöpfer versuchten, Fische züchteten, die seiner Meinung nach nur der liebe Gott wachsen lassen durfte und die nur ehrliche Fischer aus dem Wasser ziehen sollten, mit Mariens Beistand. Viele Kilometer weiter im Norden gab es den ebenfalls streng katholischen Trebarca Silva, der offenbar eine ganz andere Sicht der Dinge hatte. Ob er Gallo erzählen sollte, dass das Büro des Lusobourges voll hing mit Bildern eben jener Lieben Frau von Fatima, die er vor der Mattanza auf einem kleinen Boot vor der Küste angerufen hatte? Er beschloss, es lieber nicht zu tun. Stattdessen sagte er: »Dieser Trebarca Silva sieht das offenbar anders. Er war einer der größten Rancher Spaniens. Jetzt will er der Natur mit Hightech ein Schnippchen schlagen. Fahren Sie mit mir zu dieser Insel.«

»Und dann?«

»Ich weiß nicht. Sie haben selbst gesagt, Sie trauen keinem Foto. Sie scheinen mir ein Mann zu sein, der nur seinen eigenen Augen traut. Lassen Sie uns schauen, was wirklich auf dieser Insel passiert.«

»Also gut. Nachdem der Fang heute so miserabel war, gibt es morgen ohnehin keine Mattanza. Wir fahren heute Nacht gegen halb zwei mit meinem Boot los, dann sind wir gegen vier, halb fünf dort. Es gibt aber Bedingungen.«

»Lassen Sie hören.«

»Ich bin der Kapitän. Sie machen, was ich sage.«

»Einverstanden.« Er hielt dem Raís seine Hand hin. Der nahm sie.

»1.30 Uhr am Jachthafen, vor der Hafenmeisterei.« Sie besiegelten ihre Vereinbarung mit Espressi, einigen

Stücken des unglaublich süßen Gebäcks sowie einem nach Minze schmeckenden Kräuterlikör. Der Raís verköstigte außerdem noch zwei weitere Stück Würfelzucker. Dann schickte sich Gallo an, zu gehen.

»Müssen wir nicht noch zahlen? Ich lade Sie ein.«

Der Raís schüttelte den Kopf. »Nein.«

»Weil Sie der Raís sind? Aus Respekt vor Ihrem Amt?«

»Nein. Die Menschen wissen, dass ich etwas von Fisch verstehe. Ob in der Trattoria oder auf dem großen Fischmarkt in Trapani – wenn ich es kaufe, ist es gut. Die Menschen schauen darauf.«

»Sie als Kunde zu haben, ist also Bezahlung genug, weil dann auch die anderen kommen?«

»Ja.«

Kieffer verabschiedete sich von Gallo und ging zurück zu seinem Hotel. Erst jetzt merkte er, wie müde der Tag auf dem Meer ihn gemacht hatte. Bis eben hatte er sich hellwach gefühlt, der Espresso hatte ihm noch einen Energieschub verpasst. Doch nun sehnte er sich nach Schlaf. Er kämpfte sich den Berg hoch bis zur Piazza und stieg die steinernen Stufen zu seinem Zimmer hinauf. Dann stellte er den Wecker. Viel mehr als drei Stunden Ruhe würde er nicht bekommen. Von der Piazza waberte das Geplauder der Einheimischen und die Musik aus der Jukebox hinauf. Trotzdem war er bereits nach wenigen Sekunden eingeschlafen.

29

Ein fahler Mond beschien die weißen Boote, die im Jachthafen von Favignana gemächlich im Wasser dümpelten. Als Kieffer ankam, saß der Raís bereits vor der Hafenmeisterei und zermalmte Zuckerwürfel. Gemeinsam gingen sie zu einem Maschendrahttor, das auf einen der Stege führte. Gallo schloss auf und winkte ihn hindurch. Das Boot des Raís befand sich am Ende des Anlegers, eine kleinere Motorjacht, kaum zehn Meter lang. Irgendwann war das Schiff sicher einmal strahlend weiß gewesen. Nun hatte es die Farbe ausgeblichener Knochen. Auf dem Bug stand in blauer Schwungschrift »San Isidoro«. Sie gingen an Bord, und schon nach wenigen Minuten war Favignana nur noch eine kleiner werdende Ansammlung von Lichtpunkten, die in der Ferne glommen. Kieffer setzte sich auf die Bank am Heck und zündete sich eine Ducal an. Er schaute zu, wie der Rauch vom Fahrtwind davongeweht wurde.

Der Koch hatte erwartet, auf ihrer Nachtfahrt durch das Tyrrhenische Meer stundenlang durch tiefschwarze Finsternis zu fahren. Er hatte sich getäuscht: Zwar wurde die Korona der italienischen Küste von Minute zu Minute schwächer. Doch es war wolkenlos, und der beinahe volle Mond ließ das ganze Meer in silbrigem Glanz erstrahlen. Obwohl das Hinterdeck nicht beleuchtet war, konnte Kieffer mühelos die Ausrüstung in seinem Rucksack überprüfen. Neben Taschenlampe, Regenzeug und Proviant hatte er noch eine Digitalkamera eingepackt. Er schnürte den Rucksack wieder zu und ging zu Gallo, der vorne am Steuer stand. Daneben war ein kleiner Flachbildschirm angebracht, auf dem eine rote Linie zu sehen war, die von Favignana nach Nordwesten führte.

»Wie lange werden wir brauchen?«

»Das Meer ist sehr ruhig. Höchstens zwei Stunden.«

»Wann wird es hell?«

»Die Dämmerung beginnt um fünf.«

Kieffer versuchte, etwas auf dem Hinterdeck zu dösen, konnte aber nicht einschlafen. Und so lag er auf einem der rissigen Schaumstoffpolster und schaute in den Sternenhimmel. Irgendwann bemerkte er, dass die funkelnden Punkte über ihm blasser wurden. Er setzte sich auf. Steuerbords sah er, dass der Himmel sich rötlich verfärbte. Er ging aufs Vorderdeck und suchte den Horizont nach der Insel ab. Zunächst sah er nichts, doch nach einigen Minuten tauchte sie plötzlich im Meer auf, die einzige Erhebung weit und breit. Sie war klein, viel kleiner als Favignana. Vermutlich hätte er die Isoletta erst deutlich später gesehen, wenn, ja wenn da nicht jene rechteckigen grauen Gebäude gewesen wären, die vom felsigen Untergrund aufragten. Aus der Entfernung sah es fast so aus, als schwömmen sie auf dem Meer. Als sie näher kamen, konnte Kieffer jedoch erkennen, dass die eigentliche Insel relativ hoch aus dem Meer aufragte. Sie besaß ein leicht schief stehendes Plateau, das von der ihnen zugewandten Seite her nach hinten abfiel. Die Gebäude befanden sich deshalb gut sechs oder sieben Meter oberhalb der Wasserlinie, gut geschützt vor den anbrandenden Wellen.

Der Raís drosselte den Dieselmotor, sodass sie nur noch dahindümpelten. Kieffer fiel auf, dass sein Kapitän offenbar bereits vor einiger Zeit sämtliche Positionsleuchten gelöscht hatte. Gallo entnahm einer Kiste einen Feldstecher und suchte damit die Insel ab. Dann reichte er ihn schweigend an Kieffer weiter. Außer den Hallen und der Steilküste konnte man nichts Besonderes erkennen. Der Koch sah weder Menschen noch Boote.

»Sollen wir sie einmal umrunden?«, fragte Kieffer.

Der Raís nickte stumm und fuhr den Motor wieder etwas hoch. Inzwischen war es fast hell. Ein Wind war aufgekommen und hatte kleine Schaumkronen auf das vor einer halben Stunde noch völlig stille Meer gezaubert. Die Jacht stampfte, als sie die Westseite der Isoletta umrundeten. Sie waren vielleicht zwei Kilometer von der Küstenlinie entfernt. Gallo nahm erneut sein Fernglas und schaute hindurch. Langsam ließ er es sinken. »Heilige Mutter Gottes.«

Kieffer nahm dem Raís den Feldstecher aus der Hand. Auf der Nordseite der Insel war deutlich mehr zu sehen als auf der Südseite. Oben am Hang standen die Gebäude, Fertighallen aus geriffelten, grauen Stahlplatten. Von dort schlängelte sich eine Schotterpiste das Plateau hinunter zu einem kleinen Sandstrand, an dem sich ein Anleger befand, ein Provisorium aus Stahlrohren und Plastik. Bläulich-weiße Positionslichter beleuchteten seine Ränder. Schiffe waren an dem Anleger keine vertäut, aber Kieffer sah mehrere Festrumpfschlauchboote mit Außenbordern und Kabinenaufbauten, die oberhalb der Brandungslinie am Strand lagen. Außerdem erspähte er oben am Hang mehrere Quads. Nirgendwo waren Menschen zu sehen. Als er das Fernglas zum äußeren linken Rand des Strands wandern ließ, wurde plötzlich alles schwarz. Er vergewisserte sich, dass die Linsen frei waren und schaute erneut hindurch. Erst als er die Entfernung neu justierte, verwandelte sich die schwarze Fläche in ein kugelförmiges Gebilde. Er verstand jetzt, warum dem Raís ein Stoßgebet entfahren war. Das Ding war riesig. Es ruhte auf dem Strand und war oben an einem Kranarm festgemacht. Sein schwarzer Überzug glänzte matt. Die Kugel war nicht perfekt rund, sondern schien aus vielen kleinen Flächen zu bestehen. »Was für ein Monster«, sagte Kieffer, ohne den Feldstecher abzusetzen.

»30 Meter Durchmesser«, pflichtete ihm Gallo bei.

»Ich würde wetten, dass es mehr sind.«

Kieffer betrachtete die immense Kugel einen Moment lang. Vor seinem geistigen Auge erschienen jene schwarzen Kreise, die er im »Deux Eglises« auf der Satellitenkarte gesehen hatte. Er war sich ziemlich sicher, dass es sich bei der Sphäre am Strand nur darum handeln konnte. Der Computerhipster hatte gesagt, der Durchmesser betrage 56 Meter. Kieffer war bereit, darauf zu wetten, dass er zu exakt dem gleichen Ergebnis käme, wenn er die Kugel vermäße.

Gallo hatte das Boot inzwischen näher an die Insel heranmanövriert. Man konnte die Kugel nun mit bloßem Auge erkennen. Wie ein gigantischer Wasserball lag sie am Strand der Isoletta. Kieffer hatte inzwischen seine Digitalkamera aus dem Rucksack geholt und begonnen, Fotos zu machen.

»Können wir noch etwas näher daran vorbeifahren? Wegen der Fotos.«

»Vorbeifahren?«, entgegnete Gallo. »Ich will verdammt sein.« Dann zog er mit der Rechten den Gashebel zurück und drehte den Bug in Richtung des Strandes.

»Was haben Sie vor, Antoniu?«

»Ich schaue mir das an. Aus der Nähe.«

Kieffer betrachtete den grimmig dreinschauenden Kapitän. »Ist das eine gute Idee? Es ist fast hell und wir wissen nicht, ob die Insel bewacht ist.«

Statt ihm zu antworten, zeigte der Raís auf eine Kiste zu seinen Füßen. Kieffer kniete sich nieder und öffnete sie. In der Box befanden sich zwei schwere Pistolen, mit Läufen so dick wie Klopapierrollen. Es waren Signalpistolen. Außerdem lagen in der Box eine Harpune und zwei der kurzen Gaffs, wie sie die Tonnarotti zum Einholen der Fische benutzten. Die gebogenen metallenen Haken an ihren Enden waren messerscharf. Er gab dem Raís ein Gaff und eine der Signalpistolen, die zweite steckte er nebst drei Kartuschen sowie dem anderen Gaff in seinen Rucksack, obwohl ihm dabei unwohl war. Inzwischen waren sie nur noch hundert Meter vom Strand entfernt. Der Raís schaltete den Motor zurück, das Boot glitt auf den verlassenen Steg zu. Auf Gallos Geheiß warf Kieffer mehrere Poller über die Reling. Eine Minute später hatte Gallo das Boot sicher vertäut, und sie standen auf dem Steg. Ohne zu zögern ging der Raís auf die immense Kugel zu. Kieffer folgte ihm. Aus der Nähe konnte man erkennen, dass es sich um eine geodätische Kuppel handelte; die Sphäre war aus Hunderten dreieckigen Flächen zusammengesetzt. Als Kieffer das Monstrum aus der Nähe betrachtete, war es weniger die Höhe von über

50 Metern, die ihm den Atem verschlug, sondern das Volumen des Konstrukts. Der Computerexperte hatte ihm erklärt, eine Halbkugel dieser Größe fasse über 50 Millionen Liter. Die ganze Sphäre hatte folglich ein Fassungsvermögen, das vermutlich jenes des Luxemburger Olympiaschwimmbads auf dem Kirchberg überstieg.

Während sich Kieffer noch den Hals verrenkte, hatte der Raís bereits begonnen, sich an der dicken, aus Kunstfaser gewobenen Plane zu schaffen zu machen, die das Konstrukt umhüllte. Mit dem scharfen Haken seines Gaffs hatte er diese aufgeschlitzt und ein größeres dreieckiges Stück herausgelöst.

»Helfen Sie mir. Ziehen Sie.«

Sie packten den Zipfel der Plane und zogen mit vereinter Kraft daran. Erst gaben die Fasern nicht nach, dann verloren die beiden Männer plötzlich das Gleichgewicht und plumpsten rücklings in den Sand. Eine Fläche von der Größe eines Computerbildschirms lag nun frei. Darunter konnte man Metallstreben erkennen, die gleichschenklige, aneinanderliegende Dreiecke bildeten. Die Löcher in dem Triangelgitter waren in etwa so groß wie ein Kalbskopf, das Gerüst war außerdem unter der Plane von einem leichteren, feinmaschigen Plastiknetz überzogen. Kieffer zerriss das Nylongewebe, entnahm seinem Rucksack die Taschenlampe und leuchtete in das Loch hinein. Es handelte sich tatsächlich um eine geodätische Kuppel. Sie bestand aus zwei Halbkugeln, die man in der Mitte mit einem breiten, umlaufenden Stahlband zusammengenietet hatte. Der Schein seiner Lampe reichte nicht aus, um die tiefschwarze Kuppel auszuleuchten, doch sie schien völlig leer zu sein, abgesehen von einer etwa zwei Meter durchmessenden metallenen Säule, die von oben ein ganzes Stück in die Kugel hineinragte.

»Was zum Teufel ist das?«, murmelte Kieffer.

»Ein Aquapod«, entgegnete Gallo.

»Ein was?«

»Eine kugelförmige Fischreuse. Man benutzt so etwas für Aquakulturen.«

»Ich dachte, für Thun benutzt man oben offene, zylindrische Reusen, die an der Oberfläche schwimmen.«

»Stimmt. Diese verwendet man für andere Fische. Aber …«, der Raís schaute durch das Loch in der Plane. »Normalerweise sind sie kleiner. Zehn Meter, vielleicht.«

»Und wie funktionieren diese Dinger? Haben Sie eine Idee?«

Der Raís zuckte mit den Schultern. »Wahrscheinlich wie die kleinen. Unten ist eine Kette am Meeresboden festgemacht. Oben ein Schwimmer, damit die Kugel im Meer schwebt.«

»Im Meer? Das heißt, sie befindet sich unter der Wasserlinie?«

»Weit darunter, vermutlich mindestens 10 Meter, eher 15. Sodass sie keinen Schaden nimmt, wenn ein Schiff drüberfährt.«

Kieffer hockte sich auf den Strand und zündete sich eine Zigarette an. Der Raís setzte sich neben ihn. Sie blickten aufs Meer. Dann sagte der Koch: »Diese Kugeln, wenn darin Thunfische gezüchtet werden, dann …«

»… irgendwo da draußen.«

»Aber wo? Haben wir eine Möglichkeit, sie zu finden?«

Der Raís schnaubte. »Haben Sie ein U-Boot? Selbst damit dürfte es schwierig werden.« Kieffer schaute den

Hang hinauf, wo die riesige graue Halle in den rosafarbenen Morgenhimmel ragte. Anschließend blickte er zum Raís hinüber. Ohne ein weiteres Wort standen sie auf und begannen, auf die Schotterstraße zuzugehen, die sich den Berg emporschlängelte.

30

Vor der Halle sahen sich die beiden Männer einem mehrere Meter hohen Rolltor und zwei Türen gegenüber. Noch immer war ihnen niemand begegnet. Alle Eingänge erwiesen sich als verschlossen. Der Raís wollte sich mit seinem Gaff an einer der Türen zu schaffen machen, doch Kieffer hielt ihn davon ab. »Tun Sie es nicht. Vielleicht gibt es eine Alarmanlage.«

Mit unwirscher Miene ließ der Sizilianer sein Werkzeug sinken. »Und? Bis die hier sind, sind wir längst weg.«

Kieffer glaubte jedoch nicht, dass die Insel verlassen war. Die Hallen waren riesig, so groß wie eine ganze Reihenhaussiedlung. Bisher hatten sie zwar niemanden zu Gesicht bekommen, aber was bedeutete das schon? »Wer immer das hier gebaut hat, hat eine Menge Geld investiert. So etwas lässt man nicht unbewacht, selbst wenn es auf einer abgeschiedenen Insel liegt«, sagte er. »Denken Sie an die Kugel, Antoniu. Würden Sie die länger ungeschützt auf dem Strand liegen lassen?«

»Vermutlich nicht.«

»Bestimmt holt die bald jemand ab. Also lassen Sie uns

vorsichtig sein. Möglicherweise hilft uns die hier weiter.« Kieffer zeigte auf eine Feuerleiter, die rechts von ihnen an der Hallenwand festgenietet war. Sie führte bis aufs Dach. »Vielleicht können wir darüber in den Innenhof gelangen.«

Als er auf die Stiege zuging, bemerkte er, dass Gallo kurz zögerte. Die Leiter war schmal und die Hallendecke befand sich weit über ihnen, in gut 15 Metern Höhe. Ein Sturz von dort oben würde einem sämtliche Knochen brechen. Aber die Leiter schien robust und war im oberen Teil mit einem Korb aus Metallbügeln gesichert, die einem Halt gäben, sollte man abrutschen. Der Koch begann hinaufzusteigen. Gallo folgte ihm. Als er die Hälfte der Streben bewältigt hatte, wagte Kieffer keuchend einen Blick nach unten. Etwa fünf Meter unter sich sah er das aschfahle Gesicht des Raís. Seine Arme umschlangen die Leiter wie eine verloren geglaubte Geliebte, sein ganzer Körper war gegen die Streben gepresst.

Der Luxemburger musterte ihn. »Sie haben Höhenangst.«

Gallo nickte matt. »Ich kann da nicht rauf, niemals.«

Kieffer überlegte kurz. »Bleiben Sie hier. Es ist sowieso besser, wenn einer auf das Boot aufpasst, für den Fall, dass doch noch jemand auftaucht. Ich werde versuchen, die Vordertür von innen zu öffnen.« Dann kletterte er weiter und lugte über die Dachkante. Die Halle besaß ein Flachdach, das begehbar aussah. Er krabbelte ein Stück auf allen vieren und stand dann auf. Die Halle war, wie er von den Satellitenfotos wusste, rechteckig und besaß einen quadratischen Innenhof. Er querte das Dach bis zur Innenkante, legte sich dort auf den Boden und schaute nach unten. Der Hof hatte einen Betonboden, auf dem die Teilstücke zweier Aquapods lagen. Daneben stand ein Fahrzeug mit einem Teleskop-Kranarm. Es gab mehrere Türen und Rolltore sowie eine weitere Feuerleiter, die auf der Innenseite der Halle nach unten führte. Menschen sah er keine. Kieffer stieg vorsichtig hinab. Wie an der Außenseite gab es im Innenhof keinerlei Fenster. Darauf bedacht, sich so leise wie möglich zu verhalten, drückte er die Klinken aller Türen hinunter und versuchte, die Rolltore aufzuschieben. Als er sich sicher war, dass auch diese Eingänge alle verriegelt waren, entfuhr ihm ein leiser Fluch. Rasch ging Kieffer zurück zu der Feuerleiter und begab sich wieder aufs Dach. Dann lief er einmal um den Innenhof herum. Er entdeckte mehrere Lüftungsschächte, die jedoch zu klein schienen, als dass ein dicker Koch hindurchgepasst hätte. Ferner gab es eine Satellitenschüssel, über welche die Bewohner der Insel vermutlich Kontakt zur Außenwelt hielten. Daneben befand sich eine Bodenluke mit einem Deckel aus gewölbtem Plexiglas. Kieffer zerrte daran, doch sie bewegte sich keinen Millimeter. Er nahm nun das Gaff und versuchte, es als Hebel zu benutzen. Nach mehreren vergeblichen Versuchen war der Metallhaken an der Spitze verbogen und die Luke immer noch fest verschlossen. Die letzte Möglichkeit, die ihm einfiel, schmeckte Kieffer nicht sonderlich, aber er sah keine andere. Er leerte seinen Rucksack aus, legte ihn auf die Plastikscheibe der Luke und hakte die Riemen an deren Rahmen fest. Dann zog er die Öffnung des Sacks auseinander und lud die Signalpistole. Aus nächster Nähe feuerte er eine Leuchtpatrone in den Rucksack und rannte los.

Statt eines Knalls gab es ein lautes Fump, als die Kartusche den Lauf verließ und sich augenblicklich in einen weißlich glühenden Phosphorball verwandelte. Sein Rucksack zerfiel binnen Sekunden zu Asche. Die Plexiglasluke begann zu zischen und Blasen zu werfen. Eine Rauchlohe stieg über der Halle auf, wurde jedoch vom Wind sofort aufs Meer hinausgetrieben. Dann kullerte der Feuerball die konvexe Scheibe hinunter und hüpfte ein Stück über die Hallendecke, bevor er allmählich verglühte. Kieffer rannte zur Luke, das Gaff in der Hand. Tunlichst darauf bedacht, den metallenen Rahmen nicht zu berühren, stieß er den Enterhaken durch das noch brodelnde Plexiglas. Das Gaff glitt hindurch wie durch weiches Karamell, und es gelang ihm, eine kopfgroße Öffnung zu schaffen, bevor das Acryl wieder erstarrte. Kieffer wartete, bis das Metall ausgekühlt war. Dann schob er seinen Arm in das Loch und tastete nach der Verriegelung. Mit einem Schnappen öffnete sie sich. Unter der Luke befand sich eine kurze Stiege, die auf einer Brüstung endete. Es handelte sich um einen metallenen Steg, der in über zehn Metern Höhe an der Hallenwand entlangführte.

Der Raum, in dem Kieffer sich nun wiederfand, war riesig. Zwischenböden gab es keine, die Decke befand sich in fast 15 Metern Höhe. Die Halle mochte gut 100 Meter lang sein. Unter ihm befanden sich mehrere Wassertanks, in denen Fische zu schwimmen schienen. Genau war das von hier oben nicht auszumachen, denn über den Aquarien befanden sich große Platten. Sie waren mit Kabelzügen an einer darüber hängenden Deckenkonstruktion befestigt. Auf der Unterseite der Platten waren Lampen oder Leuchten angebracht. Diese stellten praktisch die einzige Lichtquelle in der Halle dar. Ansonsten war es dunkel, nur an Catwalks und Decke glomm eine Notbeleuchtung. Das Wasser unter ihm war in ein seltsames Licht getaucht, das die Aquarien grünblau leuchten ließ. Kieffer holte die Taschenlampe hervor, die er in seinen Gürtel gesteckt hatte und leuchtete die im Halbdunkel liegende Hallendecke an. Er erkannte dort mehrere Schienen, die an der Decke entlangliefen. In einer Ecke hing ein Kran. Wie eine riesige gelbe Spinne baumelte er von der Decke herab, an seinen sechs Greifarmen war ein feinmaschiges Netz befestigt. Kieffer vermutete, dass man mit dem Kran Fische aus dem Pool heben oder Futter in die Aquarien hinablassen konnte.

Er war gerade dabei, einige Fotos zu schießen, als er in der Ferne ein Geräusch vernahm, ein mechanisches Klacken, gefolgt von einem hohen Surren. Sofort schaltete er die Taschenlampe aus und ging in die Knie, um sich hinter der Balustrade des Catwalks zu verbergen. Doch es passierte weiter nichts. Kieffer merkte, wie ihm der Schweiß den Nacken hinunterrann. Es war nicht wirklich heiß in der Halle, vielleicht 20 Grad, aber die Luft schien ihm ungemein feucht. Außerdem erwartete er immer noch, im nächsten Moment bis an die Zähne bewaffneten Securityleuten gegenüberzustehen. Der Koch atmete tief durch und stand wieder auf. Er ging weiter den Steg entlang. Zwischen dem oberen Gang und dem Hallenboden gab es eine zweite, niedriger liegende Balustrade, die sich auf Höhe der Tanks befand. In der Mitte der Halle stieg er eine Treppe hinunter und fand sich höchstens einen Meter vor der Glaswand eines der riesigen Tanks wieder.

Er war voller Fische. Es waren eindeutig Thunfische,

aber sehr kleine. Die Jungtiere, die an Kieffer vorbeizischten, waren höchstens 30 Zentimeter lang und hatten tiefbraune Streifen, die sich längs über ihre silbernen Leiber zogen. Der Tank, in dem sie schwammen, war etwa 25 Meter lang, 15 Meter breit und enthielt nichts außer dem Wasser und den Tieren. Darüber schwebte die seltsame Lichtapparatur, die der Koch nun genauer betrachten konnte. Die ganze Unterseite bestand aus Tausenden kleiner Leuchtdioden und erinnerte ihn an eine jener Werbewände, wie es sie am Times Square oder Piccadilly Circus gab. Die LED-Wand produzierte kein gleichmäßiges Licht, vielmehr schien sie zu pulsieren. Die Farbe des Lichts changierte, von weiß zu blau und dann wieder ins Gelbliche. In unregelmäßigen Abständen erstarben Teile der Beleuchtung, um danach wieder hell aufzuflammen. Blickte man in das Wasser unter dem LED-Panel, dann sah es so aus, als ob Wolken über das sonnenbeglänzte Meer zögen.

Kieffer ging weiter, zum nächsten Tank. In diesem schwammen größere Fische, wohl doppelt so lang wie die Jungtiere. Sie schossen mit irrwitziger Geschwindigkeit an ihm vorbei, immer an der Glaswand entlang, in den Ecken Haken schlagend. Viel Platz zum Manövrieren blieb den Bluefins freilich nicht, denn in den Tank waren mindestens hundert Fische gepfercht. Plötzlich meinte Kieffer, unter seinen Füßen eine leichte Vibration zu verspüren. Sie hielt höchstens eine Sekunde an, doch die Fische schienen sie ebenfalls bemerkt zu haben und reagierten augenblicklich. Fasziniert beobachtete Kieffer das Schauspiel, das sich ihm bot. Die Bluefins änderten ihre Formation. Statt weiter an den Wänden entlangzuschwimmen, bewegten sie sich nun im Kreis, um die Mitte des Beckens herum, ein Mahlstrom aus silbrig glänzenden Leibern. Kieffer fiel auf, dass sich im Boden des Tanks eine runde Öffnung befand, deren Abdeckung sich langsam nach oben schob. Darunter verbarg sich ein metallener Zylinder, der nun wie von Geisterhand aus dem Boden in das Becken hinaufgefahren wurde, bis er etwa zwei Meter weit ins Wasser ragte. Kieffer konnte ihn kaum erkennen, so dicht war der Strudel aus Fischleibern, der die Apparatur in wachsender Erregung umkreiste.

Dann begann das ganze Becken zu brodeln. Aus den Öffnungen des Zylinders schossen Hunderte kleine grünlich-graue Kügelchen heraus, die einige Zentimeter durch das Wasser pflügten, bevor der Widerstand sie bremste und sie langsam nach unten schwebten. Kein einziges erreichte den Boden, denn die nun rasenden Thunfische schnappten die Pellets sofort mit ihren weit aufgesperrten Mündern. Kieffer riss sich von dem Anblick los und schaute zu den anderen beiden Tanks in der Halle hinüber. Auch dort schien die automatische Fütterung in vollem Gange zu sein.

Er ging, weitere Fotos schießend, die Balustrade entlang, um noch einen Blick auf den letzten Tank zu werfen. Dieser war voller Fische, die frisch geschlüpft sein mussten, kaum größer als ein Fingerglied, mit durchscheinender, milchigweißer Haut. Statt der bohnengroßen Pellets blies die Fütterungsmaschine hier einen grünlichen Staub ins Wasser. Nach wenigen Minuten war der ganze Spuk vorbei. Mit kaum wahrnehmbarem Surren verschwanden die metallenen Zylinder wieder in der Versenkung, die Bodenklappen schlossen sich. Kieffer befand sich nun am westlichen Ende der Halle.

Daneben musste ein weiteres, etwas kürzeres Gebäude liegen, das im rechten Winkel an dieses angrenzte. In der Westwand gab es ein Rolltor sowie eine Tür. Zwischen beiden stand eine große Kaffeemaschine, deren Knöpfe im Halbdunkel leuchteten. Kieffer wollte gerade versuchen, die Tür zu öffnen, als er wieder das Geräusch hörte, das ihn bereits vorhin erschreckt hatte: Es war ein Klacken, nicht unähnlich jenem, das eine Schrotflinte produziert, wenn man sie durchlädt. Gefolgt wurde der Laut von einem Sirren sowie einem Pfff-Ton, der auf das Entweichen von Druckluft schließen ließ. Kieffer legte ein Ohr an die Tür. Er war sich sicher, dass die Geräusche aus dem Raum direkt dahinter kamen.

Dann vernahm er eine menschliche Stimme. Jemand murmelte etwas in einer Sprache, die er nicht verstand. Kieffer zog die Signalpistole aus seiner Gesäßtasche und legte eine Kartusche ein. Er drückte vorsichtig die Klinke herunter. Die Tür öffnete sich einen Spalt und er lugte hindurch. Er schaute in eine weitere Halle, die der vorherigen nicht unähnlich war. Sie enthielt zahlreiche kleinere Aquarien, in denen einzelne Thunfische in verschiedenen Entwicklungsstadien schwammen. Dominiert wurde die Szenerie jedoch von einem riesigen Tank in der Mitte. Er nahm etwa die Hälfte der Hallenfläche ein. In dem Aquarium schwamm ein kapitaler Bluefin, der größte, den er je gesehen hatte. Von der Schnauze bis zu der immensen Schwanzflosse maß das Tier gut und gerne viereinhalb Meter. Der Riesenthun bewegte sich träge durch das Wasser. Der Boden des Beckens war mit weißlichen Schlieren und Fischrogen bedeckt.

Um den Raum besser einsehen zu können, öffnete er die Tür etwas weiter und hatte nun auch die Seite des

Tanks im Blick, die ihm bisher verborgen gewesen war. Dort stand eine seltsame Apparatur. Sie sah aus wie eine Harpune und war auf einem hohen Sockel festgemacht. Auf einer Art Hochsitz dahinter saß ein Asiate in einem blauen Kittel. Er war dabei, die Harpune vermittels zweier Hebel ins Wasser abzusenken und auf den Riesenthun zu richten. Dann drückte er auf einen Knopf, woraufhin und ein Pfeil durch das Wasser schnellte und sich in die Flanke des Fisches bohrte. Im gleichen Augenblick gab es ein Zischen, als dem Thun etwas injiziert wurde, das sich offenbar in einem Zylinder in der Mitte der Harpune befand, die in Wirklichkeit wohl eher eine gigantische Spritze war. Kurz darauf begann der Thun, weiteren Laich abzusondern. Der Mann in dem Kittel schien mit dem Ergebnis zufrieden zu sein und sagte etwas, das in Kieffers Ohren Japanisch klang. Dann manövrierte er das Gerät aus dem Wasser heraus und kletterte von seinem Hochsitz herab. Er wandte sich um und sprach mit einer weiteren Person, die Kieffer nicht sehen konnte.

Der Mann im Kittel rief etwas, das für den Koch wie »Fiidingu owatta« klang. Danach stellte er der zweiten Person anscheinend eine Frage.

Der andere antwortete lachend. Kurz darauf hörte Kieffer Schritte. Einer der Männer kam auf die Tür zu, hinter der er stand und murmelte dabei vor sich hin. Es hörte sich an wie »koochi, koochi«.

Sein Blick fiel auf die Kaffeemaschine, die neben der Tür stand. Koochi. Kaffee. Rasch ging er hinter zwei Plastikfässern in Deckung, die nur wenige Meter entfernt standen. Er hatte sich gerade hingehockt, als der Mann auch schon pfeifend durch die Tür schlenderte. Seelenruhig nahm er die Kaffeekanne und füllte zwei

Pappbecher. Dann brüllte er seinem Kompagnon durch die offen stehende Tür zu: »Satoo to miruku?«

»Kuroi«, ertönte es aus der anderen Halle. Der Japaner ließ einige Zuckertütchen in seiner Hosentasche verschwinden. Kieffer hielt den Atem an. Der Mann würde seine beiden Kaffees nehmen und dann den Raum verlassen. Bis die beiden ihre Frühstückspause beendet hatten, blieb ihm vermutlich ausreichend Zeit, über das Dach wieder zum Strand zu gelangen und sich, mit reichlich Beweisfotos im Gepäck, aus dem Staub zu machen. In der anderen Halle hatte er an der hinteren Wand zwar noch etwas erspäht, das er sich gerne angeschaut hätte. Aber sein Verstand sagte ihm, dass die Sache allmählich zu gefährlich wurde. Es war ohnehin ein Wunder, dass er bislang unentdeckt geblieben war.

Der Mann hatte die beiden dampfenden Becher inzwischen abgestellt und wühlte in einem kleinen Karton, der neben der Maschine stand. Er holte einen Snickersriegel daraus hervor, um ihn dann wieder zurückzuwerfen. Offenbar erwog er, sich seine Kaffeepause mit einem Snack zu versüßen. Kieffer musterte den Japaner. Er war schlaksig und trug Jeans sowie ein schwarzes Hemd. Als er den Wahlknopf betätigte, fiel Kieffer auf, dass an seiner rechten Hand zwei Finger fehlten. Zudem sah der Koch unter dem Hemd an Armen und Nacken farbige Tätowierungen hervorlugen. Fische und Drachen, in schillernden Farben gezeichnet. Tätowierungen, wie sie auch sein Freund Toro besessen hatte. Er sah das Gesicht des Sushikochs deutlich vor seinen Augen. Sein Freund Toro, der wegen eines verdammten Fisches hatte sterben müssen, eines Fisches, der vermutlich aus dieser Zuchtanlage stammte.

Sich ruhig verhalten und abwarten war die einzig sinnvolle Vorgehensweise. Sein Bauch entschied jedoch in diesem Moment, dass es anders laufen würde. Als der Japaner sich nach vorne beugte, um den gewünschten Riegel aus dem Karton zu fischen, war Kieffer bereits hinter ihm und zog dem Mann die schwere Signalpistole über den Schädel. Er sackte augenblicklich in sich zusammen. Der Koch zog den Ohnmächtigen hinter die Plastikfässer. In diesem Moment erschien der Blaukittel im Türrahmen. »Watashi no koohi wa doko …« Seine Stimme erstarb, als er Kieffer erblickte. Er drehte sich um und floh, der Koch rannte hinterher. Der Japaner war flinker als er. Bevor Kieffer den Wissenschaftler erreichen konnte, hatte dieser schon eine Computerkonsole erreicht und nach einem Telefonhörer gegriffen.

Der Koch hob die Signalpistole und sagte auf Englisch: »Das würde ich nicht tun.« Der Mann hatte auf jeden Fall Schneid, denn er tat es trotzdem. Da Kieffer nicht ernsthaft vorhatte, seinem Gegenüber ein phosphoreszierendes Loch in den Bauch zu brennen, versuchte er stattdessen, ihm das Telefon zu entwinden. Er rammte dem Japaner den Lauf zwischen die Rippen und griff mit der freien Hand nach dem Spiralkabel, das an dem Hörer befestigt war. Der Japaner war ein dürres kleines Männchen und hatte ihm, so glaubte Kieffer, körperlich nichts entgegenzusetzen. Mit einem Ruck riss er dem Mann das Telefon aus der Hand. Der packte jedoch nun mit beiden Händen Kieffers rechten Arm und setzte einen Hebel an, der dem Koch fast die Schulter auskugelte. Aufheulend ging er zu Boden. Als der stechende Schmerz abebbte, wurde Kieffer bewusst, dass er die Signalpistole nicht mehr in der Hand hielt. Ohne nachzudenken schnellte er hoch und hieb mit dem Telefonhörer nach dem Japaner. Es gab ein hässliches Knacken, als die Plastikverschalung der Ohrmuschel auf das Jochbein des Wissenschaftlers traf, fast augenblicklich gefolgt von dem zischenden Plopp der Signalpistole. Kieffer ließ sich nach hinten fallen. Ein sinnloses Manöver, denn sein taumelnder Gegner hatte den Schuss völlig verrissen. Einen Moment lang folgten ihrer beider Blicke dem Flug der gleißenden Kugel. In hohem Bogen stieg sie bis zur Hallendecke auf. Dort prallte sie gegen ein Gitter und stürzte wieder hinab – mitten in den Tank.

An der Stelle, wo der glühende Ball eintauchte, fing das Wasser sofort an zu kochen. Der riesige Thun versuchte, sich von dem brennenden Ding wegzubewegen, das kaum einen Meter von ihm entfernt war. Entsetzt schaute der Japaner auf den Fisch und schrie etwas. Dieser Moment reichte Kieffer, um seinem Widersacher die Beine wegzuziehen und sich auf ihn zu werfen. Er versetzte dem Mann einen Kinnhaken, dann noch einen. Der Japaner hörte auf, sich zu bewegen. Rasch nahm Kieffer seine Kamera und fotografierte den dampfenden Tank. Danach wandte er sich der Computerkonsole zu. Auf dem Bildschirm darüber hatte er etwas gesehen, das ihn überhaupt erst dazu bewogen hatte, in den zweiten Raum vorzudringen. Auf dem riesigen Wanddisplay war eine Karte erkennbar, auf der die Isoletta sowie das Meer zu sehen waren. Rund um die Insel blinkten etliche kleine Punkte im Wasser. Neben ihnen befand sich jeweils eine kleine Legende, auf der »Fish Count«, »Maturity« und »Scheduled Maintenance« stand. Er war sich ziemlich sicher, dass die Punkte auf der Karte die Positionen der Aquapods angaben, die irgendwo da draußen im Tyrrhenischen Meer schwammen. Sicherlich konnte man diese Karte über den Computer auslesen und irgendwo waren vermutlich auch die Koordinaten verzeichnet. Weil er in derlei Belangen jedoch ein hoffnungsloser Fall war, nahm er einfach seine Kamera und machte Fotos des Bildschirms. Dann verließ er, ohne sich noch einmal umzuschauen, die Halle und kletterte zurück aufs Dach. Oben angekommen ging er als Erstes zu der Satellitenschüssel. Er umfasste den Teller und rüttelte daran. Es dauerte einen Moment, bis sich der obere Teil mit einem Knirschen löste. Mithilfe des Gaffs hebelte er ihn vollständig aus dem Scharnier und warf ihn über die Dachkante in den Innenhof, wo er mit lautem Scheppern aufschlug. Anschließend kletterte er die Leiter hinunter.

Gallo wartete am Strand auf ihn. »Sie haben die Tür nicht geöffnet«, sagte er.

»Ich hatte Probleme. Es wäre besser, wenn wir jetzt verschwinden.«

Sie hatten gerade die Leinen losgemacht, als sie sahen, wie sich das vordere Rolltor öffnete. Mehrere Männer kamen heraus, zeigten in ihre Richtung und riefen etwas. Einer hatte eine Maschinenpistole in der Hand. Gallo startete den Motor. Rasch entfernten sie sich. Die Männer auf der Isoletta, Kieffer zählte insgesamt vier, jagten auf Quads den Hang hinunter und hielten direkt auf die Schlauchboote zu, die am Ufer vertäut waren. »Sollten wir nicht schneller fahren?«, fragte Kieffer. »Die werden uns einholen.«

»Nur, wenn sie sehr schnell paddeln können«, sagte der Raís.

»Wie meinen Sie das?«

Der Sizilianer griff in seine Hosentasche und holte eine Handvoll Zuckerwürfel hervor. »Reicht kaum für die Heimfahrt. Fast mein ganzer Vorrat«, er zeigte mit dem Daumen über seine Schulter, »ist in den Tanks der Außenborder am Strand.« Er packte einen Würfel aus und zermalmte ihn genüsslich zwischen den Backenzähnen. »Es ist immer gut, Zucker dabeizuhaben.«

31

Als sie Favignana erreichten, glühten die Steine der Hafenpromenade bereits in der Morgenhitze. Der Raís bugsierte Kieffer schnurstracks in eine Hafenbar, die nach seinen Angaben den »besten Kaffee Siziliens« braute. Während sie ihre Espressi tranken, zeigte der Koch dem Chef der Tonnara auf seinem Kameradisplay die Fotos, die er gemacht hatte. Während der Sizilianer die Bilder betrachtete, bekreuzigte er sich mehrfach. Schließlich sagte er: »Das ist wider die Natur.«

»Verstößt es auch gegen irgendein Gesetz?«, fragte Kieffer. Er zündete sich eine Zigarette an. »Diese Kerle kommen aufgrund der verzuckerten Bootsmotoren vermutlich erst einmal nicht von der Insel runter«, fuhr er fort, »und ihre Satellitenverbindung habe ich unterbrochen. Aber sehr lange wird sie das nicht aufhalten.«

Der Raís nickte. Dann erhob er sich abrupt. »Kommen Sie, wir haben nicht viel Zeit.«

»Wo wollen Sie hin?«

»Wir fahren nach Palermo.«

»Zur Polizei?«

»In der Art.«

Sie liefen hinauf zur Piazza Calvario, wo Kieffer sein Zimmer bei Signora Marta bezahlte. Zwei Stunden später waren sie auf der Autostrada Richtung Palermo. Der Raís telefonierte während der Fahrt auf Sizilianisch. Es schien eine komplizierte Angelegenheit zu sein, denn er schrieb mehrfach Telefonnummern auf einen Zettel, tätigte dann weitere Anrufe, strich die Notizen wieder durch. Als sie die Stadt erreichten, dirigierte ihn Gallo Richtung Altstadt. Schon vom Zubringer aus konnte er die alten Gebäude in der Gluthitze wabern sehen. Dann fuhren sie durch mehrere kleine Gässchen, in denen Kieffer nach wenigen Minuten die Orientierung verlor. Vor einer großen Villa hieß der Raís ihn stoppen. Sie war im maurischen Stil gehalten, mit blauen Kacheln und geometrischen Motiven an der Außenfassade. Gallo stieg aus und klingelte. Kurz darauf öffnete sich die Pforte des Anwesens und ein Bediensteter bedeutete Kieffer, in den Innenhof zu fahren. Hinter den Mauern, welche das Haus umgaben, verbarg sich ein sattgrüner Garten mit Palmen und Chinottobäumen sowie einer Fontäne, deren Wasser über eine Art kleines Aquädukt in ein flaches, längliches Bassin lief. An dessen Ende saß auf einem Gartenstuhl ein Mann, vielleicht 60 Jahre alt, mit schlohweißer, dichter Löwenmähne und einem Fächer in der Hand. Er trug eine Anzughose und ein blütenweißes Baumwollhemd, dessen Ärmel hochgekrempelt waren. Gallo ging auf den Mann zu und signalisierte Kieffer, ihm zu folgen.

Der Fremde war aufgestanden und reichte dem Raís die Hand. Dieser nahm sie und neigte tief den Kopf, während er sie schüttelte. Die Geste hatte in Kieffers Augen etwas Serviles, sie schien ihm fast unterwürfig. Gallo sprach nun mit dem Mann in einem seltsamen Dialekt, zeigte dabei mehrfach auf Kieffer. Die einzigen Worte, die der Koch zu verstehen glaubte, waren »tonno« und »Trebarca Silva«. Der Raís wandte sich wieder an ihn und sagte:

»Darf ich Ihnen Herrn Avvocato Carrone vorstellen?«

Kieffer schüttelte dem Mann die Hand. »Herr Anwalt, es freut mich, Sie kennenzulernen.«

»Die Freude ist ganz auf meiner Seite. Bitte setzen Sie sich.« Der Avvocato sprach Englisch, das jedoch anders als Gallos nicht von sizilianischem Patois durchsetzt war. Seine Aussprache war makellos, die eines Muttersprachlers mit amerikanischem Akzent. »Darf ich Ihnen eine Limonade anbieten? Aus unseren eigenen Bitterorangen hier im Garten. Es gibt kaum etwas Besseres gegen die Hitze des frühen Nachmittags.«

Sie setzten sich an den Gartentisch, und Carrone schenkte ihnen eigenhändig geeiste Limonade ein. Dann lehnte er sich zurück und sagte: »Unser beider Freund, der Raís, hat mir von Ihrem Problem erzählt. Arbeiten Sie für die EU-Fischereibehörde?«

Er schüttelte den Kopf. »Nein. Eigentlich bin ich Koch.«

Offenbar war die Frage ein Test gewesen, denn Carrone sagte nun: »Ja, wie ich gehört habe, betreiben Sie in Luxemburg ein Restaurant und waren früher einmal Sternekoch. Ich möchte nicht unhöflich erscheinen, aber mir ist noch unklar, was genau Ihr Interesse an dieser Sache ist.«

Kieffer merkte, wie ihm etwas flau in der Magengrube wurde. Er beschloss, dem Anwalt eine ähnliche Geschichte zu erzählen wie bereits Trebarca Silva: »Ich arbeite außerdem als Gastroconsultant. Mehrere meiner Kunden betreiben Sushirestaurants, und sie haben Zweifel an der Qualität des Roten Thuns, den sie von Silvas Firma Pombal Foods bekommen. Da es um beträchtliche Summen geht, haben sie mich geschickt, die Sache zu überprüfen.«

»Ich verstehe – und bei Ihren Ermittlungen sind Sie auf den Umstand gestoßen, dass dieser Trebarca Silva vor unserer Küste eine neuartige Zuchtanlage für Thunfisch betreibt, ist das korrekt?«

»Ja, Herr Carrone. Er besaß auch Ranches vor der spanischen Küste, deren Betrieb offenbar gegen Recht und Gesetz verstieß. Was er dort draußen auf der Isoletta tut … man hat mir erklärt, dort gelte Seerecht.«

Der Avvocato nickte. »Sie sind ganz richtig informiert. Trotzdem könnte es gegen gewisse Gesetze verstoßen, gegen die Usancen des hiesigen Thunhandels sowieso.«

»Wie ist das zu verstehen?«

»Thunfisch ist Siziliens ältestes Gewerbe. Älter noch als das andere.« Er lachte. »Wussten Sie, dass der klamme spanische König Mitte des 17. Jahrhunderts eine Tonnara und einen Baronstitel an eine reiche Patrizierfamilie verkaufen musste? Der Titel war nur eine Dreingabe. Die Patrizier zahlten für die Tonnara von Tràpani 60 000 Scudi – mehr als die jährlichen Steuereinnahmen der Spanischen Krone. Natürlich haben sich die Zeiten geändert, die Japaner sind nun diejenigen, die den Markt machen, auch die Iberer mischen mit. Und sogar Luxemburger wie Silva.«

»Sie kennen ihn?«

»Das wäre zu viel behauptet. Sagen wir, ich weiß von seiner Existenz. Die Gesellschaft, für die ich arbeite, ist seit Jahren im Thunhandel tätig, vor allem in Logistik und Finanzierung.«

»Und wie heißt die?«

Carrone schüttelte den Kopf. »Bitte verzeihen Sie, dass ich in diesem Punkt zurückhaltend sein muss, aber meine Klienten möchten ungenannt bleiben. Aber, um das fortzuführen: Für uns ist Trebarca Silva durchaus kein Unbekannter. Was seine Liegenschaften in Sizilien angeht, da waren wir trotzdem überrascht. Davon wussten wir nichts. Es ist misslich, dass man uns nicht darüber informiert hat.«

»Wie meinen Sie das?«

»Verstehen Sie mich nicht falsch, Herr Silva kann natürlich tun und lassen, was er möchte. Hier herrscht schließlich freie Marktwirtschaft. Da seine Zuchtanlage zudem außerhalb italienischer Gewässer liegt, passiert alles, was sich dort draußen abspielt, in einer rechtlichen Grauzone. Aber da wir nun einmal die alteingesessenen Geschäftsleute hier sind, empfinden wir solch ein Vorgehen als ausgesprochen rüde.«

Kieffer klopfte sich eine Ducal aus der Packung. »Sie meinen, unter Gentlemen hätte man zumindest einmal miteinander gesprochen?«

»So ist es unter ehrbaren Kaufleuten üblich, Herr Kieffer.« Carrone entnahm seiner Hosentasche ein silbernes Feuerzeug und gab ihm Feuer. Dann sagte er: »Antoniu erzählte, Sie hätten Fotos von der Anlage gemacht. Könnte ich die einmal sehen?«

»Sicher.« Kieffer reichte ihm die Kamera.

Der Avvocato griff hinter sich und entnahm einer Tasche einen Laptop. Dann zog er die Speicherkarte aus der Kamera des Kochs und schob sie in einen Schlitz an der

Seite seines Computers. Einige Minuten vergingen, während sich Carrone durch die etwa 50 Aufnahmen klickte. Dann steckte er die Karte wieder in die Kamera und gab sie dem Luxemburger zurück. »Das ist äußerst beeindruckend. Wissen Sie, wie er das finanziert hat?«

Kieffer wurde der allzu freundliche Anwalt allmählich unheimlich. Deshalb sagte er: »Ich habe nicht herausfinden können, wer seine Geldgeber sind – es scheint, dass Trebarca Silva ein äußerst verschachteltes Firmenimperium besitzt.«

Carrone nickte wissend. »Natürlich. Ich kann Ihnen nichts versprechen, aber wir werden zwei Dinge tun. Zum einen werde ich meinem Mandanten vorschlagen, detaillierte Informationen über Signore Silva einzuholen. Kreditwürdigkeit, Kundenbeziehungen, Footprint – wir haben Kontakte, die so etwas wissen. Zum anderen«, er nippte an seiner Limonade, »werde ich rechtlich prüfen, ob man einfach mitten im Mittelmeer solch eine Zucht unterhalten darf. Haben Sie eine Idee, was dort mit den Fischen geschieht?«

»Ich kann es mir nur zusammenpuzzeln, ich bin kein Experte.«

»Ihre Einschätzung wäre dennoch von großem Wert für mich.«

»Nun gut. Nach allem, was ich auf der Insel gesehen habe, steht für mich fest, dass Trebarca Silva dort Thunfisch züchtet. Nicht, indem er Jungtiere in Reusen setzt, wie es die anderen Rancher machen. Er zieht die Tiere komplett auf. Er hat ausgewachsene Fische, denen etwas injiziert wird, damit sie Rogen und Sperma produzieren.«

»Hormone?«, fragte der Anwalt.

»Möglich. Dann füttern seine Leute die Larven. Aber nicht mit Sardinen oder anderen Fischen, wie das gemeinhin üblich ist. Sondern mit Pellets, mit Fertigfutter. Ich weiß nicht, wie das geht, denn nach meinen Informationen ist das bislang noch niemandem gelungen.«

Der Raís sagte etwas auf Sizilianisch.

»Antoniu sagt, die Fische seien sehr wählerisch, was ihr Essen angeht.«

»Die von Silva offenbar nicht. Ich habe mit eigenen Augen gesehen, wie sie sich auf das Fertigfutter gestürzt haben. Wenn die Fische größer werden, setzt man sie offenbar ins Meer.«

»In Reusen?«

»Sie haben die Kugel gesehen. Antoniu sagt, es sei wahrscheinlich eine Art Unterwasserkäfig.«

»Und wo befinden sich diese Zuchtkäfige?« Carrone schob Kieffer seinen Rechner hin, auf dem ein Fotoprogramm geöffnet war. Dort waren seine Bilder als Miniaturansichten abgespeichert.

»Dieses Bild hier. Vergrößern Sie es bitte.«

Sie schauten einen Moment lang auf die Karte, die der Koch von dem Bildschirm im Labor abfotografiert hatte.

»Keine sehr genaue Positionsbestimmung«, sagte der Avvocato.

»Vielleicht wenn man ein großes Boot mit einem Sonar hätte …«, wandte Kieffer ein.

»Vielleicht«, sagte Carrone. »Ich danke Ihnen für diese Informationen. Wie darf ich mich bei Ihnen revanchieren?«

»Wenn Sie mich anrufen und mir das Ergebnis Ihrer Nachforschungen mitteilen würden, wären wir aus meiner Sicht quitt.«

»Sicherlich. Und wenn Sie noch etwas über Signore Silva oder seine Geschäftspartner in Erfahrung bringen, wäre ich Ihnen für einen Anruf dankbar.« Der Avvocato entnahm seiner Hosentasche eine Visitenkarte und reichte sie dem Koch. Carrone lächelte und stand auf. Kieffer tat es ihm gleich, und sie schüttelten sich die Hand. Der Avvocato sagte: »Wenn Sie mich jetzt entschuldigen würden. Ich muss einige Telefonate führen. Es war mir eine Freude. Bleiben Sie ruhig noch ein wenig sitzen und trinken Sie eine weitere Chinotto. Es wird ein sehr heißer Tag.« Dann verschwand er zwischen den Orangenbäumen. Nachdem sie ausgetrunken hatten, brachte Kieffer den Raís zum Hauptbahnhof, von wo dieser den nächsten Zug nach Trapani nehmen wollte. Während der ganzen Fahrt sagte Gallo kein Wort. Als sie den Wagen geparkt hatten und sich voneinander verabschiedeten, ergriff der Sizilianer Kieffers Unterarm und schaute ihn eindringlich an. »Sie sollten Ihre Nachforschungen nun beenden. Die Sache ist in guten Händen.«

»Ich bin mir nicht sicher, dass dies schon das Ende ist. Ich habe noch …«

»Es ist das Ende«, widersprach der Raís.

»Aber diese Zuchtfarm, völlig ohne Genehmigung, mitten im Meer – Sie haben selbst gesagt, dass es das eigentlich nicht geben sollte. Irgendjemand muss etwas dagegen unternehmen.«

Der Raís schaute ihn an, wie man jemanden anschaut, der den Wald vor lauter Bäumen nicht mehr sieht. »Verstehen Sie es wirklich nicht?«

»Wie denn, wenn Sie die ganze Zeit um den heißen Brei herumreden.«

»Also gut. Spätestens nächste Woche wird es auf der Isoletta di Bonaccia nur noch rauchende Trümmer geben.«

»Was?«

»Thun ist ein Millionengeschäft. Und auf Sizilien macht niemand Millionengeschäfte ohne … sie.« Der Raís legte ihm die Hand auf die Schulter. »Steigen Sie jetzt in Ihren Flieger. Es war gut, Sie kennengelernt zu haben. Aber kommen Sie besser nicht wieder her.«

Dann drehte er sich um und verschwand in der Menge.

32

Als Kieffer in der Ankunftshalle des winzigen Flughafens Luxemburg-Findel sein Handy wieder einschaltete, sah er, dass eine neue SMS eingetroffen war. Sie stammte von Valérie. Seine Freundin hatte sich diesmal also zuerst bewegt. Er las die Nachricht: »Wo bist du? Ruf mich an, in Liebe, Val. P.S. Guck in deine Mails.« Er schaute auf das Display. Sie hatte mehrfach versucht, ihn anzurufen. Doch dank seines Ausflugs zur Isoletta und dem dreistündigen Flug war er praktisch unerreichbar gewesen. Nun meldete sich sein schlechtes Gewissen. Hätte er Valérie nicht zumindest seine Reisepläne mitteilen sollen? Jetzt war es ohnehin zu spät. Er würde sie gleich anrufen, doch zuerst wollte er nach Hause. Kieffer holte sein Auto aus dem Parkhaus und fuhr nach Grund. In seinem Häuschen in der Tilleschgass griff er sich zunächst eine, wie er fand, wohlverdiente Flasche Mousel aus dem Kühlfach und ließ das Bier in großen Schlucken seine Kehle hinabrinnen. Dann warf er den Computer an und schaute nach der Mail von Valérie. Der Betreff lautete »Portugal-Urlaub«, die Nachricht bestand aus nur wenigen Sätzen und einem Link.

»Liebster, ich habe uns ein Hotel in Burgau ausgesucht. Schau doch mal, ob es dir gefällt. In Liebe, Val.« Kieffer klickte auf den Link, der zur Seite eines Reiseportals führte. Als sich die Seite öffnete und er den Eintrag des Hotels sah, rutschte ihm die Bierflasche aus der Hand. Sie fiel auf den Boden, kullerte noch ein Stück und tränkte seinen Perserteppich mit Mousel Altmünster. Kieffer ignorierte das Malheur. Er hatte nur Augen für das Hotel. Es sah vielversprechend aus, war keiner dieser hässlichen Betonbunker, die in Südeuropa gemeinhin die Küste verschandelten. Es handelte sich um einen freundlichen, gedrungenen Bau, mit Azaleen vor den gemauerten Wänden. Dahinter sah man das Meer. All das nahm Kieffer freilich nur am Rande wahr, seine ganze Aufmerksamkeit wurde von dem blauen Schriftzug über dem Eingang gefesselt: »Gran Hotel Marquês Pombal.«

Pombal. Wieso hieß das Hotel genauso wie die Fischfirma von Trebarca Silva? Er wechselte zur Seite einer Suchmaschine und gab »Marquês Pombal« ein. Der erste Treffer war ein Lexikoneintrag. Er stöhnte. »Kretjchëft namol, wat eng Merde!« Dort blickte ihm ein Herr entgegen, den er bereits kannte. Der Marquês Pombal stand auf seiner Terrasse, mit weißer Perücke und Brokatgewand, in herrischer Pose auf den Hafen von Lissabon deutend. Es war das gleiche Gemälde, das er in Trebarca Silvas Büro in Belval gesehen hatte. Er las den ganzen Eintrag:

»Sebastião José de Carvalho e Mello, Conde de Oeiras, seit 1769 Marquês de Pombal (* 13. Mai 1699 in Lissabon; † 8. Mai 1782 in Pombal), war Erster Minister Portugals während der Herrschaft König José I. und der bedeutendste portugiesische Staatsmann des 18. Jahrhunderts.«

Kieffer ließ sich in den Stuhl sinken. In seinem Kopf konnte er die Stimme Trebarca Silvas hören: »Ich bin ein großer Patriot.« Und als solcher hatte sich der Thunhändler nicht nur ein Gemälde des portugiesischen Bismarcks in seine Büroräume gehängt. Er hatte auch sein ganzes Firmenimperium nach jenem Mann benannt, den er offensichtlich fast so glühend verehrte wie die Madonna von Fatima. Dabei hatte Silva den ellenlangen Namen des Ersten Ministers ausgeschlachtet und filetiert, wie einen jener Fische, mit denen er handelte. Sein Großhandel hieß Pombal, sein Thunranch-Imperium Carvalho e Mello. Der Luxemburger Trustfund, über den Trebarca Silva seine Geschäfte abwickelte, nannte sich Sebastião 3. Blind war er gewesen, dass ihm das alles nicht viel früher aufgefallen war. Denn damit war nun auch zweifelsfrei bewiesen, wem das Transportunternehmen gehörte, das Ryuunosuke Mifunes Sushi-Zutaten ins Orsay gebracht hatte. Die Firma hieß Marquis Catering. Marquis, die französische Version eines Markgrafen, der auf portugiesisch Marquês hieß. Kieffer griff zum Telefon und wählte Valéries Nummer.

»Xavier! Ich hab' schon den ganzen Morgen versucht, dich zu erreichen. Wo warst du?«

»Auf Sizilien.«

»Wie bitte? Was hast du dort gemacht?« Er merkte, wie sie in Rage geriet.

»Ich habe die Zuchtanlage von Trebarca Silva angeschaut. Aber den Fall gelöst habe ich erst jetzt, dank deiner Hilfe.« Er erzählte ihr von der Insel und von der

Mattanza. Vom Raís, von dem viel zu hilfsbereiten Anwalt und vom Marquês de Pombal.

»So was kannst du doch nicht im Alleingang machen! Geh' jetzt endlich zur Polizei!«

»Und was soll ich denen erzählen?«

»Dass Trebarca Silva zwei Menschen hat ermorden lassen.«

Er seufzte. »Die Beweislage ist nach wie vor dünn. Ich werde mit ihm reden.«

»Xavier, der Mann geht über Leichen. Triff dich nicht mit ihm allein, hörst du?«

»Das habe ich gar nicht vor, Val. Ich werde ihn vor Tausenden Zeugen treffen, und zwar schon morgen. Ich hatte gehofft, dass du mitkommst.«

»Morgen ist Himmelfahrt«, entgegnete sie. »Willst du ihm vor der Kirche auflauern?«

»Nein. Vor dem Fatima-Denkmal in Wiltz.«

33

Auf dem Rollfeld von Findel wartete Kieffer auf die Air-France-Maschine aus Paris. Er hatte sich am Vorabend lange den Kopf darüber zerbrochen, wie Valérie und er es schaffen sollten, rechtzeitig nach Wiltz zu gelangen, bevor die Fatima-Prozession begann. Der Ort im Norden lag zwar nur 60 Kilometer von Luxemburg-Stadt entfernt, doch mit dem Pkw nach Wiltz zu gelangen, gar zum Fatima-Denkmal, schien ihm an Himmelfahrt ein Ding der Unmöglichkeit zu sein. Denn zu den rund 5000 Einwohnern des Ardennenstädtchens gesellten sich an diesem Tag Heerscharen von Pilgern, viel mehr, als die Infrastruktur der kleinen Gemeinde verkraftete. Mit dem Auto stünden sie an diesem Donnerstag auf der Nationalstraße stundenlang im Stau. Deshalb hatte er ein alternatives Transportmittel organisiert.

Kieffer zog die rote Ducal-Schachtel aus der Tasche seiner Cordhose und klopfte eine Zigarette heraus. Er sah einen Tanklaster vorbeidonnern und überlegte, ob man auf dem Rollfeld überhaupt rauchen durfte. Er musterte die kleine, betagte Propellermaschine, die abseits der Embraer-Jets von Luxair stand. Dann steckte er die Zigarette hinter sein Ohr. Als er gestern Abend die Straßenkarte studiert und nach einem Schleichweg zum Fatima-Denkmal gesucht hatte, war ihm der Flugplatz von Noertrange aufgefallen. Er befand sich nördlich von Wiltz in den Ardennen, unweit der belgischen Grenze. Wenn sie von dort kamen, hatten sie vielleicht eine Chance, dem Megastau zu entgehen. Die Pilger hatten, so war es Brauch, bereits am Mittwochabend überall rund um Wiltz am Wegesrand kampiert und gegrillt. Heute würden sie von der Dekanatskirche im Tal den Hügel hinaufsteigen, zum Fatima-Denkmal, um unter freiem Himmel die Messe zu hören.

Kieffer sah nun die Air-France-Maschine, die Valérie zu ihm bringen würde. Fauchend setzte sie auf der einzigen Landebahn auf, die Luxemburg-Findel zu bieten hatte. Der internationale Flughafen seiner Heimatstadt bestand aus einem Parkplatz, einem schuhkartonartigen Terminal aus Glas sowie einem winzigen Rollfeld. Er fragte sich, wie der in Noertrange wohl aussehen mochte. Vermutlich handelte es sich um einen Acker, den man seit ein paar Jahren nicht mehr umgepflügt hatte. Der Pilot ihrer Cessna hatte ihm jedenfalls erklärt, er könne dort problemlos landen. Es dauerte etwa zehn Minuten, dann hielt neben ihm eine schwarze BMW-Limousine mit abgedunkelten Scheiben. Als Erstes sah er ihre langen Beine, die sich durch die Fondtür schoben. Trotz der Ankunft im VIP-Shuttle war sie heute eindeutig Valérie, nicht La Gabin. Sie trug ausgewaschene Jeans und weiße Chucks. Ihr Oberkörper steckte in einem schwarzen Ramones-T-Shirt, dessen Ärmel abgeschnitten waren. Valérie hatte noch Schlaf in den Augen, ihre unfrisierten braunen Haare waren unter einer

Baseballkappe verborgen. Nie war sie Kieffer hinreißender erschienen.

Sie küsste ihn und schlang einen Arm um seine Hüfte. Dann zeigte sie auf die Cessna. »Damit fliegen wir?«

»Es war der einzige Flieger, den ich auf die Schnelle organisieren konnte. Es ist Feiertag.«

Tatsächlich war das Flugzeug, das Kieffer gechartert hatte, eine traurige Erscheinung. Die alte Propellermaschine brauchte dringend einen neuen Anstrich, eines der Seitenfenster war fast blind. Der Pilot hatte ihm jedoch glaubhaft versichert, Motor und Fahrwerk seien unlängst generalüberholt worden und befänden sich in hervorragendem Zustand.

»Wieso müssen wir eigentlich fliegen, Xavier? Ist dein Land dafür nicht viel zu winzig?«, fragte sie und kramte aus ihrer Handtasche eine Schachtel Gauloises hervor.

»Ich glaube, man darf hier nicht rauchen, Val.«

»Doch.« Sie zündete sich eine Zigarette an und sog genussvoll daran. »Um mich herum gibt es eine Raucher-Sonderzone von zwei Metern Durchmesser, die gilt überall.«

Da es wenig Sinn hatte, sich mit La Gabin anzulegen, brachte Kieffer stattdessen ebenfalls eine Ducal zum Glühen. Dann sagte er: »In Wiltz herrscht der totale Ausnahmezustand. Da kommen wir mit dem Auto überhaupt nicht hin, das hätten wir uns früher überlegen müssen.«

Sie grinste. »Menschenauflauf in Luxemburg. 500 Leute?«

»Eher 20 000.«

»Klingt trotzdem nicht nach soo viel.«

»Vielleicht nicht in Paris. Aber bedenke, dass selbst

unsere Hauptstadt«, er deutete vage gen Westen, »bestenfalls 50 000 Einwohner hat. Wiltz hat 5000. Für die ist die Fatima-Prozession wie euer Nationalfeiertag, Silvester und Fußball-WM auf einmal. Mit der Cessna fliegen wir einfach über den Trubel hinweg und kommen dann von Norden.«

»Ein toller Plan, und wer zahlt das alles?«

»François Allégret, dein Bürgermeister.«

»So wie du den Namen aussprichst, reimt er sich auf Kotzbrocken.«

Kieffer lächelte grimmig und trat seine Zigarette aus. »Oh, er ist sehr charmant. Aber ich halte ihn für einen korrupten, egomanischen und machtbesessenen Menschenfresser. Du nicht?«

Valérie zuckte mit den Achseln. »Er ... François ist Politiker.«

Kieffer beschloss, das Thema nicht weiter zu vertiefen, und murmelte nur: »Er ist vermutlich eine Menge Dinge. Vor allem hat er mir versprochen, alle Spesen zu begleichen, und ich werde ihn beim Wort nehmen.«

»Nun, er ist vielfacher Millionär, insofern brauchen wir keine Skrupel zu haben.«

Der Koch schüttelte den Kopf. »Ich wage gar nicht zu fragen, womit er ...«

Sie lächelte dünn. »Das weiß niemand so genau.«

Die beiden stiegen die kleine Klapptreppe hinauf und fanden sich in der Kabine des Fliegers wieder. Der Pilot schüttelte ihnen die Hand und bat sie, sich anzuschnallen. Wenige Minuten später waren sie bereits in der Luft.

»Warum ist diese Fatima eigentlich so eine große Nummer?«, fragte sie.

Er drehte sich zu ihr. »Bist du katholisch, Val?« Ihm wurde bewusst, dass er sie noch nie gefragt hatte, ob sie eigentlich religiös war.

»Wie es sich für ein gutes Mädchen aus der Auvergne gehört. Allerdings nur auf dem Papier. Und du?«

»Ex-Katholik.«

»Wieso das, Xavier?«

»Mein Vater war Katholik, meine Mutter Protestantin. Da wurde natürlich die Nase gerümpft, aber schlimm wurde es erst, als er eingewilligt hat, dass seine Kinder evangelisch getauft werden. Meine Mutter wollte das, ihm war es egal. Als er starb, da wollten die Katholiken den armen Mann nicht unter die Erde bringen, weil er sich an uns Kindern versündigt hat und so weiter. Ein römischer Priester kann vieles verzeihen. Aber nicht, dass man zwei potenzielle Kunden der Konkurrenz zuführt.«

»Aha. Und wieso bist du dann Ex-Katholik, wenn du doch evangelisch getauft wurdest?«

Kieffer schaute auf seine Hände. »Ich bin konvertiert.«

»Wie bitte?«

»Ja doch. Mit 12, 13 Jahren, da zog mich das an, der Weihrauch, die Ausspendung der Gnaden, die ganzen Mysterien. Bei den Protestanten hatte das alles überhaupt keine Grandezza. Da gab es Ikea-Funktionstische, die auch als Altar genutzt wurden, dazu handgetöpferte Becher fürs Abendmahl und Batik-Wandgehänge. Ich wollte unbedingt Messdiener werden, und deshalb bin ich konvertiert. Trotzdem wollten sie für meinen Vater keine Totenmesse lesen. Mir war das damals wichtig, verstehst du?«

Sie nickte. »Und dann bist du aus Enttäuschung ausgetreten?«

»Nein. Erst habe ich dem fetten Priester 5000 Lëtzebuerger Frang zugesteckt, damit er meinen alten Herrn gut katholisch unter die Erde bringt. Danach bin ich ausgetreten.«

Sie schwiegen einen Moment, dann sagte Valérie: »Wolltest du mir nicht eigentlich die Sache mit der Fatima erklären?«

»Ach so, natürlich. Marienerscheinungen sind dir als Katholikin ja wohl ein Begriff …«

»… so wie in Lourdes.«

»Genau. In Lourdes hat ein Hirtenmädchen die Jungfrau gesehen. In Fatima war es ähnlich. Drei Kindern ist außerhalb der portugiesischen Stadt die Maria erschienen, am 13. Mai 1917.«

Valérie schüttelte ärgerlich den Kopf. »Es ist unglaublich, sind wir eigentlich noch im Mittelalter? Wer glaubt denn an so was? Und ist dir schon mal aufgefallen, dass es immer die Hirtenmädchen sind, bei denen die Maria vorbeischaut? Fantasiebegabte zwölfjährige Hühner, die den ganzen Tag in der sengenden Sonne gesessen haben. Und die sehen plötzlich irgendwas, das ist doch lachhaft.«

»Dein Rationalismus in Ehren, aber bei Fatima war es etwas anders.«

»Jetzt bin ich gespannt.«

»Zwei Hirtenmädchen«, er sah, dass Valérie hämisch grinste, »und ein Hirtenjunge sehen die Maria. Sie sagt ihnen, sie komme wieder, immer am 13. Einen Monat später kehren die Kinder zu dem Ort zurück und siehe da, die Maria erscheint erneut und verspricht, ihnen beim nächsten Mal drei Mysterien zu offenbaren. Das macht sie tatsächlich, einen Monat später. Die Erscheinung mahnt, sie dürften das alles niemandem erzählen. Aber wenn man drei Kindern etwas von einem großen Geheimnis erzählt, …«

»… plappern sie es sofort weiter.«

»Genau. Also kommen beim nächsten Mal ein paar neugierige Erwachsene und Kinder, um zu gucken, ob an der Sache was dran ist. Und auch sie sehen die Maria.«

»Man nennt es Massenhysterie, Liebster.«

»Möglich. Auf jeden Fall geht das so weiter. Die Sache spricht sich rum, immer mehr Menschen wollen die Maria sehen. Und als die für den 13. Oktober ein großes Wunder ankündigt, da bricht tatsächlich eine Hysterie aus. Die ganze Gegend ist an dem Tag auf den Beinen, Zehntausende Menschen, alle wollen die Mutter Gottes sehen. Und es geschieht.«

»Quatsch. Es gibt keine Wunder, es gibt nur Naturphänomene, die sich wissenschaftlich erklären lassen.«

»Die 30 000 Leute, die damals vor Ort waren, sahen den Fall anders. Die Sonne verwandelte sich in eine wirbelnde Feuerscheibe, tauchte alles in buntes Licht, und hüpfte dann im Zickzack den Himmel entlang.«

»Weißt du, ich habe lange an der Westküste gelebt – und derlei passiert in Kalifornien am Strand ständig, wenn die Surfer ihr Gras und das LSD rausholen.«

Er schüttelte den Kopf. »Du bist hoffnungslos. Selbst wenn es eine rationale Erklärung für das Sonnenwunder geben sollte – es gab dafür Zehntausende Zeugen, nicht nur ein Hirtenmädchen mit Hitzekoller. Immer an Himmelfahrt gibt es deshalb eine besondere Prozession für Unsere Liebe Frau von Fatima. In Portugal, in Deutschland, in Frankreich. Und es gibt eben auch eine in Wiltz.«

»Warum gerade hier?«

»Als die Nazis Wiltz besetzt hatten, in den letzten Kriegstagen, während der Ardennenoffensive, da haben ein paar Luxemburger im Luftschutzkeller zur Fatima gebetet, dass der Krieg bald aufhöre. An einem 13., natürlich. Und sie versprachen, sie würden ihr ein Denkmal bauen, wenn sie das Gebet erhört.«

»Und dann erschien die Jungfrau, das Maschinengewehr in der Hand, und hat die Boches eigenhändig niedergemäht.«

»Nein. Eine Woche später wurde Wiltz von den Alliierten befreit. Später hat man das Denkmal gebaut, auf einem Hügel über der Stadt. Und weil vor allem Portugiesen die Liebe Frau von Fatima verehren und es davon in Luxemburg sehr viele gibt, kommen sie in Scharen hierher. Es kommen auch andere Menschen, aber vor allem Lusobourges.«

»Glaubst du das mit der Maria, Xavier?«

»Mein Glaube hat über die Jahre stark gelitten. Ich glaube eigentlich nur noch, was ich sehe. Aber was, Val«, er nahm ihre Hand, »was glaubt man wohl, wenn man so etwas wie das Sonnenrad der Fatima mit eigenen Augen sieht?« Er zeigte aus dem Fenster der Cessna, die über hügelige Felder flog, durchbrochen von kleinen Ansiedlungen. »Ich glaube, wir sind gleich da, das da unten muss der Süden von Wiltz sein.«

Die Cessna hatte bereits den Landeanflug begonnen. Selbst von hier oben konnte man sie sehen: Trauben von Menschen, welche die südlichen Ausfallstraßen nach Wiltz verstopften.

»Kannst du mir jetzt vielleicht deinen Plan erläutern?«

»Trebarca Silva ist Mitglied des Organisationskomitees, das diese ganze Prozession veranstaltet. Der Marsch hinauf zur Fatima op Baessent findet meines Wissens erst am Nachmittag statt. Vorher versuchen wir, ihn zu finden, er ist bestimmt schon da.«

»Und dann?«

»Dann rede ich mit ihm.«

»Und ich?«

»Du passt auf mich auf und wenn es irgendwie eng wird, rufst du diese Nummer an.« Er gab ihr einen Zettel. »Didier Manderscheid, ich kenne ihn von der Sache mit dem toten Gastrokritiker und habe gestern Abend mit ihm telefoniert. Aber vermutlich wird das nicht nötig sein.«

»Warum?«

»Weil ich den Houereniesel am Arsch habe.«

34

Der Flugplatz von Noertrange bestand aus einer nachlässig gemähten Wiese und einem rissigen Teerstreifen. Nach mehreren kleinen Hüpfern gelang es ihrem Piloten, die Maschine zum Stehen zu bringen. Sie stiegen in ein Taxi, das Kieffer vorbestellt hatte, und fuhren Richtung Wiltz. Der Koch erläuterte dem Fahrer seinen Wunsch, möglichst nah an das Fatima-Denkmal heranzukommen. Der quittierte das Anliegen mit einem Lachen. »Ich fahre Sie so nah ran, wie es geht, Monsieur. Aber Sie werden schon ein Stück laufen müssen.« Neben der Landstraße erblickten sie während ihrer Fahrt immer wieder Vortruppen des Prozessionszuges. Auf Wiesen am Wegesrand hatten Camper Zelte aufgeschlagen, dazwischen parkten Autos. Jugendliche saßen um Lagerfeuer herum und tranken Kaffee oder ein erstes Frühstücksbier. »Eure Prozession kommt aber nicht sehr fromm daher. Sieht eher wie eine gigantische Open-Air-Party aus«, bemerkte Valérie.

»Ist sie auch. Das ist übrigens einer der Gründe, warum ich mit dem Protestantismus nie warm geworden bin. Diese ganze verkniffene Freudlosigkeit, diese Vorstellung, Religion sei eine todernste Angelegenheit. Man kann nämlich feiern, fressen und dabei fromm sein. Das haben nur die Katholiken verstanden, sonst keiner.«

Der Verkehr wurde dichter und sie kamen nur noch langsam voran. Irgendwann stellte der Taxifahrer den Motor ab und zeigte auf eine Straßensperre vor ihnen. Von der Stadt war bisher nichts zu sehen, vor ihnen lagen von Feldern bedeckte sanfte Hügel und ein kleiner Wald. »Sehen Sie diesen Weg, der den Hang hinaufführt?«, fragte der Fahrer. »Und die Gabelung am Kamm?« Kieffer nickte.

»Sie müssen dort links, und anschließend etwa einen Kilometer weiter. Dann sehen Sie das Denkmal bereits. Sie können es kaum verfehlen, schon gar nicht heute.«

Sie stiegen aus und machten sich auf den Weg. Es war nun etwa elf Uhr und die wattegrauen Wolken über ihnen deuteten darauf hin, dass die Prozession am Nachmittag eine nasse Angelegenheit werden würde. Kieffer war bereits einmal hier gewesen, aber noch nie an Himmelfahrt. Normalerweise war der Nordwesten Luxemburgs eine Gegend, in der ein totes Schaf einen größeren Menschenauflauf auslösen konnte. Doch an diesem Donnerstag war das anders. Immer wieder begegneten sie meist portugiesischstämmigen Menschen, auch einige dunkelhäutige Kapverder sahen sie. Und alle strebten gen Wiltz, der Fatima op Baessent entgegen. Sie überholten die meisten, denn während Valérie und Kieffer zügig marschierten, trödelten die Pilger und hielten häufig an. Die jüngeren alberten herum oder saßen in aufgemotzten Kleinwagen am Straßenrand und hörten Musik. Die älteren standen am Wegesrand, Hymnen singend, Votivkerzen und Marienbildnisse umklammernd.

Dann tauchte das Fatima-Denkmal vor ihnen auf. Valérie blieb kurz stehen. »Ich hatte etwas Imposanteres erwartet«, murmelte sie. Kieffer verstand, was sie meinte. Auf einem Hügel vor ihnen, umringt von einigen struppigen Nadelbäumen, erhob sich ein steinerner Halbkreis aus gemauerten Säulen, auf die man ein kleines Ziegeldach gesetzt hatte. In der Mitte befand sich eine aus demselben Stein gemauerte, etwa zehn Meter hohe Stele, auch sie von einem Giebel gekrönt. In die Stele waren zwei schlichte Sandsteinblöcke eingelassen. Der untere zeigte ein Relief Fatimas, der obere einen betenden Jesus. Das Ganze war von beinahe protestantischer Schlichtheit – ein etwas ketzerischer Gedanke, aber Kieffer musste an die prächtige Maria von Favignana denken, mit ihren Saphirringen und ihrem Goldbesatz. Möglicherweise hatten die Leute, die das Fatima-Denkmal in Erinnerung an die Opfer des Zweiten Weltkriegs errichtet hatten, derlei Prunk an solch einer Gedenkstätte für unpassend erachtet. Vielleicht waren sie auch so bitterarm gewesen, dass Steine aus den nahen Ardennen und ein paar Kerzen alles waren, was sie hatten entbehren können.

Sie liefen den Hügel hinauf. Am Fuße des Hangs standen Menschen in Grüppchen herum, die Anhöhe Op Baessent selbst jedoch schien verlassen. Den Eingang zum Denkmal markierte ein steinerner Torbogen, über dem ein Kreuz thronte. Darunter war zu lesen: »Mit Maria zu Jesus«. Vor dem Durchgang standen zwei junge Männer mit Ordnerbinden, die Kieffer und Valérie misstrauisch musterten. »Guten Morgen. Das Denkmal ist noch geschlossen, damit die Organisatoren die letzten Vorbereitungen treffen können«, sagte einer der beiden Ordner.

»Ich müsste dringend mit José Trebarca Silva sprechen«, sagte Kieffer. »Ist er hier?«

Der junge Mann nickte. »Ja, natürlich. Er ist der stellvertretende Vorsitzende. Aber ich kann mir nicht vorstellen, dass er jetzt Zeit hat.«

»Sagen Sie ihm einfach, Xavier Kieffer sei hier.« Er überlegte kurz und fügte dann hinzu: »Ich komme wegen der Insel.«

»Wegen einer Insel?«

»Ja.« Kieffer zündete sich eine Ducal an und beobachtete, wie der Ordner zum hinteren Teil des kleinen Plateaus stapfte, wo links des Fatima-Monuments ein Zelt aufgebaut war. Kaum eine Minute später kam er wieder heraus. Hinter ihm konnte Kieffer die zierliche Gestalt Trebarca Silvas erkennen, der zögerlich die Hand zum Gruß hob und dann auf das Monument zuging. Kieffer drehte sich zu Valérie und gab ihr einen Kuss. »Warte hier. Ich bin gleich zurück.«

Sie schaute ihn besorgt an. »Mach keinen Scheiß.«

Er lächelte. »Keine Sorge. Und außerdem«, er zeigte in Richtung der Maria, »habe ich doch himmlischen Beistand.«

»Ich glaube nicht, dass die Liebe Frau für vom Glauben abgefallene Ex-Katholiken einen Finger rührt.«

»Du glaubst überhaupt nicht an die Liebe Frau. Ich auch nicht besonders. Aber hier sind mindestens 20 Augenpaare, und es werden jede Minute mehr. Also kann mir eigentlich nichts passieren.« Er wandte sich um und ging, ohne ein Okay des verbliebenen Ordners abzuwarten, durch das Tor und auf das Monument zu. Trebarca Silva hatte sich auf eine der Bänke gesetzt, die vor dem Denkmal standen und ließ die Perlen eines Rosenkranzes durch seine Finger gleiten. »Haer Kieffer. Wollen Sie auch an der Prozession Unserer Lieben Frau teilnehmen?«

Kieffer setzte sich. »Nein. Ich möchte stattdessen Sie ins Gebet nehmen.«

Der Thunbaron ließ seinen Rosenkranz in der Jacketttasche verschwinden. »Sollte ich wissen, wovon Sie reden?«

»Sie wissen es genau. Zwei Menschen haben Sie umgebracht. Und außerdem genügend Steuer-, Umwelt- und Betrugsdelikte begangen, dass man Sie allein dafür die nächsten 20 Jahre ins Gefängnis stecken könnte.«

Der Lusobourges seufzte und schüttelte seinen kleinen Kopf. »Das ist Unsinn. Ich bin doch kein Mörder. Warum sollte ich jemandem etwas antun?«

Kieffer spürte kalte Wut in sich aufsteigen. Seine Hände krallten sich in die Sitzbank. »Sie mussten Ihr Geheimnis beschützen. Die Insel.«

Silva lächelte. »Sie wissen von der Insel.«

»Ja. Sie pumpen dort Thunfische mit Hormonen und Chemie voll, um sie zum Laichen zu bringen. Und dann setzen Sie die kleinen Fische in Aquapods aus.«

Der Fischhändler nickte fast unmerklich. »Sie haben gut recherchiert. Ich weiß zwar nicht, wie Sie das herausgefunden haben, aber ich bin beeindruckt.«

Sie schwiegen einen Moment und betrachteten die Fatima. Kieffer zündete sich eine Ducal an. Dann sagte er: »Was hat Ryuunosuke Mifune beim Maguro no kaiwa gesehen, das ihn seine Meinung hat ändern lassen?«

»Er hat gesehen, dass es sich um Jungtiere handelte.«

»Ich verstehe nicht.«

»Da Sie seit Wochen meine Geschäfte ausschnüffeln,

wissen Sie ja bereits, dass ich einige meiner Farmen in Spanien schließen musste. Das war finanziell ein schwerer Schlag, der mir andererseits die Chance gab, etwas auszuprobieren, an dem in Japan und Australien seit Jahren fieberhaft gearbeitet wird: die Aufzucht von Bluefins. Ich habe einen langjährigen japanischen Geschäftspartner, dessen Forschungen in diesem Bereich schon relativ weit gediehen waren. Aber in Japan gab es gewisse regulatorische Beschränkungen. Und so haben wir uns zusammengetan und das Projekt in Europa verwirklicht.«

»Und Mifune sollte für die Qualität bürgen.«

»Richtig. Japaner vertrauen letztlich nur Japanern, und er war der Mittelsmann, obwohl er an der eigentlichen Zucht überhaupt nicht beteiligt war. Er sollte später, wenn der Fisch in großem Stil auf den Markt kommt, als Qualitätspate auftreten, in der Werbung oder auf der Verpackung. Von den Details wusste er wenig. Aber er hat natürlich das Endergebnis zu sehen bekommen. Vor einigen Wochen lieferte ich ihm einen kapitalen jungen Bluefin, eines der Prachtexemplare aus unserer Zucht.« Trebarca Silvas Augen leuchteten. »Er wog fast 400 Kilo.«

»Und wieso war der ein Jungtier? Ein Thun dieser Größe muss doch mindestens fünf Jahre alt sein.«

»Eines. Nur ein Jahr. Die japanischen Wissenschaftler haben eine Möglichkeit gefunden, die Fische viel schneller wachsen zu lassen.«

»Frankensteinfische.«

»Unsinn. Wir sollen uns die Erde untertan machen. So steht es schon in der Genesis. Nichts anderes tun wir. Der Fisch ist zudem einwandfrei, er ist sogar besser als Wildthun, weil die Tiere im Käfig mehr Fett ansetzen. Niemand hätte irgendeinen Unterschied bemerkt.«

»Außer einem Sushimeister, der aus einem Stück Thun Sachen herauslesen kann, die andere nicht sehen.«

Der Lusobourges nahm seinen Rosenkranz wieder aus der Tasche. »Ich war in der Tat erstaunt, als Mifune mir sagte, er könne aus der Maserung des Fleisches auf das Alter des Fisches schließen. Er sagte, dass solch Fisch widernatürlich sei und er da nicht mehr mitmachen werde. Wir versündigten uns gegen das Meer, hat er gesagt.«

Der Koch musterte die Maria. Sie trug einen langen Umhang, ihre Hände waren ausgebreitet. Der Bildhauer hatte sie schwebend dargestellt, unter ihren Füßen befanden sich kleine Wölkchen. Kieffer sagte: »Und dann hat er versucht, Sie zu ruinieren. Auf dem Rungis. Es hat ein bisschen gedauert, bis ich das verstanden habe, Monsieur Silva.«

Tatsächlich war es der Raís gewesen, der ihn darauf gebracht hatte, aber das sagte er nicht. Als sie in Favignana zu Abend gegessen hatten, waren sie danach gegangen, ohne zu bezahlen. Der Wirt hatte nicht gemurrt, denn dass der größte Fischexperte der Insel bei ihm speiste, war Kompensation genug. Wo der Raís aß, da war es sehr gut. Umgekehrt galt natürlich: Mied er ein Restaurant oder einen Händler, rümpfte er gar die Nase, war die Qualität miserabel und auch die anderen Kunden blieben weg. Genauso verhielt es sich natürlich mit Mifune, der Trebarca Silvas Firma auf dem Rungis besucht hatte. Dort, auf dem Carreau, hatte ein einziges Wort ausgereicht, um Pombal Foods zu vernichten, und niemand hatte es gemerkt.

Trebarca Silva sah ihn an. »Es stimmt, Mifune war auf dem Rungis. Die Männer erzählten, er habe etwas über gebratenes Wasser gesagt.«

»Eau sautée. Das war es aber nicht, was er gesagt hat.«

»Sondern?«

»Koosatte.«

Als Kieffer Toro nach dem Namen von Mifunes Restaurant gefragt hatte, dem »Ue no tai«, hatte sein Freund ihm von der Verehrung erzählt, die Japaner dem Tai entgegenbrachten, dem aus ihrer Sicht edelsten aller Fische. Und dass ein beliebtes Sprichwort lautete: »Es mag vergammelt sein, aber es ist immer noch Tai.« Koosatte mo tai. Koosatte. Eau sautée. Die phonetische Ähnlichkeit konnte kein Zufall sein, da war er sich sicher.

»Das ist Japanisch und bedeutet vergammelt. Mifune hat Ihren Thun als vergammelt bezeichnet. Allerdings auf Japanisch, sodass es auf dem Carreau lediglich seine Landsleute mitbekommen haben, die aber die wichtigsten Käufer für Bluefin sind. Um wie viel ist Ihr Geschäft danach eingebrochen?«

»Um über 70 Prozent«, sagte Trebarca Silva leise.

»Und darum haben Sie ihn umgebracht.«

Der Thunbaron schüttelte energisch den Kopf. »Haer Kieffer, das, was Sie mir eben erzählt haben, ist für mich völlig neu. Ich schwöre Ihnen beim Antlitz unserer Lieben Frau, dass ich zuvor nicht wusste, was genau Mifune über meinen Thun gesagt hat.«

»Sie wussten genug, um es zu vermuten. Und es war Ihr Cateringservice, der den vergifteten Fisch geliefert hat. Außerdem konnte nur jemand, der eine sehr exakte Kenntnis der Sushiküche hat, sich eine solch perfide Mordwaffe wie das Tetrodotoxin ausdenken. Dank Ihres Sushigroßhandels kannten Sie sich mit diesen Dingen bestens aus.«

Trebarca Silva wurde unruhig. Seine kleine Hand krallte sich in die rosafarbene Kette des Rosenkranzes. »Prezzemolo war es.«

»Ihr französischer Handlanger?«

»Er ist weder mein Handlanger, noch ist er Franzose. Er ist Japaner.«

»Er ist Japaner? Hat er auch Toro ermordet?«

»Es tut mir leid, all das lag außerhalb meiner Kontrolle. Als Sie und Ihr Kompagnon anfingen, uns nachzuspionieren, da haben meine japanischen Geschäftspartner beschlossen, reinen Tisch zu machen.« Bevor Kieffer antworten konnte, war Trebarca Silva aufgestanden. »Ich würde Ihnen raten, jetzt zu gehen. Noch ist es nicht zu spät, die Sache auf sich beruhen zu lassen. Sie haben keine Beweise, Sie haben nichts gegen mich in der Hand. Das sind doch nur Vermutungen. Und was auf der Insel geschieht, ist völlig legal, so skandalös es Ihnen erscheinen mag. Es wurde alles genau geprüft. Ich warne Sie. Diese Leute haben sehr gute Anwälte. Und sie hassen es, wenn man sich in ihre Geschäfte einmischt.«

»Wenn Sie mir drohen wollen, dann …«

Trebarca Silva musterte ihn verächtlich. »Ich drohe Ihnen nicht, Kieffer. Die Yakuza droht Ihnen.« Dann ging er einfach fort.

»Sie haben in Ihrer schönen Rechnung jemanden übersehen, Trebarca Silva«, rief Kieffer ihm hinterher.

Der Fischhändler drehte sich um. Beinahe belustigt schaute er Kieffer an. »Nun bin ich gespannt.«

»Sie haben Thunfischfarmen in Spanien und Nordafrika betrieben. Nur, soweit ich weiß, bisher keine in Sizilien.«

»Stimmt. Aber unsere neue Farm unterliegt nicht der

italienischen Jurisdiktion. Sie befindet sich in internationalen Gewässern, dort gilt Seerecht.«

Kieffer stand auf und ging auf Trebarca Silva zu. Er zog zwei kleine Zettel aus der Hosentasche. »Es gibt Leute, denen ist das Seerecht, überhaupt jegliches Recht, scheißegal. Interessanterweise sind das, wie Sie ja am besten wissen, stets diejenigen, die auch die besten Anwälte haben.« Er hielt Trebarca Silva einen Zettel vor die Nase. »Dieser Anwalt hier sitzt in Palermo.«

»Für wen arbeitet dieser Mann? Und was soll ich mit seiner Telefonnummer?«

»Er arbeitet für die Cosa Nostra. Und er ist äußerst ungehalten über das, was Sie in deren Gewässern tun.«

»Sie werden die Insel niemals finden, sie ist …«

»Er besitzt bereits die Koordinaten. Und Fotos der Anlage.«

An seinen Augen sah Kieffer, dass Trebarca Silva in diesem Moment begriff. »Sie waren dort!«

»Ja. Und die sizilianische Mafia wird es bald sein. Die werden die ganze Isoletta di Bonaccia niederbrennen. Und dann dürfen Sie Ihren Geschäftspartnern von Yatsuishi, der Yakuza oder wem auch immer erklären, warum Sie das nicht verhindert haben.«

Es war das erste Mal, dass er echte Angst in Trebarca Silvas Gesicht zu sehen glaubte. Der Adamsapfel des kleinen Mannes wanderte hektisch auf und ab. Trotz der frischen Brise, die über den Baessent strich, hatte sich ein Schweißfilm auf der Stirn des Lusobourges gebildet.

»Es gibt einen Ausweg«, fuhr Kieffer fort und hielt den Zettel hoch. »Sie können den Mafia-Avvocato anrufen und ihm erklären, wer Ihre feinen japanischen Freunde wirklich sind. Vermutlich wird das dazu führen, dass er sich zunächst einmal mit denen in Verbindung setzt. Ich habe mir sagen lassen, so funktioniert das unter diesen Ehrenmännern.«

Wie von einem Fausthieb getroffen, sackte der inzwischen aschfahle Fischhändler in sich zusammen. Er ließ sich auf eine der Bänke fallen. Er nahm sein Handy aus der Jackentasche und sagte leise. »Geben Sie her, ich rufe ihn an.«

»Die Nummer ist nicht umsonst.«

Trebarca Silvas Augen weiteten sich. »Sie haben mich bereits ruiniert. Was wollen Sie noch?«

»Ein bisschen Gerechtigkeit.« Der Koch hielt dem Lusobourges nun den zweiten Zettel vor die Nase. »Bevor ich Ihnen die Nummer des Avvocato gebe, rufen Sie Kommissar Didier Manderscheid an. Er arbeitet für die Police Grand-Ducale, Mordkommission. Ich habe ihm Ihren Anruf bereits angekündigt und ihm die wesentlichen Fakten übermittelt. Er glaubt mir nachvollziehbarerweise kein Wort. Das wird sich schlagartig ändern, wenn Sie ihm die ganze Geschichte bestätigen. Danach dürfen Sie mit dem Avvocato telefonieren.«

»Aber wenn ich die Polizei einschalte, wird die Yakuza mich töten!«

»Vielleicht. Möglicherweise auch die Cosa Nostra. Ich glaube allerdings nicht, dass deren Arm bis in die luxemburgische Justizvollzugsanstalt reicht. So oder so haben Sie wenig Alternativen. Wenn Sie den Avvocato nicht anrufen, sind Sie in jedem Fall tot. Im Knast oder im Zeugenschutzprogramm haben Sie zumindest eine Chance. Es ist also in Ihrem ureigensten Interesse, dass Commissaire Manderscheid Ihr allerbester Freund wird.«

Der kleine Portugiese nickte schwach. Kieffer konnte

sehen, dass Trebarca Silva keine weiteren Haken schlagen würde. Er wartete, bis der Lusobourges mit Kommissar Manderscheid telefoniert hatte. Dann wandte er sich dem Fatima-Monument zu, und wie von selbst begann sich seine rechte Hand zu bewegen, berührte die Stirn, die Brust, dann die linke und die rechte Schulter. Es war das erste Mal seit vielen Jahren, dass er das Kreuz schlug. Er ließ den zweiten Zettel fallen, drehte sich um und lief zurück zu ihr.

35

Von der leicht erhöhten Stelle, an der sich Kieffer in seinem Liegestuhl positioniert hatte, konnte er alles bestens beobachten: der Atlantik, der in der Sonne funkelte, die braun gebrannten Volleyballerinnen, die über den heißen Sand hechteten, und dahinter die Surfer, die sich vor der Algarveküste in die Brandung stürzten. Hier würde er es einige Stunden lang aushalten können. Trotz einer gewissen anfänglichen Skepsis musste er zugeben, dass Valérie ihren Urlaubsort gut ausgewählt hatte. Das einfache Essen, das kleine Fischerdorf mit den weißgekalkten Häuschen – all das war nach seinem Geschmack. Der Koch nippte an seinem Bier und suchte nach den Ducal.

Bei der Unterkunft hatte er sich allerdings querstellen müssen. Nach diesem Abenteuer jeden Morgen in einem Hotel aufzuwachen, das den Namen Pombal trug – dieser Gedanke war ihm einfach unerträglich erschienen. Sie waren deshalb gezwungen gewesen, in das etwas teurere Wellnessresort oberhalb von Burgau auszuweichen. Solange man sich von den Golfspielern und Yogafanatikern fernhielt, war es dort erträglich, sehr erträglich sogar. Er hatte schnell festgestellt, dass ihm ein Quäntchen mehr Luxus gar nicht so unangenehm war.

Kieffer beschirmte mit der Hand seine Augen, um gegen die schon tief stehende Nachmittagssonne besser sehen zu können. Er suchte das Wasser nach Valérie ab. Es dauerte eine Weile, bis er sie fand – in ihren schwarzen Anzügen waren die Surfer kaum auseinanderzuhalten. Seine Freundin glitt gerade auf einer sanften Welle auf den Strand zu, hüpfte elegant vom Brett und kniete sich dann nieder, um ihre Fußleine zu lösen. Kieffer hatte sich Valérie zuliebe am ersten Tag auch auf eines dieser Bügelbretter gestellt, es aber bei einigen Versuchen belassen. Lieber ging er mehrmals am Tag schwimmen. Denn während seine Extrapfunde beim Balancieren auf dem Surfboard eher hinderlich waren, gaben sie ihm im salzigen Atlantik genug Auftrieb, um regungslos im Wasser zu schweben, solange er wollte. Triefend nass stapfte sie über den Strand auf ihn zu. Er hielt ihr einen Pappbecher entgegen. »Geeister Mangosaft?« Sie nippte und gab ihm dann einen sehr süßen Kuss. Kieffer beobachtete, wie sie sich aus ihrem Neoprenanzug schälte. »Bist du zufrieden mit unserem Urlaub?«, fragte Valérie.

»Sehr.«

»Hast du dich schon etwas entspannt?«

Kieffer nippte an seinem portugiesischen Bier und nickte. »Ganz gut. Wenn Claudine jetzt noch aufhören würde, mich andauernd auf dem Handy anzurufen – dann wäre es perfekt.«

Valérie legte sich auf die freie Liege neben ihm, schloss die Augen und nahm ihre Bräunungspose ein. »Deine kleine Souschefin? Kommt sie nicht ohne dich zurecht?«

»Eigentlich schon. Aber heute morgen kam schon

wieder so eine seltsame Lieferung. Kistenweise Wein, den wir nicht bestellt haben.«

»Was für Wein?«

»18 Flaschen Château Margaux, 1979«, antwortete Kieffer. Über 300 Euro kostete dieser Bordeaux im Handel, die ganze Lieferung war somit rund 5000 Euro wert.

Valérie begriff. Sie lachte auf. »François! Was hat er dir denn noch so geschickt?«

»Lass mal schauen, ich verliere allmählich den Überblick: Stopfleber, Périgord-Trüffel, 60 Jahre alten Armagnac – zum Glück noch keinen Ortolan. Ich werde mich demnächst revanchieren, indem ich ihm hundert Kilo Thun-Sashimi direkt ins Rathaus schicke. Hat er die Sache nun eigentlich überstanden, ich meine, politisch?«

Sie nippte an ihrem Saft und nickte. »Nachdem Trebarca Silva ein Geständnis abgelegt hatte, konnte die Pariser Polizei kurz darauf diesen Prezzemolo festnehmen.«

»Und daraufhin hat sich die Sache wieder beruhigt?«

»Nicht sofort, aber ein paar Tage später hat ein anderer Skandal die ganze Aufmerksamkeit der Öffentlichkeit auf sich gezogen. Ich habe es heute Morgen kurz auf dem Blackberry gelesen. Die Vernier-Affäre, hast du davon gehört?«

Kieffer setzte sich auf. »Vernier? Den Namen kenne ich doch. Ist das nicht Allégrets Herausforderer bei den nächsten Bürgermeisterwahlen?«

»Jetzt vermutlich nicht mehr. Er hat offenbar erkleckliche Summen am Fiskus vorbeibugsiert, in die Schweiz. Er steht auf so einer Liste, welche die französischen Steuerfahnder von irgendeinem abtrünnigen Züricher Bankier gekauft haben. Auch andere prominente Politiker stehen drauf. François' Sushidinner im Orsay erscheint im Vergleich dazu plötzlich sehr harmlos. Es ist natürlich ein Riesenglück für ihn, dass diese Vernier-Sache gerade jetzt ruchbar wird.«

»Ja, ein Glückspilz, der Herr Bürgermeister.«

Sie lagen ein wenig still in der Sonne. Plötzlich sagte sie: »Jetzt muss ich wieder raus.«

Er ergriff ihre Hand. Sie war warm und sandverkrustet. »Du warst doch heute mindestens schon drei Stunden draußen. Nicht, dass du mir heute Abend beim Essen erschöpft vom Stuhl kippst.«

»Keine Sorge. Aber es kommt gerade Wind auf.« Sie zeigte hinaus aufs Meer. »Hast du diese Welle da gerade gesehen? Es wäre eine Schande, so etwas nicht zu surfen.«

Kieffer konnte zwischen den verschiedenen Wellenkämmen keinerlei Unterschiede ausmachen, ließ sie aber ziehen. Nachdem er beobachtet hatte, wie sie ihr Brett ins Wasser schob, stand er auf und holte sich am Strandkiosk noch ein Bier sowie eine französische Zeitung. Eingehend studierte er den Sport und blätterte dann durch den Politikteil. Den Artikel über die Vernier-Affäre ersparte er sich, ein kleines Foto Allégrets zog jedoch Kieffers Aufmerksamkeit auf sich. Es war eines in einer Reihe von insgesamt sechs Bildchen. »Aussichtsreiche Kandidaten für die nächste Präsidentschaftswahl«, stand darüber. »Du bass en raffinéierte Hond«, entfuhr es Kieffer. Er blätterte weiter und blieb im Vermischten an einem weiteren Foto hängen. Es zeigte einen dicken, glatzköpfigen Mann, der neben einem sehr großen Fisch posierte. Es handelte sich um einen Thun, an einem Stahlseil baumelte das Tier von einem Kranarm. Darunter stand folgende Meldung:

Rekordfang: Tourist angelt Monsterthun

Villefranche-sur-Mer – Vor der Côte d'Azur ist einem Hobbyfischer ein wahrer Rekordfang geglückt. Bei einer Angeltour fing der russische Geschäftsmann Oleg Semjonow den wohl größten Thunfisch, der je in französischen Gewässern gesichtet wurde. Der Rote Thun, den Semjonow und mehrere Helfer in einem über vierstündigen Kampf bezwangen, wog nach Angaben des Touranbieters Blue Water Fishing fast 700 Kilogramm. »Es ist ein Wunder«, sagte Bootskapitän Remy Fourchaud dieser Zeitung. »Solch große Brocken gibt es überhaupt nicht mehr im Mittelmeer. Keine Ahnung, wo der hergekommen sein könnte.«

Derzeit wird noch geprüft, ob der Fang einen neuen Weltrekord darstellt. Der größte bisher von einem Angler gefangene Bluefin-Thun wurde laut der International Game Fish Association vor Neuschottland aus dem Meer gezogen und wog 679 Kilogramm. Das tiefrote Fleisch des Blauflossenthuns (thunnus thynnus) gilt als Delikatesse und wird vor allem für Sushi verwendet. Die Bestände gelten weltweit als überfischt.

Der frischgebackene Rekordangler Oleg Semjonow, ein derzeit in Nizza urlaubender russischer Multimillionär aus der Rüstungsbranche, hat bereits angekündigt, er wolle den Monsterthun mit nach Moskau nehmen, obwohl ihm japanische Händler bereits einen enorm hohen Preis für das Tier geboten hätten. »Zu Hause wird Herr Semjonow zu Ehren des Fisches die größte Sushiparty organisieren, die Moskau je gesehen hat«, erklärte sein Sprecher.

Nachwort

Thunnus thynnus, der Rote Thun, ist vom Aussterben bedroht. Mehrere Firmen und Universitäten versuchen, ihn in Gefangenschaft zu züchten, bisher mit bescheidenem Erfolg. Dennoch erscheint es denkbar, dass dies irgendwann gelingt, sicherlich dank Hormonen, möglicherweise aber auch durch den Einsatz von Gentechnik. Diese steht in der Fischindustrie kurz vor dem Durchbruch: Die US-Lebensmittelbehörde FDA hat gerade eine Forelle zugelassen, die dank eingebauter Wachstumsgene doppelt so schnell heranwächst wie wilde Exemplare. Auch in der EU wurden bereits Patente für solche Expressfische erteilt.

Dieses Buch enthält eine Vielzahl von Informationen über Thunfisch, seine Zucht, den traditionellen Fang sowie die japanische Sushiküche. Dafür habe ich verschiedene Quellen verwendet, vor allem zwei möchte ich jedoch ausdrücklich nennen, denn ich bin ihren Autoren zu großem Dank verpflichtet: »Mattanza« von Theresa Maggio ist das wohl beste Buch, das je über die Tradition des Thunfangs vor Sizilien geschrieben wurde. Bei »The Story of Sushi« von Trevor Corson handelt es sich um die umfangreichste Darstellung der Historie und Entwicklung der Sushiküche, die es gibt. Ohne diese Bücher wäre »Rotes Gold« nicht möglich gewesen.

Glossar: Küchenlatein

Ahi	s. Yellowfin
Akami	Fettarme Fleischpartie vom Bluefin
Albacore	Kleinere Thunfischart, wiegt bis zu 45 kg
Anago	Salzwasseraal
Bavette de boeuf	Bauchlappenpartie vom Rind
blast frozen	Verfahren, bei dem Lebensmittel mit flüssigem Stickstoff schockgefroren und extrem schnell heruntergekühlt werden.
Bonito	Kleine Thunfischart, wiegt bis zu 20 kg
Bouneschlupp	Bohnensuppe
Chuutoro	Fette Fleischpartie vom Bluefin
Commis	Küchengehilfe, Azubi
Entremetier	Beilagenkoch
Feierstengszalot	Fleischsalat
Fines de Claire	Austern
Foie gras	Stopfleber
Frell am Riesling	Forelle in Rieslingsauce
Friture de Moselle	Kleine, im ganzen frittierte Fischchen
Fugu	Giftiger Kugelfisch

Galette	Bretonischer Pfannkuchen
Gardemanger	Kaltmamsell, Koch der kalten Küche
Gari	Eingelegter Ingwer
Gromperekichelcher	Kartoffelpuffer
Hachis Parmentier	Kartoffelpfanne mit Hack und Weißweinsauce
Hangiri	Holzbottich zum Marinieren von Sushireis
Huesenziwwi	Hasenpfeffer
Île flottante	Vanillesauce mit steifem Eiweiß
Judd mat Gaardebounen	Schweinenacken mit Saubohnen
Kabayaki	Sauce, die zu Aal gereicht wird
Konomono	Eingelegte Gemüse
Maguro	Bluefin-Thun
Maki	Sushiröllchen
Mise en place	Vorbereitete Zutaten am Küchenposten
Neta	Vorbereitete größere Fischstücke, die bei der Sushizubereitung verwendet werden
Nigiri	Reisbällchen mit Fisch oder Gemüse
Omakase	Freestyle-Sushimenü
Ortolan	Kleiner im ganzen gebackener Singvogel (Ammer)
Otoro	Sehr fette Fleischpartie vom Bluefin
Pass	Abnahmeplatz der Küche, an dem die Endkontrolle durchgeführt wird
Pastéis de bacalhau	Stockfischkrokette
Piano	scherzh. Grillstation
Pigeon en feuilleté au chou nouveau et au foie gras	Taube mit Entenstopfleber und Wirsing in Blätterteigkruste.

Poissonnier	Fischkoch
Posten	Station in der Küche (Grillposten, Saucenposten etc.)
Rieslingpaschteít	Rieslingspastete
Robata	Barbecuegrill
Saint Marcellin	Säuerlicher Käse aus der Dauphiné
Salem mat Sauerampelzooss	Lachs in Sauerampfersauce
Santoku	Wörtl. Messer der drei Tugenden, Allzweckmesser
Sashimi	Roher Fisch ohne Sushireis
Skipjack	s. Bonito
Stackfësch am Schäffchen	Geschmorter Stockfisch
Stäerzelen	Heidekornmehlnocken
sushiya	Sushibar
Tako	Oktopus
Tane	Sushi-Belag
Tierteg	Kartoffelbrei mit Sauerkraut, in der Pfanne gebraten
Tournedos Rossini	Rinderfilet mit gebratener Gänsestopfleber
Tsukiji	Tokioter Fischmarkt
Unagi	Süßwasseraal
Wäinzossis	Bratwürstchen
Wasabi	Japanischer Meerrettich
Wëllkarpaangecher	Heidekornpfannkuchen
Wëllschwäinsragout	Frischlingsragout
Yanagi-ba	Schmales Filetiermesser
Yellowfin	Größere Thunfischart, wiegt bis zu 150 kg